JULIA LONDON

EL VIZCONDE QUE ME
Conquistó

Editado por Harlequin Ibérica.
Una división de HarperCollins Ibérica, S. A.
Avenida de Burgos, 8B - Planta 18
28036 Madrid
www.harlequiniberica.com

© 2023, Dinah Dinwiddie
© 2025 Harlequin Ibérica, una división de HarperCollins Ibérica, S. A.
El vizconde que me conquistó, n.º 327 - 12.11.25
Título original: The Viscount Who Vexed Me
Publicada originalmente por Canary Street Press
© De la traducción: Ester Mendía Picazo

ISBN: 979-13-7000-957-1
Depósito legal: M-18242-2025
Impreso en España por: BLACK PRINT
Fecha impresión Argentina: 11.5.26
Distribuidor exclusivo para España: LOGISTA
Distribuidor para México: Distibuidora Intermex, S.A. de C.V.
Distribuidores para Argentina: Interior, DGP, S.A. Alvarado 2118.
Cap. Fed./Buenos Aires y Gran Buenos Aires, VACCARO HNOS.

MIXTO
Papel
FSC FSC® C159065

«La vida no es justa. Solo es más justa que la muerte, eso es todo».

William Goldman, *La princesa prometida*

Capítulo 1

Londres, Inglaterra
1870

Se volvió necesario, la primavera en la que el duque santiavano llegó a Londres, que todas las mujeres, independientemente de su edad o posición social, tuvieran una amiga de fiar que les dijera lo que nadie más les diría.

Para la señorita Harriet Woodchurch, esa persona era la señorita Flora Raney, la hija del respetable vizconde Raney. No solo era la amiga del alma de Hattie, sino que era algo así como su jefa, ya que su padre pagaba a Hattie unos modestos honorarios para que acompañara a Flora mientras revoloteaba por la ciudad.

Flora le explicaría lo que Hattie no podía ver por sí misma. Algo terrible, algo que Hattie no podría ni perdonar ni olvidar... al menos al principio.

De hecho, sí que se lo sacó de la mente por completo en las semanas que siguieron. Pero aquel día en particular, olvidar parecía imposible, y es que la noticia no solo fue desgarradora, sino que coincidió con la aparición del soltero del que más se hablaba en Londres.

Hattie, Flora y Queenie, la amiga más antigua de Flora, estaban de compras. Las tres habían ido juntas a la Escuela Iddesleigh para Niñas Excepcionales. Flora y Queenie habían llegado al colegio como hijas de familias con títulos y riqueza, algo que automáticamente las separó del resto de niñas. Hattie había ido con una beca, lo que la diferenció de un modo por completo distinto y nada elogioso. Pero Flora y ella habían compartido dormitorio durante un trimestre y se habían hecho amigas.

Estaban en una sombrerería, de pie junto al gran escaparate, inspeccionando los guantes en venta. Mejor dicho, eran Flora y Queenie las que lo estaban haciendo. Hattie no tenía dinero para cosas como guantes, enaguas o sombreros.

—Pero ¿por qué no tienes dinero? —había preguntado Queenie antes—. Tu padre es dueño de la mayor empresa de transportes de todo Londres.

Y era cierto. El señor Hugh Woodchurch se enorgullecía de facilitar a las masas londinenses, las veinticuatro horas del día, carruajes Hansom, carruajes Clarence y ómnibus tirados por caballos. Era un negocio lucrativo. Sin embargo, él no era partidario de compartir esa fortuna con su hija. Decía que ella tenía en casa todo lo que necesitaba. Era innecesario gastar dinero en guantes, sombreros y ropa cuando una joven tenía dos prácticos vestidos de día, una bata y un vestido de noche. Daba igual que el vestido de noche hubiera sido de su madre y tuviera el estilo de una época distinta. El padre de Hattie decía que, si quería más, debería casarse.

A Hattie nada le gustaría más que casarse, y estaba deseando que llegara el día en que su prometido, el señor Rupert Masterson, y ella se instalaran en las dependencias situadas sobre la tienda de él. Pero, como el compromiso aún no era oficial (aunque él le había prometido que hablaría con su padre cualquier día de estos), Hattie había buscado trabajo para costearse las pocas cosas que le gustaría tener. Ahora tenía cuatro vestidos de día, uno de noche y dos batas. Gracias.

Flora y Queenie habían decidido que debían tener guantes de ocho botones hechos de seda y lino en caso de que, al llegar el verano, las invitaran a pasar un fin de semana en una casa de campo. Hattie tenía exactamente dos pares de guantes, también de su madre, y de solo tres botones. En su exiguo presupuesto no había espacio para unos nuevos, así que se limitó a doblar los guantes que Flora y Queenie iban dándole sin ningún miramiento cuando habían perdido el interés por ellos y pasaban al siguiente par.

De pronto, una mujer entró en la tienda de forma tan apresurada que dejó todas las campanitas de la puerta resonando.

—¡Señora Perkins!

La señora Perkins, la dependienta, salió disparada de detrás de las cortinas que cubrían la entrada a la trastienda como si pensara que el establecimiento estaba en llamas.

—¿Qué pasa? ¿Qué ha ocurrido?

La mujer corrió hacia el escaparate, donde estaban Flora y Queenie, obligándolas a apartarse.

—¡Por Dios! —gritó Queenie.

—¡Está ahí!

—¿Quién está ahí? —preguntó Queenie. Nunca se había cohibido a la hora de buscar respuestas.

—¿Aquí? —murmuró la señora Perkins sin aliento al saltar como una gacela hacia el ventanal—. ¿Dónde?

La mujer señaló al otro lado de la calle y Queenie agarró a Flora del brazo.

—¡Mira!

—Me haces daño —dijo Flora.

—¿Por una vez podrías hacer lo que te pido? —exigió Queenie—. ¡Mira!

Hattie, confusa por lo que estaba pasando, veía a las cuatro mujeres en el escaparate, inclinándose hacia delante y asomándose sobre los mostradores de guantes.

—¡Ay, Dios mío! ¡Ay, Dios mío! —dijo Flora antes de indicarle a Hattie que se acercara, gesticulando como loca—. Ven aquí, ven aquí, ¡tienes que verlo!

No había espacio para las cinco y Hattie tuvo que ponerse de puntillas para mirar por encima del hombro de Flora.

—No veo nada —dijo Hattie.

Las demás la ignoraron.

—¿Dónde? —preguntó la señora Perkins con voz de pánico.

La amiga de la señora Perkins señaló. Hattie intentó hacerse más alta, pero lo único que alcanzó a ver fue una camisería al otro lado de la calle. Delante había tres caballeros, conversando.

—¿Es solo eso? —preguntó Hattie antes de volver a plantar los pies.

—Ellos no —dijo la mujer—. El vizconde.

En un día cualquiera, debía de haber al menos una docena de vizcondes en Regent Street.

—¿Cuál?

—¿Cuál? —repitió Flora volviendo la cabeza hacia Hattie con mirada de desaprobación—. El vizconde Abbott, por supuesto.

—Por supuesto —murmuró Hattie. Ella no sabía nada de ningún vizconde Abbott. Y tampoco sabía por qué esas mujeres tenían tanto interés por él.

—Que, además, es el duque de Santiava —añadió Queenie. Hattie parpadeó como si no entendiera nada. Queenie puso los ojos en blanco—. ¿Por qué nunca sabes estas cosas, Hattie? Es como si vivieras en una cueva.

Nunca sabía esas cosas porque no sabía nada. ¿Cómo iba a saberlo? No podía decirse que se moviera en los mismos círculos sociales que Flora y Queenie. Sabía lo que le contaban, y de ese vizconde no le habían contado nada.

Justo en ese momento, Flora la agarró de la mano con tanta fuerza que Hattie se estremeció. Queenie quitó de en medio un muestrario de guantes y las cuatro mujeres se echaron hacia delante a la vez que Flora tiraba de Hattie.

Un hombre salió de la tienda con el sombrero en la mano. Era alto y tenía la piel bañada por el sol. La ropa le sentaba a la perfección y era evidente que era delgado y de complexión atlética. Su cabello oscuro le rozaba el cuello de la camisa, y, cuando levantó la mirada ante algo que dijo otro de los caballeros, sonrió. Solo un poco, pero fue una sonrisa que atravesó a Hattie con su destello. Ese caballero era, con bastante probabilidad, el hombre más hermoso que había visto en su vida: elegante, fuerte y asombrosamente agradable en apariencia.

Durante un momento nadie dijo nada.

Un carruaje se detuvo entre las tiendas bloqueándoles la vista de la camisería. Cuando el coche se marchó, los caballeros ya no estaban ahí.

Las señoras volvieron a erguirse. Queenie suspiró y se apartó de la ventana dejando el muestrario de guantes volcado de lado. La mujer que había entrado corriendo para anunciar el avistamiento del vizconde se retiró a la trastienda con la señora Perkins. Hattie recogió el muestrario y lo colocó en el escaparate.

—Estarás la primera de esa lista, Flora —dijo Queenie con seguridad.

Queenie era baja y curvilínea, con unos suaves rizos dorados que le caían alrededor de los hombros. Tenía porte de reina y, en ocasiones, también actuaba como tal. Flora era alta y esbelta, y su cabello, castaño rojizo. Era preciosa la miraras por donde la miraras. Cuando Hattie estaba con las dos, solía sentirse como la prima simplona que había llegado a la ciudad desde el pueblo. Su pelo era marrón apagado y su figura, corriente.

Flora reaccionó al comentario de Queenie con una risa entrecortada y aguda que Hattie nunca le había oído.

—¡No seas boba!

—Y tú no seas tímida —dijo Queenie—. Sabes que estarás ahí.

—La lista es larguísima, estoy segura. ¿Y Hattie? Podría estar la primera.

—¿La primera de qué? —preguntó Hattie.

—¿En serio, Hattie? —dijo Queenie con enfado—. ¿Cómo puedes no estar al tanto de todas estas noticias que corren por la ciudad? De la lista de posibles esposas para el vizconde, obviamente.

Hattie se rio. Fuerte.

—Estoy de acuerdo, es poco probable —dijo Queenie—. No pretendo ofender, pero es el duque de Santiava y ahora es el vizconde Abbott, ya que es el único heredero varón vivo de su abuelo inglés. Se casará con alguien con una gran dote y familia noble. Alguien con los contactos apropiados.

¿Santiava? Hattie recordaba vagamente algo al respecto. Un ducado, creía, del mar Mediterráneo. Había sido colonia de Wesloria, si la memoria no le fallaba.

—Es el duque soberano, y bastante rico además —continuó Queenie—. Pero dicen que es un solitario. Y una siempre debe tener cuidado con los solitarios.

«¿Una siempre debe?». Hattie no había oído esa regla.

—Y soltero, obviamente —añadió Flora mientras las tres salían de la tienda.

—¿Y no elegirá una esposa de Santiava? —preguntó Hattie según caminaban hacia Hyde Park.

—¡No! —dijo Queenie con mofa, y Hattie se quedó una vez más preguntándose cómo su educación podía tener tantas carencias—. Ha venido aquí para reclamar su título y su fortuna y, como todo el mundo sabe, para proveerse de una esposa inglesa. Un ducado pequeño se vería beneficiado de tener una duquesa inglesa o wesloriana, ya sabes, por si necesitara el respaldo de un país más grande en tiempos de guerra o de apuros económicos. Esto prácticamente lo garantizaría.

Queenie hablaba con tanta autoridad de él que Hattie no pudo más que preguntarse si habría hablado del asunto con el hombre en cuestión. Dudaba que un matrimonio con Flora pudiera garantizar nada semejante, pero guardó silencio.

—Hattie, imagínate que fueras el vínculo con el poder de la Marina Real si ese condado la necesitara.

Lo único que podía imaginarse Hattie era a sí misma en un barco tambaleante y llenándose de agua.

—Yo no seré el vínculo con nada porque ya estoy prometida.

Sonrió.

Flora y Queenie se miraron.

—¿No se lo has dicho? —le preguntó Queenie a Flora.

—¿Decirme qué? —preguntó Hattie, confusa.

—Díselo. No puede ir por ahí sin saberlo —dijo Queenie.

A Hattie se le paró el corazón.

—¿Saber qué? ¿De qué estáis hablando?

—Ay, Hattie... El señor Masterson ha venido a visitarme —dijo Flora—. Iba a decírtelo. Estaba esperando al momento adecuado.

—Pues dudo mucho que este lo sea —dijo Queenie arrastrando las palabras, al parecer ajena al hecho de que acababa de instar a Flora a decírselo.

Pero ¿decirle qué exactamente? ¿Que Rupert había ido a visitar a Flora? Qué raro... No se conocían tanto.

—El señor Rupert Masterson ha ido a visitarte —repitió Hattie para asegurarse de que, en efecto, estaba hablando de «su» señor Masterson, el propietario de Masterson Dry Goods and Sundries Shop.

—Él... él vino a verme en confianza —dijo Flora, marcando el comentario con una mirada de compasión.

Las entrañas de Hattie empezaron a hacer unos remolinos extraños.

—¿Por qué?

—Dijo... que pensaba que lo mejor era que él y tú...

Se detuvo, como intentando encontrar las palabras.

¿Se fugaran para casarse? ¡Era eso! ¿Qué otro motivo podría tener para hablar con Flora en confianza? Debía de haber acudido a ella en busca de ayuda.

—¿Fugarnos para casarnos? —preguntó justo mientras Flora decía:

—No deberíais seguir adelante.

Durante un momento nadie dijo nada. Incluso Queenie mantuvo la boca cerrada.

—¿Qué? —preguntó Hattie, y dejó de caminar. Era incomprensible del todo. Se llevó un puño al abdomen para contener las repentinas náuseas—. ¿Qué... qué dijo... o qué... dijiste... tú?

—Ay, Hattie, queridísima mía.

Habían llegado a la entrada del parque y Flora la llevó hasta un banco y la sentó. Le agarró ambas manos.

—Lo lamento mucho, pero supongo que no hay otro modo de decirlo. Le gustaría que anules vuestro compromiso. Que le pongas fin. Ha llegado a la desafortunada conclusión de que ha de hacerse. Pero, dada la suma consideración que te tiene, quiere proteger tu reputación haciendo que seas tú quien le escribas a él y le pongas fin a la relación.

A Hattie eso no le parecía nada considerado en absoluto. Se sentía como si le hubieran pasado por encima cuatro caballos. Ni siquiera tenía suficiente aire en los pulmones para preguntar por qué. ¡Debía ser un error! Rupert y ella iban a lanzarse de cabeza a la dicha conyugal. ¿O no? Él había conocido a su familia hacía unos días y aquella misma noche le había prometido que visitaría a su padre formalmente a lo largo de la semana. ¿Y luego había ido a ver a Flora en lugar de ir a verla a ella? No, no podía ser.

Hattie se levantó.

—Creo que no lo has entendido bien, Flora.

—¡Ay, querida! —dijo Flora con tristeza.

—¡Has tenido que entenderlo mal! ¡No tiene sentido!

—Sí que tiene algo de sentido —dijo Queenie encogiéndose de hombros ligeramente.

—No, no lo tiene —corrió a decir Flora fulminando a Queenie con la mirada—. A lo mejor solo un poquito.

—¡Cenó en nuestra casa el domingo! —exclamó Hattie—. ¡Hoy es miércoles! ¿Qué podría haber pasado entre entonces y hoy?

—Mmm... —murmuró Queenie, y se alejó fingiendo que iba a mirar unas rosas.

—Creo —dijo Flora— que, si te pararas a pensar con atención en vuestra cena del domingo, podrías imaginar al menos una razón. Probablemente más de una. Probablemente muchas.

El corazón de Hattie quería salírsele del pecho. Un calor le subió por la nuca mientras recordaba la cena del domingo en la casa de su familia, en Blandford Street, cerca de la elegante Portman Square... o, como Flora había señalado en una ocasión, de la parte menos elegante de la plaza, donde nadie quería estar.

Pero Rupert había dicho que era una buena casa. Había llegado con una caja de bombones para su madre, y Hattie se había quedado encantada con el detalle.

—Pero a mí me pareció que la noche fue muy bien.

Flora le dio una palmadita en el brazo.

—A ver... Para empezar, le preocupaba un olor que había en tu casa y que cree que es característico de los gatos.

Hattie miró a Flora sorprendida. Sí, su madre sentía una excesiva simpatía por los gatos, pero eso ella ya se lo había explicado a él.

—¡Me dijo que le gustaban los gatos! Me dijo que no sabía qué haría en su tienda sin Bobo.

Flora volvió a lanzarle esa sonrisa compasiva.

—Pero creo que no es lo mismo tener un gato que... ¿Cuántos hay ahora?

Hattie tragó saliva.

—Ocho.

O tal vez... ¿diez? Francamente, había perdido la cuenta. Y Rupert sí que había parecido algo desconcertado cuando había entrado al vestíbulo y todos los gatos habían ido corriendo hacia él, esperando un regalo.

—Hay un poco más —dijo Flora.

Resultaba que a Rupert también le había parecido desagradable la colección de juegos de té de su madre. Y los relojes de pie. Y los maniquíes de costura. Cierto, habría probablemente más de cien juegos de té, que tal vez no habrían resultado tan notorios de no ser por los relojes y los maniquíes. De acuerdo, era verdad... Theodora Woodchurch era extremadamente entusiasta a la hora de coleccionar cosas, y una gran residencia como la casa Woodchurch podría resultar pequeña cuando estaba atestada de tantas colecciones.

Los hábitos de su madre eran fuente de constantes riñas entre sus padres porque, así como su madre era una despilfarradora, su padre era como un rey avaro.

Y, al parecer, aunque Hattie había agradecido mucho que su padre no le hubiera preguntado al señor Masterson cómo de pequeña podía ser la dote que estaría dispuesto a aceptar, ella no se había percatado del terrible gusto de su padre al preguntarle al señor Masterson cuánto ganaba al mes. Según Flora, el señor Masterson se había quedado consternado con la pregunta, ya que consideraba que, tal vez, semejantes conversaciones debían mantenerse entre hombres y en la intimidad de un despacho. No en la mesa del comedor.

En la familia de Hattie ningún tema se consideraba de mala educación en la mesa del comedor. Ninguno.

Su repentino dolor por el desengaño amoroso empezó a tornarse en una repentina furia. Rupert y ella nunca habían cruzado una mala palabra. Hattie no tenía ni idea de que para él fueran tan importantes esas cosas. Sí, sabía que tenía una familia poco común, pero se lo había explicado y él le había asegurado que la excentricidad en las familias hacía la vida más interesante.

Además, se sentía humillada por que hubiera compartido todas esas opiniones con Flora. ¡Flora era su amiga! Y lo que era peor, sin duda Flora le habría contado a Queenie lo que opinaba Rupert.

Hattie se puso derecha en un intento de reunir un poquito de dignidad.

—¿Hay más? ¿O es solo porque mi madre tiene demasiados gatos y demasiadas teteras...?

—También mencionó a tus hermanos —interpuso Flora.

«Ay, no».

—¿A cuáles?

Flora parpadeó.

—A todos —dijo, como si la pregunta sobrara.

A Hattie se le cayó el alma a los pies. Pues nada, ahí acababa todo.

—Dijo que los pequeños discutieron a voces en la mesa por un corte de carne en particular.

Flora enarcó las cejas, como si no pudiera creerse que eso fuera posible.

Y no solo era posible, sino que era algo habitual.

Los gemelos, Peter y Perry, tenían diez años menos que Hattie y eran unos... a falta de una palabra mejor... incivilizados. Para ellos no tenía importancia luchar en el salón principal o perseguirse con un bate de críquet. «Déjalos en paz», había dicho su madre cuando Hattie se había quejado de sus travesuras. «Todavía son niños». Pero tenían casi catorce años; desde luego, eran lo bastante mayores como para mostrar buenos modales. Desde luego, lo bastante mayores como para no discutir como dos guerreros medievales por una pata de pavo.

El calor le estaba llegando a las mejillas.

—Y luego tu hermano, el señor Daniel Woodchurch —dijo Flora mirando con inquietud hacia Queenie, que estaba de pie a un lado, bajo un árbol, esperando pacientemente. Corrió a susurrar—: No lo diría si no fueras mi mejor amiga en todo el mundo, sabes que no, pero ¡su libertina reputación lo precede! El señor Masterson me dijo que llegó tarde a la cena, tan tranquilo, y a saber dónde había estado, porque olía a perfume y a whisky. Y luego tu hermano empezó a decir que no podía imaginarse las horas que habría que invertir en la explotación de una mercería y que no entendía por qué alguien querría dedicarse a ello.

Hattie estaba sintiendo algo de náuseas. Sus hermanos eran unos ridículos, eso no lo negaría. Pero estaba empezando a preguntarse si Rupert no era más ridículo aún. No había tenido el valor de decirle esas cosas a la cara a ella.

Hattie mejor que nadie sabía que su familia era complicada de entender, pero había sido muy sincera con Rupert sobre ellos. Le había dicho que los gemelos eran unos salvajes y que Daniel era más salvaje todavía, aunque de otra forma. Le había dicho que su madre tenía el hábito de coleccionar cosas y que su padre era muy mirado para el dinero. Y, la verdad, ¿lo importante no era que ella no fuera ninguna de esas cosas?

—¿Estás bien? —preguntó Flora—. Te has puesto pálida y parece que se te haya revuelto el estómago.

—Así me siento —dijo Hattie con voz débil. No podía creerse que eso estuviera pasando. Ya había planificado su ajuar.

—Lo lamento mucho. No quería ser yo quien te lo dijera y le dije al señor Masterson que seguro que había un modo de que esto te lo trasladara él mismo, pero insistió en que no daría el más mínimo indicio de escándalo en lo que respectaba a ti, ya que te tiene en la más alta de las estimas.

Hattie se atragantó con un sollozo.

—Deberíamos irnos —dijo Queenie desde su ubicación, debajo del árbol.

Flora sonrió a Hattie con tristeza.

—Cuando hayas tenido un momento para pensar, verás que tampoco has perdido tanto. Sé que el señor Masterson ha sido muy atento contigo, pero es un comerciante, querida.

Hattie se atragantó con otro sollozo. No le importaba lo que fuera. Lo estimaba y no estaba en posición de exigir que un caballero tuviera una cierta ocupación. Ella no era bonita como Flora, ni rica como Queenie, ni refinada, ni estaba bien relacionada. Se consideraba afortunada de que Rupert se hubiera siquiera fijado en ella el día que había entrado en su tienda.

—Lo que quiero decir es que eres demasiado buena para un comerciante. ¡Deberías casarte con un duque!

—Flora...

—Vamos —dijo Flora un poco impaciente—. Escribirás tu carta anulando el compromiso y luego comprarás un vestido nuevo, o dos, para la temporada social.

¿Un vestido nuevo? Sin duda Flora se había fijado en que se ponía los mismos vestidos una y otra vez.

—¿No deberíamos seguir? —preguntó Queenie impacientada.

—Espabila, querida —le dijo Flora a Hattie, y sonrió—. Asistiremos a todas las fiestas de la temporada y le echaremos un vistazo al duque de Santiava. ¿No crees que eso te animará?

—No —dijo Hattie, consternada por la facilidad con la que Flora podía quitarle importancia al fin de su compromiso.

Además, ¿qué tenía ella que ver con un duque santiavano?

Capítulo 2

Había demasiadas personas en Londres.

Había demasiadas personas en su casa.

¿Y acaso era su casa? La verdad, Mateo Vincente no estaba del todo seguro. No quería parecer un tonto por no saberlo, pero aún no había repasado cuáles eran todas las propiedades y fondos del vizconde Abbott. Había mucho que aprender sobre el patrimonio que había pertenecido a su abuelo inglés, una amplia red de inversiones y copropiedades. Y él estaba del todo perplejo con el extraño asunto de la compra de unas ovejas que parecía estar estancada en una confusión que no acababa de resolverse entre la parte del vizconde y el pastor.

Mateo llevaba en Inglaterra poco más de quince días y solo sabía dos cosas con certeza: una, que esa casa enorme estaba en el centro de Londres, ubicada cerca del excelente Hyde Park, y que gozaba de un jardín diminuto pero magnífico en el que él estaba ahora intentando escapar del ruido de la casa.

Y dos, que cada día deseaba poder estar en su hogar, en el Ducado de Santiava, en el Castillo Estrella, el castillo en la montaña donde había vivido desde que se hubiera convertido en duque seis años atrás.

Los periódicos lo llamaban «ermitaño». Otros lo llamaban «loco». Cierto caballero, un prolífico colaborador de la prensa santiavana, decía que era un simplón y que su madre lo tenía escondido para poder gobernar ella.

Nada de eso era cierto. Aunque sí que era cierto que prefería su propia compañía a la compañía del mundo.

En Inglaterra se sentía un extranjero. Su madre era inglesa, pero Inglaterra siempre le había resultado un lugar lejano e intrascendente para la tranquila vida que llevaba en Santiava. Su abuelo había muerto sin un heredero varón, y su patrimonio y título habían pasado a Mateo a través de la madre de este, lo que significaba que ahora le pertenecían esa casa, supuestamente, el resto del patrimonio, supuestamente, y todo lo demás, supuestamente, reflejado en el libro de cuentas que le había proporcionado el muy servicial y corpulento señor Callum.

Vizconde Abbott. Un nombre y un título muy ingleses para un hombre que no era inglés ni por asomo.

Su madre, Elizabeth Abbott Vincente, «la duquesa viuda de Santiava», se había casado con el padre de Mateo a los diecisiete años, lo había tenido a él a los dieciocho y, poco después, a su hermano, Roberto, y a su hermana, Sofía. Había pasado gran parte de su vida de casada en Santiava. Aunque había vuelto periódicamente a Inglaterra para cuidar de sus padres, solo en alguna ocasión se había llevado a los niños con ella. Cuando Mateo tenía unos doce años, la reina Victoria le había otorgado a su abuela la Orden de la Jarretera. El recuerdo que le había quedado de aquella visita no era la augusta ceremonia, sino la terrible pelea que su madre había tenido con su abuelo, en inglés y a un ritmo tan aterrador que apenas había podido seguirlo. La duquesa y sus hijos se habían marchado de Inglaterra poco después.

Había visto a su abuelo solo una vez más después de aquello.

Su madre, que él supiera, nunca había arreglado la relación con su padre. De tal palo, tal astilla. La relación de Mateo con su padre también había estado cargada de malentendidos y rencores. Imaginaba que sabía un poco cómo se sentía su madre ahora que su abuelo había muerto. De todos modos, tampoco es que ella hablara del tema.

—El pasado está muerto y enterrado, Teo —solía decir.

Ojalá él sintiera lo mismo. Su padre había muerto hacía seis años, pero, por desgracia, esa parte de su pasado seguía viviendo dentro de él.

Su madre no le era de mucha ayuda. A sus cuarenta y seis años, su recuerdo de la finca Abbott era velado. Pero, incluso aunque hubiera recordado hasta el más mínimo detalle desde que habían llegado a Inglaterra, había estado demasiado ocupada recibiendo invitados y ejerciendo de invitada como para serle de ninguna ayuda. Bueno, sí que entraba en el despacho de vez en cuando para regañarlo por no haber comido en condiciones (lo había hecho) o por haber rechazado una invitación (unas cuantas). Básicamente, se pasaba el tiempo recibiendo a lo que parecían carretadas de damas con coloridos vestidos y sombreros caros y le dejaba a él ocupándose del patrimonio de su padre.

Incluso ahora oía voces saliendo por las ventanas del salón de su madre y llegando hasta donde estaba él, en el jardín. Voces alegres, parloteantes. «*Dios, ayúdame*».

El pequeño jardín era ejemplar. El camino desde la casa estaba bordeado por decenas de rosales. Los arbustos que separaban al resto de Londres de ese pedacito de paraíso habían sido moldeados meticulosamente. Y, si cruzabas un arco recortado entre esos arbustos, encontrarías un jardín más pequeño y privado y un banco cerca de una pequeña fuente, donde podrías leer o cerrar los ojos un momento.

O disfrutar de unos pasteles. Hoy se había llevado una bandeja.

Él mismo los había horneado. Otra pequeña parte de su pasado que aún vivía en él. Su padre había insistido en que ningún duque o vizconde inglés que se preciara jamás haría pasteles. Resultaba paradójico que el interés de Mateo por la repostería fuera obra de su padre: tenía que reconocerle al anciano el mérito por haberlos dejado solos a sus hermanos y a él tanto tiempo cuando eran pequeños.

En la práctica, Mateo había aprendido repostería de Rosa, formalmente conocida como «señora de León», que llevaba con la familia desde el nacimiento de él. Cuando sus padres de pronto se marchaban a Madrid, Sevilla o París, Rosa acogía a Mateo y sus hermanos como si fueran sus polluelos. Les había leído historias de los caballeros y las damas de Santiava, de piratas y de heroicos capitanes de barco. Los había animado a imaginar una vida más allá de los muros del palacio o del castillo.

En aquellos años, la imaginación de Mateo se había desbocado. Él había pescado en los arroyos de montaña y había cazado en los bosques. Junto a su hermano había construido un fuerte en lo más profundo del bosque al estilo del célebre Fuerte del Monte Parson, el fuerte en lo alto de un gran acantilado desde donde el pequeño ejército santiavano había contenido a la armada wesloriana durante la Guerra de Independencia.

A Mateo le gustaba la historia militar y llevaba años coleccionando libros sobre el tema. A su padre esa afición también le había parecido una pérdida de tiempo.

—Esos estudios podían haber servido en una época anterior, pero ahora son inútiles —solía decir—. Somos libres desde hace más de cincuenta años. Estudia Comercio, estudia Política. Lo que sea menos cuentos de viejas guerras.

Por el contrario, Mateo consideraba que sus estudios tenían más utilidad ahora que nunca; había algo que aprender de la historia de grandes batallas libradas y ganadas, y también de las perdidas. Un pequeño ducado como Santiava había requerido de una cierta cantidad de astucia para protegerse de amenazas de países mucho más grandes como España, Francia y Wesloria. ¿Quién sabía cuándo esos conocimientos podrían ser de utilidad?

A su padre le había enfadado por igual el interés de Mateo por la astronomía. Cuando un tío suyo le había regalado un telescopio a los nueve años, Mateo se había quedado tan embelesado que había creado sus propias cartas celestes y las había colgado en la pared.

—La cabeza en las nubes —decía su padre con desdén.

La prensa santiavana había podido sentir la decepción de un padre con su heredero, y eso se había sumado a la presión por ser perfecto. Escribían sobre el físico de Mateo. De niño había sido delgado y habían dicho que parecía débil. En las ocasiones en las que se había visto obligado a hacer comentarios públicos, había temido tanto la desaprobación de su padre que tartamudeaba sin poder remediarlo y los periódicos se preguntaban si era bobo. Por eso él había aprendido a decir lo menos posible en público.

Se había pasado la infancia buscando un modo de ser apto a ojos de su padre, y nunca lo había encontrado. Rosa era la única adulta de su vida que siempre había parecido aceptarlo tal como era.

Rosa y él ahora estaban perfeccionando el arte de elaborar *miguelitos*, que requerían decenas de finas capas de masa sin levadura con las que formar delicadas almohadas que poder rellenar con chocolate. *Deliciosos*.

Por supuesto, Mateo había insistido en que Rosa

acompañara a Londres a la comitiva. No tenía ninguna intención de renunciar a su afición solo porque ahora fuera un vizconde inglés.

Agarró un pastelito del plato y lo mordió. Cerró los ojos mientras lo saboreaba. Las capas de mantecosa pasta filo, delgadas como una hoja, se le asentaron en la lengua de un modo de lo más agradable, y el chocolate se fundió. Era la mejor hornada hasta el momento. Mateo abrió los ojos para decidir cuál elegir para la siguiente cata cuando la voz de su madre le dio un susto de muerte y el plató se le cayó a los pies, sobre el césped. Aterrizó boca abajo. Él se quedó mirando semejante desastre antes de levantar la mirada hacia su madre, que se había presentado en su pedacito de paraíso sin previo aviso.

Ella miró el plato y luego lo miró a él.

—¿No estarás con «eso» otra vez?

—¿Necesitas algo?

—Te necesito a ti, querido. Te he estado buscando por todas partes. ¡Ni el señor Pacheco tenía idea de dónde estabas!

Parecía nerviosa por la actitud de su sirviente, pero Pacheco era un hombre sabio y solía alegar ignorancia cuando trataba con la duquesa.

—Estaba buscando un momento de paz y tranquilidad, mami —dijo Mateo, y se agachó para colocar los pasteles en el plato—. A veces resulta difícil pensar con todas las risas y cantos que salen de tu salón.

Dejó el plato a un lado, en el banco, y se giró hacia su madre, alzándose sobre ella.

—¿Va todo bien?

—Todo va bien, Teo, pero no tenemos mucho tiempo.

—¿Para?

—Sabes que la señora Martínez y yo pronto partiremos hacia París.

—*Sí.*

No solo lo sabía, sino que estaba contando los días.

—¡Y aquí estás tú, aún lidiando a duras penas con todo este asunto del patrimonio!

«Lidiando». Curiosa queja para algo tan tedioso como su trabajo. Mateo hablaba español, francés e inglés con fluidez, pero su aptitud a la hora de escribir y leer los tres idiomas no era la misma, y en inglés era donde más flojeaba. La escritura le resultaba terriblemente confusa con cosas como *there* y *their*, *where* y *wear*, y demás. Eso, sumado a la caligrafía de su abuelo, que era tan diminuta que requería del uso de una lupa, había ralentizado sus progresos de forma considerable. ¿Qué era lo que había estado leyendo esa mañana? «Considerar ciertas adiciones a la magna biblioteca y cuestiones correspondientes a la misma; que el caballero tenga a bien dejar copias de su causa en la mesa de su excelencia...». Había estado una hora rompiéndose la cabeza con la diminuta letra antes de descifrarla. Y no le encontraba ningún sentido.

—No estoy lidiando con nada. Tal vez lo hayas olvidado, pero el patrimonio Abbott es bastante considerable y enrevesado.

—Sí, sí..., pero si no terminas de revisarlo y tomas algunas decisiones, nos desplumarán, si es que no lo han hecho ya.

—¿*Qué*?

¿De qué estaba hablando su madre?

—¿Quién? ¿El señor Callum? —preguntó refiriéndose al administrador.

—Casi olvido para qué he venido a verte —dijo ella ignorando sigilosamente esa acusación infundada e imprecisa—. Voy a celebrar una cena.

No era ninguna novedad. Era como si su madre celebrara una cena un día sí otro no. Rara vez lo obligaba a asistir, y él por norma prefería cenar en sus dependencias sin tener que jugar a ser el último descubrimiento de la sociedad.

—¿Y eso qué tiene que ver con...?

—Quiero que conozcas a alguien.

Mateo gruñó. Con el debido recelo, miró a su madre. Ella tenía el pelo oscuro, unos ojos azules intensos y una esbelta figura. Tenía la costumbre de hacerle eso, de soltarle un montón de cosas a la vez. Cosas que no tenían relación entre sí. Cosas que lo harían vacilar para que así ella pudiera colar algo que no le haría ninguna gracia.

—Ya estás con esa mirada agria, Teo. Solo es lady Lila Aleksander de Dinamarca.

—*Discúlpenme* —resonó en español una voz masculina.

Mateo y su madre se giraron hacia el arco, donde estaba Borrero, el mayordomo de la familia. Hizo una reverencia.

—Sus invitados han llegado, *señora*.

—¿Cómo? ¿Ya? —dijo Mateo fulminado a su madre con la mirada.

—¡Ay, Mateo! —dijo ella con un suspiro cargado de decepción. Él tenía casi veintinueve años, era el cabeza del ducado y le sorprendía que su madre aún pudiera encontrar motivos para sentirse decepcionada con él—. Tienes que tener más seguridad en ti mismo.

¿De qué demonios hablaba? Su problema no era que no tuviera seguridad en sí mismo, sino...

—¿Elizabeth? ¿Dónde te habías metido?

Una mujer de mediana edad y un caballero cruzaron el arco con paso tranquilo y se quedaron ahí apretujados en la pequeña zona amurallada junto a Borrero.

—Gracias, Borrero —dijo su madre antes de dirigirse a sus invitados—: ¡Adelante, adelante! Nuestros jardines son pequeños pero agradables.

—Qué preciosidad —dijo la mujer. Debía de tener entre cincuenta y sesenta años. Era robusta y tenía el pelo oscuro y ligeramente veteado de gris.

Sonreía con absoluta afabilidad, como si se hubiera encontrado con una prima a la que hacía tiempo que no veía. El caballero también era de mediana edad, con un bigote grueso como dictaba la moda del momento. Mateo se acordaba de él; había estado en una recepción que el primer ministro inglés, el señor Gladstone, había celebrado en su honor.

¿Qué tenían que ver con él esas dos personas? Suponía que su madre querría que concediera algún tipo de patrocinio.

—¡Su excelencia! —trinó la mujer dirigiéndose a él—. Qué absoluto placer conocerle. ¿O debería llamarle don Santiava? No sé qué es lo apropiado.

—Teo —dijo su madre poniéndole una mano en el brazo—, quiero presentarte a lady Lila Aleksander de Dinamarca.

A Mateo se le tensó el cuerpo. Eso empezaba a parecer una emboscada.

—Y el conde de Iddesleigh —continuó su madre.

—Beck —dijo el caballero avanzando hacia él con la mano extendida—. Todo el mundo me llama Beck. Supongo que no puede decirse que «Iddesleigh» sea fácil de pronunciar. Por favor, llámeme Beck —continuó, y sonrió—. Un placer volver a verle, milord.

Mateo, a regañadientes, dio un paso al frente y le estrechó la mano al hombre.

—Milord, si puedo darle mi opinión, creo que —continuó Beck mientras le estrechaba la mano—, ya que está usted en Inglaterra para asumir el título de vizconde, tal vez deberíamos llamarlo «milord». ¿Qué opina?

Lo que opinaba era que le daba igual cómo se dirigieran a él, y en aquel momento fue tan ingenuo de pensar que no volvería a verlos tras esa breve interacción.

—Perdonen, ¿podrían disculparnos un momento?

Agarró a su madre del codo y la apartó de los visitantes a una distancia desde la que no pudieran oírlos.

—*Mami*...

—Lady Aleksander ha venido a ayudarnos —susurró su madre antes de que Mateo pudiera hablar.

—Como si ha venido a lustrarme los zapatos...

—Teo, *mi amor* —dijo su madre posándole una mano sobre la mejilla—. Eres el duque soberano de Santiava y ahora eres vizconde.

—¿Y eso qué tiene...?

—Y, ya que pasarás en Londres varias semanas, o tal vez incluso más dada la lentitud a la que trabajas, ahora es el momento.

—¿*El momento para qué?* —preguntó pasándose al español sin pensarlo.

—¡Para encontrar esposa! Es el comienzo de la temporada social, el momento ideal.

Mateo se quedó atónito. Era imposible que su madre estuviera abordando el asunto de su soltería en su jardín. Miró atrás, hacia sus «invitados», que al parecer habían descubierto los *miguelitos* que se le habían caído al suelo y se habían servido ellos mismos. Volvió a mirar a su madre. Sentía la rabia en el pecho, la furia por que su madre lo estuviera presionando.

—No tienes derecho...

—Tengo todo el derecho. Soy tu madre. Teo, necesitas una esposa —dijo ella hablando deprisa y mirando a sus invitados—. Tiene que ser obvio incluso para ti que tu carencia de un heredero suplica tu atención.

La furia estalló.

—Soy consciente de mis responsabilidades —espetó.

—¿Lo eres? Porque no vas a conocer a tu futura esposa encerrado en tu despacho. Ahora lady Aleksander te ayudará a solucionarlo. Es una vieja amiga mía y se le dan muy bien estas cosas.

Sentía como si su cuerpo fuera una bomba de relojería. No haría falta ni la más mínima provocación para que explotara por todo ese jardín. Su madre siempre había sido una entrometida, pero esto ya era escandaloso.

—No...

De pronto, su madre se apartó de él.

—¡Lila! ¿Serías tan amable de explicarle a mi hijo el servicio que ofreces?

—¡Desde luego!

Lady Aleksander se sacudió las manos para limpiarse las migas del pastelito y caminó hacia ellos.

—Mi servicio consiste en unir a las personas. Hombres y mujeres, por así decirlo. Ayudo a un cliente muy específico a encontrar a su futuro cónyuge, y he de decir que he tenido mucho éxito, sobre todo entre las familias reales y aristocráticas de Europa. ¿No es así, Beck?

—Absolutamente —dijo él con la boca llena del pastelito. Tragó—. La reina de Wesloria, su hermana, la duquesa de Marley. Mi propia hermana está casada con un príncipe de Alucia. ¿Continúo?

Su madre le había tendido una emboscada. Si Mateo no estuviera tan furioso, hasta podría admirar que lo hubiera burlado y aventajado en ese tema candente que siempre había entre los dos. Por supuesto, no era la primera vez que ella había sacado el tema. Hablaba de ello constantemente. Pero Mateo había pensado que, antes de reanudar el ataque, su madre le permitiría hacer lo que tenía que hacer en Inglaterra.

Lo había pillado desprevenido. ¿Y qué recomendaban los estrategas militares cuando te tendían una emboscada? Replegarse.

Y se replegó sumiéndose en el silencio. Lo había aprendido de niño; era mejor quedarse callado que abrir la boca y ver que todas sus ideas resultaban equivocadas. Por entonces había aprendido que los pensamientos erróneos eran ridiculizados, sobre todo en público.

—No puedes negarme que ha llegado el momento —continuó su madre alegremente, sin el más mínimo indicio de vergüenza—. Y ahora, Teo...

Él levantó la mano para impedirle decir ni una palabra más.

Cada vez que habían tenido esa conversación, Mateo le había dicho que no necesitaba que ella le dijera que se ocupara del asunto de la procreación. Sabía muy bien que debía hacerlo y, sinceramente, no le importaría. A veces se sentía solo con su título y su casa. Pero, entre lo que en ocasiones podía ser una timidez debilitante y su incapacidad de resultar encantador, no había tenido mucha suerte. Era consciente de que no sabía desenvolverse con la gente. En las fiestas se sentía fuera de lugar cuando todo el mundo quería que se lo presentaran. Se le daban excepcionalmente mal las charlas triviales, prefería una noche tranquila a una reunión llena de ruido, y le encantaría conocer a su futura esposa bajo sus propios y malditos términos.

Por desgracia, a las mujeres jóvenes que había conocido hasta el momento, las que podían ser una pareja adecuada, no parecía gustarles mucho. Y a las mujeres a las que había conocido por intereses más básicos no parecía importarles si él hablaba o no.

Resumiendo, nunca había conocido a una mujer que pareciera saber qué hacer con él, incluida su madre.

Intentó pensar en un modo de acabar con esa deplorable conversación, pero su madre se le había adelantado y estaba ejecutando su plan.

—¿Entramos a tomar el té? —dijo ella, y lo tomó del brazo—. Lo discutiremos luego.

—Espero que tengan más de estos deliciosos pastelitos —dijo lady Aleksander.

Mateo podría haberles dicho que los había recogido del césped, pero estaba demasiado ocupado retorciéndose por dentro, empujando la furia que sentía por su madre hasta un profundo agujero y temiéndose una conversación en la que no sabría cómo desenvolverse.

Capítulo 3

Desde hacía tiempo, Hattie sospechaba que su padre llevaba toda su vida intentando volverla loca, y hoy era posible que lo lograra. Ahora mismo él estaba recorriendo la casa dando pisotones, apartando gatos a su paso y volcando maniquíes de costura mientras buscaba su bastón favorito.

—¡El de la cabeza de halcón tallada hecha de hueso de ballena! —le gritó a su esposa, que diligentemente buscaba entre las montañas de cosas esparcidas por todas partes.

Hattie miró el reloj que llevaba prendido al vestido.

—Vamos a llegar tarde —le advirtió. A ella le parecía un pecado imperdonable; no todos los días el conde de Iddesleigh la invitaba a una a tomar el té, y, si lo hacía, una desde luego no tenía la grosería de llegar tarde—. ¡A él le da igual tu bastón! —le gritó a su padre. Un gato se frotó contra su falda. Ella lo apartó.

—Ah, aquí está —dijo su padre al reaparecer con el bastón y mostrárselo a Hattie para que lo viera—. Al conde le gustará. Te aseguro que no ha visto nada tan magnífico.

Hattie se negó a mirar el bastón.

—¿Podemos irnos ya?

Estaba furiosa con su padre por insistir en

acompañarla; su encuentro fortuito con lord Iddesleigh era lo mejor que le había pasado desde que
hacía quince días le hubiera concedido la libertad a
Rupert Masterson, y no quería que su padre lo estro-
peara.

Sin duda lo estropearía.

Cuando le había enviado a Rupert la carta que él
le había pedido a Flora que acordara, él había respondido de inmediato asegurándole que era lo co-
rrecto y deseándole lo mejor. Fue todo lo que dijo.
Nada sobre los meses que habían estado corteján-
dose ni las veces que Hattie lo había ayudado en su
tienda. Ni una sola palabra sobre los planes que
habían hecho o cómo había podido él renunciar a
su compromiso con tanta facilidad. ¿Por qué era tan
sencillo para él y tan duro para ella?

Ya se le había pasado el impacto inicial. Había
días en los que el fin del compromiso le parecía un
sueño, pero la mayoría estaba furiosa por que Rupert hubiera resultado ser tan cobarde y su propia
familia se hubiera convertido en un problema tan
manifiesto para ella.

En más de una ocasión se había visto al otro lado
de la calle de la Masterson Dry Goods and Sundries
Shop. Tenía un profundo deseo de plantarle cara y
darle un puñetazo en la boca, como había visto hacer a los boxeadores en el gimnasio al que Daniel
había insistido en llevarla. Pero sobre todo estaba
bullendo por dentro.

Bullía por dentro.

Y bullía por dentro.

Lo que la tenía tan condenadamente furiosa con
el mundo era que había hecho todo lo que se suponía que debía hacer para conseguir una buena oferta
de matrimonio. Había mostrado recato y talento.
Había sido servicial y nunca había discutido. Se había mordido la lengua en las escasas ocasiones en las
que Rupert había dicho algo tan inconcebiblemente

estúpido como para que le lloraran los ojos. ¡Lo había ayudado en su tienda! Que él la hubiera descartado la hacía sentirse como un perro viejo y le hacía desconfiar mucho mucho de los hombres en general.

Pero Hattie tenía una cosa clara: jamás volvería a amoldarse a un ideal social que dictaminara cómo debía comportarse. Ni a un ideal social que dictaminara cómo debía pensar. O qué decir. O quién ser. Si Rupert Masterson podía anular el compromiso con semejante facilidad, las perspectivas de matrimonio de Hattie no eran muy alentadoras, y no le veía sentido a no ser ella misma.

Resulta que había estado en la calle, frente a la tienda de Rupert, imaginándose cómo iba a sacar el brazo y golpearlo en toda la jeta cuando el conde Iddesleigh la salvó de cometer un terrible error. Hattie tenía un pie en la calzada, tras haber reunido valor para plantarle cara al cobarde, cuando oyó que decían su nombre. Se giró. Vio a lord Iddesleigh y a su hija mayor, lady Mathilda, caminando hacia ella. Y en ese momento el conde, como si nada, cambió el curso de su vida.

Por segunda vez.

Si creía en los ángeles de la guarda, entonces el conde de Iddesleigh era el suyo. La primera vez que la había salvado, Hattie tenía catorce años. Estaba tan furiosa por la irracional tacañería de su padre que había salido a buscar trabajo. Tenía en mente un empleo como contable o secretaria, algo respetable, pero que no tuviera que ver con niños. Había llamado a la puerta de la residencia londinense del duque de Marley porque había oído que era rico, y desde luego la casa de Mayfair lo atestiguaba. Suponía que era mejor suplicarle trabajo a un hombre rico que a uno pobre.

¡Qué ingenua había sido! No había trabajo para una chica de catorce años que no implicara orinales, fregar suelos o niños. Pero resultó que lady Marley y su amigo lord Iddesleigh estaban con el duque aquel día y ambos mostraron un profundo interés por Hattie. Lord Iddesleigh conocía a su padre y, como fuera, había convencido al tristemente famoso Hugh Woodchurch para que enviara a su hija a la Escuela Iddesleigh para Niñas Excepcionales, en Devonshire.

Con una beca, como ella había sabido más tarde. Financiada por lady Marley.

Aquella escuela había cambiado la vida de Hattie. Allí había aprendido sobre el mundo fuera de su sobrecargada casa. Había aprendido matemáticas, ciencias y arte. Y también competencias útiles que podían servirle para un empleo. Había aprendido a tener seguridad en sí misma y a defenderse. En una escuela hasta los topes de niñas, daba la sensación de que allí reinaba la ley del más fuerte. Hattie se había decidido a no perder su plaza en el colegio y no volver a casa hasta que no fuera absolutamente necesario.

Y se hizo necesario cuando se graduó y no tenía ningún otro sitio al que ir.

Hacía varios años que Hattie no veía a su excelencia, pero él se había mostrado verdaderamente encantado de verla y se había interesado por su vida y por su familia. Luego la había mirado con curiosidad y le había preguntado:

—¿Su caligrafía sigue siendo tan impecable como cuando estaba en la escuela?

Hattie se había reído.

—Qué curioso que lo recuerde. Pero sí, creo que sí.

—Conozco a alguien que necesita una caligrafía excelente.

—¿Alguien necesita caligrafía? —preguntó lady Mathilda—. ¿Cómo se puede necesitar caligrafía?

—Cuando la caligrafía de uno brilla por su ausencia, lo cual, amor mío, creo que puedes comprender.

Lady Mathilda gruñó y miró a otro lado.

Hattie tampoco había oído algo así nunca, pero, unos días más tarde, el conde le había enviado una nota invitándola a tomar el té. Decía que tenía una oportunidad que podría interesarle. La nota iba dirigida a ella únicamente, pero, en su entusiasmo, Hattie había cometido el error de decírselo a sus padres. ¿Es que no iba a aprender nunca?

Su padre, un hombre bajo, enjuto pero fibroso y con ojos de halcón, se había incorporado en su asiento de forma tan abrupta que había asustado a un par de gatos durmientes, que luego habían saltado del respaldo del sillón y habían tirado al suelo una montaña de prendas por zurcir.

—¡Té con un conde! —había gritado su madre—. ¡A saber qué diabluras habrás estado haciendo para obtener semejante invitación!

—¿Diabluras? —había repetido Hattie—. Es un té, mamá.

Su madre era rolliza y solía estar aletargada, sobre todo por las tardes, después de tomarse su jerez. Estaba tumbada en un diván con tres gatos acurrucados a su lado. Pero la noticia la avivó y, sin ningún miramiento, apartó a los gatos a un lado.

—No irás a tomar el té sin nadie que te acompañe, Harriet. No lo toleraré.

—Iré yo —había dicho su padre al instante—. Me gustaría ver la casa de Iddesleigh. Dicen que es un hombre rico, pero me gustaría ver si es verdad.

—Siempre dicen que los condes son ricos —dijo su madre con un ademán de la mano—. Pero he oído que, en realidad, la mayoría son pobres como las ratas.

—Esto no es... Eso no es...

Hattie se rindió. Por experiencia sabía que no había argumentos que pudiera dar para disuadir a su padre. Y, ahora que había aparecido el bastón, allá que partieron, a Upper Brook Street, y a pie a pesar de que su padre era dueño de la mayor parte del transporte público de Londres. «¿Por qué gastar un chelín cuando no es necesario?», preguntaba cada vez que Daniel o ella le pedían transporte para cruzar la ciudad. Sin embargo, ya que estaba lloviznando, a Hattie le parecía necesario el coche de caballos. Llegaron un cuarto de hora tarde y desaliñados.

El mayordomo, muy amablemente, los llevó a una pequeña sala donde esperaba el conde, que fue todo sonrisas... hasta que vio a su padre.

—Ah, señor Woodchurch... No le esperaba.

—Ya me imagino, mi buen hombre —soltó su padre—. Pero he venido de todos modos para mantener a salvo a mi hija.

—A salvo... ¿de qué? —preguntó su excelencia, que parecía confuso de verdad. Pero entonces sacudió la cabeza y les indicó que pasaran—. Ningún problema. Es usted más que bienvenido, señor —dijo cortésmente—. Señorita Woodchurch, siempre es un placer.

—Gracias —dijo Hattie con una reverencia. Estaba nerviosa mientras veía a su padre mirar a su alrededor, estrechando los ojos como si estuviera tasando cada pieza de mobiliario.

—¿Puedo ofrecerles un té?

El padre de Hattie respondió:

—¿Qué quiere con mi hija?

—Ay, papá... —empezó a decir Hattie, avergonzada por los modales de su padre.

—Valoro a quienes van directos al grano. Vivo con seis mujeres en esta casa y a veces encontrar el grano de la conversación en cuestión supera mi capacidad mental. La he invitado, señorita Woodchurch, porque, como le he dicho, creo que tengo una oportunidad que le encaja a la perfección. Por favor, tomen asiento.

—Conque una oportunidad, ¿eh? —dijo su padre con tono sarcástico mientras Hattie se sentaba en el sofá que le había indicado su excelencia.

Lord Iddesleigh lo ignoró y siguió sonriendo a Hattie.

—Creo que ya le mencioné que tengo un conocido en Londres que necesita ayuda con la correspondencia. Tiene que ser alguien con una caligrafía y una ortografía impecables. El trabajo sería entre tres y cuatro tardes a la semana y consistiría en tomar notas y convertirlas en cartas, responder invitaciones y ese tipo de cosas.

El padre de Hattie resopló.

—No será un caballero tan importante si no tiene secretario, ¿no?

La cálida sonrisa de lord Iddesleigh se enfrió.

—El caballero está de visita en Londres procedente de otro país y, como tal, no tiene secretario a su disposición.

—De visita... —empezó a decir Hattie, pero su padre la interrumpió.

—Es un trabajo pagado, ¿verdad? ¿Cuánto?

—Ay, no —murmuró Hattie muriéndose de vergüenza mil veces más—. Papá, por favor.

Lord Iddesleigh se quedó casi acongojado con la pregunta.

—Efectivamente, el trabajo es remunerado, pero me gustaría asegurarme de que a la señorita Woodchurch le interesa el puesto antes de...

—Le interesa —dijo su padre con rotundidad.

—¡Padre! —contestó Hattie con dureza—. Por favor, permíteme responder a las preguntas de su excelencia.

Su padre apretó la mandíbula y, a regañadientes, hizo un gesto elegante con la mano indicándole a Hattie que continuara.

Hattie se giró hacia el conde.

—¿Puedo preguntarle si... el caballero está casado?

El conde parecía confundido por la pregunta.

—No, es... ¿Por qué lo pregunta?

—Creo que sería sumamente inapropiado para mí, una mujer soltera, ser la empleada de un soltero.

—¡No seas ridícula, niña! —dijo su padre con brusquedad—. ¿Cuánto es el sueldo? —volvió a preguntar.

De pronto, lord Iddesleigh se dirigió a la puerta del despacho y la abrió.

—Ya que le estoy ofreciendo el puesto solo a la señorita Woodchurch y no a usted, señor, tal vez sería tan amable de permitirnos un poco de intimidad para que podamos hablar con libertad.

Su padre parecía tener ganas de discutir, y Hattie se apresuró a añadir:

—Será solo un momento. Gracias.

Con un suspiro de enfado, su padre le clavó una mirada feroz al conde.

—Muy bien —dijo secamente—. Que sea rápido.

Y con eso, abandonó la sala de mala gana y sin dejar de observar los muebles al pasar.

En cuanto salió, lord Iddesleigh se dirigió a Hattie.

—Lo siento mucho...

—Creo que no tenemos mucho tiempo —dijo él apresuradamente. Se sentó a su lado en el sofá—. Permítame que vaya directo al fondo del asunto. Esta es una oportunidad estupenda para usted, señorita Woodchurch. El caballero en cuestión es el duque de Santiava y ahora vizconde Abbott. Tal vez se haya enterado de que el título del vizconde ha pasado a un extranjero.

Hattie se quedó tan asombrada que se quedó en silencio. No era capaz de formar un pensamiento coherente, y le habría dado igual poder hacerlo, porque se le había atascado la lengua.

El conde siguió hablando, pero ella no oyó parte de lo que dijo. Él frunció el ceño.

—¿Señorita Woodchurch? ¿Sabe de quién estoy hablando?

Solo del soltero más cotizado de toda Londres. Solo del hombre más guapo que había visto en su vida.

—Sí, milord.

—Su inglés hablado es impecable —continuó el conde—. No sospecharía ni por un momento que falla algo. Por desgracia, su habilidad para escribir y leer en inglés no es tan impecable y necesita ayuda en ese sentido.

Ayuda. Necesitaba ayuda. ¿De ella? Hattie no entendía cómo podía estar pasando. ¿Lord Iddesleigh quería que escribiera cosas para ese hombre tan bello?

El conde se inclinó hacia delante y la miró directamente a los ojos.

—Creo que no me estoy explicando bien. Este puesto podría abrirle puertas. Puertas que podrían no abrirse de otra forma, no sé si me entiende.

Hattie no lo entendía. Apenas podía pensar.

Él suspiró.

—Señorita Woodchurch. ¿Qué quiere en la vida?

—¿Disculpe?

No sabía qué quería en la vida desde que Rupert la había rechazado. Las visiones de futuro que se había creado se habían disipado como el humo.

—Mi... mi propia casa de campo. Tal vez un perro o dos. Tal vez incluso una vaca.

Iddesleigh frunció el ceño.

—Creo que debería saber que tener una vaca da más problemas de los que cree. Pero, en fin, si es lo que quiere, entonces es usted aún más perfecta para este puesto de lo que pensé en un principio.

Hattie quería preguntar qué tenían que ver las vacas con nada de eso y, la verdad, no había pretendido decir que saldría corriendo a comprarse una directamente. Pero al final se quedó ahí sentada, aturdida, intentando encontrarle sentido.

Y entonces el conde le dijo lo que el vizconde pagaría por sus servicios y todo lo que el hombre había estado intentando decir quedó claro. Era una canti-

dad que Hattie apenas podía asimilar. Una cantidad
que podía suponer el comienzo de posibilidades infinitas. La duda sobre estar sola con un soltero bellí-
simo persistía con fuerza, pero también las ansias
por ese dinero. Desde luego, era un modo de salir de
casa de su padre.

—Acepto —dijo con voz clara.

De camino a casa, el padre de Hattie exigió saber
cuánto cobraría. Cuando ella se lo dijo, las finas cejas de su padre se alzaron llegándole casi a las entradas.

—¿Tanto? Bueno, Harriet, te propongo un trato.
Me quedaré solo con el quince por ciento.

Ella lo miró espantada.

—¿Qué?

—Es lo justo. Ahora eres adulta y deberías haberte casado y haber salido de mi casa hace mucho
tiempo. Un quince por ciento es una ganga compa-
rado con lo que tendrías que pagar por una habitación y comida.

Hattie no podía creer lo que estaba oyendo.

—Me habría ido de casa hace mucho tiempo de
no haber sido por vosotros, papá. ¡Por vosotros, por
nuestra casa y por mis hermanos!

—En fin —dijo él encogiéndose de hombros.

Sí, Hattie haría lo que hiciera falta para salir de
la casa de su padre. Lo que hiciera falta.

Capítulo 4

Desde la calle, a Mateo le pareció que la casa del vizconde en Grosvenor Square era bastante sencilla. Ladrillo claro y una puerta verde oscuro con aldabas de latón. Un raspador de botas para quitar el barro y un poste para atar a los caballos. Era una casa bonita y respetable, suponía, pero corriente. Por otro lado, sí que le gustaba situarse junto a la ventana de su sala de estar y ver desde ahí quién estaba en su puerta.

Hoy era el conde de Iddesleigh, o Beck, como el hombre le había recordado a Mateo en más de una ocasión. Estaba con una mujer que llevaba un sombrero que le oscurecía la cara, pero parecía ser de altura y porte medios. Tan corriente como esa casa. Y no es que su aspecto le importara; era una secretaria, había ido a escribir su correspondencia en inglés. Y había mucho que escribir.

La tarde en la que su madre había metido en su vida a la casamentera, además se había quejado, mientras tomaban el té, de los lentos avances del trabajo de Mateo. Lo había avergonzado por segunda vez, pero, antes de que él pudiera explicarse, antes de que intentara describir lo indescifrable que era la caligrafía de su abuelo, Beck había aprovechado esa queja y había dicho que era un problema que podía resolver. Decía que conocía a una mujer de su escuela que necesitaba trabajo.

Lady Aleksander había dicho lo que Mateo estaba pensando, que no estaría bien visto tener a una mujer sin carabina y soltera trabajando sola con el vizconde, que era soltero.

—No hay que apurarse —había dicho Beck con seguridad—. No supondrá ninguna tentación para el vizconde.

El comentario había caído como un golpe.

—¿Cómo dice, señor? —había dicho la madre de Mateo.

—Mis disculpas por expresarme mal. No tendría el atrevimiento de hablar sin saber. Lo que quiero decir es que la joven señorita está acostumbrada a trabajar —corrió a enmendar Beck— y su familia está acostumbrada a que trabaje. En lugar de verla como una joven soltera y lista para el cortejo...

—Dios bendito —se quejó lady Aleksander.

—Véanla como una tía solterona que viene a tomar el té. Nadie se pararía a darle vueltas a eso, ¿verdad? Además, si entra y se marcha por la puerta de servicio, ¿quién va a especular sobre qué trabajo viene a hacer?

A Mateo no le agradó aquello. La discusión era fría; fuera quien fuera la mujer, era una persona.

—Al margen de la puerta que use, sigue siendo una mujer cuya reputación merece ser respetada.

—Sí, por supuesto, por supuesto —dijo Beck apresuradamente—. Pero también merece una oportunidad de ganarse un sueldo. Es buena y decente, y tiene las habilidades necesarias para ayudarle. Y... necesita el trabajo.

—¿Qué quiere decir con que lo necesita? —preguntó su madre antes de que Mateo pudiera abrir la boca.

—Necesita el dinero —dijo Beck con rotundidad—. Imagino que me considerarán un grosero por mencionarlo, pero su familia es... Son... —Se detuvo y arrugó la cara como si estuviera intentando resolver un acertijo— poco convencionales —dijo finalmente.

—¿Y eso qué quiere decir? —preguntó lady Aleksander.

—No hay nada criminal.

La madre de Mateo se rio.

—Eso no es muy tranquilizador.

—Lo que intento decir es que su situación en este mundo se vería aliviada en gran medida si pudiera ganar algo de dinero por su cuenta. No diré más ni especularé, pero la conozco desde que estudiaba en mi escuela. Es formal y de fiar, y se comporta con integridad. Si no me cree, tal vez podría al menos conocerla y juzgarlo usted mismo.

Más adelante Mateo se plantearía que, con mucha probabilidad, habría dicho que no al acuerdo, pero su madre eligió aquel momento para mofarse de Beck y, con ello, determinó su decisión.

—Como si es un ángel. Es inapropiado.

—Por supuesto, Beck. Tráigala —dijo Mateo.

La taza de té de su madre traqueteó sobre el platillo.

—¡Teo!

—Gracias, mi señora, pero lo he decidido —dijo en voz baja. Y por una vez en su bendita vida, su madre no discutió.

Claro que necesitaba ayuda. Y algo de lo que había dicho Beck había calado hondo en él: su vida se vería aliviada en gran medida si pudiera ganar un sueldo. Por eso accedió. La conocería y juzgaría por sí mismo.

Y bien, había llegado el día. Se sentía un poco incómodo; siempre se sentía así con la gente que no conocía. Sus sirvientes desde hacía tiempo, Rosa, Pacheco y Borrero, eran como familia para él. Pero ¿el resto? No se le hacía fácil relacionarse. Ahora era un hombre adulto, no el niño temeroso del juicio de los desconocidos. Pero no era un hombre con encanto. Ojalá lo fuera; la vida sería mucho más fácil si tuviera el encanto espontáneo de su hermano, Roberto, o la hospitalidad innata de su hermana, Sofía. Sus hermanos podían entrar en el lugar que fuera, con la cantidad de gente que fuera, y salir riéndose con nuevos amigos e invitaciones para cenar. Pero él estaba cortado por otro patrón. Hacer amigos le suponía un gran esfuerzo. Era como si no lograra que la gente estuviera a gusto en su presencia. Y, por norma, después de conocer a alguien nuevo se sentía exhausto, vacío y dudando de sí mismo.

Fuera como fuese, tenía demasiados asuntos urgentes de los que ocuparse como para preocuparse por cómo lo veía la gente. Tenía una montaña de invitaciones que requerían respuesta, cartas que escribir a socios y agentes inmobiliarios, y algunos documentos que, sinceramente, esperaba que esa mujer pudiera leer e interpretar por él.

Y, que no se le olvidara, cosa que en este punto era imposible, tenía el curioso problema de una entrega errónea de cabras en lugar de las ovejas que había comprado, y estaba seguro de que la causa sería una mala traducción de su inglés.

Necesitaba un escribiente, y lo necesitaba ya.

Oyó que llamaron a la puerta y oyó a Borrero invitarlos a entrar. Se colocó los puños de la camisa una y otra vez hasta que Borrero fue a buscarlo. Luego se los colocó una última vez y bajó al despacho a reunirse con sus invitados.

El despacho estaba en el lado este de la casa, panelado en un tono oscuro y con vistas al jardín y la calle. En una pared había estanterías del suelo al techo llenas de libros sobre agricultura, historia y filosofía. Las ventanas estaban abiertas para dejar entrar más luz y, a través de ellas, Mateo oía el ligero sonido de los carruajes, los caballos y la gente moviéndose de un lado para otro.

La mesa de caoba de su abuelo dominaba un extremo de la habitación y estaba abarrotada de papeles y libros de cuentas, y, tras ella, había una silla de piel bien acolchada. La habitación era muy masculina y, al instante, él intentó imaginarse a una joven revoloteando por ahí, tocando las cortinas, sentándose en el mobiliario, llenando el espacio con su presencia. En el otro extremo había un pequeño escritorio que había hecho trasladar desde uno de los dormitorios.

—Milord —dijo Beck inclinando la cabeza y atrayendo la atención de Mateo hacia él.

—Beck. Bienvenidos.

Dobló un brazo por detrás de la espalda y cerró el puño antes de desviar la mirada hacia la mujer. Era un extraño hábito que había adoptado de niño cuando sus padres lo empujaban al frente del estrado. «Contempla a tu heredero, Santiava». La multitud lo contemplaba y después su padre lo menospreciaba por ponerse nervioso, por el aspecto que había ofrecido y, si había dicho algo, por lo ridículo que había sonado.

No podía ver más que unos mechones del pelo de la mujer bajo el sombrero, pero le parecía castaño. Tenía los ojos grandes y azul claro, y reflejaban cierta sorpresa. Tenían luz, un cierto brillo que lo atraía. ¿Estaba ilusionada? ¿Feliz de estar ahí? ¿Y por qué agarraba con tanta fuerza su bolsito de mano?

—Lord Abbott, le presento a la señorita Harriet Woodchurch —dijo Beck y, justo en el momento oportuno, la señorita Woodchurch dio un paso adelante y se agachó con una perfecta reverencia—. Se presenta ante usted con excelentes credenciales y tras haberse graduado de la Escuela Iddesleigh para Niñas Excepcionales. En la actualidad se ocupa de la contabilidad de la señora O'Malley y su confitería, además de ejercer de dama de compañía para la hija de un vizconde. Aparte de sus muchos talentos, su caligrafía es pura perfección —dijo Beck sonriendo a la señorita Woodchurch.

—Buenas tardes, milord —dijo ella—. Es un gran honor para mí conocerle. Agradezco su consideración.

Lo estaba mirando tan fijamente que Mateo estaba un poco inquieto. Parecía alguien que estuviera viendo a una persona que creía haber conocido, pero sin poder ubicar cuándo o dónde.

—He traído una muestra de mi caligrafía por si quisiera verla.

A Mateo no le hacía falta ver su escritura. Confiaba en Beck; no le habría llevado a una mujer cuya caligrafía fuera ilegible. Lo único que le importaba saber era la solidez de su ortografía y si sabía construir apropiadamente una oración en inglés. Él tenía la terrible costumbre de traducir en su cabeza, del español al inglés, lo que quería decir y por ello era inevitable que resultara incorrecto.

La señorita Woodchurch al parecer malinterpretó su silencio por un deseo de ver la muestra y forcejeó con el broche del bolsito. Él se fijó en que su vestido era del color de las ciruelas que colgaban de los árboles alrededor de la terraza del palacio de Valdonia. La tela tenía un brillo que sugería que era tanto barato como nuevo.

Ella sacó un papel del bolso y se acercó más, ofreciéndoselo. Su mano, tal como pudo apreciar, tenía un ligero temblor.

—Es una carta. No va dirigida a una persona real. La he escrito para que pueda ver mi caligrafía y mi ortografía. Se me dan muy bien ambas cosas.

Dio un paso más hacia él, parecía dispuesta a meterle la carta en el bolsillo si él no la agarraba. Así que la agarró; la abrió, la miró, la dobló y se la devolvió.

—Como puede ver, la señorita Woodchurch ha venido preparada. Seguro que está de acuerdo en que eso es un buen indicador de sus habilidades.

Mateo asintió como un tonto. Se sentía incómodo, sin saber qué hacer. ¿Debería felicitar a la mujer por su caligrafía? ¿Hacer algún comentario sobre la pulcritud de la misma?

—Imagino que tendrá algunas preguntas que hacerle —dijo Beck.

Sin duda, el hombre era quien se sentía más relajado y cómodo en esa habitación. Le recordaba a Roberto, su hermano. Al igual que pasaba con él, probablemente para Beck nunca nadie era un extraño. Para Mateo, en cambio, todo el mundo lo era.

Volvió a mirar a la señorita Woodchurch, recorriéndola rápidamente hasta la punta de sus zapatos manchados y de nuevo hasta arriba. Era joven. ¿Demasiado?

—¿Su excelencia le ha explicado el trabajo?

—Sí, milord. Necesita alguien que escriba para usted.

—¿Y usted confía en su habilidad para anotar lo que digo y luego plasmarlo apropiadamente en el papel?

—Confío mucho, milord. En mi antigua escuela solían decirme que era la que tenía la mejor caligrafía.

¿Cómo había acabado ahí, delante de él? Parecía tan... corriente. Aunque no tanto como él se había imaginado en un principio; tenía un rostro agradable, unos ojos azules imponentes y unas manos muy elegantes. Y era justo eso, pensó él. No tenía un título afamado, ni riquezas inimaginables, ni una belleza que lo dejara pasmado. Parecía una mujer práctica, decidida a ganarse el puesto. Para él fue un alivio sentir que ahí la única motivación era el trabajo.

Curiosamente, tal vez le gustara eso de que fuera corriente. Él era corriente, salvo por las circunstancias de su nacimiento.

—Puede que le resulte peculiar que alguien destaque por su caligrafía y no por algo un poco más importante como la habilidad para hacer sumas de cabeza. Pero todos tenemos nuestros puntos fuertes.

—¿Disculpe?

—Estaba diciendo que, aunque para otros las matemáticas serían su punto fuerte, el mío es la escritura.

Él le sostuvo la mirada.

—Usted también debe de tener un punto fuerte, milord. ¿No es así?

¿Era eso un intento de conversar con él? No tenía claro qué tenían que ver sus puntos fuertes con el puesto de trabajo de ella.

—Bueno, creo que su excelencia debe de tener muchos —interpuso Beck—. ¿Más preguntas, milord?

Más, a medida que ella pasaba más tiempo delante de él.

—¿Por qué busca empleo?

Algo en la expresión de ella cambió. La luz de sus ojos se apagó un poco y su sonrisa, perpetua hasta el momento, se desvaneció.

—Imagino que por el mismo motivo por el que cualquiera busca empleo, milord. Por el deseo de ganarme la vida.

A él solo se le ocurrían uno o dos motivos por los que una mujer necesitara ganarse la vida.

—¿Es usted viuda?

Ella parpadeó atónita.

—Nunca he estado casada.

—Tal vez en Inglaterra no sea igual, pero en Santiava una mujer que goza de cierto privilegio en la vida no busca un empleo. Se considera... —dijo intentando pensar en una palabra apropiada en inglés— *déclassé* —terminó en francés.

Las cejas de la señorita Woodchurch se hundieron formando una oscura V.

—Qué desgracia para las mujeres de Santiava. A mí me parece loable que una mujer, sea de la clase que sea, quiera poder mantenerse a sí misma.

—Muy loable, en efecto, señorita Woodchurch —se apresuró a decir Beck—. Y admiro su motivación. Pero creo que estaremos de acuerdo en que en Inglaterra no todo el mundo comparte su opinión.

—Supongo que no —dijo ella con remilgo.

Mateo no entendía a esa mujer.

—Milord, ¿tiene alguna otra pregunta? —volvió a decir Beck.

Si no tenía cien, no tenía ninguna. Le llamaba la atención que ella le hablara como si, de algún modo, estuvieran al mismo nivel. Pero, en la práctica, ese puesto no consistía sin más en tomar notas y escribir. Mateo dio un paso hacia ella.

—*Señorita*... ¿entiende que este trabajo es confidencial? No me gustaría que mis asuntos privados se comentaran en salones y cafés de toda Londres.

A ella se le encendieron un poco las mejillas.

—Discúlpeme, pero yo no frecuento cafés —dijo, y a él le pareció que se había sentido insultada—. Puede fiarse de mi discreción en todos los aspectos.

—¿En todos los aspectos?

Las mejillas se le sonrojaron un poco más.

—Como ya he dicho —confirmó. Y, curiosamente, sonó un poco desafiante.

Si su madre hubiera estado ahí, se habría ofendido mucho, pero a Mateo le gustó que ella hablara con convicción. Le gustó que estuviera segura de sus habilidades. La observó un poco más.

—Es usted muy joven.

Ella se rio de verdad con el comentario.

—Veinticuatro.

¿Veinticuatro años? ¿Solo cuatro años más joven que él? Ya debería estar casada y tener un hijo o dos. ¿Por qué no lo estaba? ¿Estaría metida en algún problema? ¿Tal vez un embarazo no deseado?

—Ahora que hemos establecido que la señorita Woodchurch tiene unas credenciales excelentes, y que ha hecho voto de discreción y cree en los derechos de la mujer para buscar empleo, ¿cuándo le gustaría que empezara? —preguntó Beck alegremente—. Todo apunta a que tiene mucho trabajo pendiente —añadió con tono despreocupado y mirando hacia la mesa.

A Mateo no le hizo falta mirar para saber cuánto trabajo le quedaba por hacer. Miró a la señorita Woodchurch, la de los ojos azules claros. No sabía por qué vaciló, por qué estaba siendo tan quisquilloso. La situación que tuviera ella no le importaba nada. Cuanto antes terminara él su trabajo ahí, antes podría volver a Santiava.

—Mañana —dijo de manera inexpresiva—. A las dos en punto, si a la señorita Woodchurch le conviene.

La señorita Woodchurch sonrió de pronto, y resultó muy agradable. No era una sonrisa corriente.

—Me conviene, perfectamente. Gracias —dijo, y volvió a meter el papel en su bolsito antes de hacer una reverencia—. No le robaré más tiempo —añadió como si fuera ella la persona de esa habitación que debía dar por terminada la entrevista.

Pero desde luego que la terminó. Mateo miró a Beck.

Beck sonrió.

—En la Escuela Iddesleigh para Niñas Excepcionales, nos gusta inculcar a nuestras chicas seguridad en sí mismas.

—Pues diría que con la señorita Woodchurch ha logrado su objetivo.

—¡Gracias! —dijo la señorita Woodchurch.

Capítulo 5

Hattie era consciente de que iba dando zancadas al lado de lord Iddesleigh. Parecía que los brazos y las piernas le funcionaban como debían, pero se sentía como si las extremidades se le hubieran quedado sin sangre. No tenía aliento en los pulmones y el corazón le latía tan rápido que pensó que corría peligro de desmayarse.

Como fuera, logró salir a pie de esa casa y caminar junto al conde calle abajo, como una persona con un empleo nuevo y remunerado y al servicio del hombre más bello que había visto en su vida.

Que Dios la ayudara, porque de cerca era más impresionante incluso. Apenas podía asimilar su perfección; desde sus elegantes dedos hasta la forma de sus musculosos brazos bajo esa chaqueta hecha a medida. Desde su esbelta cintura y la fina cadena de oro de su reloj de bolsillo hasta su rostro bien rasurado. ¡Y sus ojos! La habían hipnotizado. Tenía las pestañas tan oscuras que parecía que los tuviera perfilados con kohl, y sus iris tenían un precioso tono avellana: dorado reluciente con verde y marrón. Su voz, suavemente profunda. Su acento, melodioso, sobre todo por el modo en que pronunciaba la R.

Pero no era solo eso. Ahí de pie en el despacho, Hattie había empezado a comprender el semejante regalo que era ese puesto. Si trabajaba bien y le demostraba su valía, el sueldo le daría el camino a la independencia. Una independencia que de verdad pudiera existir fuera de su imaginación.

En la esquina donde el conde y ella se separarían, Hattie logró darle las gracias a lord Iddesleigh de forma efusiva pero coherente a la vez. Él dijo que se alegraba de serle de ayuda y que esperaba que muy pronto se reuniera con su familia y él a tomar el té.

—Me gustará saber cómo marcha su trabajo.

Sí, sí, té y todo eso. Pero Hattie no podía pensar en nada más que en el vizconde y esa oportunidad. Estaba deseando empezar.

—Señorita Woodchurch —dijo su excelencia, y Hattie levantó la mirada.

Él le puso las manos en los hombros.

—Sea exactamente quien es. Lo que dije lo dije de verdad. Esta es una oportunidad para usted, pero debe abordarla con seguridad en sí misma, con entusiasmo y con buena disposición para hablar... básicamente como lo ha hecho hoy.

—¿He hablado fuera de lugar?

—No. Ha estado perfecta —le aseguró—. Pero, según mi experiencia, a veces a los caballeros hay que recordarnos que todos somos hijos de Dios, y no solo el género masculino.

Hattie no lo entendió, pero, antes de que se despidieran, juró que haría exactamente lo que le había aconsejado.

Cuando llegó a casa, en el vestíbulo había un nuevo reloj de pie, apretujado entre otros dos y dejando solo un espacio estrecho por donde pasar. Sacudió la cabeza al rebasarlo y se dirigió al salón.

Sus padres estaban ahí dentro. Siempre estaban ahí dentro.

—¿Y bien? —preguntó su madre apartándose gatos del regazo cuando Hattie entró.

—¡Me ha dado el trabajo! —exclamó Hattie con alegría.

—¿Cuánto? —preguntó su padre.

—Ya te lo dije, papá.

—No, me dijiste lo que Iddesleigh dijo que ofrecería. ¿Es que no has tratado el asunto directamente con el vizconde? Por el amor de Dios, Harriet, ¡siempre se pregunta cuánto se cobra por un trabajo! Podrías haber negociado un salario mejor.

Ella no necesitaba un salario mejor. Haría el trabajo incluso gratis, solo por la mera oportunidad de volver a verlo, de estar en compañía de un caballero, de moverse por una casa bonita.

—¿Un salario mejor para qué?

Daniel, el hermano mayor de Hattie, entró en la sala. Tenía el pelo alborotado, como si le hubiera dado el viento. Llevaba el cuello de la camisa abierto a la altura de la garganta y Hattie podía olerle el alcohol a metros de distancia.

—Tengo un trabajo nuevo —dijo ella, feliz—. De correspondiente.

Daniel frunció el ceño mientras se acercaba al aparador.

—¿De qué?

—Alguien que se encarga de escribir la correspondencia.

—Gracias, Hat, sé lo que es un correspondiente. Lo que quiero decir es por qué piensas que tú eres una.

Él agarró un decantador de cristal y quitó el tapón.

—Porque el nuevo vizconde me ha contratado precisamente para eso.

La noticia hizo que Daniel se detuviera un instante antes de servirse una copa de brandi.

—El nuevo vizconde... ¿Te refieres a Abbott? ¿El español?

—Es santiavano, pero sí. Él.

Hattie estaba sonriendo, y lo notó. Desde luego, tenía que aprender a contenerse. Sería inapropiado ir por ahí sonriendo como una tonta por poder mirar a un hombre muy guapo varias veces a la semana.

Daniel bajó la copa sin dar un sorbo. Le lanzó una oscura mirada a su padre.

—¿Y ahora todo el mundo va a pensar que mi hermana tiene que buscar empleo como una mendiga?

—¿Una mendiga? —exclamó Hattie.

Daniel señaló a su padre.

—Esto es cosa tuya —dijo con tono acusador—. Te lo dije, cómprale a la muchacha un vestido de vez en cuando.

—¿Cosa mía? —farfulló su padre—. ¡Es todo cosa suya! ¡No es culpa mía que no pueda encontrar a nadie con quien casarse! Yo no debería tener que mantenerla toda la vida.

—Eso es justo lo que deberías hacer cuando tienes hijos —contestó Daniel con brusquedad.

—Ya está bien —dijo Hattie levantando las manos entre los dos, antes de que su padre y Daniel empezaran a discutir en serio—. Por favor, yo...

Peter y Perry la interrumpieron al cruzar la puerta dando voces y con imprudencia, tal como entraban en los sitios cada día de su vida. Vestían camisas y pantalones sencillos. Peter llevaba una aljaba a la espalda y un arco y una flecha en las manos, y Perry parecía estar huyendo de él. Saltó por encima del respaldo del diván y aterrizó con un golpe al otro lado.

—¿Qué hacéis aquí dentro con eso? —gritó la madre de Hattie—. ¡Habéis asustado al señor White y Perry! ¡Ten cuidado! —gritó cuando el gato blanco saltó del respaldo del sofá y casi chocó con el servicio de té en miniatura que Perry había tirado al suelo. El sonido de la porcelana rompiéndose y el maullido de un gato sobresaltaron a todo el mundo. Perry bajó la mirada hacia el desastre que había causado, pero no hizo ninguna intención de recoger los pedazos. Todos los gatos se dispersaron y salieron disparados como flechas por la puerta abierta.

—¡Mirad lo que habéis hecho! —gritó su madre. Se levantó del diván y caminó hasta el lugar del crimen para inspeccionar la escabechina, lo que hizo que a Peter le diera la risa, lo que a su vez hizo que Perry se abalanzara sobre él. Daniel intentó ponerse entre los gemelos para frenar la pelea, pero acabó recibiendo un puñetazo que Peter, sin duda, había pretendido que fuera para Perry. Y eso hizo que Daniel tirara a Peter al suelo mientras Perry lo jaleaba a gritos.

—Pues nada —suspiró Hattie, alejándose de la revuelta.

Pasó por encima de juegos de té y esquivó cajas, gatos, maniquíes y relojes de camino arriba, a su habitación.

Una vez ahí, a salvo, cerró la puerta despacio y echó el pestillo. Y luego la abrió de nuevo, echó a un gato y volvió a cerrarla con el pestillo.

Vivía en un condenado manicomio. Su habitación era su santuario, pero cada vez se volvía más imposible la existencia ahí. Estaba deseando empezar el trabajo, ahorrar dinero y escapar de esa casa de los horrores.

Se quitó el vestido en el que había despilfarrado para la entrevista de trabajo. Lo había comprado en una tienda de Battersea, donde los vestidos eran más asequibles que en los sitios en los que a Flora le gustaba comprar. Totalmente consternada, se percató de que la tela barata desprendía un olor peculiar. Se puso un sencillo vestido gris y blanco que había sido de su madre y que habían arreglado para que le valiera y se adaptara a las tendencias del momento. ¡Qué ganas de tener vestidos nuevos! Vestidos de verdad, como los que llevaban Flora y Queenie.

Se dirigió al lavamanos para asearse. Tenía que estar en casa de Flora pronto; iba a acompañarla a la casa de su primo. Moses Raney era bastante mayor que Flora, estaba soltero o viudo, Hattie nunca lo había tenido claro, y le encantaba celebrar reuniones y veladas musicales. Su salón siempre estaba lleno y a Flora le gustaba ir al menos dos veces por semana. Como estaba al otro lado de la ciudad, Hattie se había comprometido a acompañarla.

Estaba deseando contarle a Flora lo de su nueva ocupación. Su amiga se moriría de la emoción por ella.

Flora no se murió, aunque sí que gritó con tanta fuerza en sus dependencias que dos lacayos acudieron corriendo. Los echó y después sentó a Hattie en su diván.

—Eres consciente de que esto es perfecto, ¿verdad? Simplemente perfecto. Hattie... ¡vas a ser tú la que capte su atención!

—¡Qué va! —se rio Hattie.

—Vale, no, pero, Hattie... ¡vas a poder contárnoslo todo sobre él!

Hattie no sabía a quién se refería con «contarnos», pero le había dado su palabra al vizconde de que todo sería confidencial.

—He prometido...

—No será complicado saber quién le gusta, ¿no?

De pronto, Flora se puso de pie.

—No sería de extrañar que confiara en ti. Eres la persona perfecta a la que confiarle secretos. Siempre estás ahí, pero un poco como una mosca en la pared, ¿verdad? ¡Sabrás antes que nadie quién le gusta!

Hattie fue consciente del error que había cometido al decírselo a Flora e intentó con desesperación reconducir el asunto.

—No, eso es... No me diría nada. ¿Por qué iba a confiar en mí?

—Me pregunto si puedes averiguar quién está en la lista de posibles prometidas. He oído que es una lista bastante pequeña —dijo, y dio una palmada con alegría—. ¡Estoy deseando contárselo a Moses!

Hattie se alarmó. Solo había querido que Flora se alegrara por ella, pero no se había imaginado eso.

—No puedes decírselo —suplicó.

—¿Por qué no?

—Porque le he prometido mi discreción y, la verdad... —Respiró hondo—. La gente no va a ver mi empleo con ninguna misericordia, ¿no crees? ¿Puedes imaginarte lo que dirían de mí si alguien se enterara de mi trabajo?

—Oh —dijo Flora frunciendo el ceño, pensativa. Y luego suspiró con desaliento—. Tienes razón, por supuesto. ¿En qué estaría pensando? Dirán que eres una descarriada.

—¿Eso dirán? —preguntó Hattie, ligeramente asustada—. Más bien estaba pensando que dirían que trabajar es inapropiado, no que yo...

—Y luego se imaginarán qué clase de obscenidades estarás haciendo con él —añadió Flora con tono inquietante y los ojos abiertos, con mirada alarmada.

—Santo Dios, Flora.

—Hattie... no podemos contarle esto a nadie —dijo Flora, como si Hattie hubiera amenazado con exponerse—. Solo a Queenie. Tenemos que contárselo a Queenie. Por favor, no me mires así. Queenie no soltará palabra.

—¿De verdad? Porque, como habrás notado, a Queenie se le da muy bien soltar palabras sobre toda clase de rumores.

—Pero no sobre esto —dijo Flora con seguridad—. Eres nuestra amiga querida. Jamás diría nada.

No era la amiga querida de Queenie, pero, antes de que Hattie pudiera organizar sus pensamientos para objetar, Flora se había metido apresuradamente en el vestidor para encontrar un vestido que ponerse esa noche mientras parloteaba sobre las muchas mujeres solteras que seguro estarían en lo más alto de la lista del vizconde.

—¡Yo no! —gritó desde el vestidor—. Seguro que yo ni siquiera estoy en la lista —dijo y asomó la cabeza—. No creo que pudiera soportarlo si lo estuviera, Hattie. No, no. Hay demasiadas personas pendientes de esto. Aunque ¿te lo he contado? Me han invitado a cenar en casa de los Forsythe, y el vizconde es el invitado de honor.

Hattie soltó un grito ahogado.

—¡Entonces eso significará que sí que estás en la lista!

Flora salió del vestidor, de pronto con expresión sombría. Se dejó caer en el diván al lado de Hattie.

—Entre tú y yo, me temo que sí lo estoy. No sabría qué decir, Hattie. Ya sabes cómo soy. Se me trabaría tanto la lengua que haría el ridículo. Y la cosa es aún peor tratándose de alguien tan guapo y tan importante como él.

Hattie nunca había visto que a Flora se le trabara la lengua. Le sorprendía ver esa vacilación en su amiga; siempre había parecido muy segura de sí misma.

—Y cuando pienso en todas las mujeres que le presentarán... Yo jamás podría competir con ellas.

—¡Flora! —dijo Hattie agarrándole las manos—. Eres preciosa. Y buena. E inteligente. Son ellas las que van a tener que competir contigo.

Flora esbozó una diminuta sonrisa.

—Gracias por intentar reconfortarme, querida, pero no te preocupes por mí. ¿No sería una delicia saber antes que nadie a quién pretende hacerle la oferta?

Mientras Flora seguía parloteando, Hattie se reprendía por dentro. ¡Qué imprudente había sido! De ahora en adelante tendría que tener más cuidado con lo que decía. No quería perder su trabajo antes de haberlo empezado siquiera.

Necesitaba ese empleo para escapar de su vida.

Capítulo 6

La tarde siguiente, a las dos menos cinco, Hattie se encontraba en la entrada de servicio de la casa del vizconde, en Grosvenor Square. Llevaba una pequeña cartera de piel; sorprendentemente, había sido un regalo de su hermano Daniel por su graduación de la Escuela Iddesleigh para Niñas Excepcionales hacía muchos años. Él no era persona de hacer regalos.

Dentro llevaba dos lápices, papel de carta, una manzana y un poco de pan envuelto en una gasa. Lord Iddesleigh había dicho que solo pasaría un par de horas trabajando por las tardes, pero una siempre debía ir preparada para cualquier eventualidad. La señora O'Malley, la dueña de la confitería, se lo había enseñado. «Siempre lleva un poco de algo en tu bolso por si te entra el apetito», le había dicho mientras le envolvía unos caramelos. «Solo un poquito para mantenerte en marcha».

Hattie llamó a la puerta de servicio, pero nadie fue a atenderla. Miró el reloj que llevaba prendido al pecho. Podría haber esperado pacientemente en casa y haber llegado a la hora solicitada, pero sus padres estaban discutiendo por una compra que había hecho su madre y, en fin, Hattie prefirió arriesgarse a quedarse esperando en el umbral.

De pronto, la puerta se abrió y alguien tiró un cubo de agua de fregar. Hattie gritó y retrocedió de un salto, pero el agua le salpicó el bajo del vestido.

Una mujer mayor con un tupido manojo de pelo recogido en lo alto de la cabeza salió y la miró de arriba abajo.

—*¿Puedo ayudarla, señorita?*

—Lo siento muchísimo, pero no hablo español —contestó Hattie.

La mujer levantó un dedo.

—*Un momento.*

Desapareció dentro.

Al cabo de unos minutos, un hombre orondo salió y la miró.

—Ah —dijo con un toque de desdén en la voz—. Debe de ser el servicio que han contratado.

—Soy la señorita Woodchurch, la correspondiente —contestó ella sacudiéndose el bajo del vestido, aunque no sirvió para nada.

—La correspondiente —repitió el hombre con tono sarcástico—. Claro, cómo no. Acompáñeme.

Se giró y desapareció dentro. No se molestó ni en presentarse ni en sujetarle la puerta a Hattie, que se vio obligada a agarrarla antes de que se le cerrara en las narices.

—Lo sé todo de usted —decía el hombre mirando atrás mientras ella corría a alcanzarlo—. Soy el señor Callum, el intendente del patrimonio del vizconde. No cuento con que usted sepa lo que es eso.

Volvió a mirar por detrás del hombro, supuestamente para juzgar la reacción de Hattie a su altanería, pero se distrajo al ver que ella estaba unos metros por detrás.

—Procure no quedarse atrás.

—Hago lo que puedo —dijo ella mientras él recorría un largo pasillo embaldosado. Cruzaron la cocina prácticamente corriendo y pasaron por el comedor de los sirvientes, donde vio a dos lacayos fumando y leyendo un periódico. Luego subieron por unas angostas escaleras de servicio. Otro lacayo bajaba corriendo y los obligó a apretujarse contra la pared para poder pasar. Miró a Hattie y sonrió. Ella le devolvió la sonrisa y por poco no se tropezó con los escalones.

—¡No se quede atrás! —le ordenó Callum de nuevo.

Estaban en otro pasillo largo, ese enmoquetado, e iban tan deprisa y doblaron tantas esquinas que Hattie empezó a desorientarse. Durante su primera visita no se había fijado en las obras de arte y las antigüedades que llenaban esa casa. Solo se había fijado en el vizconde.

El señor Callum giró bruscamente hacia el despacho donde ella había estado el día anterior. En esa ocasión se fijó en el oscuro panelado de la sala. Los muebles estaban cubiertos de cretona y las cortinas eran de terciopelo. Hattie tardó un momento en darse cuenta de que el vizconde se encontraba ahí, sentado en un sofá. Estaba en mangas de camisa, con la chaqueta y el chaleco tirados sobre uno de los brazos del sofá. Tenía las piernas cruzadas y, en el regazo, un grueso portadocumentos de cuero con un fajo de papeles. Levantó la mirada.

—Señorita Woodchurch —dijo dándose un momento para mirar el reloj que le colgaba del pantalón—. Es usted puntual.

Su acento seguía resultando divino.

—Milord —dijo ella con una reverencia.

Él ya estaba mirando los documentos de nuevo.

—¿Adónde la llevo, milord? —preguntó el señor Callum.

—Se quedará conmigo —dijo el vizconde en voz baja. Levantó la mirada—. Gracias, señor Callum.

El señor Callum miró a Hattie al salir, como si ella lo hubiera ofendido. Y posiblemente lo había hecho; uno, por ser mujer, y dos, por ser una empleada. Ese hombre perfectamente podía ser de los que pensaban que el lugar de una mujer estaba en casa, nada más, como esposa y madre, algo en lo que estaba claro que ella había fracasado.

—¿Señorita Woodchurch?

Hattie miró al vizconde. Él señaló una silla junto al sofá y luego volvió a centrar la atención en los documentos.

Ella miró la silla.

—¿Me siento?

Él levantó la mirada y la recorrió. Hattie sintió unas ganas locas de bajar la mirada para asegurarse de que todo estaba en orden.

—Por supuesto. En la silla.

De «por supuesto» nada, podría decir Hattie, ya que él simplemente había hecho un gesto en esa dirección y no le había dicho con palabras que se sentara. Pero... no parecía que fuera a interesarle su explicación, así que Hattie se sentó con mucha cautela y justo en el borde para poder levantarse rápidamente en el caso de que él necesitara algo.

Esperó. Él siguió leyendo. Ella lo miró y se fijó en la fuerte línea de su mandíbula y en sus músculos, evidentes bajo la camisa. Pensó en sacar algo de conversación, pero el vizconde tenía el ceño fruncido, como si estuviera concentrado.

Él pasó una página. Ella metió la mano en la cartera y sacó lápiz y papel. El movimiento captó la atención del hombre, que miró el papel que Hattie tenía en el regazo y después llevó sus bonitos ojos avellana hacia los de ella.

Una diminuta sensación le recorrió la espalda a Hattie.

—¿Qué es eso?

A Hattie el aire le raspaba los pulmones, como si no pudiera tomar suficiente.

—Papel —graznó. Carraspeó—. Para las notas. Creo que uno siempre debe anotar las cosas importantes para recordarlas.

Él enarcó una ceja, pero no dijo nada y después volvió a bajar la mirada hacia sus documentos.

Tenía las pestañas tan largas y oscuras que a Hattie le daba un poco de envidia. Y su cabello, de un marrón café intenso, era bastante grueso y se le curvaba con movimiento alrededor de las orejas. A ella le encantaría tenerlo así. De pronto se imaginó colando los dedos entre ese pelo. «Ay, Hattie».

—Tengo lápiz y papel para usted —dijo él.

—¿Disculpe?

Su acento sonaba tan relajado e impecable que ella tardó un momento en darse cuenta de que estaba respondiendo al hecho de que Hattie hubiera llevado papel.

—¡Ah! Sí... suponía que tendría. Pero quería asegurarme de que no me faltara de nada.

Él frunció el ceño ligeramente.

—¿Qué podría faltarle?

—Bueno, pues espero que nada, pero es mejor estar preparada —dijo Hattie con una invencible necesidad de explicarse, de llenar el silencio que había entre los dos—. Es una costumbre que adopté en la escuela. Tenía un profesor que ofrecía muchos detalles en sus comentarios. Yo no podía recordarlos todos, así que empecé a anotarlo todo. Y, sorprendentemente, me funcionó bastante bien.

—Entiendo.

¿Estaría hablando demasiado? Flora una vez le había dicho que hablaba demasiado. «Siempre estás dando explicaciones», se había quejado. Eso había pasado hacía mucho tiempo, pero, aun así, haría bien en no revivir sus años de colegio y en evitar más frases manidas. Esperaría en silencio. Se quedaría sentada en el borde de la silla con la boca cerrada y esperaría sus instrucciones. Una correspondiente como Dios mandaba.

Observó la habitación y se fijó en los libros apilados en la mesa que había junto a un sillón. Desde donde estaba no podía distinguir los títulos. Una de las ventanas estaba abierta y, desde su posición, podía ver lo que parecía un precioso jardín rodeado de altos muros de piedra. Las otras dos ventanas daban en la otra dirección, a la calle, suponía. Esas no estaban abiertas, y eso explicaba el silencio sepulcral que había en la habitación. Prácticamente podía oír su propia respiración. Podía oír la respiración de él.

Y cuanto más pensaba en que podía oírse la respiración, más ruidosa parecía volverse. Intentó contenerla, pero no era algo recomendable. Se preguntó si se consideraría una grosería levantarse y acercarse a la ventana a tomar algo de aire. Sin hacer ruido.

Estaba casi levantada de la silla cuando lord Abbott de pronto se puso en pie, sobresaltándola. Hattie se dejó caer de nuevo en su asiento con un ligero gruñido. Él la miró extrañado antes de dar dos pasos hacia ella y entregarle un papel. A un brazo de distancia.

—Me gustaría responder que la oferta es inaceptable.

—Ah...

Hattie se echó hacia delante para agarrar el papel, pero, al hacerlo, el vizconde le dio otro más.

—La invitación para cenar es incompatible con un compromiso previo.

Ella también agarró ese, pero, en el intento de sujetar su lápiz y papel y las cartas al mismo tiempo, se le cayó el papel y las hojas se le esparcieron alrededor de los pies. Corriendo, se agachó para recogerlas, logrando mantener sobre el regazo las cartas que le había dado él.

Sentía su mirada puesta en ella, sentía el calor subiéndole en las mejillas.

—Por norma, no soy tan torpe —dijo con una voz alta y chillona, como la de su madre. Y eso le bastó para entrar en pánico.

Logró recogerlo todo y ponérselo en el regazo. Él la miraba fijamente, tal vez preguntándose cómo había podido contratar a una torpe idiota. Hattie esperaba que no fuera así, pero en ese momento se sintió como si todos sus dedos fueran pulgares.

—Suelo ser muy centrada, por si se lo pregunta.

—No —dijo él.

¿No? ¿No la veía centrada? ¿O no, no se lo estaba preguntando?

—Y soy bastante organizada.

Él no respondió.

—Y estoy lista, cuando usted quiera.

Él esperó un instante.

—¿Hay más?

—¿Más?

—Más que le gustaría decir.

Se estaba poniendo en ridículo. Sentía calor en las mejillas a la vez que una oleada de vergüenza la cubría.

—Creo que con eso bastará.

Él no parecía muy convencido, pero asintió con la cabeza y se acercó a un pequeño escritorio situado frente a la ventana abierta al jardín. Retiró la silla, se giró hacia ella y dijo:

—Puede sentarse aquí. Le diré lo que debe escribir, *¿de acuerdo?*

¡Cómo no! Normal que se le hubiera quedado mirando. ¿Cómo esperaba ella escribir una carta sobre el regazo? Quería pegarse por no haberse percatado del escritorio y haberse dirigido directamente a él. Se levantó con todas sus cosas.

—Gracias, milord. Seguro que mi caligrafía no resultaría muy convincente si escribiera una carta sobre mi regazo —dijo, y soltó una suave risita.

Él no.

Él esperó a que se acomodara, cosa que, claro, llevó algo de tiempo dado el pequeño tamaño del escritorio. Pero cuando Hattie lo hubo dispuesto todo, agarró la pluma, miró atrás y sonrió.

—Ya está. Cuando usted esté listo.

—Llevo un rato estándolo. Al *señor* Carmichael —dijo el vizconde en español.

Hattie vaciló solo un instante.

—¿Qué? ¿Por qué se ha quedado así? —preguntó él señalándole la cara.

—¿Le gustaría dirigirle la carta al «señor» Carmichael? —dijo ella diciendo la palabra en inglés—. No sé quién es, pero imagino que no va a entender el encabezamiento.

—Ah, ya. Al «señor» Carmichael —se corrigió él, ahora en inglés.

«Gracias a Dios», pensó Hattie, y escribió.

El vizconde se metió las manos en los bolsillos y se acercó a la ventana.

—Dígale que he estudiado la oferta de compra que hizo y que mi abuelo aceptó, pero que la encuentro tan baja que es insultante.

Qué intrigante. ¿La compra de qué? ¿No debería hacer referencia a ello?

—En cuanto a la invitación, por favor, declínela. Diga todas las cosas que se dicen en inglés al declinar una invitación.

—Pues, mmm...

Ella se detuvo mientras se preguntaba si debía decir algo o simplemente escribir justo lo que él le había dictado.

Él ya estaba volviendo a su asiento en el sofá, pero se detuvo y giró la cabeza para mirarla. Mientras viviera, Hattie no olvidaría esos ojos avellana.

—¿Sí? —preguntó cuando ella no habló.

Hattie, por lo general, era una mujer segura de sí misma y, en la mayoría de los casos, sin miedo a hablar. Pero el vizconde la estaba mirando como si estuviera enfadado y ella no quería perder ese trabajo. Cuando vaciló, él se giró, como ignorándola. De pronto ella recordó la promesa que se había hecho: no volver a ser tan prudente ni hacer lo que creía que los demás querían que hiciera. Un hombre en su lugar preguntaría, sin más. Se levantó.

—¿Puedo decir algo?

Él se detuvo y se giró lentamente. Le indicó que continuara.

—Cuando dice «las cosas que se dicen en inglés al declinar una invitación», ¿se refiere a algo como... «sinceramente»? ¿O «lamentablemente»?

—¿Cómo dice?

—Supongo que depende de lo que sienta por la invitación.

—¿Lo que sienta?

—¿Lamenta no poder asistir? ¿O simplemente está respondiendo?

Él desvió la mirada un momento, como si estuviera planteándoselo, y eso habló en su favor.

—No lo lamento. Pero soy bastante sincero —dijo y, haciendo un ademán con la mano para señalar el papel, añadió—: Escriba lo que le parezca mejor.

Hattie se pavoneó por dentro. Lo había hecho, había hablado como un hombre. Se imaginó la relación de ambos convirtiéndose en algo indispensable del todo para él. Ella haciendo preguntas para aclarar lo que pensaba él; él dándose cuenta de lo valiosa que era. Mientras Hattie estuviera ahí...

—¿Y en cuanto a la primera, milord? ¿No debería mencionar lo que él ofreció comprar?

Su excelencia ni siquiera se detuvo a pensarlo.

—Un carruaje.

Volvió al sofá, agarró su carpeta de cuero y siguió con su lectura.

Hattie estaba sentada en el escritorio. Había papel grueso color crema con el sello del vizconde en relieve. Empezó a escribir.

Al señor Carmichael.

Señor:
Tras haber accedido recientemente al título de
vizconde, he tenido la oportunidad de revisar la
oferta de compra de un carruaje que usted le había
hecho anteriormente a mi difunto abuelo, y para
la que recibió una respuesta favorable. Lamento
informarle de que encuentro la oferta demasiado
baja y no puedo cumplir con los términos.
Reciba un cordial saludo,
vizconde Abbott.

Hattie dejó la carta a un lado y pasó a la siguiente.

Querida señora Whitsun...

¿Quién era la señora Whitsun? Hattie nunca había oído hablar de ella, cosa que tampoco significaba nada, pero, aun así, se preguntó si la señora Whitsun tendría una hija a la que estaría deseando que conociera el vizconde. Queenie dijo que cuando caballeros como el vizconde estaban en el mercado matrimonial, las mujeres salían de las paredes como ratas. Hattie se imaginó a la señora Whitsun con cara de rata. En fin.

Por favor, acepte mis más cordiales saludos y
mi agradecimiento por la invitación a cenar el
jueves por la noche. Por desgracia, tengo otro
compromiso.
Atentamente, V. A.

¿«V. A.» era la forma adecuada de firmar la carta? Tras un momento reflexionando y encontrando una respuesta distinta cada vez, se giró en la silla. Él no levantó la vista. Ella carraspeó.

—¿Sí? —dijo él en español y sin ni siquiera mirarla.

—¿Le importaría leer lo que he escrito?

Él alargó la mano.

Hattie agarró las dos cartas y cruzó la habitación para ponérselas en la mano. Él las añadió a la pila de cartas. ¿Qué hacía? ¿Es que no iba a leerlas? ¿Se suponía que ella tenía que quedarse ahí de pie? ¿O debía volver al escritorio?

Se quedó ahí de pie.

Y ahí siguió.

¿Por qué no las leía? ¿Y cuánto tiempo se quedaba una ahí de pie en esas circunstancias? Se sintió un poco como si estuviera acechándolo, pero pareció que a él no le importó y que tampoco se percató. Hattie suponía que un hombre de su posición tendría sirvientes revoloteando a su alrededor constantemente. Debía de ser algo natural para él; debía de ser inmune a la presencia de otros. A Hattie no le importaba estar ahí de pie, le gustaba mucho mirarlo. La verdad, la única crítica que podía tener de ese glorioso hombre era que su estilo de comunicación era bastante penoso. Directamente, no tenía estilo.

Él levantó la mirada y pareció sorprendido de verla. Hattie volvió a sentir la chispa de algo delicioso en su interior. Sonrió.

—¿Señorita Woodchurch?

Ah. El vizconde no sabía qué quería ella.

—Yo... eh... Creía que tal vez querría mirar las cartas que le he escrito. Tal vez haya algo que le gustaría cambiar. Según mi propia experiencia, unas veces quedo bastante satisfecha con la primera carta que escribo, pero otras tengo que hacer dos o tres intentos hasta hacerlo bien.

Él parecía confuso. Miró las cartas en lo alto del montón.

—Las revisaré a su debido tiempo.

—De acuerdo.

Hattie siguió ahí, no sabía qué hacer.

Él frunció el ceño.

—Puede ir a tomarse un té.

¡Sí! Una solución perfecta y algo que hacer con las manos, que tenía enganchadas a la cintura, agarrándose a sí misma como si le fuera la vida en ello. Miró a su alrededor en busca del servicio de té.

—¿Dónde...?

—En la cocina.

¿La cocina? Bueno, claro. Más allá de su fantasía de trabajar como equipo con él, era su empleada. El vizconde no iba a pedir que les llevaran el té ni a preguntarle qué tal le había ido el día. Esperaba que ella hiciera lo que él le pidiera y que luego se hiciera invisible, como una buena sirvienta. Hattie dudó si preguntarle si quería que le llevara un té, pero él volvía a tener esa mirada de concentración clavada en los documentos.

—Puede irse, señorita Woodchurch —murmuró.

Pues nada, la había despachado. Y, por si a ella no le había quedado claro, había señalado a la puerta como indicándole que se esfumara.

Y Hattie, con la cara ardiendo, se esfumó.

Era un milagro que encontrara la cocina con lo complicada que le parecía esa casa enorme. Pero había un retrato de una mujer que le había llamado la atención la primera vez que había entrado. Llevaba un vestido de seda rosa con tontillo y su peinado medía más de medio metro. Tenía una pequeña sonrisa en los labios, como si pudiera ver que Hattie estaba con el agua al cuello.

—Tampoco es para que te rías —murmuró Hattie al pasar por delante del retrato.

El comedor de servicio estaba vacío. Por ahí no había nadie, solo dos mujeres jóvenes en la cocina preparando la cena. Se quedaron sorprendidas cuando ella entró.

—Mmm... Su excelencia ha dicho que me tome un té.

Las dos se miraron. Una le habló en español a la otra, que se limpió las manos en el delantal. Salió de la cocina por otra puerta y la otra chica volvió al trabajo, a limpiar patatas.

Un momento después la chica volvió con un caballero que Hattie recordaba que era el mayordomo. Llevaba una servilleta de lino metida en el cuello de la camisa; estaba claro que le había interrumpido la comida. ¿Es que iba a hacerlo todo mal hoy?

Él pareció quedarse tremendamente confuso al verla.

—¿Señorita Woodchurch?

—Suplico que me perdone, señor...

—Borrero.

—Señor Borrero. El vizconde me ha contratado para escribirle la correspondencia. En inglés. No hablo español. Imagino que es obvio, pero por si se lo estaba preguntando.

El señor Borrero miró a las dos mujeres.

—Me ha dicho que viniera a la cocina a tomarme un té. Siento haberle molestado.

—Ah, ¿es eso? Venga —dijo él indicándole que lo siguiera y acompañándola al comedor de servicio—. Por favor, tome asiento.

—No quiero causar molestias —dijo ella al acercarse a la mesa—. Y no es que necesite tomarme un té, pero el...

Se giró hacia la puerta y vio que el señor Borrero había desaparecido.

—Pero el vizconde me lo ha dicho —murmuró al sentarse.

Desde la cocina oía la profunda voz del señor Borrero hablando en español. Un momento después, una de las chicas llegó con té y unos pasteles diminutos. Le puso la bandeja delante.

—Gracias —dijo Hattie.

La chica respondió con más español del que ella consideró necesario, sonrió y salió de la sala.

Hattie se sirvió una taza de té y examinó los pasteles. Eran hojaldrados y delicados, y, cuando mordió uno, casi gimió de placer. Estaban rellenos de una dulce crema tan ligera como el aire. Se comió los tres y luego se lamió los dedos.

Se bebió el té y esperó hasta que supuso que había pasado un tiempo prudencial. Había estado ahí sentada un cuarto de hora. ¿Cuánto debería prolongarse un té para una sola persona? En casa no solía tomar el té con sus padres porque ese era el momento en el que había más probabilidades de que discutieran. Pero un cuarto de hora le parecía imperdonablemente poco.

Por otro lado, no podía quedarse ahí sentada. Recogió el servicio de té y volvió a la cocina. Las dos mujeres dejaron lo que estaban haciendo y la miraron. Ella dejó el servicio en la mesa del centro. Sonrió.

—Tomar el té sola es un espanto. Sería mucho mejor hacerlo con una amiga.

Ellas siguieron mirándola, no entendían el idioma. Pero, como era el único que ella conocía además de un poco de francés de colegio, continuó, segura de que, si la gente quería comunicarse, al final acababa encontrando el modo de hacerlo.

—¿Os gusta Londres? ¿Era lo que esperabais?

Como fuera, pasó media hora de intentos de comunicación entre las tres. Hattie decidió que era tiempo suficiente para dedicar al té, les deseó a las mujeres una buena tarde (*buenas tardes*) y volvió al despacho. Esa vez fue más sencillo encontrar el camino, ya que su amiga con la sonrisa de satisfacción y el peinado alto más o menos se lo indicó.

Pero el vizconde no estaba en el despacho cuando entró. Y tampoco su gran carpeta de papeles.

Hattie se acercó al pequeño escritorio y ahí encontró las dos cartas que había escrito. Estaban firmadas; la firma tenía unos gruesos trazos negros y una floritura. Junto a las cartas había otra hoja. Él había adjuntado una nota cuadrada en la que había escrito: *Lo que pone.*

Hattie miró el papel debajo de la nota. La letra era tan pequeña que era casi imposible descifrarla. ¿Por qué alguien llegaba a desarrollar una letra tan detestable? Se sentó y, tras intentar descifrar las diminutas cursivas, pensó que por fin lo tenía. A los pies de la nota que él le había dejado escribió, de forma muy clara y con letra legible:

> *La cantidad a pagar al señor Ed Moore por hacer un féretro para la señora Crump, fallecida* (Hattie esperaba que la señora Crump hubiera estado fallecida en el momento de hacer el féretro), *será de seis libras y cuarenta peniques, y el pago habrá de hacerse el día quince del mes siguiente al sepelio.*

En el escritorio no había nada más para ella. Se levantó y se movió por la habitación. Miró los libros que había en la mesa junto al sillón. Estaban todos en francés.

En la mesa de él había una pila de libros de cuentas y unas cartas sin abrir.

Hattie fue al sofá donde había estado sentado el vizconde y ocupó el mismo asiento. Extendió las manos sobre el tapizado de cretona y le resultó frío al tacto. Se imaginó rellenando los contornos que había creado el cuerpo de él. Se levantó y fue hasta la ventana para mirar el jardín. Al bajar la vista, dio un respingo hacia atrás, ocultándose. ¡El vizconde estaba ahí! ¡En el jardín!

Se llevó una mano a su acelerado corazón para sobreponerse a la sorpresa de verlo ahí, inquieta ante la posibilidad de que pudiera haberla visto y pensara que lo estaba espiando. Pero el corazón se le calmó y, con cuidado, ella se inclinó hacia delante para echar un vistazo.

El vizconde estaba sentado en un banco junto a una pequeña fuente. La mujer mayor que prácticamente la había empapado con el agua de fregar estaba sentada a su lado. Entre ellos, en el banco, había algo... ¿Un plato? Hattie no podía distinguir lo que era, pero los dos no dejaban de inclinarse, agarrar algo y llevárselo a la boca. Estaban probando algo.

Y entonces, la mayor sorpresa de todas: el vizconde se rio. ¡Se rio! Tenía una risa encantadora, profunda y dulce. Hattie se acercó más a la ventana, observándolos, y se quedó ahí hasta que la mujer se levantó.

Lord Abbott alargó una mano para sujetarla. Luego él se levantó también, agarró el plato y le ofreció su brazo. Los dos cruzaron el jardín tranquilamente hacia la casa mientras tenían una conversación en español que flotó y entró por la ventana abierta.

Pero él no volvió al despacho.

A las cinco y media, Hattie recogió sus cosas, agarró la cartera y se marchó por donde había venido. Al fondo de un largo pasillo, levantó la mano a modo de silencioso saludo al pasar por delante de la mujer del peinado alto. Bajó corriendo las escaleras de servicio y siguió hasta cruzar la cocina, donde les deseó buen día a las dos mujeres y recibió las mismas palabras, o eso pensó, en español. Luego volvió por el pasillo embaldosado. Salió por la puerta de servicio hasta el callejón, bordeó la casa y de ahí salió a la calle.

Qué ocupación tan curiosa la suya. Qué hombre tan misterioso él.

Estaba deseando volver.

Capítulo 7

A Mateo le resultaba asombroso que la señorita Woodchurch pudiera descifrar lo que para él parecían unos garabatos hechos por un pollo. Aunque pudiera leer inglés con fluidez, no podía distinguir ni una sola palabra escrita por su abuelo.

Descubrió que la palabra que más sufrimiento le había dado era «féretro». ¡Féretro!

La primera semana de trabajo de la señorita Woodchurch había transcurrido así, con ella descifrando palabras y cartas que él había estado a punto de arrojar al fuego. Era puntual, algo que Mateo apreciaba sobremanera. Escribía unas cartas perfectas, diciendo con educación lo que él decía a su modo, más brusco y directo. Su caligrafía, según lo prometido, era buenísima. Y cuando él leía lo que ella había escrito, el idioma parecía fluir de un modo envidiable.

Vio que no necesitaba sus servicios todos los días que Beck había sugerido, pero, aunque no se sentía del todo cómodo teniendo a esa mujer en su espacio horas y horas, no dejaba de pensar en lo que Beck había dicho: que ella necesitaba ese puesto. Él desconocía el porqué, pero le caía bien y no quería mandarla a la calle si era así. Por eso la mandaba a tomar el té. Todos los días, cuando el trabajo estaba hecho, la hacía retirarse para que se tomara un té.

Aquella primera semana hubo algo más de la señorita Woodchurch que le llamó la atención: parecía muy cómoda en su compañía, cada día más. Hablaba con libertad, y hablaba mucho. *Muy habladora.*

Además, por lo que tenía entendido, también hablaba mucho mientras se tomaba el té.

Dos veces esa semana él había pasado por el pasillo que conducía a la zona de servicio de la casa y había oído risas, y luego la voz de ella, alzándose sobre la estruendosa voz de Borrero, seguida por las voces agudas de las chicas.

Una tarde de lluvia, cuando él fue a cerrar la ventana, vio la parte inferior de su cuerpo asomando bajo el pórtico que daba al jardín. Había un hombre apoyado en una columna y fumando un puro. Lo reconoció al instante; era Pacheco, su sirviente. La señorita Woodchurch estaba charlando con Pacheco y ese estoico y viejo santiavano se estaba riendo.

Pero lo más sorprendente de todo era que Pacheco ni siquiera había mencionado que la hubiera conocido. ¿De qué podrían estar hablando? La curiosidad empezó a devorarlo.

Una mañana, Borrero le llevó el correo. Mateo se fijó en que tenía un pequeño broche en la solapa. Se inclinó para mirarlo.

—*¿Qué es eso?* —preguntó en español.

Borrero bajó la mirada.

—Una rosa Tudor, *mi señor*. La señorita Woodchurch me la ha regalado.

—¿Se la ha regalado? —continuó en español—. ¿Por qué?

—Le dije que me gustaban las rosas que he visto por la ciudad. Están por todas partes. Resulta muy agradable.

Era la primera vez que Mateo oía que algo agradara a Borrero.

—¿Habla de rosas con la señorita Woodchurch?

El hombre se ruborizó un poco bajo su piel bronceada.

—Brevemente.

La señorita Woodchurch llevaba una semana trabajando para él ¿y Borrero y ella estaban hablado de rosas y ella estaba haciendo reír a Pacheco? Pues así, como si nada, su mundo se había puesto un poco patas arriba.

Había otra cosa más que le desconcertaba de la señorita Woodchurch; los momentos en los que él levantaba la vista y la encontraba mirándolo. Ella, corriendo, desviaba la mirada ruborizada y pretendía estar muy ocupada, lo cual era imposible dado el volumen de trabajo que tenía para ella.

La primera vez él, como era natural, se preguntó si tendría algo raro y tímidamente se pasó los dedos por el pelo y se frotó la barbilla pensando que tal vez su barba incipiente había empezado a oscurecerse. Pero al ver que eso sucedía una y otra vez, empezó a sospechar que tal vez estuviera un poco encaprichada de él. No sería la primera vez que una joven lo miraba así. La riqueza y los títulos podían hacer que incluso una cabra te resultara atractiva.

Pero, por lo que fuera, la idea de que se sintiera atraída por sus títulos y su riqueza no parecía encajar con la mujer que se sentaba cada día en el pequeño escritorio. Pero ¿qué encajaba con ella? Su curiosidad iba en aumento. No hablaba con ella de nada excepto de la correspondencia, ya que su desconfianza en la gente en general se lo impedía. Y, la verdad, ¿de qué iban a hablar? ¿Le preguntaba con qué había hecho reír a Pacheco?

Recordó algo de su hermano. Una mañana estaban montando a caballo junto al agua tras haber pasado la noche anterior en compañía de más de una docena de amigos de Roberto cuando este comentó que Mateo no había dicho mucho en toda la noche.

—A los demás les resultas distante.

—Soy distante —había dicho Mateo—. No por deseo, sino por circunstancias.

Él nunca pretendía ser altivo, pero sus reservas eran el resultado de las constantes correcciones y regañinas de su padre. Y no sabía cómo podía cambiar.

—¿Qué querías que les dijera? —había preguntado Mateo—. No tengo nada en común con ninguno de ellos.

Roberto lo había mirado exasperado.

—Son personas, Teo, igual que tú. Claro que tienes algo en común con ellos.

Era un argumento razonable; todos eran seres humanos, impulsados por los mismos deseos básicos y las mismas convenciones sociales. Pero ni aun así le resultaba fácil. El encanto de Roberto era natural. Mateo envidiaba su trato fácil con la gente. Roberto podía mirar a alguien como la señorita Woodchurch y entablar conversación, mientras que a Mateo no se le podía ocurrir ni una sola cosa que decir que pudiera resultar interesante ni una sola pregunta que no pareciera invasiva.

Por eso no decía nada.

Pasó el día como siempre: básicamente en silencio. A veces se sentaba a su mesa con la mirada puesta en la ventana y, de forma inevitable, la mirada se desplazaba hacia donde estaba la señorita Woodchurch, inclinada sobre sus papeles, con el ceño fruncido y un suave tirabuzón castaño rozándole la nuca. Él estudiaba la curva de su cuello de cisne y lo luminosa que parecía su piel bajo la luz de la tarde. ¿Por qué no estaba casada? ¿Cómo podía parecerle aceptable a su familia que tuviera un empleo? ¿Qué palabra en inglés definía el color de sus ojos? En español era «azur».

Al inicio de la segunda semana de empleo, la señorita Woodchurch llegó con un pequeño jarrón de rosas. Rojas y blancas, y no muy distintas del pequeño broche que llevaba Borrero.

—Buenos días, milord —dijo con tono alegre haciendo una pequeña reverencia.

—*Buenos días*, señorita Woodchurch.

Ella le acercó las flores para que las viera.

—¿No le parecen preciosas? Son del jardín de Mary.

Mary. ¿Quién era Mary?

—Es la nueva criada —dijo Hattie como si le hubiera leído la mente—. Espero que no le importe, pero el señor Borrero me ha preguntado si yo conocía a alguien y ha resultado que sí. Una vez estuvo empleada por mi familia y me encariñé muchísimo con ella. No sé cómo se las apañan en la cocina sin hablar ni una palabra en el mismo idioma. ¿No le parece extraordinario que, cuando la gente quiere comunicarse, al final acaba encontrando el modo de hacerlo? Ah, sí, lo de las flores. Mary tiene un jardincito en su casa. Tiene un gran talento para las rosas, ¿verdad?

¿La señorita Woodchurch les había llevado una criada? Él no sabía que necesitaran una.

Hattie seguía con las flores en la mano, claramente esperando su respuesta.

—¿Cuál es su flor favorita?

—*¿Qué?*

—Todo el mundo tiene una flor favorita, ¿no? ¿Son las rosas? Yo adoro las rosas, aunque imagino que igual que todo el mundo, ya que por aquí crecen en abundancia. También me gustan bastante los narcisos. ¿Sabía que es la flor nacional galesa? Bueno, claro que no —dijo y se rio—. ¿Por qué demonios iba usted a tener que saber eso?

Él la miraba atónito.

—¿Le gustan las peonías? Creo que son las flores más imponentes de la tierra. Aún no están en temporada, pero, cuando lo estén, traeré unas.

Él nunca en su vida había oído tantas opiniones sobre las flores. No tenía una flor favorita. Tendría que consultar algún texto sobre Botánica y echarles un vistazo antes de comprometerse a tener una favorita.

—Bueno... Tenemos trabajo que hacer, señorita Woodchurch.

—Entonces deberíamos ponernos a ello, ¿no cree?

Hattie se dirigió a su escritorio y colocó las flores. Retrocedió para estudiarlas y luego las movió al otro lado del escritorio. Tras otro instante de estudio, volvió a ponerlas en su lugar original. Satisfecha al parecer, se sentó y agarró la pluma. Lo miró.

—Lista, milord.

Qué criatura tan fuera de lo común.

Esa semana el correo era excepcionalmente abundante, con varias cartas relacionadas con el asunto del patrimonio. Una lo había dejado perplejo y luego furioso. Era del señor Callum, que había vuelto a Harrington Hall, la casa de campo de Mateo en Essex. El hombre había escrito para preguntarle qué le gustaría hacer con cincuenta cabras que les habían servido por error. Por segunda vez, el señor Callum había adjuntado la factura.

Mateo se había quedado mirando la carta un largo rato. ¿Qué le pasaba al señor Feathers, el hombre que no dejaba de enviar rebaños de cabras a su propiedad? ¿Era posible que en inglés la palabra «oveja» tuviera más de un significado? ¡Qué idioma tan confuso, maldita sea! Él había solicitado en concreto la compra de cincuenta ovejas, y cuando le habían enviado cabras la primera vez, le había parecido que en su carta había dejado claro que lo que quería eran ovejas. Por la lana, obviamente.

—Señorita Woodchurch.

Ella levantó la mirada.

Él le acercó la carta.

—Léala, por favor.

La señorita Woodchurch la leyó y después vio la solicitud de pago abajo, que claramente detallaba la entrega de unas cabras. O, al menos, eso creía Mateo. La señorita Woodchurch frunció el ceño, confusa.

—Por favor, ¿puede decirme si he confundido en inglés las palabras «cabra» y «oveja»? Puede decirme que estoy equivocado, porque, por más que lo pienso, no logro averiguar qué he hecho mal.

—No ha confundido ninguna palabra, que yo vea.

—¿Conoce alguna razón por la que un hombre entregaría cabras por error, no solo una vez, sino dos?

Ella se mordió el labio inferior sin dejar de mirar la carta.

—No, que yo sepa.

Lo miró y él vio que ella intentaba ocultar una sonrisa.

—¿Se está riendo de esto? —preguntó él con tono severo.

—Bueno, milord —dijo, y él se esperó una profusa disculpa—. Solo un poco, la verdad. ¿A usted no le parece gracioso?

—Estoy demasiado exasperado como para que me haga gracia —contestó señalando al escritorio—. Por favor. Al señor Callum.

Se lo pensó mejor. Era posible que Callum fuera el problema.

—No. Envíela directamente al señor Feathers.

Ella lo anotó.

Mateo apoyó las manos en la cintura.

—Señor, creía que en mi última carta había dejado perfectamente claro que quería ovejas. No cabras. Me es imposible imaginar cómo se pueden confundir ambas.

Algo que sonó un poco como una tos estrangulada salió de la señorita Woodchurch, y Mateo la miró. Estaba inclinada sobre el papel y su pluma se deslizaba por encima.

Él miró a la ventana y continuó.

—Estoy desconcertado, señor, por tener que volver a pedirle que se lleve las cabras y traiga las ovejas.

La señorita Woodchurch emitió otro extraño sonido. Mateo se giró hacia ella.

—¿Ocurre algo, señorita Woodchurch? ¿No se encuentra bien?

Ella negó con la cabeza.

Él continuó:

—Si no puede distinguir una de otra...

Otro sonido estrangulado salió de la señorita Woodchurch, que estaba vez soltó la pluma, se cruzó de brazos con fuerza y se rio. Se rio de verdad. Con regocijo, de forma desenfrenada. No parecía importarle que él estuviera quedando en ridículo.

—¡Señorita Woodchurch!

A ella le brillaban los ojos por las lágrimas provocadas por la risa. Intentó calmarse, pero no sirvió de nada. Otro repique de carcajadas salió de sus labios seguida de más risas.

—Le suplico que me disculpe, señor —dijo resollando un poco—, pero ¿quién podría confundir cabras con ovejas dos veces seguidas?

La risa era incontrolable.

—¿Qué podemos pensar? ¿Que el hombre se ha encariñado demasiado de las ovejas y no puede soportar apartarse de ellas? ¿O que está despistado y se olvida constantemente de que ha vendido ovejas, no cabras? ¿O que está perdiendo la vista y las ve iguales?

De pronto, Hattie emitió un grito ahogado.

—¿Y si está intentando fastidiarle? —gritó encantada ante la ocurrencia, y se dobló de la risa. Costaba no reírse y, a pesar de su exasperación con el señor Feathers, Mateo sonrió—. En realidad, no creo que pretenda fastidiarle, milord —dijo ella recomponiéndose—. Sería tomarse demasiadas molestias para echarse unas risas, ¿no cree?

—Es lo que pensaría cualquiera —dijo él. Señaló el papel—. ¿Podemos terminar la carta?

—Por supuesto.

Ella se incorporó y se tocó con las puntas de los dedos la piel de debajo de los ojos para secarse con delicadeza las lágrimas, pero seguía esbozando una amplia sonrisa cuando agarró la pluma y empezó a escribir otra vez.

Mateo volvió a su mesa con la sonrisa de Hattie resplandeciendo en su cabeza. Le gustaban las personas alegres. Le gustaba estar cerca de ellas. ¿Cómo sería tener la habilidad y la falta de timidez para reírse con desenfreno como lo había hecho ella?

Al cabo de un cuarto de hora, Hattie se levantó y se acercó a su mesa para darle la carta que había escrito.

Al señor Feathers:

Señor, he recibido su factura además de su entrega, y me encuentro bastante desconcertado. Ya he pedido ovejas en dos ocasiones, y en ambas usted me ha entregado cabras. Confío en que es usted consciente de la diferencia que hay entre los dos animales, pero, en caso de que no sea así y que esté enviando rebaños de cualquier ganado que encuentre deambulando por sus tierras, le ofrezco estas representaciones para ayudarlo.

Justo debajo, ella había dibujado una oveja y una cabra muy rudimentarias. Había escrito el nombre de la especie debajo de cada dibujo.

Le solicito enmiende su error sin demora.
V. A.

Era una broma. Ella estaba sonriendo, claramente complacida consigo misma por lo que había hecho.

Era del todo inapropiado, y Mateo se preguntó qué le habría parecido a él que Pacheco o Borrero hubieran bromeado con eso. ¿Qué le parecería si de pronto uno de esos hombres soltara una carcajada?

Sonreiría, eso seguro. Se uniría a la broma.

Agarró una pluma de su mesa, le dibujó una barba a la cabra y le devolvió la carta.

La señorita Woodchurch se rio encantada.

—Ahora sí que no tendrá ninguna excusa.

Ella seguía sonriendo cuando le dio otra carta, esa con un tono más sombrío y pidiéndole al señor Feathers que corrigiera su error de inmediato y diciéndole que, si no lo hacía, él le ordenaría al señor Callum que cancelara la compra.

Una carta perfecta para esa extraña circunstancia. Maravillosamente escrita y presentada.

Pero a Mateo le gustaba más la primera. Se la guardó en su mesa.

—Gracias, señorita Woodchurch.

—No hay de qué, milord. ¿Qué le gustaría que hiciera ahora?

—Puede ir a tomar el té.

La sonrisa de ella se desvaneció. Parecía reacia a dirigirse a la puerta. Se detuvo ahí y miró atrás, hacia él, que notó que ella quería hablar. Pero lo único que Hattie dijo fue «Gracias», y después salió.

¿Qué habría querido decir? Mateo sentía mucha curiosidad por lo que habría querido decir y lamentaba no habérselo preguntado.

Lamentaba haberla hecho retirarse, directamente.

Capítulo 8

Cuando la señorita Woodchurch volvió de tomar el té, llevaba un plato de *madeleines*. Mateo las miró confuso y luego la miró a ella.

—Sé que no me corresponde hacer esto, pero debe probar una —dijo ella acercándole el plato—. Están deliciosas. Casi tan buenas como las de la señora O'Malley.

Mateo y Rosa las habían hecho justo la noche anterior. ¿Y quién era la señora O'Malley?

—Nunca he conocido a nadie capaz de elaborar las delicias que hace la señora O'Malley. Hasta ahora, claro.

Le acercó el plato un poco más. Él tomó una a regañadientes.

—Gracias.

Hattie dejó el plato en su pequeño escritorio y luego volvió a la mesa de él para recibir instrucciones. Él le indicó que se sentara.

—En un momento le asignaré unas tareas.

La señorita Woodchurch hizo lo que le dijo. Se sentó en el borde del asiento, con la espalda recta y las manos cruzadas con un gesto muy elegante. Él miró el trabajo que tenía ante sí en la mesa. Llevaba tanto tiempo trabajando que las cifras estaban empezando a nadar ante sus ojos. Soltó el lapicero y se frotó las sienes.

—Ha hecho buen tiempo, ¿verdad? —dijo ella—. Esta mañana he paseado por Hyde Park. Estaba precioso. ¿Ha estado allí?

Mateo soltó un suave suspiro.

—Pues debería, ¿sabe? Aunque no me atrevería a decirle qué hacer. Pero si le gusta montar a caballo, Rotten Row es el lugar al que toda la gente elegante va a montar y dejarse ver. Está bastante concurrido por las tardes, pero por las mañanas supone un maravilloso respiro. Si brilla el sol, por supuesto.

Él asintió con la cabeza y levantó su lapicero.

—O también puede pasear por la pista. O tomar un carruaje si lo prefiere. De verdad, hay muchas formas en las que podría disfrutar del parque.

Él no podía pensar.

—Pero creo que el parque se disfruta mucho más...

—Señorita Woodchurch.

—¿Sí?

No había forma delicada de decirlo.

—Señorita... Habla usted demasiado.

Ella lo miró.

—¿Disculpe?

—Habla demasiado. Es imposible pensar con tantas palabras flotando alrededor.

De verdad que era imposible, pero..., por otro lado, al instante lamentó haber pronunciado esas palabras.

—Ah —dijo ella apesadumbrada y bajando la mirada a su regazo—. Mis disculpas.

Él se sintió un imbécil.

—Es bastante...

—Es una costumbre terrible que tengo cuando estoy en compañía de alguien que no habla nada —dijo ella alzando la mirada.

Él tardó un momento en darse cuenta de que lo estaba criticando.

—¿Cómo dice?

—He notado en usted exactamente lo mismo que ha notado usted en mí.

—¿Qué quiere decir?

—No estoy siendo clara, que es otra mala costumbre que tengo, he de admitir. Pero lo que intento decir es que es complicado conversar cuando alguien no habla nada, milord. Es usted una persona muy callada, y yo tengo la desafortunada tendencia de llenar los silencios cuando otros no hablan. En la Escuela Iddesleigh para Niñas Excepcionales siempre hablaba por las niñas que no querían o que no tenían seguridad para hacerlo, hasta que mi amiga me llevó a un apartado y me dijo que daba demasiadas explicaciones. Le agradezco mucho que me recuerde que no debería hacerlo.

Él la miraba; no sabía si estaba discutiendo con él o no. No lo parecía. Más bien parecía como si estuviera... ¿expresando lo que pensaba? Sin vacilar lo más mínimo. Qué extraordinario. Podía contar con los dedos de una mano las personas que decían lo que pensaban delante de él, y casi todas eran de su familia. Soltó el lápiz y se reclinó en su silla con la mirada fija en ella.

—Pero no diré ni una palabra más —dijo Hattie, e hizo el gesto de cerrarse los labios y arrojar la llave. Después sonrió.

Él estrechó la mirada.

—No va a ser capaz de mantenerla cerrada.

Ella abrió los ojos ligeramente, pero luego se encogió de hombros.

—Tiene razón, señorita Woodchurch, no suelo hablar. Y usted habla todo el tiempo. Su tendencia es llenar los espacios con más palabras y la mía es llenarlos con menos.

Hattie sonrió, pero no soltó ni palabra.

Él levantó el lápiz, pero la miró de soslayo. Ella estaba fijándose en los libros que él tenía en la mesa.

Se estaba retorciendo el cuello para leer los lomos. Con un dedo movió el libro de arriba, ladeándolo un poco para poder verlo mejor. Fruncía el ceño, como si intentara descifrar las palabras en francés.

—*Le vicomte de Bragelonne: ou dix ans plus tard* —dijo él—. De Alejandro Dumas. *El vizconde de Bragelonne o Diez años más tarde.*

—¿De verdad? —preguntó ella mirándolo sorprendida—. ¡Es uno de mis libros favoritos!

De pronto emitió un grito ahogado y se llevó una mano a la boca.

—Milord, ya estoy otra vez, hablando —dijo, pero entonces estrechó la mirada y añadió—: ¿Me ha tendido una trampa?

—No hacía falta intentar engañarla. Lo tenía todo a mi favor.

—*Touché* —dijo ella sonriendo complacida.

Y, sorprendentemente, él sonrió también. Con la barbilla señaló al libro.

—¿Ha leído la obra?

—Desde luego. En inglés, por supuesto. Mi parte favorita es *El hombre de la máscara de hierro.* ¿Sabía que de verdad existió tal prisionero?

Ahora esa mujer tenía toda su atención, sin reservas.

—Ahora estoy leyendo esa parte. *L'homme au masque du fer.*

—Envidio a cualquiera capaz de hablar en distintos idiomas. ¡Lo que sería leer un libro en francés! Yo solo hablo un idioma y, según me han dado a entender, lo hablo mucho.

Él sonrió aún más.

—Es usted bastante... descarada.

Era una palabra que había aprendido en inglés desde su llegada a Londres.

—En Santiava es común hablar español y francés, dada la proximidad de nuestros países. Y mi madre, como ya sabe, es inglesa.

—Sigo pensando que es extraordinario. Yo tardaría siglos en leer un libro entero en otro idioma por mucho dominio que tuviera.

Mateo vio que le gustaba esa forma en que ella le hablaba, con tanta libertad. Era como si estuviera hablando con su hermana o con una prima. Muchas mujeres que conocía en su día a día hablaban solo cuando se les hablaba, y eso generaba incómodas y largas pausas, teniendo en cuenta quién era él.

—¿Qué le pareció el libro?

—Me dejó cautivada. Tiene mucha intriga, ¿no cree? Y qué existencia tan insoportable sufrió el pobre hombre. Tardé semanas en poder dejar de pensar en su lamentable situación, en una vida vivida dentro de una máscara de hierro. ¿Quién cree usted que fue de verdad?

—¿No creerá que era el hermano del rey?

Alejandro Dumas, el autor que había novelado la historia del misterioso prisionero, había presentado al hombre como el gemelo idéntico de Luis XIV, al que habían encarcelado para que no le disputara el trono al rey.

—No —dijo la señorita Woodchurch con rotundidad—. Si Luis XIV hubiera tenido un gemelo, la historia lo habría contado.

—Estoy de acuerdo. Pero está claro que el prisionero era un hombre influyente. ¿Qué otra razón podría haber para llegar a semejante extremo de encarcelamiento?

—¿Por qué tuvo que ser tan cruel?

Era una conversación extraordinaria; nadie en el pequeño círculo de familia y amigos de Mateo leía de forma tan voraz como él.

—Creo que el autor hizo que la máscara fuera de hierro para añadirle ese dramatismo al relato. Pero la máscara real estaba hecha de tela, que era mucho más cómodo.

—¿Tela? ¿Qué tela?

—No sé la palabra en inglés —dijo él con tono de disculpa—. *Terciopelo* —añadió en español mientras miraba a su alrededor y señalaba las cortinas.

—*Velvet* —dijo ella en inglés.

Aterciopelada. Como la risa de ella.

—Qué solo debió de sentirse —dijo Hattie, pensativa—. Qué cruel vivir sin que nadie te conozca.

Se estremeció ligeramente, como si le repeliera la idea.

Mateo podía imaginarse sin problema una vida sin que nadie lo conociera. A veces se sentía como si ya la estuviera viviendo. Tenía hermanos, una madre y a Rosa, por supuesto, pero la mayor parte de su vida se había recluido en sí mismo y a veces se había sentido muy solo. Él era, en ciertos aspectos, un hombre detrás de una máscara.

—¿Es usted una lectora ávida, señorita Woodchurch?

—Mucho. Lo que más me gusta hacer en un día oscuro y frío es acomodarme frente al fuego con un buen libro.

Para él ese era un gran placer también.

—¿Y qué le gusta leer?

—Novelas, sobre todo. Historias de amor. Aunque también me gusta un misterio ambientado en algún castillo lúgubre. Últimamente he estado leyendo un atlas.

Él no lo entendió.

—Perdone mi inglés, pero creía que los atlas se consultan.

—Se consultan, sí —dijo ella riéndose—, pero a mí me gusta mirar los lugares y luego leer los pequeños detalles que hay sobre ellos. ¿Sabe cuál es el río más largo del mundo?

—El Nilo. Mi hermano y yo viajamos a Egipto en una expedición hace unos años.

—¡Una expedición! —exclamó ella, y sonó encantada de verdad—. Ahora sí que siento una envidia atroz. Yo nunca he estado más lejos de Irlanda o Francia. Me muero de curiosidad por ver el mundo. Incluyendo Santiava, por supuesto. ¿Cómo es?

Él no sabía cómo empezar a describir su tierra natal. Nunca había tenido que hacerlo. Y no se le ocurría ni una sola persona que le hubiera preguntado por el ducado desde que había llegado a Londres. Suponía que Santiava era demasiado pequeña y demasiado lejana como para despertar interés.

Pensó en la tierra que amaba, en lo bella que era. Y en su gente. Él creía con firmeza que no había país con gente más generosa que los santiavanos.

—Es un ducado pequeño pero poderoso. Hemos tenido que luchar por nuestra independencia a través de la historia; primero contra los españoles, luego contra los franceses y, hace solo unos cincuenta años, contra los weslorianos.

—¡Los weslorianos! Pero Wesloria está muy lejos de Santiava. La duquesa de Marley es wesloriana, ¿lo sabía? ¿Cómo es? Santiava, quiero decir.

—El paisaje es extraordinario. Por un lado, tienes las aguas cristalinas del mar. El palacio real, el palacio ducal, está en un acantilado. Es bastante imponente, con varias logias situadas frente al mar. Las vistas son impresionantes.

Pensó en cómo relucía el sol, como joyas en la superficie. La mayoría de los días dejaban abiertas las puertas de la terraza para que entrara la brisa del mar, que llevaba el aroma de la madreselva y las rosas que se enroscaban por las columnas de la galería. Las baldosas de terracota te refrescaban cuando las pisabas. Mateo seguía yendo descalzo por el palacio, a pesar de ser el líder de ese pequeño ducado.

—¿Qué es una logia?

Mateo le hizo un gesto y en un pedazo de papel dibujó la clase de terraza cubierta que exhibía el palacio.

La señorita Woodchurch no se quedó al otro lado de la mesa a ver su recreación del revés. Ah, no. Esa mujer, que parecía sentirse tan cómoda y relajada en su presencia, se situó detrás de la mesa y se inclinó por encima de él. Él era absolutamente consciente de su cercanía, de lo mucho más menuda que parecía ahí de pie a su lado.

—Ah, ya entiendo. Debe de ser precioso.

—Tenemos algo más. *El Castillo Estrella* —dijo en español—, que está en las montañas. Lo llamamos «El castillo en las estrellas» —le aclaró en inglés.

—Qué tremendamente romántico —dijo ella, y se apartó de él para acercarse a la ventana.

El Castillo Estrella era bastante distinto del palacio. Desde sus ventanas se veían montañas que parecían llevar sombreros hechos de gruesas nubes blancas. El lago junto al castillo reflejaba el azul del cielo con tanta perfección que parecía un espejo. La tierra que lo rodeaba era exuberante y verde, y el aire, limpio y con aroma a pino. Los suelos eran de madera pulida y las paredes estaban tachonadas de tapices para combatir los vientos del invierno.

—Se puede salir de las montañas y llegar al mar en dos horas. Montañas y mar... Es una belleza que me resulta difícil describir.

Lo que le encantaba de Santiava era que, estuvieras donde estuvieras, tenías unas vistas que parecían un pedacito de cielo. Para él no había un lugar igual.

Por el contrario, Londres era fría y gris, y estaba demasiado abarrotada. Suspiró mientras se frotaba las sienes. Se había convertido en un cascarrabias, un gruñón, y ni siquiera tenía treinta años.

—Suena divino —dijo la señorita Woodchurch.

Mateo se había permitido dejarse llevar demasiado.

—He de admitir que no soy imparcial, pero... creo que sí que lo es. Bueno, tengo trabajo para usted.

Le entregó unos papeles y volvió a centrar su atención en la tarea.

En la hora de trabajo que le quedaba, la señorita Woodchurch descifró más escrituras de su abuelo y escribió respuestas a dos invitaciones. Mateo se quedó sorprendido cuando llegó el momento de que se marchara; le parecía que la tarde había pasado más rápido que de costumbre.

Cuando la señorita Woodchurch se despidió y le deseó un buen día, él se dirigió a la ventana a tomar un poco de aire. Debió de quedarse ahí más tiempo del pretendido (volvió a pensar en Santiava, en un par de perros de caza que había dejado al cuidado de sus empleados, pero que echaba de menos igualmente) y dio la casualidad de que vio a la señorita Woodchurch y a una de las cocineras, Aurelia, salir por la puerta de servicio. Las vio caminar juntas hasta el extremo de la casa y luego girar hacia la calle y desaparecer de su vista.

Que él supiera, Aurelia no hablaba ni una palabra de inglés. Y, aun así, las dos iban caminando juntas como si fueran amigas.

La señorita Woodchurch resultaba tan... inesperada. Era la única persona en Londres que había llamado su atención de un modo significativo. Era culta, tenía, al parecer, una gran variedad de intereses y no era reservada lo más mínimo.

Con ella se sentía distinto. Nunca sabía si su incapacidad para conocer a alguien se debía a su posición como duque de Santiava o a su naturaleza estoica. Fuera cual fuera la razón, solía sentir un muro invisible entre la gente que conocía y él. Sobre todo si eran mujeres.

La existencia del muro era culpa suya por completo. Nunca se le ocurría algo que decir que no sonara arrogante o peor... falto de interés. Con la señorita Woodchurch, la conversación había sido mucho más sencilla gracias al carácter sociable de ella.

Y él no estaba falto de interés. No... De hecho, su interés por ella iba en aumento.

Capítulo 9

El vizconde era el hombre más extraordinario que Hattie había conocido en su vida. No llegaba a entenderlo del todo, era tan reservado que resultaba distante, tan frío en sus respuestas que a veces resultaba desagradable. Un hombre fastidioso, de hecho. Y, aun así, la tenía fascinada. Hattie tenía la impresión de que de vez en cuando lo crispaba, pero eso no impedía que ella dijera lo que pensaba.

Y entonces, por alguna razón, ella había resquebrajado su estoica fachada. Después de haber estado días siendo la única en hablar, sin esperanza de recibir más de una palabra o dos en respuesta, en el momento en que se percató de su libro, todo había cambiado. Era la única vez que lo había visto interesado de verdad en algo que ella hubiera dicho. Siendo justos, ella decía muchas cosas que no interesaban a nadie, y, la verdad, ¿cómo se le había ocurrido ensalzar las virtudes de Hyde Park como si fuera la alcaldesa de la ciudad?

Aun así, se alegraba mucho de haber encontrado una franja de terreno común con él. Leer era una de las cosas que más le gustaban, y era emocionante ver que ese tema lo había animado a hablar. Quería averiguar si tenían más en común.

Mientras tanto, en su vida no había ni una sola alma que no estuviera ansiosa por saber algo, lo que fuera, del nuevo vizconde. Le hacían preguntas sobre él que no les incumbían, pero preguntaban de igual forma: ¿Por qué ya no se movía en sociedad? ¿Qué decía, comía, bebía, fumaba? ¿Quién lo visitaba? ¿Dónde cenaba? ¿Tenía algún problema? ¿Había buscado esposa? ¿Tenía una amante secreta? La última la había hecho la señora O'Malley.

Hattie evitaba responder, pero las preguntas eran incesantes. El silencioso y taciturno vizconde santiavano era un enigma para todo el mundo. Ni siquiera los periódicos parecían saber qué pensar de él; lo llamaban ermitaño y decían que estaba encerrado en la casa de su abuelo. Se quejaban de que se rumoreaba que había encontrado pareja y de que, aun así, nadie podía aportar noticias al respecto. Unos especulaban sobre que las negociaciones para conseguir esposa comenzarían en serio con el inicio de la temporada social. Otros especulaban sobre que no tenía ninguna intención de casarse con una inglesa y que cualquier suposición concerniente a ese punto era ilusoria. Hattie, desde luego, no lo sabía.

Su familia tenía especial curiosidad por el vizconde. Por motivos que ella no llegaba a comprender, sus padres parecían despreciarlo solo por su título. Cuando volvía a casa, prácticamente estaban al acecho, esperándola, y se abalanzaban a por ella con sus preguntas en cuanto entraba por la puerta.

Queenie y Flora no eran mejores. Queenie, en particular, la presionaba para que le diera el más mínimo dato que ella pudiera aprovechar para luego chismorrear por la ciudad. Pero, claro, Queenie juraba que no diría «ni una palabra». Hattie sabía bien que no sería así y se tomaba muy en serio la promesa que había hecho de guardar la confidencialidad sobre los asuntos del vizconde. No le contaba a nadie ni lo que oía ella ni lo que decía él, que tampoco era mucho excepto cuando se trataba de la polémica sobre las cabras y las ovejas, algo que lo irritaba tanto como para hacerlo hablar de verdad. O cuando hablaba del libro que estuviera leyendo.

Hattie sí brindó, en cambio, una pequeña verdad para que todo el mundo la rumiara: el vizconde solía salir de la habitación mientras ella trabajaba.

Fue una noticia decepcionante para todos.

—Qué tedioso parece ese trabajo tuyo —se quejó Queenie después de que Hattie hubiera desviado una serie de preguntas con un «No lo sé, de verdad que no».

Esa tarde en particular, cuando Flora y Hattie fueron de visita, Queenie estaba tumbada en el diván de su enorme dormitorio comiendo de un cuenco de dulces como una diosa griega.

—¿Entonces qué haces? ¿Estás todo el día escribiendo? ¡Por Dios, Hattie! ¿Qué te atrae de esa clase de trabajo? Transmites la imagen de un monje copiando textos antiguos y encerrado en un desván polvoriento con únicamente la luz de una vela.

Hattie se rio al imaginarlo. Había supuesto que sería obvio lo que la atraía. El dinero, desde luego, aunque estaba claro que Queenie no entendía de eso; por lo que parecía, tenía todo lo que podía querer. Pero, además del dinero, la oportunidad de estar con un hombre guapísimo era bastante estimulante. Seguro que Queenie eso sí lo valoraría. No todos los días se veían en semejante compañía. Como si Queenie no se hubiera lanzado a la oportunidad de escribir unas cartas a cambio de poder congraciarse con lord Abbott.

—¿No hay nada que puedas contarnos? —insistió Queenie con desconfianza—. ¡Hace más de quince días que nadie lo ve por ninguna parte! Todo el mundo se pregunta si pasa algo. Lo único que se sabe es que va a cenar en casa de los Forsythe, pero eso no será hasta finales de semana. No deberíamos tener que depender de Flora para estar informadas.

—¿De mí? —dijo Flora atónita—. Seguro que no hablaré con él más que un momento. Todo el mundo se disputará su atención. Ni se fijará en mí.

—Pues entonces tendrás que esforzarte más, Flora —dijo Queenie. Suspiró y se dirigió a Hattie de nuevo—. Tengo una teoría sobre tu secreto.

—No tengo ningún secreto —dijo Hattie.

—Está enfermo, ¿verdad? Por eso no se lo ha visto. Por eso no dices ni una palabra.

Hattie por poco no se atragantó.

—¡Es la viva imagen de la salud!

Y mucho, pensó ella. Viril, todo músculo, con la espalda ancha y unas manos fuertes.

—Yo creo que sencillamente tiene mucho trabajo arreglando el patrimonio de su abuelo. Imagino que no tendrá tiempo para hacer visitas y cosas así.

—La alta sociedad siempre tiene tiempo para hacer visitas —se burló Queenie—. Qué desperdicio tenerte ahí, Hattie. Debería haber sido Flora.

—Yo no estoy hecha para trabajar —soltó Flora como si pensara que Queenie estaba sugiriendo que se pusiera a cavar zanjas.

—¡Era una broma, querida! —dijo Queenie—. Ni que fueras a tenerte que ver obligada a trabajar.

Flora y Queenie se rieron con Hattie ahí delante, que obviamente sí se había visto obligada a trabajar. Flora fue la primera en recobrar la compostura y, al parecer, recordó la suerte que había tenido Hattie en la vida.

—Aunque tampoco me importaría —se apresuró a asegurarle.

—Ah, yo creo que sí te importaría —dijo Hattie—. El trabajo no es para todo el mundo.

Flora se sonrojó y miró a su alrededor como intentando encontrar algo de lo que hablar que la alejara de ese incómodo tema de conversación. Queenie lo hizo por ella al preguntar qué tenía pensado ponerse para la cena de los Forsythe y después recordarle que lo que fuera que eligiera debía ser deslumbrante, porque Christiana Porter estaría allí.

Esa noticia claramente inquietó a Flora, y Hattie sospechó por qué: Christiana Porter era una mujer de considerable belleza, con el cabello del color del algodón y unos labios seductoramente carnosos. Para Hattie era un misterio por qué a esas alturas no tenía ya un matrimonio asegurado; su nombre parecía estar en boca de todo el mundo. Flora jamás lo admitiría, pero la intimidaba. En los dos últimos años había hecho suficientes comentarios para que Hattie supiera que Flora no se veía en la misma constelación que la señorita Porter.

—Ah, qué maravilloso será para ella —dijo Flora con una voz inusualmente alta.

—Todo el mundo da por hecho que será ella la que atraiga la atención del vizconde, por supuesto —continuó Queenie con la mirada puesta en Flora. A Hattie no le gustaba esa faceta de Queenie, la provocadora y meticona. De vez en cuando jugaba a ese juego: sacar de quicio a su amiga. Era cruel por diversión.

—Estoy segura de ello —dijo Flora.

—No es de extrañar, la verdad —dijo Queenie—. Es una belleza.

Hattie no quiso oír más y se acercó al tocador de Queenie.

La provocación de Queenie surtió efecto, porque Flora de pronto espetó:

—No estoy diciendo que debiera ser yo. No, de verdad que no, pero ¿por qué siempre se ha de dar por hecho que Christiana Porter será la dama más solicitada?

Queenie soltó una risita, estaba encantada viendo a Flora con ese resentimiento tan poco frecuente en ella.

—¡Querida! Queridísima mía, eres todo lo que es ella y más. ¿En cuanto a por qué todo el mundo lo da por hecho? Bueno... nos lo explicarás después de haber cenado en casa de los Forsythe. Cuéntanos todo lo que pase y le encontraremos sentido.

De espaldas a ellas, Hattie puso los ojos en blanco.

Cuando se despidieron de Queenie (más tarde que pronto para gusto de Hattie), ella volvió a casa y se encontró con que su familia también estaba tremendamente ocupada con el asunto de su trabajo en el despacho del vizconde.

El tema salió en la cena. Mientras sus hermanos devoraban como animales y su padre se tomaba un whisky a la vez que leía el periódico, la madre de Hattie acariciaba a un gato que tenía en el regazo y, estrechando la mirada, observaba a su hija desde el otro lado de la mesa.

Hattie no lo soportaba cuando su madre se ponía así, demasiado observadora, intentando poner reparos a todo. Ella siguió con su comida sin levantar la mirada del plato.

Finalmente su madre hizo su anuncio.

—Estás sonriendo demasiado, Harriet.

Hattie miró a su alrededor, confundida.

—¿Estoy sonriendo demasiado?

—Sí. Te hace parecer entusiasmada en exceso.

Hattie ni siquiera era consciente de que hubiera estado sonriendo. No estaba entusiasmada en exceso con nada, y mucho menos con esa comida.

—Eso es porque está muy contenta con su trabajo, mamá —dijo Perry—. Todo el mundo puede verlo.

Él se echó hacia delante sobre el brazo de su silla, de modo que su cara quedó justo frente a la de Hattie.

—Pero eso no te hace mejor que los demás.

Hattie lo apartó.

—Yo nunca he dicho que lo haga.

—Porque no eres mejor que yo —añadió Perry.

—Pero yo sí —dijo Peter, y le lanzó un trozo de pan a su gemelo, al otro lado de la mesa.

—¡Muchachos! —dijo el padre de Hattie sin levantar la mirada del periódico.

—No deberías estar tan entusiasmada por trabajar —continuó Perry como si, a sus casi catorce años, tuviera la más mínima noción de cómo funcionaban las cosas en el mundo—. Hace que parezcas desesperada por recibir atención. Y a nadie le gustan las chicas que buscan demasiada atención.

—Por el amor de Dios —murmuró Hattie—. No sabes nada, Perry. No estoy entusiasmada por nada, pero, si lo estuviera, ¿por qué no podría estarlo por el trabajo?

Francamente, estaba deseando salir de esa casa e ir a Grosvenor Square los días que le correspondía.

—De todos modos, tampoco esperaría que lo entendieras. Eres demasiado joven.

Seguro que eso le fastidiaba. Peter y Perry odiaban que se les recordara que eran mucho más pequeños que Hattie y Daniel.

—Pero hay personas que están felices de tener un trabajo —añadió Hattie.

—Lo cual me recuerda... —dijo su padre bajando el periódico desde la cabecera de la mesa—, ¿cuándo veré el pago por esos «servicios prestados»? —añadió como si ella fuera una chica de un salón de baile.

Con un gruñido, Hattie apoyó la cabeza en el respaldo de la silla y miró al techo. Su familia era insufrible de todas las formas imaginables.

—Ya he recibido el sueldo de mi primera semana, papá. Mañana me darán el segundo.

—¡Vaya! —dijo su padre, ahora con tono cantarín—. ¿Has recibido el sueldo de una semana? ¿Y has olvidado nuestro acuerdo?

—No fue un acuerdo. Fue una orden.

—Llámalo como quieras, pero me llevaré mi parte.

—Por Dios bendito —dijo Daniel. Había permanecido en silencio durante la charla, pero ahora soltó el tenedor que había estado usando para meterse el cordero en la boca como si la casa estuviera en llamas y él solo tuviera unos segundos para escapar—. Esta familia es un condenado espectáculo de carnaval.

—Eso lo dirás tú —dijo Peter.

—Sí, eso lo digo yo —contestó Daniel—. Hat, ¿qué piensan tus amigas de tu trabajo? Seguro que tu empleo les parece ingrato.

—Si te refieres a Flora y a Queenie, no sé por qué dices eso. Ellas también fueron a la Escuela Iddesleigh para Niñas Excepcionales y a todas nos formaron para trabajar en un futuro. De eso se trataba, de abrir el camino a la igualdad.

—Tus... —empezó a decir Daniel, pero de pronto varios relojes empezaron a repicar a la vez y, durante el espacio de un minuto, nadie habló, ya que las voces no se oirían con semejante estruendo.

Una vez que hubieron terminado de resonar, Daniel continuó:

—Tus amigas fueron a esa escuela porque sus padres querían librarse de ellas, no porque esperaran que algún día fueran a trabajar a cambio de un salario. Son demasiado elitistas para mancharse las manos.

—No son sus amigas —dijo su madre.

El gato que tenía encima se alzó sobre su regazo y se estiró antes de, con cuidado, subirse a la mesa y empezar a zigzaguear entre los platos, las bandejas y las copas.

—Claro que son mis amigas —dijo Hattie, que se levantó, agarró al gato y lo dejó en el suelo—. Hace diez años que las conozco.

Su madre resopló.

—La primorosa de Flora te paga, querida. No eres su amiga.

—¡Mamá! —exclamó Hattie. Aunque, si tenía que ser justa, esa idea también se le había pasado por la cabeza una o dos veces. ¿Flora y Queenie querrían juntarse con ella si no le estuvieran pagando? No quería arriesgarse a descubrir la respuesta porque, la verdad, eran las únicas amigas que tenía.

—Sobre todo la alta —dijo Daniel.

Hattie frunció el ceño.

—¿Te refieres a Flora?

Daniel se encogió de hombros.

—¿Cómo iba a saber su nombre? Para mí no es nadie. Aunque sí que la vi asistir a un concierto en el Canterbury Music Hall. Es un poco altiva, ¿no?

—Sin duda la has confundido con otra persona. No es altiva en absoluto. Es muy amable y resulta ser mi mejor amiga, Daniel. No deberías decir esas cosas. Ni siquiera la conoces.

Daniel se encogió de hombros y apartó su plato, ya limpio.

—Es la hija de un vizconde —dijo la madre de Hattie y, por un momento, ella pensó que su madre pretendía defender a Flora—. Todos son altivos, ¿no?

Daniel y su madre se rieron juntos a carcajadas.

Hattie dejó su servilleta junto al plato.

—Bueno. Esto ha sido... —Se detuvo, intentando pensar en una palabra apropiada—. Ha sido lo que suele ser, perturbador y un poco aterrador. Si me disculpáis.

Se levantó para irse.

—¡No olvides mi parte! —gritó su padre tras ella mientras salía de la sala.

Hattie salió del comedor y cruzó el atestado pasillo esquivando paquetes, gatos, relojes de pie, maniquíes de costura y juegos de té. Sí, desde luego, estaba entusiasmada con trabajar, entusiasmada con hacer lo que fuera que la ayudara a salir de esa dichosa casa. Y el trabajo parecía la única posibilidad que no incluía una caja de pino.

De verdad esperaba que la caja de pino no fuera a por ella primero.

La tarde siguiente, Hattie se detuvo en el vestíbulo para ponerse una capa fina, ya que había empezado a llover. En un brazo llevaba una cesta llena de regalos para todos en la casa del vizconde, que se habían quedado encantados con los broches de la rosa Tudor que le había comprado a la señora O'Malley por media corona cada uno. Hoy llevaba dos pañuelos cuyos bordes había labrado con hiedra inglesa, uno para Aurelia y otro para Yolanda, las mujeres que trabajaban en la cocina. Qué curiosa la amistad que estaban forjando, pensó. Las dos chicas no hablaban inglés y, aun así, las tres habían estado arreglándoselas, principalmente al enseñarse palabras las unas a las otras. Hattie señalaba un plato, por ejemplo, y decía en inglés «*plate*». Yolanda y Aurelia le respondían con la versión española, «¡plato!». El pollo era *chicken*. La patata, *potato*. De Aurelia Hattie aprendió que *heart* era «corazón», y eso fue después de ver a Aurelia sonriendo con timidez a uno de los lacayos.

En la tienda de la señora O'Malley también compró unas pastas de té para Mary y un salero de agujeros para el señor Pacheco, después de que el hombre se hubiera quedado maravillado al ver uno en la casa, ya que era la primera vez que lo hacía. Según le habían contado, en Santiava usaban saleros con tapa y cucharilla. Además había llevado un puro que le había robado a su padre para el señor Borrero y una baraja nueva de cartas para los lacayos, que jugaban con una muy desgastada.

Y en el fondo de la cesta, cubierto por el resto de cosas, tenía también algo para su excelencia, eso contando con que tuviera el valor de dárselo. Se temía que él pudiera encontrarlo impertinente o demasiado atrevido, pero, en fin, ¿qué más daba? Tampoco es que tuviera nada que perder.

Era su tan adorado ejemplar de *Jane Eyre*. Para ella suponía la experiencia literaria perfecta.

Estaba abrochándose la capa cuando su madre apareció en la puerta del salón con un gato en brazos y gesto de disgusto.

—Buenas tardes, mamá.

—Mírate —dijo su madre con tono sombrío y mirándola de arriba abajo con mirada crítica—. ¿Te has puesto *rouge*?

—Un poco —admitió Hattie. Mientras se vestía, le había parecido que tenía las mejillas muy pálidas. Tenía el aspecto de un espectro.

—Parece que hubieras estado lamiendo un cuenco de nata, señorita. ¿Crees que eres una de las damas a las que se tendrá en cuenta para casarse con él?

Era algo tan disparatado que Hattie se rio.

—No, mamá, no. Yo no soy nadie. Me gusta mi trabajo, eso es todo. ¿Tan raro es? Ya sabes que siempre me he mantenido ocupada.

Su madre salió del salón.

—Ten cuidado, Harriet —dijo con tono lúgubre—. No eres una de ellas. No te permitas creerte las ideas que te metan en la cabeza.

El buen humor de Hattie se enfrió considerablemente. Se vio tentada a preguntarle a su madre quiénes eran «ellas», pero en el fondo sabía la respuesta y prefería no oír a su madre decir nada que le hiciera daño. Sabía que no era como Flora y Queenie, no necesitaba que su madre se lo dijera. Sabía que no era una joven deseable, que no tenía ningún atractivo, y, la verdad, no tenía ninguna oportunidad de casarse por culpa de esa casa y sus habitantes. Eso por no hablar de su compromiso anulado.

—No tengo ni idea de a qué te refieres —dijo con cierto descaro—. No quiero llegar tarde. Buenas tardes, mamá.

Abrió la puerta y salió a la lluvia sin molestarse en intentar agarrar a uno de los gatos que salió disparado cuando lo hizo ella.

Echó a andar un poco ofendida por que su madre quisiera que se avergonzara de su trabajo, de quién era. Un poco ofendida por que su propia madre fuera la que le recordara que un hombre como lord Abbott jamás encontraría en ella nada que pudiera querer. No importaba que estuviera encaprichada del vizconde; era consciente de que no corría el peligro de que ese sentimiento se viera correspondido o siquiera reconocido.

Pero, mientras avanzaba, empezó a pensar que tal vez su madre tuviera razón. Hattie había permitido que su imaginación se apoderara de ella. Se había imaginado en Santiava. Con él. Hablando español con fluidez, deleitándolo, charlando de libros y de todos los intereses que compartían. Era una ilusión tonta. No hacía daño a nadie.

Estaba convencida de que él la consideraba demasiado observadora e incluso crítica. ¡Era un hombre tan reservado y distante! En un principio había pensado que no tenía ninguna simpatía por ella, que su presencia le molestaba y que la enviaba a tomar el té para no tenerla cerca. Pero, cuando Pacheco o Borrero entraban en la habitación, él se mostraba igual de reservado y distante con ellos. La única vez que lo había oído reír fue por la ventana aquella primera tarde.

No fue hasta que su excelencia la vio mirando sus libros que él pareció suavizarse, un poco al menos. Lo más asombroso de toda aquella conversación fue que él parecía interesado de verdad en su opinión sobre *El vizconde de Bragelonne*.

Su entusiasmo por llevar regalos había quedado empañado por la advertencia de su madre. Esperaba no estar siendo una tonta al llevarle un obsequio. Pero, bueno, ya era demasiado tarde. Pasara lo que pasara, algún día Hattie recordaría con cariño la primavera durante la que escribió correspondencia y leyó libros con el vizconde Abbott, el duque de Santiava.

Capítulo 10

Pacheco lucía un broche en la solapa que era la misma rosa roja y blanca que Mateo les había visto a Borrero y a dos lacayos al menos. No entendía el significado, pero estaba claro que la señorita Woodchurch había usado su sueldo para comprar broches para su servicio doméstico.

¿Para eso necesitaba el trabajo? ¿Para comprar broches?

—¿Tú también? —acusó a su sirviente mientras Pacheco le sostenía la chaqueta.

Pacheco había sido el sirviente de su padre y era una sabia alma vieja. No solo entendió a qué se refería Mateo, sino que evitó la mirada de su señor mientras le pasaba las manos por los hombros para alisarle la tela de la chaqueta. Sinceramente, el silencio de Pacheco era uno de los motivos por los que Mateo se llevaba tan bien con él; ese hombre sentía la necesidad de responder preguntas superfluas tan poco como él.

Y ahora tampoco le respondió.

Una vez que hubo terminado de vestirse, Mateo bajó las escaleras. Hoy su intención era acabar rápido la sesión con la señorita Woodchurch; Rosa y él querían intentar hacer una tarta de melaza antes de la cena.

La señorita Woodchurch ya estaba lista en el despacho, esperando de pie junto a la ventana. Llevaba un vestido amarillo pastel que, con sus ojos azules, le recordaba a un pájaro que solía visitar la galería del palacio de Valdonia.

—¡Buen día, milord! —dijo con alegría—. Un poco de lluvia, pero parece que el cielo se va a despejar.

Esa mujer siempre estaba alegre, independientemente del humor que tuviera él. Era algo que valoraba en ella. Ojalá él pudiera simular aunque fuera un poco de ese buen carácter. Ojalá pudiera entrar en una sala y gritarle buen día a todo el mundo. Se imaginaba la confusión que generaría, cómo la gente caería desmayada a su alrededor al oírlo.

—Buenos días.

Fue a su mesa y levantó una pila de papeles entre los que había unas facturas para clasificar por tipo de propiedad. Le pidió a ella que lo hiciera.

Trabajaron en silencio durante la primera hora. Cuando Hattie había hecho todo lo que le había pedido, empezaron a revisar la última correspondencia. Invitaciones en su mayoría. A Mateo le parecía que en Londres lo único que hacían todos era celebrar o asistir a una cena tras otra.

La última era una carta de su madre. Le escribía dándole noticia de sus viajes, enumerando a la gente que había visitado y las muchas invitaciones a cenar (al parecer, lo único que hacían todos también en París era asistir a cenas), e incluyendo una lista de lo que había comprado que hizo que a él se le nublara la vista. Ya le había explicado en más de una ocasión que el erario del ducado no era su reserva económica personal.

Su madre concluyó la carta preguntándole si se había reunido con lady Aleksander y, de no ser así, cuándo podía esperar noticias al respecto.

Él le dio la carta a la señorita Woodchurch.

—Puede responder que todo va bien, etcétera, etcétera.

—¿Etcétera, etcétera? —preguntó ella agarrando la carta para leerla. Luego lo miró.

—¿Alguna pregunta?

—No, milord.

Mateo se giró hacia el montón que quedaba.

—Pero... —comenzó Hattie, y esperó a que él levantara la vista—. ¿Eso es realmente todo lo que desea decir?

Sin duda, era todo lo que deseaba decir. Decir algo más daría pie a que su madre hiciera un sinfín de preguntas y exigiera respuestas. Tamborileó los dedos sobre la mesa un momento.

—Está claro que opina que debería haber más.

Un ligerísimo rubor cubrió las mejillas de Hattie, que se pasó el dorso de la mano por una.

—Yo jamás me atrevería a sugerir algo semejante. Y no quisiera hablar fuera de lugar.

—Qué interesante que, después de estas dos semanas, ahora vaya a preocuparle eso. Pero adelante, señorita Woodchurch. Me gustaría oír lo que piensa.

Ella frunció el ceño un poco.

—Es su madre.

—Soy consciente.

—Y es evidente que disfruta de su compañía.

—Eso no es evidente en absoluto. ¿Me está reprendiendo, señorita Woodchurch?

—¡No! —exclamó ella—. Le pido disculpas. Le he ofendido, a pesar de que es usted quien me ha pedido opinión.

—Lo...

—Que Dios me ayude —dijo ella alzando las dos manos—. No hace falta que lo diga. De nuevo, estoy hablando cuando no me corresponde. Yo...

—Señorita Woodchurch —dijo él con tono calmado antes de que ella se sumiera en una espiral de explicaciones que él, por experiencia, sabía que sería extensa—, en efecto le he pedido opinión.

—No quiero dársela.

—Está claro que sí.

—No —dijo ella negando con la cabeza, con rotundidad—. Ya he dicho demasiado.

Ahora él se puso un poco terco.

—Entonces tal vez podría decirme qué escribiría si esta carta se la hubiera enviado su madre.

—¿Mi madre?

—*Sí, su madre.* Si ella le hubiera escrito desde París con noticias sobre sus amigas y sus compras y solo le hubiera hecho una pregunta sobre usted. Por favor, me gustaría saber cómo respondería.

—Eh, yo... —dijo Hattie pellizcándose el lóbulo de la oreja con inquietud—. Le preguntaría qué demonios está haciendo en París, porque ella nunca ha estado allí. Mi madre es por completo distinta a la suya.

—Interesante. ¿Eso cómo lo sabe?

A Hattie se le encendieron las mejillas. Mateo estaba divirtiéndose con su desazón y parecía intrigado por que ella estuviera intentando evitar hablar de su madre.

—Mi madre es... em... es... —dijo la señorita Woodchurch. Miró al techo y suspiró—. Es un poco complicado, ¿verdad? Nuestras madres nos traen a este mundo, pero, según pasa el tiempo, uno descubre que son...

—¿Unas entrometidas? —terminó Mateo por ella, secamente.

—Justo eso —dijo Hattie con otro suspiro—. A veces puede hacer gracia, pero otras no.

—A mí las madres entrometidas solo me resultan graciosas si no son la mía. Tal vez nuestras madres no sean tan distintas. Debe entender mi renuencia a escribir una respuesta extensa que solo daría pie a más escrutinio y más opiniones.

—Lo entiendo. Si yo fuera a escribir a mi madre, parlotearía sobre cosas que la agotaran o le hicieran perder el interés por volver a interrogarme.

Se encogió de hombros y añadió:

—Hay que recurrir a esa clase de métodos.

—¿Parlotear?

—Me refiero a... hablar por hablar —le explicó—. A hablar mucho.

—Ah, *charlotear*.

—Pero no se lo recomendaría a usted, milord. Imagino que su madre probablemente esté acostumbrada a que le hable poco, y, si parlotea mucho, eso despertaría sus sospechas. Si me permite el atrevimiento de decírselo.

—Ya ha tenido el atrevimiento de decirlo.

Ella sonrió ampliamente.

—Supongo que sí. Estoy procurando ser atrevida en muchas cosas.

Esa proclamación no hizo más que aumentar la curiosidad de él. ¿Estaba procurando ser atrevida en qué aspectos? ¿En cuántos? ¿Procurándolo en la intimidad? ¿De forma pública? ¿Alguno de esos empeños implicaba caricias o flirteos?

Bajó la mirada a la mesa, horrorizado por haber tenido ese pensamiento. Pero, ahora que lo tenía en la cabeza, ahí se quedaría. Se imaginó a la señorita Woodchurch en la cama, sin miedo a hablar. A actuar. Respiró hondo.

—Si es tan amable, ¿podría escribir una respuesta a mi entrometida madre y transmitirle que está todo bien? Y, si gusta, podría añadir que espero con toda sinceridad que disfrute del resto de su estancia.

La sonrisa de ella era encantadora.

—Será un placer. Gracias.

—Y después se abstendrá de ofrecer más opiniones o de hablar de ello, ¿verdad? Aún queda mucho trabajo por hacer hoy.

—Por supuesto, milord.

La señorita Woodchurch volvió a su escritorio. Como siempre, despachó con rapidez la correspondencia y, una vez que hubo terminado, dejó las cartas en el borde de la mesa de él.

—Gracias. Ahora puede ir a tomar el té.

La señorita Woodchurch no se movió.

Él levantó la mirada.

—Déjeme adivinar... Tiene más opiniones que ofrecer y está decidida a hacerlo.

—No, no. Ya no voy a dar más mi opinión, tal como me ha solicitado. Aunque sí debo suplicarle que sea indulgente si hablo sin invitación explícita. Pero tampoco lo sea solo porque sí.

Él casi sonrió.

—¿Entonces la reprendo ahora o espero a oír lo que tiene que decir?

—¿Tal vez una severa advertencia antes de empezar para que no lo olvide?

Mateo sonrió.

—En ese caso, considérese severamente advertida.

Le indicó que continuara, bien consciente de lo mucho que estaba disfrutando esa tarde bromeando con ella. Estaba encantado con el brillo de sus ojos azules y con cómo se le sonrojaba la piel ante la más mínima provocación.

—Le he traído un regalo. Por así decirlo.

¿Un regalo? Se sintió un poco halagado. Pero entonces imaginó lo que sería y sonrió.

—Un broche para la solapa.

Ella se rio encantada.

—¡Se ha fijado! Jamás habría imaginado que los broches de la rosa Tudor estuvieran tan solicitados en Grosvenor Square. Pero, sí, estaría encantada de traerle uno, milord, y lo haré lo antes posible. Sin embargo, ese no es el regalo que tengo para usted. Es un libro.

Hattie se agachó al suelo y, cuando volvió a levantarse, en efecto tenía un libro en la mano. Se lo ofreció con una luminosa sonrisa.

Él miró el libro mientras se preguntaba si debía aceptarlo.

—Se titula *Jane Eyre* y es obra de la incomparable Charlotte Brontë, una autora inglesa. He pensado... Bueno, me dijo que nunca había leído esa clase de novela y he pensado que tal vez querría probar con una. Es romántica y tiene misterio, y la ambientación es maravillosamente lúgubre.

—¿Lúgubre?

—Oscura e inquietante —aclaró ella.

Él miró el libro de nuevo.

—Entiendo que eso pueda no resultar nada atrayente, pero le aseguro que realza la atmósfera de la historia. Apuesto que no podrá parar de leer una vez que empiece.

Mateo abrió el libro y leyó la primera línea un poco despacio.

—«Aquel día no fue posible salir a pasear...».

Cerró el libro y lo dejó a un lado. No sabía qué pensar del regalo. Estaba intrigado, confuso y extrañamente agradecido de que no fuera un broche para la solapa.

—¿Qué apostaría?

—¿Disculpe?

—Ha dicho que apuesta que no podré parar de leer una vez que empiece. ¿Qué apuesta haría, señorita Woodchurch?

—Ah...

Ella miró a su alrededor.

Había varias cosas que a él le gustaría apostarse. Le gustaría tocar el suave valle de su cuello. Rozar ese testarudo mechón de pelo que siempre se le soltaba del recogido. Le gustaría deslizar el pulgar sobre su labio inferior.

—Pensaremos en algo. *Gracias* —dijo en español antes de repetirlo en inglés.

—Espero que no le parezca demasiado atrevida...

—En absoluto. Por favor, no le dé tanta importancia, señorita Woodchurch. Es un libro, no una invitación a cenar.

A ella se le sonrojaron las mejillas al instante y él se estremeció por dentro por cómo debía de haber sonado eso. Era justo lo que Roberto le había mencionado.

—Señorita Woodchurch, no —dijo señalándola con un ademán—. No se altere hasta el punto de obligarme a dar un discurso para excusar mi pésima elección de palabras. He hablado con torpeza. Discúlpeme.

—Por supuesto.

Se sentía terriblemente avergonzado. Se frotó la nuca.

—¿Le gustaría tomarse el té ahora?

No parecía que ella quisiera, pero aun así asintió y agarró su bolso.

—Por favor, discúlpeme.

Una vez que Hattie se hubo marchado, él agarró el libro y volvió a abrirlo. Comenzó la laboriosa tarea de leer en inglés. No obstante, la letra era legible y él se había quedado intrigado con Jane Eyre y su sombrío y lluvioso día.

Pero, mientras leía, no dejaba de pensar en la señorita Woodchurch. En su feliz semblante. En su acérrima seguridad. En su renuencia a dejarse intimidar por él. En su absoluta dedicación a decir lo que pensaba.

Y en sus azulísimos ojos.

Pero ¿qué le pasaba? Era casi como si estuviera haciendo... una amiga. Una amiga a la que quería tocar. ¿Era eso posible? Tenía tan pocos amigos que ni siquiera estaba seguro.

Pero esa idea y el libro lo tenían tan fascinado que, algo impropio de él, llegó tarde a su cita con Rosa.

Capítulo 11

Lila Aleksander se había topado con algunos casos complicados durante sus treinta años de profesión como casamentera y no consideró un problema la poca disposición del vizconde a reunirse con ella. Al menos, no al principio.

Cuando se lo habían presentado, en el jardín de Grosvenor Square, se había quedado sorprendida por lo taciturno que era. La mayoría de la gente, al verse eligiendo a la pareja con quien pasaría el resto de su vida, tenía mucho que decir. Ese hombre no tenía nada que decir sobre el asunto.

Había conocido a gente callada. Su propia madre había tenido fama de reservada; Lila apenas podía recordar un puñado de cosas que le hubiera dicho. Suponía que probablemente tenía más que ver con el despótico control de su padre sobre su esposa que con la auténtica naturaleza de su madre, y lamentaba de verdad no haber llegado a saberlo nunca.

De vez en cuando se topaba con alguien de tan pocas palabras que era imposible conocerlo. Esperaba que el vizconde no fuera así; eso haría que su labor resultara aún más difícil.

La madre de él, Elizabeth, la había advertido de que su hijo sería un caso problemático. «Mi hijo se casaría con un libro si estuviera permitido», se había quejado la mujer al reunirse con Lila hacía unas semanas.

Elizabeth Abbott Vincente y Lila se habían conocido hacía muchos muchos años. Ambas debutaron el mismo año, cuando sus cinturas eran más pequeñas y sus visiones de futuro, halagüeñas. Luego Elizabeth se había casado con el guapo duque de Santiava y se había marchado muy lejos. Y, poco después de aquello, las esperanzas de Lila de recibir una oferta de matrimonio habían quedado destruidas tras el terrible escándalo de soborno de su padre. Elizabeth y ella habían ido en direcciones opuestas, fuera de Inglaterra, y habían perdido el contacto durante años.

Lord Iddesleigh era quien las había vuelto a reunir a través de su buena amiga la duquesa de Marley, de soltera princesa Amelia de Wesloria. Resultaba que Amelia había sido una de las clientas de Lila. Hacía aproximadamente una década, Lila había logrado lo inimaginable al emparejar a la locuaz Amelia con el afligido Joshua Parker, el duque de Marley. Estaba encantada con ellos: cuatro hijos, dicha marital a decir de todos y amigos de todos los estratos sociales.

Amelia había invitado a Elizabeth y a Lila a tomar el té por petición de Beck. Decía que había conocido al actual duque de Santiava durante un par de prestigiosas ocasiones en Europa y que estaba más que encantada de celebrar esa reunión de expertas.

Las tres mujeres se congregaron en la grandiosa casa Marley en Mayfair. Lila y Elizabeth se saludaron afectuosamente, se pusieron al día y luego fueron directas al asunto de encontrarle una esposa apropiada a su reservado hijo.

—Es bastante tímido —dijo Elizabeth—. O tal vez tan solo sea callado. Confieso que nunca he podido distinguir una cosa de la otra. Su padre fue terriblemente duro con él, y creo que Mateo ha aprendido a guardarse sus opiniones por miedo a que lo critiquen. Mi hijo Roberto, en cambio, sí que es un hombre que puede encandilar por completo a una dama. Pero ¿Mateo?

Suspiró.

—Lo cierto es que no dice mucho.

—Tal vez sea porque tu otro hijo dice mucho —dijo Amelia mientras se removía el té—. Solo lo menciono porque mi hermana, Justine, que es la reina de Wesloria, como ya sabéis, siempre se mostró reacia a hablar en público y yo pensaba que era porque yo hablaba mucho. Nunca he vacilado lo más mínimo a la hora de hablar en público y, de hecho, mi madre solía quejarse de que siempre estaba hablando de cualquier cosa. Decía que solo había que mencionarme un tema y allá que iba yo. Ahora, por supuesto, no hablo tanto porque son mis hijos los que hablan. Y casi siempre a la vez. ¿Alguna vez os habéis fijado en que los hijos hablan como si fueran los únicos que están en la habitación? No escuchan más voz que la suya.

Amelia levantó la mirada y se fijó en que las dos mujeres estaban esperando con educación a que terminara de hablar.

—¿Lo veis? —preguntó con un movimiento rápido de muñeca—. Acabo de demostrar lo que digo.

Le indicó a Elizabeth que continuara.

—Mateo y Roberto no hacen salidas públicas juntos, así que no creo que su silencio sea el resultado de verse eclipsado —dijo Elizabeth—. Pero su naturaleza callada le resultaba terriblemente molesta a mi marido. Él sí que era sociable. Puede que lo recuerdes, Lila. Creo que fue su pareja en el último baile de nuestro debut. Solía quejarse de que no entendía que su primogénito y heredero fuera tan distinto a él.

Lila sí que recordaba al duque, y le había parecido más grandilocuente y pomposo que sociable.

—Según mi experiencia, los callados son siempre los sensatos. Los pensadores, digamos.

—Sí, bueno, mi esposo estaba convencido de que Mateo no tenía una cabeza muy pensante. Sinceramente, no sé qué hacer con él —dijo Elizabeth—. Os doy mi palabra de que, si yo no hubiera insistido, él no habría bajado de las montañas.

—Entonces es feliz en soledad —dijo Lila, y rápidamente lo anotó en su pequeña libreta.

—¿Sí? —preguntó Elizabeth pensativa—. No sabría decir. Apenas habla conmigo tampoco.

Lila levantó la mirada.

—Eso es lo que he estado intentando decir, Lila. Que apenas habla con nadie.

Podría ser verdad, pero a Lila no le sorprendería que, sencillamente, el hijo de Elizabeth no confiara en su madre. Qué curioso que la gente prefiriera emparejarse siguiendo sus propios deseos y no los de sus padres.

—No te apures, Elizabeth. Averiguaré lo que le gusta y lo que no, te lo aseguro. ¿Hay algo o alguien que considerarías inaceptable para tu familia o el ducado?

—¿Inaceptable? —dijo Elizabeth reflexionando. Sacudió la cabeza—. Yo solo quiero que mi hijo sea feliz.

Eso al menos era una pequeña victoria, pero Lila no se lo creyó. Por lo general, se las tenía que ver con padres y madres que exigían que la persona en cuestión tuviera buenos contactos, o fuera con una dote considerable, o portara un título que resultaba imposible encontrar o igualar.

—¡Maravilloso! Creo que tengo todo lo que necesito.

—Lila —dijo Elizabeth inclinándose hacia delante y poniéndole una mano en la rodilla para captar su atención—, mi hijo necesitará una mujer que hable por él. Es el único modo de que funcione. Debe tener a alguien a quien apenas le importe si él habla o no.

—Entiendo.

Pero ¿era eso lo que de verdad necesitaba el pobre hombre? Lila suponía que, al igual que todo el mundo, necesitaba alguien que entendiera que era callado y meditabundo y que no esperara una respuesta a todo lo que ella dijera. Además, creía de veras que cuando él encontrara a alguien a quien amara y en quien confiara, las palabras saldrían solas. La confianza era un asunto serio para la gente con posiciones de poder.

Para todas las parejas, en realidad.

Lo que quedó más claro durante el té fue que Elizabeth no conocía muy bien a su hijo. Lila tendría que fiarse del propio vizconde, cosa que, naturalmente, habría hecho bajo cualquier circunstancia. Pero siempre ayudaba tener otra visión u opinión.

En los días que siguieron, había intentado conseguir acceso a la casa Abbott en Grosvenor Square. Por desgracia, el vizconde lo había hecho prácticamente imposible. O estaba demasiado ocupado, o tenía compromisos en la otra punta de la ciudad, o sencillamente no estaba disponible. A Lila no le sorprendía del todo; había sospechado que él intentaría evitarla tras aquel primer encuentro junto a Beck y su madre. Su desagrado ante el hecho de que se la presentaran por sorpresa en el jardín fue evidente.

Aun así, sí que había accedido a que le buscara pareja. Lila incluso había acorralado al señor Callum una noche, cuando él salía de la residencia, para pedirle que la incluyera en la agenda del vizconde.

—¿Y arriesgar mi puesto en la casa Abbott? —había exclamado el señor Callum—. No lo creo. Ya de por sí apenas sé qué opinión tiene de mí.

Lila se había visto obligada a ir a ver a Beck y pedirle que interviniera.

—Ah, el nuevo vizconde Abbott —había dicho Beck con tono pensativo cuando Lila le había expuesto el motivo de su visita.

—¿Quién, papá?

La pregunta la había hecho una de sus hijas medianas, lady Margaret, que estaba tendida en el sofá del salón separándose ociosamente mechones de su larga melena.

—Lord Abbott. Lo recuerdas, querida. Te pregunté si te gustaría casarte con él.

Lady Margaret arrugó la nariz.

—Es muy viejo.

Lila había parpadeado asombrada.

—Tiene veintiocho años.

—¡Puaj! —exclamó lady Margaret.

—¿Lo ves? —había dicho Beck señalando a su hija, que ahora estaba saliendo de la sala—. No podré casarlas a ninguna. Su madre las ha consentido tremendamente.

Lila sabía quién las había consentido, y no era Blythe.

Al final, no fue Beck quien le consiguió la reunión. Fue Donovan, el misterioso sirviente o amigo o tío de los Iddesleigh. Él también había estado presente, de pie junto a la chimenea. Lila nunca había tenido exactamente clara qué relación tenían el señor Donovan y la familia Hawke, pero él era omnipresente. Era un hombre increíblemente guapo, no se había casado nunca y, según sabía ella, tenía predilección por los caballeros.

Claramente, era parte importante de esa gran familia.

—Lo haré yo —había dicho encogiéndose de hombros.

—¿Hacer qué? —había preguntado Beck.

—Llevar a lady Aleksander a la puerta de Grosvenor Square —dijo Donovan, y sonrió—. Yo me encargo.

—Ya lo has oído. Donovan se encarga, Lila —había dicho Beck, feliz de liberarse de la responsabilidad.

Lila no sabía cómo lo había hecho Donovan, y tampoco se atrevía a preguntar. Lo único que sabía era que hoy, por fin, tenía una invitación para reunirse con el vizconde a las tres en punto.

—No tendrá mucho tiempo —dijo Donovan—. Al caballero no le gustan las charlas vacías. Mi consejo, señora, es que vaya directa al grano.

Lila le aseguró que así haría. Estaba segura de que el siguiente encuentro con el testarudo vizconde sería difícil por partida doble, y eso significaba que tenía mucho trabajo hacer. Estaba preparada.

—He tratado con clientes como usted —había murmurado dirigiéndose a su reflejo mientras se colocaba el sombrero en su vestidor—. No me subestime, señor. Tendré lo que quiera de usted.

Sonrió a su reflejo con seguridad en sí misma y se marchó.

Capítulo 12

La señora O'Malley había perfeccionado sus dulces de brandi y estaba tan satisfecha con el resultado que insistió en enviar algunos con Hattie a Grosvenor Square.

En la cocina se habló mucho en español sobre ellos. Al final, después de haber devorado dos, el señor Borrero le dijo algo a Yolanda, que sacó un plato y colocó en él tres de los dulces restantes. Con eso quedaron dos; uno lo agarró y se lo metió en la boca uno de los lacayos, ignorando los gritos de fastidio del resto.

El señor Borrero estuvo rápido. Agarró el plato y salió de la cocina.

Hattie colgó su capa y se detuvo a mirarse el pelo en el pequeño espejo de la entrada de la cocina antes de recorrer el estrecho pasillo, subir las escaleras, pasar por delante del retrato de la dama con el pelo blanco y el peinado alto y dirigirse al despacho. De camino, se cruzó con uno de los lacayos y alabó su broche Tudor con la única palabra que conocía en español que pudiera servir ahí.

—¡*Hermoso!* —dijo señalándolo.

El sirviente sonrió. ¿Se habría pensado que se estaba refiriendo a él en lugar de al broche?

Cuando entró en el despacho, lord Abbott estaba de pie junto a su mesa, frotándose las manos sobre el plato que le había llevado Borrero. Aún estaba masticando cuando levantó la mirada hacia ella.

—¿No están divinos? —preguntó Hattie mientras le hacía una reverencia—. Creo que son los mejores que he probado.

El vizconde tragó.

—¿De dónde los ha sacado?

—De la señora O'Malley, la confitera. Le llevo la contabilidad, no sé si lo recuerda.

—Sí —dijo él sirviéndose otro.

—Voy a visitarla una vez a la semana, y todas las semanas me da una hornada de sus dulces mejor vendidos. He estado llevándolos a casa, pero he descubierto que aquí se aprecian más.

Él levantó el plato.

—¿Puedo ofrecerle uno?

—Gracias.

Hattie había tomado varios en la tienda de la señora O'Malley, pero estaban tan buenos que no pudo resistirse. Cruzó la habitación, se sirvió el último del plato y le dio un mordisco.

—Dios mío. Están incluso mejor que los de la última hornada.

—¿Quiere...?

Fuera lo que fuera lo que el vizconde iba a decir, el señor Borrero lo interrumpió al entrar en la sala. Lord Abbott soltó el plato y salió de detrás de la mesa.

—¿Sí?

Mientras discutían lo que fuera en español, Hattie fue al escritorio a dejar sus cosas. Cuando Borrero salió del despacho, ella se giró hacia el vizconde.

—Iba a preguntarme...

Pero su excelencia se dirigió al centro de la habitación y justo entonces entró una mujer.

—Señora —dijo lord Abbot—. *Bienvenida* —dijo en español y luego en inglés.

—¡Gracias! —contestó la mujer con una reverencia—. Qué alegría volver a verle, milord. Ansiaba
esta reunión. Tengo mucho que contarle.

—Por favor —dijo él señalando al sofá.

La mujer le sacaba varios años a lord Abbott. Tenía una gordura bonita y líneas de expresión alrededor de los ojos, y llevaba una bolsa colgando del
brazo por la que asomaba una libreta encuaderna-
da en cuero. Entró con aire resuelto y hablando,
como si hubiera estado ahí decenas de veces.

—No sé si le he dicho que su acento me parece
precioso, y puedo imaginar que a las damas inglesas
les resultará encantador. Gracias por acceder a recibirme. ¡Llegué a pensar que tendría que tenderle
una emboscada durante uno de sus paseos!

La mujer se rio con su propia broma y, al hacerlo,
también se rio Hattie al imaginarla saliendo volan-
do de un matorral para abordar al vizconde.

Su risa claramente sobresaltó a la mujer, que giró
la cabeza con brusquedad hacia ella.

—Discúlpeme —dijo Hattie con una reverencia.

—Ah. Hola —dijo la dama. No parecía del todo...
contenta.

—Le presento a la señorita Woodchurch —dijo
lord Abbott—. Es mi escribiente.

—¿Su escribiente? —preguntó la mujer. Parecía
tan confusa que Hattie pensó que tal vez desconocía
el significado de la palabra. Pero entonces asintió y
dijo—: Sí, por supuesto. Un placer, señorita Woodchurch.

—Y ella es lady Aleksander —le dijo el vizconde
a Hattie—. Es... una amiga de mi madre.

—¿Cómo está? —preguntó Hattie.

—Muy bien, gracias. Una vieja amiga de su madre, de hecho. Pero también estoy aquí para ofrecer
algo de ayuda.

¿Ayuda? ¿Qué clase de servicio prestaría la dama?
Lord Abbott no confirmó que fuera más que una

vieja conocida de su madre. Simplemente señaló al sofá.

—Por favor —dijo.

Hattie empezó a recoger su papel y pluma para dejarlos solos.

—Señorita Woodchurch, puede quedarse —dijo el vizconde.

Tanto Hattie como lady Aleksander lo miraron sorprendidas.

—Espero que no le importe que la señorita Woodchurch se quede —le dijo él a lady Aleksander—. Puede que tenga que escribirle una carta de disculpa a alguna pobre y cándida dama —añadió con la sonrisa más encantadora que Hattie le había visto nunca.

Tuvo el efecto intencionado: lady Aleksander casi se sonrojó.

—Es usted muy gracioso, milord.

—Nunca me han acusado de serlo.

—Sinceramente, dudo que tenga que escribir ninguna carta de disculpa. Lo más probable es que tenga que eludir invitaciones que le llegarán como tropas invasoras. Tenga sus plumillas afiladas, señorita Woodchurch.

¿De qué estaban hablando? Hattie no podía seguir la conversación, pero estaba claro que la dama no la quería ahí.

Como para demostrarlo, la mujer dijo:

—¿Está seguro de que no le importa, milord? Este encuentro podría ser de naturaleza delicada. La mayoría se celebran en la más estricta confidencialidad.

¿«De naturaleza delicada»? ¿La más estricta confidencialidad? ¿Era esa dama un médico? Altamente improbable pero posible.

Pero el vizconde soltó una enigmática risita.

—Señora... ¿cree usted que queda alguien en Londres que no se haya enterado de que necesito una esposa?

Hattie por poco no soltó un grito ahogado. ¿Una esposa? ¿Esa mujer estaba ahí por algo relacionado con él y una esposa? No quería saber nada al respecto. No quería imaginárselo. Le encantaba trabajar ahí y no quería que nada se lo arruinara. Una potencial esposa se lo arruinaría del todo; seguro que la mandaría a un desván a hacer su trabajo.

Hattie no sabía adónde mirar. Temía que mirarlo a los ojos desvelara sus verdaderos sentimientos. Sentía que se le estaba encendiendo la cara de... ¿qué exactamente? No entendía qué le pasaba. ¿Por qué iba a afectarla cualquier sentimiento? No era a ella a quien iban a buscar esposa, o lo que fuera que pretendieran discutir. Y, aun así, no quería oír ni una palabra de esa conversación... exceptuando que había una parte de ella que quería oírlas todas.

Lady Aleksander esbozó una fría sonrisa.

—Probablemente no. No obstante... —dijo acercándose un poco más y pasando a hablar en voz baja. Aunque no tan baja, porque Hattie aún pudo oírla—, ciertos clientes prefieren mantener sus asuntos en privado, ya que los detalles suelen ser de naturaleza muy personal.

Una de las cejas de lord Abbott se enarcó con gesto de diversión.

—Así estamos bien —dijo, y señaló al sofá—. ¿Nos sentamos?

«Ciertos clientes». ¿Qué clase de clientes?

—Gracias —dijo lady Aleksander, que se dejó caer en el sofá con un suspiro de exasperación.

Con cautela, Hattie se sentó en su silla y plantó las manos sobre el escritorio, sin saber qué hacer con ellas. ¿Debería agarrar una pluma? ¿Esperar a que se lo indicaran? ¿Intentar camuflarse entre las cortinas? Por desgracia, hoy llevaba ese espantoso vestido morado, así que sería imposible camuflarse entre nada.

Lord Abbott se sentó frente a la dama y se cruzó de piernas con aire despreocupado. Desde donde estaba, Hattie podía verlos a los dos con bastante claridad. Parecía como si fueran a empezar una partida de ajedrez, mirándose el uno al otro con perspicacia.

—Tiene usted muy buen aspecto, milord —dijo lady Aleksander—. El aire londinense le sienta bien.

—Me sorprende. El aire londinense no es muy bueno.

—No lo es, ¿verdad? Y, aun así, estoy segura de que coincidirá conmigo en que hay muchos más motivos por los que recomendar Londres.

—Como la costumbre de tomar el té. Me he tomado la libertad de pedirlo.

—¡Maravilloso! Considero que una taza de té suele ayudar a dinamizar esta clase de reuniones —dijo lady Aleksander mirando de soslayo a Hattie.

¿Qué clase de reunión?, quiso gritar Hattie. ¿Qué era eso? ¿Qué tenía que ver esa señora con el vizconde?

—Yo considero que el whisky ayuda incluso más —dijo el vizconde, que se levantó y fue al aparador para servir unas copas—. ¿Lady Aleksander?

—Ay, para mí no, milord. Creo que voy a necesitar conmigo toda mi agudeza mental.

Lord Abbott miró a Hattie.

—¿Señorita Woodchurch? ¿Whisky?

Ella por poco no se atragantó de la sorpresa.

—No, gracias, milord.

Hattie también iba a necesitar consigo toda su agudeza mental. Levantó una pluma, dispuesta a escribir lo que se le indicara.

Lady Aleksander se agachó, sacó un cuaderno de cuero de su bolsa y se lo puso en el regazo. Parecía desgastado y tenía los bordes descoloridos. Entre varias páginas había metidos fragmentos de papel.

Lord Abbott, whisky en mano, volvió a su asiento.

—¿Qué es esto? —preguntó asintiendo hacia el cuaderno.

La dama deslizó la mano amorosamente sobre la cubierta, que parecía desgastada por el paso del tiempo.

—Este cuaderno lleva muchos años siendo compañero mío. Es una lista de hombres y mujeres maravillosos, todos ellos deseosos de amor y compañía, junto con resguardos de entradas, invitaciones repujadas, cartas... Todos los recuerdos de los exitosos casamientos que he logrado.

Casamientos. Hattie dejó de respirar. Esa mujer era una casamentera. ¡Una casamentera!

Carlos, uno de los lacayos, entró en la habitación con el juego de té en un carrito. Lo dejó en la mesa entre su excelencia y la dama. Tazas y platillos de porcelana china azul, leche y azúcar, y una elegante bandeja llena de pastelitos. Mientras Carlos disponía las cosas y servía el té, lady Aleksander dijo:

—Milord, no me ha dicho qué le parece Londres.

—Lo que me esperaba. Es tal como lo recuerdo de mi juventud.

Lady Aleksander no pareció quedar satisfecha con la respuesta, y Hattie la entendió. Las respuestas del vizconde no solían ser muy esclarecedoras.

—Entonces no puedo evitar preguntarme qué le pareció en su juventud.

Él la ignoró y le dijo a Carlos:

—La señorita Woodchurch tomará té.

Carlos le llevó una taza de té y le guiñó un ojo. Ella quiso apartarlo de en medio, no quería perderse ni un momento de interacción entre lady Aleksander y lord Abbott ahora que sabía de qué trataba todo.

—Aunque prefiero pensar que cuesta formarse una opinión cuando se está inmerso en la revisión de un patrimonio —continuó la dama—. Su madre me dijo que los documentos son bastante detallados.

—Bastante.

—En ese caso, rezaré por que su trabajo concluya pronto y pueda tomarse algo de tiempo para ver un poco de nuestra magnífica y vieja Londres.

—La señorita Woodchurch me dice que merece la pena pasear por Hyde Park si se va pronto.

Hattie estuvo a punto de escupir el té que acababa de tomar y, como pudo, logró dejar la taza. Sentía la mirada de lady Aleksander clavada en ella.

—Desde luego que sí —dijo lady Aleksander—. En fin, veamos. La temporada social comienza este fin de semana con la tan esperada cena de los Forsythe. Puede, o tal vez no, que sepa que los Forsythe se dedican al arte y a reunir a personas. Hace muchos años tuve el placer de cenar en su residencia con una cantante de ópera rusa y el rajá de la India.

El vizconde asintió, pero no pareció ni inmutarse por esa información. Hattie sí, sin embargo. Qué emocionante cenar con una cantante de ópera y con un rajá, fuera lo que fuera.

Lady Aleksander claramente esperaba más de la conversación. Cuando su excelencia no mostró interés por su experiencia durante aquella cena, la dama miró a Hattie y luego volvió a mirar su cuaderno.

—Bueno, ya basta de cháchara. ¿Vamos al meollo de la cuestión?

—Por supuesto.

—Me gusta empezar con algunas preguntas personales, milord. Sus respuestas me ayudarán a encontrar una pareja perfecta.

—¿Es posible?

¡Eso, eso! ¿Es posible?, se moría por saber Hattie.

—Bueno, lo más perfecta que se pueda esperar.

—Mmm —dijo el vizconde. Dio un sorbo de whisky.

Lady Aleksander abrió su cuaderno.

—Me gustaría empezar con lo que le gustaría y no de una esposa. Por ejemplo, tal vez prefiera una que sea una compañera en todos los sentidos. O tal vez prefiera una que lleve su propia agenda.

¡Qué interesante! Hattie nunca había contemplado el matrimonio de esa forma. Cuando había pensado en casarse con Rupert, no había imaginado las comidas que tomarían, los hijos que criarían, el trabajo que harían juntos en la tienda de él. Solo había pensado en cuánto lo amaba y en que estaba deseando embarcarse con él en esa vida.

Se le agrió el estómago al recordarlo. Cuánto la había decepcionado.

Y entonces se le volvió a revolver el estómago. No quería oír qué le gustaba y qué no al vizconde. ¿Y si su lista de lo que no le gustaba describía a alguien justo como ella?

Lady Aleksander se inclinó ligeramente hacia delante.

—Sé que no es nada sencillo mostrarme sus deseos íntimos.

¡Desde luego que no!, quiso gritarle Hattie.

—Debe de resultar abrumador enumerar lo que necesitamos o queremos sin pensar en una persona en particular.

Hattie miró al vizconde y se preguntó si él estaría pensando en alguien concreto.

—Pero soy bastante buena en mi profesión. Es un gran orgullo para mí haber reunido a personas para darse compañía y amor, y no solo para conseguir una formidable alianza. Puedo hacerlo disponiendo solo de unos cuantos detalles.

—¿Una formidable alianza? Eso suena a guerra, no a matrimonio —dijo él.

—Un buen matrimonio debería ser ambas cosas, en mi humilde opinión.

—*Dios mío* —murmuró él en español y bajando la mirada a su vaso.

—Seguro que ha pensado sobre lo que le gustaría en una esposa. ¿No es algo natural hacerlo?

—Señorita Woodchurch —dijo él sin levantar la mirada del vaso—, ¿usted qué opina?

Hattie se quedó tan impactada por la pregunta que le costó mover los labios para formar palabras.

—Mmm...

Él levantó la mirada. Había pensado que ella lo negaría. Estaba buscando una aliada. Pero Hattie no podía mostrarse de acuerdo con él.

—Mmm... me parece natural pensar en ello.

—¿Ah, sí? —dijo mirándola con más interés—. ¿Y qué le gustaría ver en un marido?

—Pues... bueno... eso... eso es personal —dijo Hattie pensando en Rupert. En retrospectiva, ella habría querido alguien con agallas—. Pero, de forma general, alguien de quien te puedas fiar, que sea la misma persona que aparenta ser.

—Eso es muy inteligente, señorita Woodchurch —dijo lady Aleksander—. Entonces, tal vez por necesidad, las mujeres piensan en ello más que los hombres. Al fin y al cabo, dependemos por completo de nuestros maridos. Y precisamente por eso, si no fuera porque yo lo examino todo cuidadosamente, milord, me resultaría fácil emparejarlo con cualquier mujer.

Hattie no sabía si lady Aleksander pretendió mirarla o si fue algo involuntario, pero no pudo evitar preguntarse si la mujer la veía como «cualquier mujer». Bajó la mirada y dibujó en el papel una figura de palo dándole una patada a otra.

—Estoy aquí para asegurarme de que no se aprovechan de usted.

—Entiendo su postura —dijo él—. Estoy siendo innecesariamente complicado. Por favor, continúe.

Lady Aleksander se sirvió un pastelito y le dio un mordisco.

—Dios bendito. Esto está delicioso —dijo, y dejó a un lado la porción sin comer—. Empecemos con algo sencillo. ¿Qué pasatiempos disfruta en especial?

—Historia militar. Astronomía.

Hattie se lo anotó mentalmente.

—¿Hay alguna distracción más activa que disfrute? Tal vez le guste montar a caballo. ¿Es particularmente hábil con la jardinería? ¿O le apasiona recibir a amigos en casa?

Lord Abbott ladeó la cabeza como si esas preguntas le resultaran algo confusas. O irritantes. Con él era difícil saberlo.

Lady Aleksander esperó un largo momento a que respondiera.

—¿Y lo que no le gusta en absoluto?

—*Charlotear* —dijo él en español y mirando a Hattie.

—Ah —dijo Hattie al darse cuenta de que estaba buscando la palabra en inglés—. Parlotear. No le gusta.

—¿Ah, no? —preguntó lady Aleksander alargando las palabras—. ¿Tal vez algo más concreto? Por ejemplo, podría detestar pescar.

—Me gusta pescar.

—Lo digo solo como ejemplo. ¿No le gusta tomar el té o...?

—Estoy aquí ahora mismo tomando el té con usted. Por lo tanto, es evidente que al menos un poco sí me gusta.

Hattie parpadeó atónita. ¿Qué era lo que veía en sus ojos? ¿Diversión? ¿Estaba jugando con lady Aleksander?

—De nuevo, era solo un ejemplo —dijo lady Aleksander. Su tono reflejaba impaciencia—. Seguro que se le ocurre algo que le disguste o le guste mucho y que quisiera ver o no en una posible esposa.

El vizconde se quedó mirando a la dama un momento. Y entonces, de pronto, se inclinó hacia delante.

—¿Puedo hablarle con franqueza, lady Aleksander?

—¡Por favor!

—Entiendo la necesidad de hacer presentaciones, pero dudo que, en base a ciertos e imprecisos gustos o aversiones, se pueda dar con una pareja casi perfecta. Lo que me gusta y no me gusta varía en función de la compañía y el lugar y a veces incluso con algo tan simple como el clima. Tal vez sería mejor para los dos si limitara sus servicios a las presentaciones y me permitiera a mí seguir desde ahí.

Hattie tuvo que reconocerlo: lady Aleksander se mantuvo perfectamente serena. Si estaba alterada, no dio muestras de ello.

—Sin duda, es una forma de enfocarlo. Pero, según mi dilatada experiencia, estas cosas se pueden hacer sin demora con solo un poco de información. A veces una persona no se conoce tan bien como podría pensar. A veces una persona puede no saber cómo extraer información útil de una potencial pareja. A veces es bastante práctico tener ayuda en una decisión tan importante.

—No acepto su premisa —dijo el vizconde—. ¿Cómo no va a conocerse a sí mismo un hombre de veintiocho años?

—Se sorprendería —dijo con insolencia lady Aleksander—. Pero, si ese es su deseo, que así sea.

La mujer abrió su cuaderno.

—¿Continuamos? He preparado tres presentaciones para la cena de los Forsythe el sábado. Por favor, dígame si oye algo que no le convenza. Porque podrá determinar qué no le convence, conociéndose tan bien como se conoce.

Lord Abbott soltó una risita.

Lady Aleksander miró sus notas.

—La señorita Dahlia Cupperson tiene veintidós años.

Hattie tuvo que contener un grito de sorpresa. Dahlia era inteligente y culta, pero tenía un inoportuno rostro equino. Queenie decía que parecía que tuvieran que meterla en una cuadra por las noches. Queenie podía ser muy cruel con tal de reírse.

—Es la hija de *sir* William Cupperson, cuya fortuna procede de la minería —dijo lady Aleksander levantando la mirada—. Es una fortuna sustanciosa, milord, al igual que la dote de ella. Además, la señorita Cupperson ha tenido el placer de viajar a España.

—¿España? ¿No Santiava?

—Con todo y con eso, ha estado más cerca del ducado que la mayoría.

El vizconde enarcó una ceja.

—En ese caso, consideraré esa proximidad un punto a su favor.

La sonrisa de lady Aleksander era muy tensa.

—¿He dicho algo sobre la señorita Cupperson que pudiera encontrar inaceptable?

—Ha dicho usted muy poco. ¿Qué podría objetar?

La dama suspiró. Volvió a mirar su cuaderno.

—La señorita Christiana Porter es considerada una de las bellezas de la alta sociedad. La riqueza de su familia es considerable y su padre gestiona un patrimonio casi tan abundante como el suyo. Canta de maravilla y suelen llamarla para prestar sus talentos en cenas por toda la ciudad. Tiene diecinueve años.

Según la versión de Queenie, la madre de Christiana le había metido a todo el mundo en la cabeza la noción de ese talento cuando, en realidad, había muchas súplicas de por medio para que dejaran actuar a su hija.

El vizconde dijo:

—Estoy deseando verla actuar.

Lady Aleksander volvió a sus notas. Luego levantó la mirada hacia él y sonrió.

—La siguiente joven es, en mi opinión, tal vez la mejor opción para usted en Londres. Es culta, muy apreciada y su padre es un vizconde respetado que resulta contar con el favor del primer ministro. Al parecer, estudiaron juntos en Eaton. Su hija tiene bastante encanto y habla inglés y francés. Tiene veintidós años.

A Hattie empezó a palpitarle el corazón. Conocía a alguien que encajaba a la perfección con esa descripción. Era...

—La señorita Flora Raney.

Hattie, impactada, tosió y captó la atención del vizconde y de lady Aleksander. Agitó la mano.

—Les pido me disculpen —dijo con la voz ronca—. He debido de tragarme un mosquito.

—La ventana no está abierta —señaló el vizconde.

Hattie tosió y, colorada, se levantó y con rigidez se dirigió al aparador. Se sirvió agua y se la bebió. Soltó el vaso y se reprendió a gritos por dentro: «¿A ti qué te pasa?». ¡Por supuesto que Flora tenía posibilidades! Queenie lo había dicho aquel día en la tienda de ropa. ¿Acaso había habido alguna duda? Flora era perfecta en todos los sentidos.

Pero Hattie quería a ese hombre para ella. No como esposo, obviamente; no era tan ilusa. Pero su trabajo, el tiempo que pasaba con él...

Estaba siendo ridícula. Hurgó en su fortaleza mental y se obligó a calmarse. Tragó y, despacio, se giró hacia ellos, que seguían mirándola.

—Mucho mejor —dijo antes de volver a su asiento y agarrar la pluma. Flora. La mejor de todas.

—Como iba diciendo —continuó lady Aleksander—, consideraría a Flora Raney una pareja casi perfecta para alguien de su posición.

El vizconde asintió. Se levantó.

—Gracias, lady Aleksander. Todas parecen perfectamente aceptables.

Ella lo miró. Luego miró los pastelitos.

—¿Tendrá algunas preguntas al menos?

Él negó con la cabeza.

—¿No le gustaría saber sus...?

—Me gustaría descubrir sus cualidades particulares por mí mismo.

Lady Aleksander parecía desesperada por decir más, pero apretó los labios y cerró el cuaderno despacio. Agarró un pastelito y se levantó.

—Sinceramente espero que las descubra por usted mismo, milord, pero, si me necesita, estoy aquí para ayudar. El ducado ha contratado mis servicios y sé que usted no querría ver esos fondos desperdiciados. ¿Quiere que venga el próximo lunes y revise las selecciones?

—Por supuesto. Por favor, sírvase más pasteles de chocolate. Se han hecho especialmente para usted.

—Gracias, pero con este bastará —dijo lady Aleksander con insolencia. Al hacer el gesto de marcharse, miró la mesa situada junto a la silla de él—. *¡Jane Eyre!* —dijo sonriendo encantada—. ¿Así que es aficionado a la lectura?

—Podría decirse.

—Qué elección tan interesante. Esto no tiene nada que ver con la historia militar ni la astronomía. ¿Cómo lo ha encontrado?

—La señorita Woodchurch me lo ha prestado. De una amante de la lectura a otro.

Lady Aleksander le lanzó una mirada a Hattie tan rápido que ella pensó que debía de haber hecho algo malo.

—Es muy bueno —dijo en su defensa—. ¿Lo ha leído?

—Sí —contestó la mujer, y se echó la bolsa al hombro—. Desde luego que sí, señorita Woodchurch.

Sonrió y esa sonrisa, pensó Hattie, resultó demasiado... cómplice. Como si lady Aleksander hubiera visto una faceta suya que Hattie no había intentado mostrar. Un rubor le subió por el cuello.

—¡Buen día, milord! ¡Señorita Woodchurch!

La mujer salió del despacho como si no se hubiera sentido crispada en ningún momento, como si la reunión hubiera salido tal como la había planeado, cuando claramente no había sido así.

Una vez que se hubo marchado, Hattie respiró hondo. No había sido consciente hasta ahora de lo tensa que había estado. Con timidez, desvió la mirada hacia el vizconde.

Él estaba mirándola.

—Todo esto debe de parecerle absurdo. Sé que lo piensa.

—En absoluto.

—Mmm —dijo él sin creerla—. En ocasiones, mi título trae consigo necesidades que encuentro... exasperantes.

—Me lo puedo imaginar.

—Espero que no pueda. ¿Usted qué opina, señorita Woodchurch? ¿Encontraré a mi pareja perfecta en ese cuaderno?

Sinceramente, ella esperaba que no. Él era mejor que Dahlia y que Christiana, y tal vez incluso que...

No. No haría eso. Flora merecía ser feliz. Pero el zarcillo de los celos estaba enraizándose. Flora podría ser perfectamente la que mirara a ese hombre cada día durante el resto de su vida.

—¡Creo que sí! —dijo con tono alegre.

Él resopló.

—¿Por casualidad conoce a las mujeres mencionadas?

Rápidamente, Hattie se planteó qué decir. ¿Que en Londres el mundo de los muy privilegiados era bastante pequeño y que todos conocían a todos? ¿Que la única razón por la que ella los conocía a todos era por un gran acto de amabilidad que le había mostrado lord Iddesleigh hacía diez años al meterla en un internado con muchas de ellas? Pero no las conocía de verdad. Ella jamás viviría una vida como la de ellas.

—Tengo relación. Un poco.

—¿Y esa relación puede brindarme un poco de conocimiento?

¿Por qué no? Ella no perdía nada al ofrecerle la opinión que pudiera tener.

—Yo... le pido disculpas por lo que estoy a punto de decir...

—Eso suena algo funesto. Adelante.

—Si usted pudiera hablar un poco más cuando las conozca. Para... eh... fomentar la conversación, por así decirlo. Para que, como ha dicho, usted mismo pueda conocerlas mejor.

Él la miró de un modo que a Hattie le hizo pensar que había traspasado una línea, aunque luego sonrió.

—Sí, sí, me lo llevan diciendo toda la vida. «Habla más, Teo» —dijo, y luego lo repitió en español—. Por desgracia, no va con mi carácter.

Teo. Lo llamaban Teo. Hattie se lo guardó en un bolsillito en el corazón.

—Entonces espero que la persona en cuestión sea la que se encargue de hablar —dijo Hattie—. Es una pena, ¿no cree?, que la mayoría de ellas no sean como yo en ese sentido.

Él soltó una risita.

—Desde luego que lo es.

Hattie sonrió por dentro.

—Me preguntó por qué, señorita Woodchurch, habla usted con tanta libertad cuando el resto de damas no lo hacen.

—Creo que es porque usted no me da miedo.

Eso desde luego captó su atención.

—¿Y cree que a esas damas sí?

—Es usted un hombre importante. Un paso en falso podría arruinarles la temporada social.

Él frunció el ceño.

—Eso es absurdo. ¿Y qué pasa con su temporada social? ¿No teme dar un paso en falso?

¿Su temporada social? Ella no tenía temporada social. Tenía la temporada de primavera, un periodo de tres meses en los que esperaba ganar suficiente dinero para alejarse de su casa y su familia abominables, a quienes él, gracias al cielo, jamás conocería.

—Para mí no es igual. Nadie espera que yo me case con un vizconde.

Nadie esperaba que se casara con nadie. Ya no. No desde que Rupert había terminado su relación.

—Creo que encontrará una buena pareja. De verdad que sí –le dijo al vizconde.

La encontraría. Y sería Flora.

Él se quedó mirándola un poco más.

—Tal vez —dijo, y volvió a su mesa.

Hattie ya sabía cómo le indicaría a Flora que hablara con él: solo debía hacerlo con suma discreción.

Capítulo 13

Hattie estaba terminando de vestirse para acompañar a Flora a visitar a su primo Moses cuando Daniel entró tan tranquilo en su habitación. Ella se giró del espejo para mirarlo, extrañada por cómo estaba observando sus muebles.

—Qué ordenado está todo por aquí.

Daniel nunca entraba en su habitación. Es más, Hattie apenas veía a su hermano durante la semana; solo de vez en cuando en alguna comida familiar o si se cruzaban cuando uno entraba y el otro salía. Al igual que ella, Daniel parecía preferir estar lo más lejos posible de Portman Square.

Ella se cruzó de brazos.

—¿Qué estás haciendo?

—Debería preguntarte lo mismo.

Él, con las manos agarradas detrás de la espalda con aire despreocupado, se adentró más en la habitación.

—¿Qué has estado haciendo, Harriet Woodchurch?

Hattie suspiró.

—No sé a qué estás jugando, pero no tengo tiempo para esto. Me esperan en casa de una amiga.

Volvió a girarse hacia el espejo para ponerse los pendientes.

—Hoy ha llegado algo para ti.

—¿Qué? —preguntó ella sin mirarlo. Cuando se trataba de sus hermanos, siempre había esperándola alguna broma que nunca le hacía gracia.

—Una invitación.

Hattie vaciló. No lo creía, pero, aun así, se giró para mirar. Daniel sujetaba entre dos dedos un papel de vitela doblado y de color crema. En efecto, parecía una invitación.

—¿Es para mí?

—Míralo por ti misma.

Él se lo acercó, pero, cuando Hattie hizo intención de agarrarlo, Daniel lo apartó con brusquedad.

Hattie gruñó.

—Daniel, por favor. ¿Va dirigida a mí o no?

—Sí —dijo él con el papel entre los dedos otra vez.

—¡El sello está roto! —gritó Hattie—. ¿Cómo te atreves a leer algo que va dirigido a mí?

Intentó volver a quitárselo, pero, riéndose, Daniel lo sujetó por encima de su cabeza para que no lo pudiera alcanzar.

—Dámelo —insistió ella—. Has violado seriamente mi intimidad.

—Cálmate, Hat. He roto el sello porque…

Volvió a girar el papel entre los dedos y se lo acercó para que pudiera ver lo que había escrito.

—Va dirigida a los dos.

Hattie dejó de moverse y vio sus nombres, escritos con mucha claridad en el sobre. No existía un universo en el que a Daniel y ella pudieran invitarlos juntos a un evento. Si es que los invitaban siquiera. Fuera lo que fuera, Hattie quería esa invitación y se lanzó a por ella. Ahora sí logró agarrarla y se apartó de su hermano para abrirla.

Escudriñaba las palabras, pero no podía creerse lo que leía. La invitación, dirigida al señor Daniel Woodchurch y a la señorita Harriet Woodchurch, era para cenar con el señor y la señora Forsythe e invitados el sábado por la noche. El evento de inauguración de la temporada social. La misma cena en la que la flor y nata de la sociedad se reuniría para admirarse entre sí.

—Pero ¿qué...? ¿Es alguna especie de broma?

Tenía que serlo. Su hermano estaba intentando reírse de ella. Le tiró la invitación.

—¿En serio esperas que me lo crea? ¿Es esta tu idea de una broma?

Su hermano pareció asombrado de verdad por la acusación, eso había que reconocerlo.

—¿Yo?

Él se agachó para recoger la invitación.

—¡Te estoy exigiendo una respuesta, Hattie! ¿De qué trata esto? ¿Y por qué me tengo que ver arrastrado a lo que quiera que sea?

Hattie estaba confundida. Nunca había conocido a ningún Forsythe.

—Es falsa —insistió.

—Es auténtica —dijo él, y la obligó a agarrar la invitación otra vez—. Mira el sello.

Hattie miró el precinto de cera roja y la muesca de un sello.

—¿No es cosa tuya?

—¿Cosa mía? No reconocería a un Forsythe si los pasara por encima con mi caballo. Tú eres la única de esta casa que finge ser parte de la alta sociedad.

—No, yo tampoco los conozco —dijo ella sosteniendo la invitación entre los dos—. ¿Sabes lo que es esto? Esta cena... esta cena es el evento del que está hablando toda la ciudad.

—Pues yo no estoy hablando de ella.

—¡Lo digo muy en serio, Daniel! Su invitado de honor es lord Abbott. Van a presentarle a posibles esposas en esa cena.

—¿Qué? —preguntó Daniel confuso. Pero entonces miró a Hattie... y soltó una carcajada—. Imposible que nadie piense que tú...

Se rio con más ganas.

—Sí —dijo ella frunciendo el ceño—, imposible, ya lo entiendo.

—¡Sabía que tenía que ver con él! Tienes razón, esto tiene que ser alguna especie de broma. Por el amor de Dios, Hat, ¿en qué te has metido?

—¡En nada! —insistió ella—. No imagino por qué iban a invitarme. No imagino por qué iban a invitarte a ti.

—¿Por qué a mí? —dijo él con tono de mofa—. ¿No es obvio?

—No. ¿Por qué?

Daniel suspiró y puso los ojos en blanco.

—Piénsalo, Hat. No puedes ir a una cena elegante sin carabina o acompañante. Por eso a mí; no estás casada y no tienes perspectivas de matrimonio, así que a tu querido hermano mayor lo han invitado al evento.

Tenía razón, cómo no. Pero ¿quién iba a invitarla solo para humillarla?

—Bueno, da igual. No pienso asistir a algo de tanto ringorrango como me imagino que será —dijo Daniel. Agarró una botella de perfume del tocador y lo olfateó antes de dejarlo en su sitio.

Era una broma, pero lo que daría Hattie por echar un vistazo a un evento de la temporada. El corazón empezó a golpetearle de emoción, o de miedo, o de algo que no llegaba a entender. La habían invitado a un mundo selecto y de pronto se moría de la curiosidad.

—¡Daniel! ¡No podemos rechazar una invitación así!

—Oh, claro que podemos. ¿Qué más te da una panda de la alta sociedad? Tiene pinta de aburrido.

—Han invitado a Flora. Puedo ayudarla. Es una de las damas que tienen en cuenta para el matrimonio.

Él resopló.

—¿Ayudarla a qué?

—A encandilar al vizconde, es obvio. ¿No lo entiendes? De eso trata todo esto.

Algo en el semblante de Daniel cambió ligeramente.

—¿Qué quieres decir?

—Ya te lo he dicho. En esta cena van a presentarle a damas que podrían convertirse en su esposa.

—¿Tu amiga? ¿La altiva? No es más apta que tú para ser su esposa —soltó él.

Hattie chasqueó la lengua.

—No sabes lo que dices. Es la hija de un vizconde influyente. Por supuesto que sería una buena pareja para él.

Daniel se llevó las manos a la cintura.

—¿Estás diciendo que habrá mujeres jóvenes y no solteronas y viejas feas?

Hattie lo fulminó con la mirada.

—Ya sabes lo que quiero decir.

—Desde luego, sé cómo piensas.

De pronto Hattie pensó en otra cosa: no tenía nada que ponerse que fuera tan elegante como lo sería esa cena.

—Ten cuidado, Hat. Si quieres asistir, vas a necesitarme.

Él fue hacia la puerta.

—No entiendo por qué querrías ir, pero, de todas formas, no puedes ir sin mí.

Salió de la habitación.

Hattie volvió a mirar la invitación. Luego miró su armario, donde sus pocos y prácticos vestidos colgaban junto al nuevo, que tenía ese olor tan peculiar. Daniel tenía razón. ¿Por qué iba a querer asistir? No era uno de ellos, tal como había señalado su madre con tanta franqueza. Pero quería estar ahí. ¿Qué persona en su sano juicio rechazaría semejante invitación?

No le importaba verse como el hazmerreír de toda la alta sociedad, pero con su armario y su situación familiar, no veía que pudiera ser ninguna otra cosa.

En la casa Raney, una doncella acompañó a Hattie a las estancias de Flora. Antes de entrar en la habitación, oyó a su amiga murmurar consigo misma.

—¿Flora?

Flora apareció en la puerta que separaba el dormitorio del vestidor, con el pelo cayéndole por la espalda y ataviada únicamente con un camisón y una enagua.

—¡Hattie! —exclamó como si su presencia fuera toda una sorpresa, a pesar de que la estaba esperando—. Pasa, pasa —dijo, y cruzó la habitación corriendo, la agarró de la mano y la llevó hacia el vestidor—. ¡Mira!

Hattie miró. Había al menos dos docenas de vestidos de distintas tonalidades colgando por toda la pared.

—¿Qué?

—¡No sé qué ponerme! —gritó Flora señalando los vestidos con las dos manos.

—¿Para la cena con Moses?

Hattie no recordaba ni una sola vez en la que Flora hubiera mostrado la más mínima preocupación por su aspecto para pasar la noche visitando a su primo.

—Con Moses no. ¡Para la cena de los Forsythe! ¡Faltan dos días y no tengo absolutamente nada que ponerme! Y mi padre no me va a dejar comprar un vestido nuevo. Me ha dicho que tengo tantos que no podría ponérmelos en toda la vida, lo cual es evidentemente falso.

A lo mejor lo de «en toda la vida» era una exageración, pero Flora sí que poseía un montón de vestidos. Y eran todos preciosos, hechos por los mejores modistos, bordados y entallados con destreza.

—Cualquiera valdría. Cualquiera, Flora. Serás la envidia de toda mujer que asista a la cena.

—Qué amable eres —dijo Flora con dulzura.

No era amable, era práctica. Daría cualquier cosa por tener aunque fuera uno de esos vestidos.

De pronto, Flora se dejó caer en la butaca que había en el vestidor.

—No sé qué me pasa. ¡Esta cena me tiene tan nerviosa!

—Pero ¿por qué? —preguntó Hattie con tono tranquilo—. Has estado en decenas de cenas como esa.

—Sí, pero...

Flora miró hacia la puerta abierta del vestidor. Se levantó de un salto y corrió a cerrarla antes de girarse hacia Hattie.

—Lo que estoy a punto de decirte no debes contárselo a nadie, Hattie. ¿Lo juras?

—No lo contaré nunca —dijo Hattie. ¿A quién se lo iba a contar?

Flora se acercó mucho a ella, la miró a los ojos y susurró:

—Mamá ha oído que me consideran una de las principales posibles esposas para el vizconde —dijo con los ojos abiertos como platos. Se mordió el labio inferior mientras se rodeaba fuertemente con los brazos. Parecía como si fuera la peor noticia que podía haber recibido.

—Eso es maravilloso, Flora —insistió Hattie.

Flora ya estaba negando con la cabeza.

—No, no, no. No lo es. ¡No sé qué decir ni qué hacer! ¡Voy a hacer el ridículo!

—¿Qué quieres decir? Eres muy elegante...

—¡No lo soy! Ya sabes cómo soy, se me traban las palabras y no puedo pensar en condiciones.

—En todos los años desde que te conozco, nunca, ni una sola vez, he oído que se te traben las palabras.

No te apures, sabrás qué decir cuando llegue el momento, estoy segura.

Flora no parecía convencida. Se dejó caer de nuevo en la butaca, apoyó la cabeza en el respaldo y cerró los ojos.

—¡Flora! Nunca te he visto tan nerviosa ante la idea de recibir la atención de un hombre guapo. Te encantan estas cosas.

—Sí —reconoció Flora. Abrió los ojos y, distraídamente, tiró de un hilo que se había soltado del brazo de la butaca—. Pero esto es distinto. Es un hombre tan deseable y todo el mundo está tan pendiente de ver a quién admira. Todas estarán en todo su esplendor. ¿Cómo voy a competir con eso? ¿Cómo voy a competir con Christina Porter?

Así que de ahí venía su angustia; Flora estaba agobiada por miedo a cómo la compararían con la señorita Porter.

—¿Quieres que te cuente algo que nadie más sabe de él?

Flora levantó la mirada.

—¿Qué?

—Le gusta leer. Y lee en francés.

Flora frunció el ceño.

—¿Qué tiene eso que ver?

—Es algo que le interesa y que puedes mencionar. Nadie más sabe que le gusta leer. Tú hablas francés, y debe de gustarte leer. Ya tendrás algo en común con él antes de que siquiera sepa el nombre de la señorita Porter.

—A mí no me gusta leer —dijo Flora, confusa por la aseveración de Hattie.

¿Cómo podía a alguien no gustarle leer? De todas las chicas de la escuela, Hattie había sido la más aficionada a la lectura. Leía todo libro que le cayera en las manos.

—Da igual, podrías decir que te gusta —insistió—.

Podrías decir algo poético sobre la lectura, sobre cómo te abre la mente al mundo.

Por un momento parecía que Flora fuera a aceptar, pero entonces le cambió la cara.

—¿Y si me pregunta por un libro?

Hattie pensó en que las probabilidades eran escasas dado lo taciturno y callado que era él.

—Menciona uno que hayas leído. Él no habrá leído lo mismo.

Flora se quedó pensativa.

—Supongo que no. Ay, Hattie... Ojalá estuvieras allí. Necesito desesperadamente tus ánimos.

—Sí, bueno... eso es lo más asombroso.

—¿Qué?

—Ha pasado algo del todo asombroso.

Abrió su bolsito, sacó la invitación y se la dio a Flora.

Flora emitió un grito ahogado.

—¡Hattie! ¡Qué maravilla! Pero ¿cómo lo has logrado?

—¡No tengo ni la más mínima idea! Soy la primera asombrada. Pero no puedo ir.

—¿Qué? ¿Por qué?

Flora había vuelto a la vida y se había levantado de la butaca de un salto.

—¡Debes ir! No aceptaré ninguna otra respuesta.

—No puedo.

—¿Por qué no? —exigió Flora.

A Hattie le daba vergüenza admitir la verdad, pero Flora era su amiga.

—Porque no tengo nada apropiado que ponerme.

Flora la miró. No lo puso en duda. Frunció el ceño y puso los brazos en jarra.

—Pues entonces te pondrás uno mío.

Hattie se rio.

—¡No podría!

—¿Por qué no?

—Por la razón más obvia: eres más menuda que yo. Y porque es un abuso terrible.

—No es un abuso en absoluto, y para eso están los corsés.

Flora marchó hacia su hilera de vestidos, que colgaban en el armario abierto. Buscó entre ellos, sacó uno, luego otro y finalmente se decantó por uno de seda azul claro con un ribete plateado. Se giró y se lo mostró a Hattie.

—Pruébatelo.

Hattie abrió la boca para hablar, pero Flora le acercó más el vestido.

—No me discutas, Hattie. Vamos —dijo señalando al biombo tras el que Hattie podría cambiarse.

Hattie fue. Y, cuando salió, con la espalda del vestido sin abrochar porque no le cerraba, Flora, ahora con un vestido dorado, asintió con gesto de aprobación.

—Es perfecto.

—No está abrochado.

—Eso podemos solucionarlo —dijo, y se giró hacia el espejo—. ¿Qué te parece este? —preguntó mientras se admiraba.

—Es precioso —dijo Hattie, aunque en realidad estaba mirando su propio reflejo, o una franja del mismo que podía ver por detrás de Flora. Nunca se había puesto algo tan elegante, y le encantaba. Le encantaba lo bien que casi le sentaba, la sensación de la cara tela contra su piel. Y en ese momento decidió trabajar para el vizconde todo el tiempo posible para poder tener vestidos como ese.

—Sí, creo que me pondré este —dijo Flora. Se apartó del espejo y agarró a Hattie de la mano—. ¡Ay, Hattie! Me sentiré mucho mejor contigo allí. Tú siempre sabes cómo animarme. ¿Recuerdas cuando estábamos en el internado y Ellen Comstock estaba empeñada en hacerme llorar?

Hattie frunció el ceño.

—¿Quieres decir después de que tú le pegaras?

Flora hizo un ademán con la mano.

—Una cosa no tuvo nada que ver con la otra. Pero fuiste tú la que me dijo que, me dijera lo que me dijera Ellen, yo era preciosa y buena y debía recordar que ella solo aspiraba a serlo y que de ahí venía el desprecio que me tenía.

Hattie contuvo un pequeño grito. Lo que recordaba era que Ellen le había dicho a Flora que era una persona horrible y espantosa después de que Flora le hubiera pegado, y entonces Flora había sentido tanta vergüenza que se había echado a llorar y se había ido corriendo a su habitación. Hattie había sido muy sincera con Flora al decirle que estaba mal pegar a otra persona, pero que aquel puñetazo había resultado especialmente malicioso ya que estaba motivado por el presunto afecto de un chico. Y que resultaba aún más atroz por el hecho de que Ellen admiraba mucho a Flora.

No era la primera vez que Flora había malinterpretado lo que Hattie había dicho.

Pero ahora no pensó en eso. Ahora mismo estaba pensando en el vestido precioso que tenía puesto y esperando que alguien pudiera abrocharlo para que ella entrara dentro.

Capítulo 14

Todo el mundo en Londres sabía que treinta almas afortunadas habían sido invitadas a la cena del señor y la señora Forsythe. Durante días se especuló mucho sobre quiénes podrían ser los ilustres treinta. Pero el día de la cena, cuando en el comedor se habían dispuesto sitios para treinta y dos invitados, las lenguas se pusieron a trabajar. ¿Quién había conseguido las dos invitaciones adicionales y por qué?

Naturalmente, todos pensaban que serían dos jóvenes más que presentar al nuevo vizconde Abbott, pero en realidad eran dos personas que nunca estaban en ninguna lista de invitados y en las que probablemente nadie repararía.

Una de esos invitados misteriosos era Hattie. Milagrosamente, y con la ayuda de la doncella que su madre tenía a tiempo parcial, logró entrar en el vestido que Flora le había prestado, pero llevaba el corsé tan ceñido que apenas podía respirar. Decidió que respirar era un lujo innecesario, porque estaba absolutamente impresionante con ese vestido. ¡Impresionante! ¿Quién iba a decir que unas prendas elegantes podían transformar por completo a una persona?

Estaba abrochándose una pulsera cuando Daniel entró en su habitación por segunda vez. Los ojos se le pusieron como platos de sorpresa al ver a su hermano; estaba bastante apuesto con su traje. Se había cortado el pelo y se había sujetado el pañuelo del cuello con un broche de diamante (¿de dónde habría salido?), y el resultado era un hombre muy guapo y elegante.

El también parecía un poco desconcertado mientras la observaba. Pero la sorpresa rápidamente se transformó en una sonrisita socarrona.

—¿Y tú de dónde has sacado ese vestido tan elegante?

—Me lo han prestado. ¿De dónde has sacado tú un traje tan elegante?

—Lo he comprado —dijo él colocándose los puños de la camisa—. No me puedo creer que me hayas convencido para seguirte en esta farsa.

Ella no lo había convencido para hacer nada. Había sido él el que había dicho que debía acompañarla. Su hermano no lo admitiría, pero quería ir. Daniel a veces se contagiaba del desprecio que sus padres sentían por la alta sociedad, pero en realidad ¿quién no querría codearse con ellos? ¿Tener la oportunidad de ver cómo era estar al otro lado de la puerta?

—Vamos. Mejor acabar con esto cuanto antes.

Y entonces Daniel, haciendo algo nada propio de él, alargó el brazo para que ella lo tomara.

—Daniel Woodchurch, ¿llevas todo este tiempo siendo un caballero y ahora lo estás exteriorizando?

—No, pero no voy a avergonzarte ante tus amigos importantes. Cuento con que eso lo hagas tú solita —dijo él sonriendo.

Hattie lo agarró del brazo.

—No son mis amigos. Voy a quedarme boquiabierta mirándolos, igual que tú.

Empezaron a bajar las escaleras dispersando a gatos a su paso.

En el vestíbulo, su padre estaba moviéndose de un lado a otro como podía, pero los relojes de pie ocupaban demasiado espacio. Miró a sus hijos con recelo mientras Hattie se ponía una capa y Daniel agarraba su sombrero.

—¿De dónde has sacado esa invitación, Harriet? ¿Y ese vestido? ¿Cómo lo has pagado?

Dios la librara de tener un vestido nuevo que ponerse para una cena elegante.

—La invitación para Daniel y para mí ha llegado de parte del señor y la señora Forsythe, papá, como ya sabes. Y el vestido es prestado.

Él los miró frunciendo el ceño.

—No me gusta. Aquí pasa algo raro. ¿Por qué iban a quereros allí?

—Tal vez porque tenemos más encanto que tú —sugirió Daniel.

Otra sorpresa por parte de su hermano. Él no solía salir en defensa de Hattie, y tampoco solía discutir con su padre. No tenía necesidad; su padre se reservaba sus críticas para Hattie y los gemelos.

—Vamos, Hat. Llegaremos tarde.

Con delicadeza, Daniel pasó con ella por delante de su padre ignorando sus quejas sobre lo poco que le gustaba eso. No le gustaba nada.

Ni a Hattie ni a Daniel les importaba por qué su padre pensaba eso; desde donde le alcanzaba la memoria, su padre había sospechado de la alta sociedad en todos los sentidos y, al mismo tiempo, había estado obsesionado con toda noticia relacionada con ella. Sospechaba de todos, estaba convencido de que el mundo intentaba engañarlo y robarle las libras que guardaba en su puño bien cerrado.

Una vez fuera, Hattie se puso la capucha sobre el pelo y el elegante tocado en el que había derrochado. Estaba adornado con plata y flores de seda azul del mismo color que el vestido. Le había preocupado gastarse dinero en él, pero, cuando la mujer de la tienda le había mostrado cómo quedaba en un peinado alto, no había podido resistirse. Casi parecía transformar el color de su cabello marrón apagado en un tono tabaco más vivo.

Contaba con que tendrían un largo paseo hasta la dirección en George Street, y es que no había carruaje esperándolos. Nunca lo había. Los carruajes eran para los clientes que pagaban, no para la familia.

—Cuando tu padre es el dueño de la gran parte del transporte público de Londres, te preguntas por qué nunca hay transporte disponible para sus hijos —dijo Daniel, al parecer pensando lo mismo.

—Yo hace tiempo que he dejado de preguntármelo —dijo Hattie—. Lo considero ley de vida, tan inmutable como que yo soy una mujer y que los patos graznan.

—No te apures, Harriet Woodchurch —dijo Daniel mientras caminaban hacia el final de la plaza—. Algunas cosas parecen más inmutables de lo que son.

En la esquina, él se detuvo a mirar su reloj de bolsillo.

Hattie, que no quería llegar tarde a la cena, siguió avanzando, pero Daniel la agarró del codo y la contuvo.

—¿Qué estás haciendo?

—Ten paciencia —dijo él. Y entonces, como por arte de magia, un carruaje dobló la esquina y se detuvo a su lado. El cochero bajó y les abrió la puerta.

—Usted primero, señora —dijo Daniel.

Hattie soltó un gritito de deleite.

—¿Cómo lo has conseguido?

—Tengo algunos ases bajo la manga. No vamos a llegar a una dirección elegante como un par de mendigos. Sube.

Y ella subió. Hattie fue sonriendo todo el trayecto por la ciudad.

La mansión Forsythe era bastante grande, el resultado de juntar tres casas adosadas en una enorme.

Por delante pasaban carruajes despidiendo a gente de su interior antes de alejarse.

Hattie agarraba la invitación como si le fuera la vida en ello. Estaba segura de que el único modo de acceder a esa magnífica casa con toda esa magnífica gente era el pedazo de papel que llevaba en la mano, y, si no lo mostraba, Daniel y ella serían rechazados como un par de estafadores. No le sorprendería que les hicieran algún tipo de interrogatorio en la puerta. ¿Quiénes son ustedes? ¿Cómo han conseguido una invitación?

Pero no podía haber estado más equivocada. Parecía como si cualquiera hubiera podido acercarse a la casa y colarse. Daniel le dio sus nombres al mayordomo y el hombre no hizo preguntas; se giró y los anunció en voz alta para cualquiera que estuviera lo bastante cerca como para oírlo. De hecho, había varias personas lo bastante cerca como para oírlo, pero, cuando vieron que los Woodchurch no eran importantes, se dieron la vuelta.

Un sirviente agarró la capa de Hattie y los dirigió hacia una fila de gente que esperaba a saludar a sus anfitriones.

—Cálmate —le susurró Daniel según avanzaban.

—¿Qué dices? Estoy bien.

—Estás temblando. Parece como si hubieras venido a robar algo y te hayas alarmado al ver la casa llena.

De acuerdo, los nervios la habían traicionado. Era sumamente consciente de que carecía de un lugar en la sociedad que le diera derecho a esa invitación, y, aunque iba vestida como si fuera uno de ellos, cuanto más se adentraban en la casa, más le dolía saber que no era uno de ellos.

Tal como le había advertido su madre.

Cuando llegaron a los Forsythe, por un momento Hattie se quedó cegada por el destello del oro de la tiara de la señora Forsythe. Daniel extendió la mano con demasiada energía y le dio las gracias a la pareja por la generosa invitación a su hermana y a él. El señor y la señora Forsythe parecían algo confusos, lo cual no fue una sorpresa, ya que los cuatro no se habían visto nunca. Pero la señora Forsythe enseguida puso fin al incómodo momento al invitarlos a disfrutar de la noche y hacerlos pasar.

Con eso, Hattie y Daniel entraron en el gran salón con papel de pared de seda rosa, altísimos techos, magníficas obras de arte, adornos de porcelana china, candelabros de latón y pinturas florales sobre las puertas. La sala era tan imponente como la casa de lord Abbott en Grosvenor Square, pero más grande incluso. Hattie tenía entendido que el señor Forsythe había hecho fortuna con el negocio ferroviario. Intentó imaginar cuántos relojes de pie podrían almacenarse ahí.

Había docenas de personas arremolinadas por allí, además de un par de sirvientes que recorrían la sala portando bandejas de plata y ofreciendo vino y licores a los invitados. Hattie no conocía a nadie, pero, a juzgar por los vestidos y las joyas, sabía que serían de lo mejorcito de Londres. Apenas podía respirar; no sabía si por la emoción o por la estrechez del corsé.

—Voy a tomarme una copa —dijo Daniel. Antes de que ella pudiera detenerlo, él se alejó y empezó a serpentear entre la multitud.

—¡Daniel! —susurró Hattie con vehemencia, pero no sirvió de nada.

Su hermano se marchó y la dejó solo en mitad de esa imponente sala.

Ella no sabía qué hacer. Se plantó una pequeña sonrisa y miró a su alrededor mientras se preguntaba si sería de rigor presentarse a otros invitados. ¿O debería esperar a que la presentaran a ella? Sus clases de etiqueta en la Escuela Iddesleigh para Chicas

Excepcionales no habían incluido invitaciones a cenas a las que no te correspondía asistir.

¿Dónde estaba el invitado de honor? ¿Dónde estaba? ¿Y Flora? ¿Hattie debía saludar a lord Abbott o esperar a que él la saludara a ella? ¿Y por qué demonios no les había hecho a Queenie o a Flora ninguna de esas importantes preguntas antes de que llegara la noche?

Justo cuando pensaba que corría peligro de abalanzarse sobre la persona más cercana, oyó su nombre. Agradecida, se giró con brusquedad dispuesta a saludar a quien fuera que había ido en su rescate, y con tanto apresuramiento por poco no le tiró a lady Aleksander la bebida que la mujer tenía en la mano.

—¡Por Dios! Le suplico me perdone, señora —dijo poniendo una mano en el brazo de lady Aleksander para sujetarla.

La mujer se rio y se sacudió unas gotas de champán del dedo.

—Es culpa mía. La he sobresaltado. Me alegro de verla, señorita Woodchurch. Dios mío, está bellísima —dijo la mujer sonriendo con calidez.

Hattie se sintió sonrojar. No estaba acostumbrada a ningún tipo de cumplido, y la última vez que había visto a lady Aleksander, la mujer había parecido incómoda con ella.

—Gracias. No... no estaba segura de que fuera a reconocerme.

—¡Por supuesto que sí!

La mujer frunció un poco el ceño, se le acercó y dijo:

—¡Yo le he conseguido su invitación!

A Hattie le dio un vuelco el estómago.

—¿Qué?

Solo se le ocurría un motivo por el que lady Aleksander podría haberle conseguido la invitación. Pero no, era imposible que la mujer pensara de verdad que ella pudiera ser una candidata a esposa para el vizconde, ¿no?

Lady Aleksander se le acercó más.

—¿Está bien? Parece un poco pálida.

—¿Sí?

Al instante, Hattie se llevó una mano enguantada a la cara.

—Sé lo que necesita —dijo la mujer. Se giró, levantó su abanico y de pronto un sirviente apareció con su bandeja de plata, como si lo hubieran invocado. Lady Aleksander agarró una copa de vino y se la dio a Hattie.

—Esto calma cualquier tipo de nervio.

—Eh, ah... gracias.

Le palpitaba el corazón y apenas podía respirar.

—Yo... eh... ¿Por qué me ha conseguido la invitación?

—¿Por qué? Pensé que podría disfrutar de la velada —dijo la mujer encogiéndose de hombros—. Y que tal vez... me ayudaría un poco.

—¿Ayudarla?

—Se habrá dado cuenta de que lord Abbott no es hombre de compartir sus sentimientos. Ya que usted lo conoce, he pensado que tal vez podría saber lo que le gusta.

A Hattie se le cayó el alma a los pies, y le cayó como un plomo. Y ella que por un momento había pensado que podría... Qué absurdo.

—Eh, no sé —dijo. Sentía un poco de sudor en la línea del pelo. Soltó una risita—. No suelo dejarme invadir por los nervios, pero nunca he estado en una cena tan elegante como esta.

—Creo que enseguida verá que es solo una cena como cualquier otra. ¿Ha venido sola?

—Oh, no. He venido con mi hermano. Está...

Se detuvo y miró a su alrededor buscándolo. Y entonces lo vio... hablando con Flora. ¡Ay, no! Estremecida por dentro, rezó en silencio por que Daniel no hubiera dicho nada ofensivo. Flora era su amiga, pero además era su benefactora.

—Yo... eh... debería...

—¡Pero qué ven mis ojos! ¿Es la señorita Woodchurch?

Hattie reconoció la voz de lord Iddesleigh y se giró con lady Aleksander para saludarlos a lady Iddesleigh y a él.

Lady Iddesleigh estaba un poco más rellenita que la última vez que la había visto y ese peso de más había suavizado sus rasgos. Sonrió. Cuando Hattie estudiaba, lady Iddesleigh no sonreía mucho. Pero, claro, tenía cinco hijas pequeñas con las que vérselas y una de ellas parecía bastante ingobernable.

—¡Pero si es la pequeña Harriet Woodchurch, ahora ya una mujer adulta! —dijo lady Iddesleigh encantada—. Tengo entendido que tiene una ocupación muy importante.

—No creo que sea muy importante...

—¡Bobadas! Para mí fue muy obvio que su excelencia confía en su consejo —dijo lady Aleksander.

—No —exclamó Hattie alarmada. Ya podía imaginarse los rumores que correrían sobre ella, la chica que se creía que podía aconsejar a un vizconde—. Creo que las circunstancias fueron un poco excepcionales el día que usted fue de visita, pero por lo general no es así.

—Señorita Woodchurch, no debería dudar lo más mínimo de su valía —dijo lord Iddesleigh.

—No lo hago. Yo...

—¿Y dónde está nuestro nuevo vizconde? —preguntó lord Iddesleigh mirando a su alrededor—. No se habrá ido ya, ¿verdad? Me atrevo a decir que soy el único amigo que tiene, además de a nuestra señorita Woodchurch, claro.

—Yo no soy su amiga —interpuso Hattie.

—Aún no ha llegado, Beck —dijo lady Aleksander ignorando a Hattie, igual que estaba haciendo lord Iddesleigh—. Puedes estar seguro de que su entrada no te pasará desapercibida; todas las mujeres de esta sala irán a él como moscas a una tarta.

—Probablemente esté esperando fuera entre la multitud —dijo lady Iddesleigh—. La verdad es que ha sido terrible.

—Señorita Woodchurch —dijo lord Iddesleigh—, cuéntenos qué le parece su trabajo con su excelencia. No es un hombre muy comunicativo, ¿verdad?

De todas las cosas que se había imaginado que pudieran pasar esa noche, esa no era una de ellas. Miró a su alrededor buscando a Daniel. Y a Flora. A cualquiera que la salvara.

—Le ha dado un libro —dijo lady Aleksander.

Los Iddesleigh la miraron asombrados. Hattie se encogió de hombros avergonzada.

—Le gusta leer.

—Interesante —dijo lord Iddesleigh—. Uno nunca sabe qué podría surgir de la administración de un patrimonio. Pero, señorita Woodchurch, a nadie le importan sus hábitos de lectura. Lo que queremos saber es qué piensa nuestro joven soltero de las pretendientas que va a conocer esta noche.

La pregunta la dejó muerta de vergüenza. Se le encendieron las mejillas.

—Suplico que me disculpe, milord, pero yo jamás preguntaría sobre algo así.

—¿Jamás?

—¡Beck, querido! —exclamó su esposa—. No la abrumes más. Mira, se le está moteando la piel. ¡Seguro que ha jurado guardar confidencialidad! Y aquí tienes a Lila, que es la que ha organizado las presentaciones que se harán esta noche. ¿Por qué no le preguntas a ella?

—Todo el mundo ha venido para conocerlo —dijo lady Aleksander con tono despreocupado—, pero en particular la señorita Christiana Porter...

—Ahí está, una favorita obvia —dijo lady Iddesleigh.

—La señorita Dahlia Cupperson...

—Rica —dijo lord Iddesleigh con gesto pensativo.

—Y la señorita Flora Raney —terminó lady Aleksander.

Lord y lady Iddesleigh se miraron. Lady Iddesleigh se encogió de hombros levemente y lord Iddesleigh dijo:

—Mi esposa considera que, si eso es lo mejor que tiene, debería tener en cuenta a nuestra Tilly. Pero yo creo que es...

—¡Aquí está! —voceó de pronto lady Aleksander, dando así por concluida cualquier conversación sobre Mathilda Hawke como candidata a esposa del vizconde. Los cuatro a la vez se giraron hacia la entrada.

Hubo alboroto en el acceso al salón según la gente iba cerrando filas alrededor de los Forsythe y su invitado especial. Lord Abbott tardó un momento en aparecer y, cuando lo hizo, Hattie sintió como si el aire cambiara y el corazón le empezó a renquear a la vez. Siempre lo veía guapísimo, pero esa noche estaba divino. Tenía el pelo peinado con esmero y la barba bien recortada. Su traje, negro y con un chaleco con brocado dorado, estaba entallado a su cuerpo a la perfección. En el pecho llevaba una insignia roja de la que colgaba una estrella dorada, que ella supuso que sería un símbolo del ducado santiavano.

Notó que alguien entre la multitud habló en español. Abbott respondió del mismo modo, con su voz profunda y calmada, y su español sonando casi como una canción. Al instante, en respuesta a una pregunta que le lanzó alguien más, se pasó al inglés sin ningún esfuerzo. Solo dijo unas pocas palabras, pero claramente dijo suficiente. La gente sonreía y asentía como si él estuviera dando un sermón alentador.

Orgullosos, el señor y la señora Forsythe lo acompañaron por la sala, casi como si estuvieran presumiendo de un caballo nuevo ante sus amigos. Trota por aquí para una presentación. Trota por allí para otra.

Lord Abbott los seguía con las manos en la espalda, asintiendo y respondiendo según iba saludando a los otros invitados. Hattie miró atrás, hacia donde estaban Flora y Daniel. Daniel había desaparecido, probablemente para ir a por otra copa, pero Flora seguía en el mismo sitio, ahora en compañía de sus padres. Incluso desde ahí, parecía pálida.

—Discúlpenme —dijo Hattie alejándose de los Iddesleigh y de lady Aleksander. Nadie reparó en su marcha. Lord Iddesleigh se estaba quejando de que los Forsythe parecían estar dando muestras de cierto favoritismo en sus presentaciones.

Hattie se movió entre la multitud hasta llegar al lado de Flora y le tocó un brazo, sobresaltándola.

—¡Hattie! Gracias a Dios que estás aquí. Tu hermano me ha dicho que no habías venido.

—¿Qué? —dijo Hattie casi volteando los ojos—. No le hagas caso, Flora. En realidad, ni siquiera deberías hablar con él. ¿Cómo es que os habéis saludado?

—No lo recuerdo —dijo Flora, que de pronto le agarró la mano—. ¿Cómo estoy?

—Preciosa. Más preciosa que nadie.

Era cierto. Flora parecía una princesa con su vestido dorado claro y esa cascada de flores rojas que le caían por la cola abullonada.

Flora sonrió, pero su mirada se movía inquieta en la dirección del vizconde. No le hizo ningún comentario a Hattie sobre su aspecto. No bromeó sobre cómo había tenido que meterse y apretujarse en su vestido ni admiró el nuevo tocado que se había comprado. Hattie no se lo tomó a pecho. Entendía lo nerviosa que estaba su amiga por conocer al vizconde.

Flora se le acercó y susurró:

—Christiana lleva toda la noche en la puerta para ser la primera a quien le presenten.

—Bueno, en realidad todos estamos junto a la puerta.

Flora de pronto emitió un grito ahogado.

—¡Viene hacia aquí! —susurró. Apretó la mano de Hattie con más fuerza y se giró respirando hondo—. Qué desastre. ¡Es un desastre! ¿Qué voy a decir?

—Flora, querida —dijo su madre acercándose a su hija—. Ah, señorita Woodchurch. No esperaba verla aquí.

Nadie había esperado verla ahí, ni siquiera ella misma.

—Buenas noches, lady Raney —dijo Hattie con una reverencia. Lady Raney miró a su hija y luego a Hattie—. ¿Qué pasa? Ponte derecha, querida —dijo mientras toqueteaba el collar de perlas de Flora—. Parece que fueras a vomitar.

—Podría hacerlo —dijo Flora tragando con dificultad.

—¡Bobadas! Echa los hombros atrás y levanta la barbilla. El vizconde Abbott está casi a nuestro lado.

Flora hizo lo que le ordenó su madre, tragó saliva y se situó junto a sus padres mientras lord Abbott y sus anfitriones se acercaban a ellos. Hattie no sabía dónde ponerse, así que se quedó como medio metro por detrás de su amiga. Las invitaciones a cenas elegantes deberían ir acompañadas de instrucciones.

La señora Forsythe hizo las presentaciones. Hattie no podía oír lo que decían los Rayne, pero lord Abbott sonreía y asentía y dijo que sí, que encontraba Londres de su gusto. Y que no, que aún no había tenido oportunidad de viajar a su propiedad de Essex, Harrington Hall, pero que esperaba hacerlo pronto.

En ese momento, lady Raney se giró ligeramente hacia Flora y dijo:

—Me gustaría presentarle a mi hija.

Y tal como la habían educado, Flora se inclinó con una perfecta reverencia. Al hacerlo, lord Abbott vio a Hattie detrás. Agachó las cejas con gesto de confusión.

—¿Señorita Woodchurch? —dijo ignorando a Flora.

Hattie hizo una reverencia.

—Buenas noches, milord.

Los Raney, casi a la vez, se giraron para mirarla con una expresión que mostraba distintos estados de confusión.

—No esperaba verla aquí —dijo él, claramente intentando entenderlo.

Tal vez Hattie debería haber llevado un cartel: «No me esperaba nadie».

—¿Sorprendido? —dijo con inseguridad, como si se hubiera presentado ahí sin invitación.

Él enarcó una ceja, como si quisiera preguntarle qué estaba haciendo ahí.

Los padres de Flora la miraban y Flora parecía totalmente anonadada por que el vizconde estuviera hablando con Hattie. Pero de pronto se acordó de sí misma y se giró hacia el vizconde.

—Es... es un gran placer conocerle, milord.

Lord Abbott desvió su atención hacia Flora y sonrió con calidez.

—Gracias. Pero, desde luego, el placer es mío.

Y entonces el padre de Flora intervino, entusiasmado por hablar. Los dos caballeros se alejaron. Hattie miró de soslayo a Flora, que a su vez la miró con un gesto de confusión que además reflejaba que parecía habérselo tomado como algo tremendamente personal, casi como si le hubiera dolido que lord Abbott se hubiera dirigido a ella.

—¿Hattie? ¿Hay...?

Hattie se salvó de oír la pregunta gracias a que la señora Forsythe anunció que la cena estaba servida. Las palabras pusieron a todo el mundo en marcha hacia el comedor. Mientras lord Abbott se situaba en la parte delantera de la fila, se giró hacia Hattie aún con una pregunta en la mirada.

Ella sintió una calidez recorriéndola, un sentimiento de familiaridad con él que sabía que no debía sentir. Sonrió y se encogió de hombros antes de dar un paso atrás para dejar que la gente importante fuera delante, como debía ser. Miró a su alrededor en busca de Daniel para que la acompañara, pero no estaba por ningún sitio... hasta que en el último instante lo vio con el brazo extendido para acompañar a Flora. ¿Qué rayos estaba haciendo?

Y no había nadie más para acompañarla hasta el interior del comedor. Se vio forzada a seguir la fila como un patito abandonado, a la cola del desfile.

La sentaron junto a lord Iddesleigh, que se le acercó para susurrarle:

—Su amiga ha captado el interés del vizconde, estoy seguro.

El hombre sonrió y sacudió las cejas como si hubieran conspirado juntos para que sucediera.

Ella suponía que debería estar tremendamente complacida con la noticia, rebosante de felicidad por Flora, pero tanto la declaración como la velada la entristecieron de un modo inquietante.

Capítulo 15

El comedor de la residencia Forsythe era uno de los más grandes que Mateo había visto nunca en una casa y, aun así, no era lo bastante grande para acomodar holgadamente a treinta y dos invitados. Estaban apretujados, codo contra codo.

Él se ahorró lo peor, ya que estaba sentado al lado del señor Forsythe, que ocupaba la cabecera de la mesa. Recordó que en una ocasión, cuando acababa de asumir el título de duque, lo habían agasajado con una fiesta en el palacio de Valdonia. Lo habían sentado a la cabecera de la mesa, con las puertas que tenía detrás abiertas al mar. Rememoró la sensación de la brisa del mar en la espalda, el golpe de aire fresco por la habitación. Ojalá hubiera una ventana abierta en esa sala, pero el aire de Londres era denso por el humo y desagradable.

Y él, un invitado muy malhumorado.

Por desgracia, desde donde se encontraba no podía ver a muchos de los otros invitados. Tenía curiosidad por saber dónde habrían sentado a la señorita Woodchurch. Y tenía más curiosidad aún por saber por qué estaría ahí. ¿La habría llevado Beck? No le veía sentido. ¿Por qué querría Beck que ella cenara ahí? ¿Pertenecía a la clase trabajadora o a esa sociedad? ¿Era posible pertenecer a ambas? En

Santiava, al menos, esos dos mundos no se entremezclaban.

Fuera lo que fuera lo que la había llevado ahí, él se había quedado sorprendentemente complacido de ver su rostro entre esa multitud.

Había imaginado que, siendo el invitado de honor, lo habrían sentado en el centro de la mesa. Pero antes de que se sirviera el primer plato, el señor Forsythe había dejado claro por qué no había sido así. El hombre estaba interesado en una nueva línea de ferrocarril en Europa que esperaba llevar hasta Valdonia.

—¿Puede imaginar la cantidad de lana que podríamos enviar con un nuevo ferrocarril? —preguntó casi con regocijo.

Mateo escuchaba, pero estaba distraído por las muchas conversaciones que lo rodeaban. No tenía claro cuánto quería decir sobre el servicio de ferrocarril en plena velada social, y le interesaban más los retazos de conversación que oía por su derecha; algo sobre alguien con enormes deudas de juego y ninguna forma de pagarlas.

Ninguna de las jóvenes a las que tenía que valorar como posible esposa estaban sentadas cerca de él. Y al contrario de lo que su madre o lady Aleksander creían, estaba deseando conocerlas. Solo le habría gustado que fuera en circunstancias distintas, con menos fanfarria. Habría preferido un paseo en privado con cada una de ellas o, al menos, una pequeña cena donde la conversación incluyera a todo el mundo.

Se centró en su comida, que estaba bien cocinada y giraba en torno a una deliciosa pieza de cordero. Pero lo mejor de la comida fue el postre. La mujer que tenía a su lado lo llamó «tarta esponja».

—¿Tarta esponja? —repitió él.

—Es uno de los favoritos de la reina Victoria.

Le diría a Rosa que buscara la receta.

Una vez que los platos de postre se hubieron retirado, Mateo participó lo mejor que pudo en los obligatorios intercambios sociales sobre el tiempo y admitió que la primavera londinense era demasiado fría para su gusto. Asintió mientras otros caballeros hablaban con elocuencia y tono filosófico sobre las posibilidades de que el Parlamento aprobara un proyecto de ley de Educación. Cuando le preguntaron por el patrimonio Abbott, del que todo el mundo parecía saber algo, se vio obligado a admitir que no había conocido bien a su abuelo, pero que había aprendido mucho sobre él mientras revisaba los documentos y registros.

Y así se desarrolló la velada.

Tras la cena, las damas se retiraron al salón y él se quedó con los caballeros tomando brandi y fumando puros, porque era lo educado. Sin embargo, a él esa costumbre, que se había importado a Santiava, le resultaba un poco arcaica. ¿Por qué no podían todos, damas incluidas, disfrutar de un brandi y un puro si tan agradable era? ¿Por qué siempre había que separar a los sexos? ¿Por qué la sociedad imponía tantas condenadas normas?

Pero ya que, por desgracia, esa noche no estallaría ninguna revolución social (una auténtica pena, porque eso al menos sí que sería divertido), Mateo siguió tomándose su brandi. Al rato el señor Forsythe anunció que la velada masculina había concluido y los condujo a todos a reunirse con las damas.

Volvieron al gran salón, donde a Mateo le sirvieron más oporto que no quería. Lady Aleksander se lanzó sobre él como una garza descendiendo sobre la orilla, con las garras sacadas y las alas extendidas.

—¡Milord, le encontré! ¿Puedo presentarle a una amiga?

Esa amiga resultó ser la señorita Christiana Porter. Mateo la había conocido brevemente al llegar y, según lo prometido, en efecto era muy bella. Su piel cremosa y suave parecía porcelana, y tenía el pelo del color de la seda de maíz, lo que destacaba sus ojos azules claros. Le parecían un poco más claros que los de la señorita Woodchurch, que eran del color de un cielo primaveral.

Admiró la belleza de la señorita Porter mientras ella soltaba su retahíla de cosas apropiadas que decirle: lo encantada que estaba de conocerlo; lo maravilloso que era que él hubiera decidido acompañarlos esa noche; si no le había resultado delicioso el cordero.

A Mateo la conversación le pareció bien, ya que requería muy poco por su parte.

Pero entonces sucedió algo terrible: la señorita Porter le preguntó dónde estaba Santiava y luego pasó a mostrarle su absoluta ignorancia de la geografía europea. Mateo no supo qué le sobresaltó más, si que una joven nacida en el privilegio y con una educación apropiada no tuviera noción de dónde estaban países como España y Francia o que eso a él le importara. Pero en esos momentos descubrió que sí, que en efecto le importaba mucho. ¿Cómo iba a plantearse la idea de casarse con alguien que no tenía la más mínima idea de qué país había al otro lado del que ella habitaba, separado por un estrecho mar?

Se sintió aliviado cuando la garza real descendió de nuevo, esta vez llevándoselo para conversar con la señorita Cupperson.

La señorita Cupperson era opuesta a la señorita Porter tanto en físico como en conocimientos del mundo. De hecho, estaba tan formada que estaba decidida a agasajarlo con todo lo que había aprendido sobre Santiava. Incluso incluyó algunos datos curiosos sobre España, no fuera él a pensar que no sabía dónde estaba Santiava. La mujer recitó del tirón tantos datos que aquello dejó de tener cualquier parecido con una conversación. Él se sintió como si estuviera ahí sentado delante de su profesor, recibiendo una lección que ya había oído. ¿Sabía, por ejemplo, que Santiava exportaba pieles de animales, especias y aceite de oliva?

En ningún momento tuvo que admitir que sí lo sabía, porque ella pasó a hablar de la historia de Santiava como nación de tradición marítima.

Cuando la señorita Cupperson hubo agotado todo lo aprendido para la ocasión, lady Aleksander se encargó de llevarlo con la tercera dama de la noche.

La señorita Flora Raney estaba de pie entre un grupo de gente que incluía a sus padres y dos otras personas cuyos nombres Mateo ya había olvidado. También se fijó en que muy cerca, de pie y de espaldas a la señorita Raney, como si estuviera esperando a que llegara alguien, se encontraba la señorita Woodchurch.

Saludó a los padres de la joven y luego a la señorita Raney, que hizo una reverencia y sonrió. Él le preguntó qué le estaba pareciendo la velada, pero fue una pregunta de lo más anodina, porque ¿qué podía decir la joven? ¿Que hasta ahora había sido deprimente? ¿Que el cordero estaba duro y el vino amargo? Por supuesto que no. Dijo que estaba siendo deliciosa, ni más ni menos.

Y eso, a diferencia de lo que había pasado con la dama anterior, dejó a Mateo cargando con el peso de la conversación. Pero ese no era su fuerte. Recordó que Sofía le había dicho en una ocasión que a las jóvenes se las enseñaba a no decir demasiado por si decían algo inapropiado. Él lo entendía; de niño había vivido con el miedo constante a decir algo inapropiado y ser humillado públicamente por ello. Pero ¿cómo podía una mujer como la señorita Raney decir algo inapropiado? Él sería el único en oírlo y era demasiado educado para contradecirla. La gente tenía derecho a tener sus propias opiniones; los hombres, desde luego, daban las suyas sin pensar y sin que los invitaran a hacerlo.

Le gustó que la señorita Raney fuera atractiva. No de forma extraordinaria, no como la señorita Porter, pero sí que era muy atrayente. Era menuda y tenía las manos tan pequeñas que parecían frágiles. Mateo intentó imaginarse esos dedos trabajando masas y no pudo. Parecía un poco nerviosa, y él dio por hecho que era por él. No entendía por qué nunca lograba que nadie se sintiera a gusto a su lado. Pero lo intentaría, por el bien de la joven.

Le preguntó en qué parte de la ciudad residía. Ella se recompuso, le dijo dónde vivía y luego le preguntó si le gustaba Grosvenor Square, y, antes de que él pudiera responder, lo informó de que tenía una muy buena amiga que vivía al otro lado de la plaza y que a las dos les gustaba pasear por ahí de vez en cuando. Él dijo que la plaza le resultaba agradable, pero no era del todo verdad. Rara vez ponía un pie en la plaza, prefería su propio jardín. Y en las ocasiones en las que había salido, le había prestado muy poca atención al ambiente del lugar.

La señorita Raney se mordió el labio inferior mientras intentaba pensar qué decir a continuación. Ese era el momento de todo primer encuentro que más le costaba a Mateo, y es que él también estaba intentando encontrar algo de lo que pudieran hablar dos completos desconocidos.

Dio gracias de que lady Raney se dirigiera a ellos cuando lo hizo y le preguntara si había visto la exposición de arte en el Royal Hall.

—No, no la he visto —dijo él.

—Es una exposición maravillosa, ¿verdad, querida? —le preguntó a la señorita Raney—. Debe verla, milord. Flora, háblale de tu obra favorita —le indicó su madre.

La señorita Raney obedientemente convino en que la exposición era maravillosa y que le gustaron mucho los cuadros de paisajes. Dijo que le recordaban al país al que iban en verano. Mateo le preguntó si tenía algún interés particular por el arte. Ella dijo que le gustaba, pero que no tenía ningún interés particular. Él le preguntó qué intereses tenía. La señorita Raney pareció casi confusa con la pregunta, como si nunca se hubiera parado a pensarlo.

—Bueno, me gusta el arte —dijo como si él la hubiera malinterpretado—. Y la música.

Arte y música, lo típico. Que alguien le mostrara a una persona que no mencionara el arte y la música como sus intereses y él le mostraría a alguien que viviera en una cueva. Se había esperado algo un poco más interesante, algo a lo que él pudiera responder. O algo tan inesperado como que le interesara el desierto del Sáhara. Tal vez debiera preguntarle si había conocido a alguien de España o de Santiava o si su educación había cubierto la geografía mundial.

Estaba contemplando cualquier forma de reconducir la conversación cuando se miró a la mano. La señorita Raney al parecer lo interpretó como una señal de desinterés y espetó:

—¿A usted?

Él la miró.

—¿A mí...?

—¿Le gustan el arte y la música?

—Ah. *Sí* —dijo en español—. Me gustan mucho.

Se estremeció por dentro. Ahora era él quien resultaba poco interesante.

—Y el desierto del Sáhara.

No sabía por qué lo había dicho, solo por ver qué clase de respuesta generaba.

La expresión de la señorita Raney reflejó confusión y luego algo que Mateo solo pudo interpretar como horror. ¿Y quién podía culparla? ¿Qué iba a decir alguien ante eso? Exceptuando a la señorita Woodchurch, que probablemente diría que en teoría a ella también le gustaba y luego pasaría a contar alguna historia que hubiera oído sobre que era precioso por la mañana pero caluroso por la tarde, o que hubiera estudiado en su atlas.

A la señorita Raney se le reflejaba el pánico en los ojos, y él podía imaginarla buscando en su memoria una mención siquiera de ese desierto. Estaba construyendo una excusa para apartarse, para liberar a la pobre chica, cuando lady Raney volvió a girarse y le preguntó cuándo volvería su madre a Londres.

Él no recordaba haber mencionado que su madre hubiera salido de Londres.

—Ah... en quince días. Tal vez más. Disfruta mucho en París.

—París es un lugar delicioso en primavera —dijo lady Raney con gesto de aprobación. Su hija, según pudo ver Mateo, estaba hablando con la señorita Woodchurch por encima del hombro—. Londres puede resultar muy húmeda en primavera, ¿no cree? ¿Pero París? El sol parece brillar sobre esa ciudad.

—Sin duda —dijo él.

Su hija había vuelto a girarse hacia él, totalmente recompuesta. Estaba sonriendo incluso. Mateo se preguntó si sería posible que le llevaran un whisky.

—Me gusta leer —espetó la señorita Raney como si acabara de ocurrírsele el comentario. Lady Raney esbozó una pequeña sonrisa y se giró.

—Ah.

Y eso lo mencionaba... ¿por qué?

—Mucho.

Muy bien. Si quería hablar de lectura, él iba a necesitar un poco más.

—¿Historia? ¿Filosofía?

—Novelas.

—Es usted la segunda persona en esta semana que me dice eso. ¿Tiene alguna favorita para recomendarme?

Ella se puso derecha.

—Pues... eh... Acabo de leer *Honorina*, de *monsieur* de Balzac.

Mateo sonrió sorprendido.

—*Est-ce un roman français?*

Ella parpadeó.

—Una novela francesa, sí.

Ahora sí que estaba avanzando con la señorita Raney. Entendía francés, cosa que, por supuesto, la hacía recomendable para un pequeño ducado bilingüe.

—¿Qué le animó a leer una novela francesa?

La señorita Raney volvió a parpadear.

—Em... Creo que me... me gusta leer sobre otros lugares.

¿Creía que le gustaba? ¿No lo sabía? ¿Por qué parecía como si no supiera nada ni del libro ni de lo que la había animado a leerlo? ¿Habría formulado él la pregunta de forma confusa? No sería la primera vez. Volvió a intentarlo.

—¿Qué le pareció?

—¿El libro?

—El libro.

—Fue... interesante.

No lo había leído, estaba seguro.

—¿De qué trataba?

Antes de que ella pudiera responder, un sirviente apareció y acercó una bandeja de oporto. Mateo negó con la cabeza. El sirviente le ofreció la bandeja a la señorita Raney, pero ella de nuevo estaba hablando con la señorita Woodchurch por encima del hombro. Cuando el sirviente se acercó a la señorita Woodchurch, ella se sirvió una copa y se la pasó a la señorita Raney, luego agarró otra y se giró antes de que Mateo pudiera mirarla a los ojos. Él tuvo la clara impresión de que estaba intentando evitarlo.

La señorita Raney, oporto en mano y toda sonrisas, volvió a girarse hacia él.

—Le suplico me disculpe, milord. ¿Qué decía?

—Le había preguntado de qué trata el libro.

—Sí, por supuesto. Amor no correspondido.

Qué... extraño.

—Un tema curioso y angustioso tal vez.

—Bueno —dijo ella encogiéndose un poco—. La verdad es que trata más sobre el matrimonio.

Estaba seguro de que no la estaba entendiendo. ¿El libro trataba sobre el amor no correspondido y el matrimonio?

—Cualquiera pensaría que en un matrimonio todo el amor es correspondido.

Ella tuvo que pensarse la respuesta.

—Supongo —dijo tras un instante o dos.

Ahora él ni siquiera estaba seguro de que ese libro existiera, pero no podía más que admirar la actitud de la señorita Raney. Podía decir con toda seguridad que nadie se había inventado nunca un libro o había dicho ser aficionado a la lectura para impresionarlo.

—Lo tomaré como una recomendación de lectura.

Ella sonrió, claramente encantada.

—Espero de verdad que lo disfrute.

—¿Milord?

Mateo se giró. La señora Forsythe estaba a su lado.

—Para su deleite, la señorita Porter se ha ofrecido a cantarnos esta noche. ¿Nos retiramos a la sala de música?

Él convino en que sí, y allá que marcharon en tropel los invitados, hasta la sala de música al otro lado del vestíbulo.

Esa habitación estaba pintada en amarillo y blanco, y tenía un piano situado en ángulo delante de unas sillas dispuestas en hileras. Estaba abarrotada y no había sitios suficientes para la cantidad de personas que querían oír la actuación musical de la señorita Porter. A Mateo le dieron un asiento delante, junto a los Forsythe y lord y lady Iddesleigh, lo cual lo inquietó. No le gustaba la idea de que todo el mundo lo observara mientras veía a la señorita Porter.

—De veras, puedo quedarme...

—Ni hablar —insistió la señora Forsythe—. Es nuestro invitado de honor.

Se sentó a regañadientes. Hubo bastante más movimiento según iba entrando más gente, y entonces la señorita Porter se situó delante de la sala en compañía del pianista. Mateo volvió a fijarse en su belleza. Tal vez se había precipitado al pensar en descartarla por no saber de geografía. Era humano, una sonrisa con hoyuelos podía hacerle olvidar que la mujer no sabía que Francia estaba al otro lado del Canal.

El pianista se sentó y tocó un par de acordes, pero, antes de que la señorita Porter pudiera empezar, una mujer mayor se dirigió a la parte delantera en busca de asiento. Mateo vio su oportunidad y de inmediato se levantó y la ayudó a ocupar el suyo, ignorando las protestas con fuertes susurros de la señora Forsythe. Después, corriendo, se dirigió al fondo de la sala para quedarse de pie junto a los que no habían tenido la suerte de encontrar asiento.

La señorita Porter empezó a cantar. El hombre situado al lado de Mateo se escabulló y, entonces, Mateo se vio al lado de la señorita Woodchurch.

Ella lo miró por el rabillo del ojo y sonrió con ironía.

Él susurró.

—Qué curioso habernos encontrado aquí. No mencionó que fuera a venir esta noche.

La primera nota de la señorita Porter fue más bien un chillido que hizo que los dos retrocedieran ligeramente.

—Mi invitación llegó bastante tarde —susurró ella en respuesta.

—¿Está disfrutando la velada? —susurró él mientras la señorita Porter fijaba la mirada en algún punto por encima de todas las cabezas.

—No especialmente —susurró ella.

Justo en ese momento, la música se acrecentó y el canto de la señorita Porter se volvió más fuerte; no al estilo ópera, que cabría de esperar de una boca tan abierta y una mirada tan intensa, sino más al estilo hiena.

La canción, por lo que Mateo logró entender, era sobre un soldado que volvía de la guerra y cuya amada lo había abandonado. ¿Otro caso de amor no correspondido? Fuera lo que fuera lo que la letra quería transmitir, Mateo estaba demasiado distraído como para fijarse o que le importara porque la mujer seguía cantando fuera de tono y chillando en las notas altas. Él quería taparse los oídos y librarlos de ese martirio, pero, claro, tuvo que soportarlo como el resto de las pobres almas de la sala.

Si alguien más se percató de lo horrible que era el canto de esa mujer, no lo demostró. No hubo miradas entre unos y otros, nadie intentó sacarla del escenario. Mateo miró a la señorita Woodchurch, que lo miró consternada. Él no pudo contenerse; se mordió el labio inferior y fingió un gesto de preocupación, como si algo fuera a salir terriblemente mal.

Ella intentó reprimir una sonrisa, pero no lo logró. Así que bajó la mirada para ocultar su expresión de cualquiera que pudiera mirar en su dirección. De todos modos, cualquiera que mirara aún podría ver el ligero temblor de sus hombros mientras contenía la risa.

La canción terminó con una nota muy alta y larga que se fue volviendo más y más aguda con la duración. Cuando la señorita Porter terminó, esbozó una brillante sonrisa y la sala aplaudió. Mateo y la señorita Woodchurch se miraron asombrados.

—Qué alegría haber tenido la oportunidad de oír cantar a su futura esposa.

Mateo contuvo una carcajada.

—Me ha confundido usted con otro futuro esposo.

La música comenzó de nuevo y la señorita Porter se preparó para soltar otro berrido. Mateo y la señorita Woodchurch se echaron hacia atrás a la vez, intentando zafarse de él.

La segunda canción fue sin duda peor que la primera.

Cuando la joven había hecho su última reverencia al público, el señor Forsythe fue a buscarlo y Mateo perdió a la señorita Woodchurch entre la multitud. Al cabo de un tiempo, cuando no se le ocurría nada más que decir y lady Aleksander estaba tomándose un brandi y hablando en voz alta con dos mujeres, él les dio las gracias a sus anfitriones, les dio las buenas noches a todos y fue directo hacia la puerta para escapar antes de que lady Aleksander pudiera abordarlo.

Al salir, vio a la señorita Woodchurch de pie a un lado, sola. Le pareció que estaba encantadora con ese vestido de seda azul.

Capítulo 16

Una vez que lord Abbott se marchó, otros comenzaron a irse también, probablemente corriendo a casa para ponerse una compresa en los oídos. Hattie ansiaba salir también, se moría por algo de aire. Agradecía la experiencia, de verdad que sí..., pero, conforme había ido avanzando la noche, había sido consciente cada vez con más urgencia de que esa casa estaba fuera de lugar. Apenas nadie, excepto lord y lady Iddesleigh, había hablado con ella. Las miradas le habían pasado por delante como si fuera invisible a los ojos. Nadie la conocía y a nadie le interesaba conocerla, obviamente.

Daniel, en cambio, había atraído muchos pares de ojos mientras se había paseado por el salón presentándose a mujeres como si fuera un príncipe y no el mendigo que era en el fondo. Los hombres lo miraban con recelo, las mujeres lo miraban con interés. Lo único que lo salvó fue que era un hombre, y uno guapo.

A Hattie no la salvó nada.

Pensó que al menos le había sido de utilidad a Flora. Había sido terriblemente incómodo ver a su amiga violentarse en presencia de lord Abbott. Y no era algo nada propio en ella; Flora siempre había estado segura de sí misma. Pero, de algún modo, la mirada avellana de lord Abbott la había dejado reducida a cenizas.

Cuando la señora Forsythe le había pedido a todo el mundo que se dirigiera a la sala de música, Flora había agarrado a Hattie del codo, y se lo había apretado con tanta fuerza que lo más probable era que le saliera un moretón.

—¿Cómo has podido? —susurró Flora con vehemencia mientras Daniel, con otro oporto en la mano, se unía a ellos.

—¿Cómo he podido qué? —preguntó Hattie confusa y subiéndose el guante, que se le había bajado cuando Flora la había agarrado con tanta brusquedad.

—Me has dicho que dijera *Honorina*. ¿Amor no correspondido, Hattie? He quedado como una tonta.

Daniel se rio sorprendido ante lo resentida que estaba Flora.

—¿De qué se ríe? —siseó Flora.

—De su encanto —dijo Daniel con una reverencia.

—¡Daniel! —dijo Hattie apartando a Flora de su hermano—. Lo siento mucho, Flora. Es un libro muy interesante y he pensado que...

—¡Interesante! ¿A ti qué te pasa? No quiero algo interesante, ¡quiero algo encantador! ¡Lo has arruinado todo!

La joven se marchó haciendo aspavientos para reunirse con sus padres.

Hattie se frotó el codo.

—Me vas a hacer perder mi trabajo —dijo cuando Daniel se situó a su lado.

—¿Qué clase de trabajo es ese que te exige tanta condescendencia? Tú vales más que todo eso —dijo, aunque sus palabras contradecían la mirada de diversión que tenía mientras sonreía al ver a Flora alejarse—. Esa chica se sulfura con facilidad, ¿no?

Hattie se situó delante de él para que tuviera que mirarla a ella en lugar de a Flora.

—Puede que mi trabajo te parezca indigno, pero es el único modo que tengo de marcharme de la casa de nuestro padre. Por favor, no me lo estropees.

Daniel puso los ojos en blanco.

—No he hecho nada.

Se alejó de ella y siguió a la señorita Cupperson por la sala.

Hattie no volvió a ver a su hermano después de aquello, y tampoco quiso verlo. Pero ahora que los invitados estaban empezando a dispersarse, lo estaba buscando por todas partes. No podía imaginarse nada peor que un par de hermanos Woodchurch siendo los últimos en marcharse, sobre todo cuando la señora Forsythe no dejaba de mirarla como si fuera una pobre pariente inoportuna a la que debería conocer.

¿Dónde estaba su hermano?

Cuando uno de los últimos carruajes se puso en marcha, Hattie tuvo que aceptar que Daniel se había marchado sin ella. Estaba bullendo de furia, pero se plantó una sonrisa en la cara y les dio las gracias a los anfitriones. Evitó a lord y lady Iddesleigh mientras recogía su capa con la intención de marcharse a casa esperando que nadie la abordara ni la hiriera por el camino. ¿Cómo se había atrevido su hermano a despreocuparse tanto de su seguridad?

Echó a caminar por la calle, avergonzadísima de que la vieran ahí abandonada como una mendiga mientras los últimos carruajes partían. Pero, antes de llegar a la esquina, oyó un silbido. Después su hermano gritó su nombre. Ella se detuvo y se giró. Había un coche de caballos justo al final de la calle. Daniel estaba de pie en la estribera, agarrándose al carruaje con una mano.

—¡Hat! ¡Aquí! —le gritó agitando el brazo por encima de la cabeza como si estuvieran en una feria rural y el espectáculo del gorrino fuera a empezar ya.

Por un momento Hattie se planteó si debería dignarse a responder a su rebuzno, pero la idea de cruzar Londres a esas horas de la noche le daba demasiado miedo como para contemplarla. Le ardían las mejillas de indignación, pero mantuvo la cabeza alta y caminó hacia el coche.

Al acercarse, vio que su hermano no estaba solo. Dos de sus acompañantes (¿de dónde habían salido?) estaban apretujados en un interior diseñado para dos personas. Pensó que bajarían, pero no, la miraban como lobos hambrientos mientras se reían como si fuera alguna especie de broma.

—¿Qué haces aquí? —preguntó ella.

—¿Qué quieres decir? He venido a llevarte a casa, obviamente —dijo Daniel. Se dio una palmadita en el regazo—. No creerías que te iba a abandonar en ese nido de víboras, ¿verdad?

—No era un nido de víboras. No podrás negar que ha sido una velada encantadora.

Uno de los acompañantes de Daniel, a quien su hermano aún no le había presentado, se rio.

—Yo la he soportado como he podido. Vamos —dijo Daniel. Volvió a darse una palmadita en el regazo.

Ella lo miró atónita.

—No lo dirás en serio.

—Mis disculpas por haberme dejado el carruaje de oro en casa, pero, a menos que tengas otro medio de transporte, sube a bordo. Ahora, Hat.

—Un carruaje de oro —se mofó uno de los hombres mientras miraba fijamente a Hattie.

Estaban borrachos. En algún momento en el espacio de la última hora, Daniel se había marchado de una respetable velada y había vuelto con dos amigos borrachos. ¿Por qué el destino la había puesto en esa familia?

—No tenemos toda la noche —dijo Daniel con brusquedad, y se echó hacia adelante con la mano extendida hacia ella.

Hattie se sintió humillada. ¿Esperaban que se marchase con ellos como si fuera una mujer de la noche? ¿Y acaso tenía elección? Era mucho peor volver a casa caminando y que unos desconocidos la tomasen por una mujer que cobraba tres peniques por hacerlo contra una pared para pagarse el alquiler, ¿verdad? Cuando Daniel, impaciente, sacudió los dedos, ella puso la mano en la suya y le permitió que la subiera a su regazo.

Y entonces intentó ocultarse la cara bajo la capucha, no fuera a ser que alguien de la fiesta de los Forsythe la viera.

Traqueteando, pasaron por delante de la casa Forsythe y desaparecieron en las mal iluminadas calles londinenses mientras Hattie, incómoda, rebotaba sobre la rodilla de su hermano.

—¿Cómo es estar en esa casa? —preguntó uno de los amigos de Daniel.

Hattie lo ignoró. El coche giró a la izquierda con brusquedad y ella cayó hacia atrás. Al hacerlo, se le bajó la capucha.

—¡Oye! —dijo uno de los hombres—. Te conozco, ¿verdad? Estabas prometida con Rupert Masterson.

El segundo hombre se inclinó hacia delante para mirarla.

—Caray, sí que es ella —soltó entre carcajadas—. ¿Qué hiciste para que el tipo anulara el compromiso? Él...

—Callaos —bramó Daniel.

—Pero, Dan, no hemos dicho na...

—¡Cerrad el pico! —dijo Daniel con más energía, girándose hacia sus amigos y casi sacando a Hattie del carruaje al hacerlo.

Hattie no dijo nada. Se sentía como si se estuviera muriendo de la vergüenza mil veces, mortificada por que uno de esos hombres la hubiera reconocido como la prometida de Rupert. ¿Eso era ahora, en esa ciudad? ¿La prometida a la que Rupert Masterson había dado plantón? La verdad, que Rupert había pretendido ocultar tan galantemente, al parecer había salido a la luz.

Cuando el carruaje se detuvo junto a la acera en el extremo norte de Portman Square, Hattie bajó de un salto, pero se tropezó y acabó de cuatro patas sobre el duro pavimento. Oyó el rasgón de la tela y sintió dolor en una rodilla. Los oyó reírse y oyó a Daniel darle indicaciones al cochero mientras ella corría por la acera, alejándose de ellos y de sus lascivos rostros.

Se metió en casa, aliviada de ver que no había nadie despierto. Encontró el cabo de una vela al tantear en un mueble recibidor y subió entre las sombras de relojes de pie y maniquíes de costura. Vio dos gatos acurrucados a los pies de su cama, pero estaba tan agotada que no los echó.

Miró su vestido prestado. Maravilloso, le había hecho un agujero en la zona de la rodilla. Desesperada, se tendió en la cama boca abajo y se dejó invadir por la vergüenza.

Había pensado que mezclarse con la alta sociedad sería divertido. Había pensado que eso era lo que quería de la vida. Pero, ahora que lo había hecho, solo se sentía vacía. No pertenecía a ese mundo.

Pero tampoco pertenecía a este.

¿En qué posición la dejaba eso? ¿A qué mundo pertenecía? ¿Estaba condenada a ser una mujer aislada y solitaria que se movía entre distintas esferas de la sociedad sin pertenecer a ninguna más que a sí misma?

Uno de los gatos empezó a ronronear y a deslizar las garras contra su brazo.

Hattie se tumbó boca arriba y se quedó mirando al techo, manchado por una gotera del tejado que su padre llevaba sin reparar demasiado tiempo. En el indefinido contorno de la mancha, su mente vio a lord Abbott.

Había estado impresionante con su traje. Viril, sofisticado y misterioso. Ella había procurado no comérselo con los ojos, pero había resultado más difícil de lo que había imaginado. Él apenas le había dicho nada, más allá de expresar su sorpresa porque estuviera allí. Y luego, cuando habían intercambiado un par de miradas mientras la señorita Porter cantaba.

Lo había visto hablar con las tres mujeres que lady Aleksander había considerado merecedoras de su atención, y estaba claro que él había hecho un esfuerzo por conocerlas, tal como había dicho que haría. Hattie había ansiado saber qué decía, qué preguntaba, pero le había sido imposible excepto durante la conversación con Flora. ¿Querría casarse? A lo mejor era uno de esos caballeros que preferían seguir solteros toda la vida. Sin embargo, el destino había intervenido.

Por otro lado, tal vez él viera el matrimonio como algo a lo que aspirar; una existencia más llena de dicha que su soledad.

¿Y si se casaba con Flora? Hattie intentó imaginarse a su amiga como la duquesa de Santiava. Flora era sociable por naturaleza y le gustaba tener amigas cerca. Querría celebrar fiestas y cenas y apoyar sus obras benéficas favoritas. Pero ¿cómo llevaría que su esposo apenas le dirigiera dos palabras al día? Le costaba imaginarlo; Flora se crecía en compañía de otros.

¿Christiana? No. Tras la desastrosa actuación de esa noche, durante la que el vizconde había tenido que morderse el labio para evitar reírse o llorar (costaba decir qué era más apropiado), supuso que Christiana no sería su elección.

¿Dahlia Cupperson? Hattie siempre había apreciado a Dahlia y consideraba que tenía curiosidad por muchos temas distintos. Un matrimonio con Dahlia sería posible, supuso. Los imaginó a los dos,

volcados en sus libros, discutiendo de cosas como...
matemáticas. Dahlia siempre le había parecido
inteligente y lista.

La imagen de los dos juntos le generó cierta intranquilidad.

Se llevó una mano a la frente. Sentía que iba a tener
una jaqueca, probablemente por la falta de sueño.
O por la tensión generada por sentirse inferior. Ella
no tenía los ingredientes para que la tuvieran en
cuenta como esposa del vizconde. Y no tenía las cualidades necesarias para encajar con alguien tan insulso como Rupert Masterson.

Detestaba sentirse así, desesperada y desalentada. Decidió que no se permitiría sentirse así.

Ojalá supiera cómo.

Capítulo 17

La señora O'Malley se moría por conocer los detalles de la elegante cena a la que había asistido Hattie y, mientras empaquetaba unos bombones de whisky para que Hattie llevara a Grosvenor Square, la acribilló a preguntas. ¿Quién había asistido? ¿Qué habían servido de cena? ¿Qué llevaban las señoras? ¿Cómo había estado el vizconde? ¿Qué joven le había parecido mejor?

Hattie se rio mientras guardaba los libros de contabilidad de la señora O'Malley.

—La verdad, creo que le gustaron todas. O a lo mejor no le gustó ninguna. Seguro que seré la última en saberlo.

—Si quiere saber mi opinión, él no debería buscar más allá teniéndola a usted, Hattie Woodchurch. Es la mejor de todas.

Hattie sonrió con cariño.

—Es usted muy amable, señora O'Malley. Pero no ha visto a las damas que está teniendo en consideración. Si las hubiera visto, su opinión sería muy distinta.

—Bobadas —dijo la mujer chasqueando la lengua.

—Estoy segurísima —contestó Hattie riéndose—. No estoy hecha de la pasta adecuada. Se casará con alguien con los contactos apropiados y un linaje que él necesitará para sus herederos.

—¡Esa gente! —comentó la señora O'Malley con tono de burla—. ¡Valoran lo que no es debido! Deberían buscar compatibilidad y afecto correspondido. Al señor O'Malley no le importó ni una pizca que mi padre fuera un pobre granjero. Me amaba por quien era, y estuvimos felizmente casados veintiocho años, hasta su muerte.

La mujer se detuvo un momento y miró a lo lejos con los ojos empañados.

Hattie sonrió.

—Debió de ser un hombre maravilloso.

—Sí que lo fue —dijo la señora O'Malley, y se secó los ojos a toquecitos con un extremo del delantal—. No haga caso a esos ricachones, señorita Woodchurch. Usted busque a alguien que la ame por quien es, no por el tamaño de su monedero.

—Eso espero —convino Hattie. Se echó la bolsa al hombro y agarró el paquete de bombones—. ¡Que tenga un buen día, señora O'Malley!

Con paso airoso, cruzó la ciudad caminando hacia Grosvenor Square. La inseguridad que la había invadido el sábado por la noche se había desvanecido con la luz del sol. Sabía quién era. Sabía qué esperar de la vida. Tendría que crearse un lugar al que pertenecer; la vida no iba a dárselo así sin más.

También sabía que solo tenía un tiempo limitado en Inglaterra con el guapísimo vizconde, y pretendía aprovecharlo al máximo. Fácilmente podría ser uno de los puntos culminantes de su vida.

Ya en Grosvenor Square, entró por la puerta de servicio, como siempre hacía, y llegó a la cocina con su cesta de dulces de la señora O'Malley. Todos se arremolinaron a su alrededor para ver qué había llevado.

—Bombones —anunció al levantar el cesto para que todos lo vieran.

—Oooh, bombones —repitieron juntos y maravillados.

Las dos cocineras, los lacayos y el señor Pacheco se dispusieron a probarlos. Mientras lo hacían a la vez que exclamaban en español, Hattie recorrió la habitación preguntándoles a todos con el poco español que había aprendido:

—¿Cómo estás?

Ellos sonrieron encantados con su intento. Yolanda gritó:

—¡Muy bien!

Pero entonces el señor Pacheco le dijo algo en español y Yolanda repitió con voz muy muy suave:

—Muy bien.

Aurelia y uno de los lacayos intentaron responder en inglés, pero Hattie no entendió nada. Aunque el señor Pacheco hablaba inglés y español, no parecía dispuesto a traducir. Por un lado, estaba metiéndose bombones en la boca. Por el otro, decía que traducir de un idioma a otro le producía jaqueca.

Pero Hattie los entendía bastante bien. En muy poco tiempo había llegado a considerarlos amigos. Cuando le preguntó a Aurelia qué tal le iba, la chica se sonrojó tremendamente. Yolanda esparció algo de harina en la mesa, agarró una cuchara de madera y, con el mango, dibujó de un modo rudimentario las formas de una mujer y de un hombre. Aurelia soltó una ristra de acaloradas palabras en español y Carlos salió de la habitación en silencio. Yolanda se rio hasta que el señor Pacheco dijo algo que hizo que las dos mujeres dejaran de hablar.

El señor Pacheco sacudió la cabeza.

—Estas chicas tienen la cabeza llena de tonterías.

Alargó la mano con la palma hacia arriba.

—Frutos rojos —le dijo a Hattie—. Los he encontrado en el parque.

Se sirvió uno y se lo metió en la boca.

Hattie se rio.

—Eso son escaramujos, señor Pacheco, no frutos rojos.

—¿No? —dijo él encogiéndose de hombros y acercándole más la mano—. Pruebe.

—No, gracias. Cuando era pequeña, me puse mala con unos escaramujos —dijo, y colgó su sombrero y su capa antes de estirarse la parte delantera del vestido—. Tenga cuidado, no vaya a comer demasiados de una sentada.

—Bah —dijo él agitando una mano—. Tengo un estómago de hierro.

A ella no le sorprendería.

Les deseó un buen día y, con su bolsa, se dirigió al despacho.

Cuando entró, el vizconde no estaba ahí. Hattie fue a su escritorio al dar por hecho que él le habría dejado ahí trabajo que hacer, pero no encontró nada. Dejó sus cosas y fue a la ventana esperando encontrarlo en el jardín. Pero había empezado a lloviznar y fuera no había nadie. Inquieta, se movió por la habitación mirando los cuadros y los adornos. En la chimenea vio un pequeño retrato en el que no se había fijado antes. Estaba en un caballete diminuto. Se inclinó para verlo mejor y vio que en el centro estaba el vizconde, flanqueado por un hombre y una mujer que se parecían a él.

—Mi hermano y mi hermana.

Hattie se sobresaltó, no había oído a nadie entrar. Se giró con brusquedad mientras él caminaba hacia ella, sonriendo un poco. Vestía ropa de montar y se había quitado la chaqueta y remangado la camisa por encima de los codos. Tenía los pantalones salpicados de barro.

—Mis disculpas por haberla sobresaltado.

Se situó a su lado. Ella percibió un aroma a lluvia y barro con un toque claramente masculino. De pronto lo imaginó tomándola en sus brazos, llevándola contra su cuerpo. Y ella, con la cabeza apoyada en su torso para poder inhalar su perfume.

—Roberto y Sofía.

Hattie se obligó a reaccionar.

—¿Los echa de menos?

—*Sí*. ¿Usted tiene hermanos, señorita Woodchurch?

—Tres chicos. Y todos ellos disfrutan atormentando a su hermana.

—Ah. Hubo un tiempo en el que Sofía nos acusó a Roberto y a mí de lo mismo.

Se apartó de ella, dejando una estela de su amaderada esencia. Hattie cerró los ojos un momento e imaginó tener esa esencia acompañándola toda la vida. Qué segura se sentiría. Qué excitada.

—¿Sus hermanos están en Londres? —preguntó él.

Ella abrió los ojos y se giró.

—Sí. Mis hermanos pequeños, que son gemelos, van a la escuela aquí en Londres. Mi hermano mayor también está aquí. Puede que lo haya visto. Me acompañó a la cena de los Forsythe.

Eso pareció interesar al vizconde, que levantó la mirada y dejó de estudiar los documentos que tenía en la mesa. Recorrió a Hattie con algo más de atención de la habitual. O tal vez ella lo sintió así, pero fue como si su mirada la estuviera tocando, acariciándole la piel desnuda de su cuello y su brazo.

—¿No la acompañó ningún pretendiente?

A Hattie se le aceleró un poco el pulso.

—No.

Él sonrió.

—No creo que conozca a su hermano. Seguro que habría recordado a un señor Woodchurch.

—Yo también estoy segura de ello —dijo Hattie casi resoplando—. Dudo que alguien los hubiera presentado.

—¿Por qué?

Ella suponía que sería obvio.

—Somos... unos desconocidos en el círculo de amigos de los Forsythe.

En esa ciudad no es que estuviera muy solicitado precisamente conocer a los Woodchurch.

La mirada de lord Abbott volvió a recorrerla y ella resistió las ganas de llevarse una mano a la garganta.

—¿Qué le pareció la noche? —preguntó Mateo.

¿Noche? ¿Qué noche? Sentía un tamborileo eléctrico recorriéndola.

—Emm...

Miró hacia la ventana para tener un momentito y recomponerse. Diría que fue una noche encantadora o algo así, pero su lengua se movió antes que su cerebro.

—No fue lo que me esperaba.

Lord Abbott soltó una risita.

—Pues para mí fue exactamente lo que me esperaba. ¿En qué sentido lo dice?

Ella se había esperado quedarse abrumada y encantada por la grandiosidad de una fiesta celebrada tras las puertas de roble pulido de semejante casa. Había esperado conocer a un hombre alto y extraordinariamente guapo y rico que se enamorara de ella. Había esperado respirar el mismo aire que la alta sociedad, y que se rieran con su ingenio y escucharan cada palabra que ella dijera. O, al menos, pasarlo bien en vez de preocuparse por cuál era su lugar allí y con quién hablar.

—Pensé que sería más... interesante —contestó Hattie, aunque esa no le pareció la palabra adecuada. No sabía la palabra adecuada.

—Yo llevo mucho tiempo esperando que esa clase de cenas resulten interesantes, pero no lo suelen ser. En cambio, en esta hubo una actuación musical para animar el ambiente, ¿no?

Una risa bailaba en los ojos de él y Hattie no pudo evitar soltar una carcajada.

—Desde luego que eso no me lo esperaba.

Mateo sonrió.

—Yo tampoco.

—Espero que no me considere la peor amiga del mundo para la señorita Porter, pero ¡de verdad que esperaba que alguien acabara con esa agonía! Aunque, claro, imagino que ella debió de esforzarse mucho en prepararse, y no habría sido justo.

—Nosotros deberíamos habernos esforzado lo mismo en prepararnos para oírla.

Hattie se rio. El vizconde sonrió y, de algún modo, sus miradas se engancharon. Ella sintió algo cambiar entre los dos. Era una locura pensarlo, pero en ese momento le pareció que su excelencia y ella se entendían por completo. Había naturalidad entre los dos. Era como si compartieran la misma opinión del mundo y eso los uniera.

—He de admitir, señorita Woodchurch, que me tiene intrigado. Es usted bastante imprevisible.

—¿Yo? —preguntó ella. Una agradable sensación le llenaba el pecho.

—Me pregunto por qué no sigue el frecuentado camino de las damas privilegiadas.

—¿Privilegiadas? —dijo ella riéndose—. Yo no soy privilegiada, milord. Pero imagino que ese camino frecuentado al que se refiere es el matrimonio, ¿no es así? Se pregunta por qué no he entrado en ese sagrado estado.

Él esbozó una sonrisa lenta y seductora.

—Me entiende bien. *Sí*, me lo he preguntado. No es habitual a su edad, ¿no?

—Supongo.

Todo el mundo quería meter a las mujeres en dos categorías: casadas o no casadas. ¡Como si fuera lo único que tuvieran en la vida!

—Estuve prometida una vez.

Por desgracia, sonó involuntariamente insolente.

Él se limitó a mirarla, a la espera de que continuara.

—Pero lo anulé.

Mateo asintió y, con mucha educación, no preguntó el porqué. Pero Hattie no quería que diera por hecho que ella tenía algún problema, así que le aclaró:

—Era un hombre correctísimo, pero mi padre es... particular.

Sintió un rubor de vergüenza colándosele en las mejillas. Había muchas palabras para describir a su padre, y «particular» no era la mejor. Era poco razonable, tacaño, arisco, desconfiado... Se le ocurrían muchas formas de describirlo, pero se limitó a una vaga respuesta:

—Es inexplicable, en realidad.

El vizconde la miraba fijamente y a Hattie le dio un vuelco el corazón.

—Lo entiendo. Mi padre también era inexplicable.

—Espero que no lo esté diciendo por ser amable. ¿De verdad lo era?

—Sí. ¿Tiene su padre alguna ocupación?

Su ocupación consistía en andar al acecho a la espera de que ella llegara a casa cada día.

—Es dueño de la mayoría del transporte público de la ciudad. Coches de caballos Hansom y Clarence y carruajes ómnibus.

—Una empresa lucrativa en una ciudad del tamaño de Londres.

—Se supone que sí, aunque le aseguro que mi padre insistiría en lo contrario.

—Los hombres y su dinero —murmuró él. Miró hacia la mesa como si la conversación hubiera acabado, pero Hattie pensó que lo más justo era que él respondiera a su pregunta candente.

—¿Y usted por qué nunca?

Él levantó la mirada.

—¿Me he casado? Eso es una pregunta personal, señorita Woodchurch.

—Como lo ha sido la suya.

Mateo soltó una suave carcajada y el sonido fue como una caricia.

—Cierto. *Dios mío*, señorita Woodchurch, qué imprudente es usted.

—No veo motivos para ser prudente... Confío en usted.

Él dejó de sonreír. Pareció tomar esa información y guardársela mientras la recorría con la mirada dejando un cálido rastro por su cuerpo.

—He llevado una vida solitaria, como ya sabe. Supongo que esa es la razón por la que no me he casado. Prefiero el Castillo Estrella al palacio de Valdonia, pero apuesto a que eso usted ya lo ha deducido.

Ella no había deducido tal cosa.

—¿Ha vivido así por elección?

—Por elección. Y por necesidad.

¿Qué significaba eso?

—¿Tiene alguna otra pregunta para mí, señorita Woodchurch?

Él quería dar por finalizado el interrogatorio, pero Hattie tenía una última pregunta.

—¿Quiere casarse?

Mateo frunció el ceño, confuso.

—Sí, quiero. No difiero de otros hombres en el sentido de que me gustaría tener una familia.

Eso ya era algo, al menos. Flora podría ser feliz en el Castillo Estrella, pero a Hattie le preocupaba que la faceta «solitaria» del vizconde pudiera suponer un problema para Flora, a quien le gustaba estar rodeada de amigas y familia. Para Hattie, en cambio, eso sería el paraíso.

—Ahora he de preguntarle yo, señorita Woodchurch. ¿Desea casarse?

Desde que había finalizado su compromiso con Rupert, Hattie no había tenido el valor de hacerse esa pregunta. Ya no sabía la respuesta.

—Antes sí.

Él agachó las cejas con un ligero gesto de preocupación.

—Me entristece oírlo. Me entristece pensar que un hombre le haya hecho tanto daño.

Una ráfaga de calidez la recorrió y se le acumuló en el pecho. Nadie, ni una sola persona, le había prestado atención desde que había anulado el compromiso con Rupert. Como si con la anulación ella ya hubiera dicho todo lo que tenía que decir. Todo el mundo que la rodeaba parecía creer que debería sentirse aliviada.

Pero nada más lejos de la verdad. Había llorado a Rupert. Y luego los había despreciado a él y a todo lo que representaba.

El señor Borrero de pronto entró en la habitación, interrumpiendo la cercanía que Hattie estaba sintiendo entre los dos.

—Lady Aleksander está aquí.

El vizconde se levantó de su mesa.

—Hágala pasar. Me reuniré con ella en un momento.

Mateo sonrió a Hattie con tristeza y cruzó la habitación.

Y después se fue.

Capítulo 18

El señor Borrero saludó a Lila en la puerta y agarró su paraguas y su capa. Le pidió que esperara y desapareció por el pasillo. Lila se tomó un momento para pasarse la mano por el pelo y asegurarse de que todo estaba en su sitio. Cuando el señor Borrero volvió, ella vio reflejado en el espejo un broche que llevaba en la solapa. Se giró.

—¿Lleva una rosa Tudor, señor? —preguntó mirando el broche.

—*Sí*.

—¡Es un estudioso de la historia de Inglaterra! ¿Dónde demonios la ha encontrado?

—Es un regalo. Por favor, sígame.

El hombre se giró y echó a andar.

«Santiavanos», pensó Lila. Qué terriblemente reservados eran con respecto a todo. ¿Cómo sobrevivían a los inviernos, reunidos alrededor de la chimenea sin pronunciar ni una sola palabra? No le extrañaba que Elizabeth fuera a Madrid o París con tanta frecuencia.

El hombre la acompañó al despacho, donde ella contaba con encontrarse a otro santiavano reservado, pero, en su lugar, encontró a la señorita Woodchurch. Sola. La joven se levantó de su escritorio cuando Lila entró y le hizo una reverencia.

Lila no podía haberse quedado más encantada. Por primera vez en muchos años, había estado temiendo reunirse con un cliente. Estaba segura de que no le sacaría nada a lord Abbott, y lo único que sabía sobre la cena de los Forsythe era que ella había organizado las presentaciones con tres mujeres perfectamente apropiadas y que él se había marchado de allí sin mostrar ningún interés claro ni apreciable por ninguna.

Su actitud había sido reservada durante toda la noche. La única vez que parecía haberlo pasado bien había sido cuando estaba de pie al fondo de la sala de música junto a su escribiente.

—¡Señorita Woodchurch! —gorjeó.

La joven llevaba un vestido gris apagado y desgastado por el dobladillo y los puños. Tenía el pelo recogido con un estilo bonito, pero se le había escapado un mechón y le caía por un lado de la cara. Tenía unos ojos azules preciosos, que Lila ya había admirado con anterioridad, y un saludable brillo en la piel. La señorita Woodchurch era atractiva, la verdad, si se la miraba bien de cerca. ¿Qué había dicho Beck sobre ella? Lila intentó recordar.

—¡He de decir que parece bien descansada del fin de semana! Yo el domingo apenas me levanté de la cama, estaba agotada —dijo Lila.

La señorita Woodchurch la miraba con recelo.

Lila se sentó en el sofá y dejó su bolsa a un lado.

—Entre nosotras, ¿ha visto hoy al vizconde?

—Un instante.

Lila miró a su alrededor y lamentó ver que no había ni té ni pastelitos. No sabía qué magia harían en la cocina de esa casa, pero tenían los mejores pasteles de la ciudad. Se echó atrás y fijó la mirada en la señorita Woodchurch, que seguía de pie.

—¿Qué le pareció la cena de los Forsythe? ¿Fue de su gusto?

—Sí. Fue estupenda. Gracias por concertar la invitación.

—Sí que fue estupenda, ¿verdad? Aunque a mí el cordero no me gusta tanto como a otros. ¿A usted le gusta el cordero? Y la tarta esponja me pareció un poco seca. Dígame, querida, ¿qué le parecieron las damas a las que conoció su excelencia?

—¿Disculpe?

—Debe de tener alguna opinión al respecto, y no vaya a decirme que no, porque todo el mundo tiene alguna opinión sobre la mayoría de las cosas.

La señorita Woodchurch sonrió nerviosa.

—A mí la tarta esponja me pareció muy buena.

—Pero ¿qué le parecieron las damas?

Hattie miró hacia la puerta, como si esperara que el vizconde fuera a entrar y salvarla.

—La verdad, yo... A nadie le importa lo que yo piense.

—*Au contraire*, querida mía. A mí sí. De no ser así, no le habría preguntado. Usted estuvo allí. Las vio. Y usted misma ha dicho que las conoce.

—Sí, pero yo no...

—Cualquier cosa que diga quedará en la más estricta confidencialidad.

Lila de pronto se levantó y fue a situarse frente a la señorita Woodchurch. Miró hacia atrás, hacia la puerta, y añadió en voz baja:

—Puede que haya notado que a su excelencia no le gusta exactamente compartir sus opiniones. Es muy típico de los hombres. Les parece demasiado revelador decir lo que les gusta y lo que no. Me entiende, ¿verdad?

—Creo que no —dijo la señorita Woodchurch, y dio un paso atrás.

Lila se mantuvo cerca dando un paso adelante.

—Lo único que quiero es encontrarle la mejor pareja al vizconde, como seguro que también querrá usted. Lo admira, ¿verdad?

—Sí, pero...

—Solo le estoy preguntando su opinión sobre quién cree que podría ser más apropiada para él, ya que lo conoce mejor que nadie.

—No —dijo la señorita Woodchurch con rotundidad. Dio otro paso atrás—. Debe dejar de decir eso. Se ha equivocado conmigo, lady Aleksander. Yo no lo conozco en absoluto, de verdad.

De nuevo, Lila se mantuvo cerca dando otro paso al frente.

—Por favor, llámeme Lila. ¿Y cómo la llaman sus amigas?

La señorita Woodchurch la miró fijamente.

—Harriet, ¿verdad?

—Hattie.

—¡Hattie! Qué nombre tan encantador. De acuerdo, Hattie, empecemos por la señorita Porter, la célebre belleza.

La señorita Woodchurch puso los hombros firmes.

—No lo sé, Lila —dijo con firmeza.

A Lila le gustaba esa chica.

—¿Le gustó su actuación?

Hattie parpadeó.

—Cielos.

—¡No he dicho nada!

—Pero lo está pensando.

Hattie suspiró. Miró tras el hombro de Lila, hacia la puerta, y susurró:

—¿Acaso a alguien le gustó su actuación? Me atrevería a decir que hasta su propia madre se quedó consternada.

—Fue lamentable —reconoció Lila—. ¿Quién le ha permitido creer a esa pobrecita que tiene una voz admirable para cantar? Pensé que me iban a sangrar los oídos. Imagino que a su excelencia también debió de resultarle insoportable.

—Yo no he dicho eso —repitió Hattie.

—No ha hecho falta. Les vi a los dos al fondo de la sala.

Hattie apretó los labios y miró a Lila.

—¿Y la señorita Cupperson?

Hattie se cruzó de brazos por encima de la cintura.

—Sé lo que está haciendo.

—Por supuesto que lo sabe, porque es usted una joven inteligente. ¿Qué opina de la señorita Cupperson?

—Dahlia Cupperson es sensata y formal y tiene muchas cualidades admirables. Sinceramente, me gustaría ser siquiera la mitad de sensata y formal...

—Pero no es muy atractiva, ¿verdad? —dijo Lila estremeciéndose un poco.

Hattie puso los ojos como platos.

—Lo sé, usted no ha dicho eso. Lo he dicho yo. Yo misma me fijé el sábado, cuando la vi con el vizconde. No hacían una pareja guapa.

Hattie abrió la boca, impactada.

—Querida, he de pensar en esas cosas. Para el resto del mundo, lo que importa es la compatibilidad de las almas. Pero para este grupo... —Se encogió de hombros—. Y el vestido rojo no le favorecía, lo cual nos lleva a la señorita Raney.

Hattie se sonrojó casi al instante.

—Le gusta leer, y a su excelencia también.

—Interesante —dijo Lila con perspicacia—. Su amor por la lectura no surgió cuando la entrevisté. Pero es un punto a su favor, ¿verdad?

—La señorita Raney es una buena persona.

—Por supuesto que lo es. De lo contrario, no estaría en mi lista —dijo Lila, y sonrió—. ¿Lo ve? No ha sido tan terrible.

Se giró y volvió al sofá. Era perfecto. Tener a la señorita Woodchurch tan cerca del vizconde era justo la clase de ayuda que necesitaba.

—¿Sabe, Hattie? Podríamos formar equipo.

Hattie resopló.

A Lila se le ocurrió una idea mientras volvía a tomar asiento.

—La comisión por un matrimonio de éxito es muy generosa. Estaría dispuesta a compartir un porcentaje a cambio de una ayudita.

Hattie parecía horrorizada.

—¿Cómo dice?

—Dios bendito, no le estoy proponiendo nada criminal. Cierre la boca y escuche. Le estoy pidiendo ayuda y estoy dispuesta a pagarle un sueldo por ella. Con un poco de información suya, puedo ayudar a guiar al vizconde hacia un matrimonio de éxito.

Pero Hattie seguía boquiabierta.

—No.

—Me encanta eso de usted —dijo Lila alegremente—. Tiene principios. Pero piénseselo.

Y ella también pensaría. Algo inquietaba a Lila. Hattie era empleada del vizconde y, simplemente por ese hecho, inapropiada del todo como pareja. Por no hablar de lo que había comentado Beck sobre ella y que Lila intentaba recordar. Aun así, después de perfeccionar su lista para el vizconde incluyendo a las damas más cotizadas de Londres, no podía ignorar la sensación de que la mejor pareja para el hombre podía encontrarse ahora mismo en esa habitación.

—Lady Aleksander.

Las dos se giraron hacia la puerta cuando lord Abbott entró, guapo, distante e impecable. Llevaba una carpeta con papeles, que le entregó a Hattie.

Lila solo conocía a otro hombre que fuera guapo hasta el punto de sobrecoger, y ese era el señor Donovan. Ni siquiera podía decir que su amado esposo, Valentin, fuera tan guapo como el vizconde. Le recordaba a un león: hermoso, observador, sigiloso, con sus ojos avellana siguiendo cada uno de sus movimientos, desde cuando levantaba la mano para colocarse un mechón de pelo hasta cuando hacía una reverencia. Parecía casi un delito que sus pestañas fueran tan oscuras y tan largas cuando las mujeres de su edad tenían que mezclar crema y hollín para oscurecerse las suyas.

Él se inclinó.

—Bienvenida.

—Gracias por recibirme, milord. Hattie y yo justo estábamos hablando de la cena de los Forsythe.

—¿Hattie? —dijo él, y miró a la señorita Woodchurch, que tenía los ojos abiertos de pánico.

—Disfrutó de la noche —dijo Lila—. ¿Y usted?

—Fue estupenda —contestó el vizconde con tono apagado. No la había disfrutado, ella no necesitaba que se lo dijeran para saberlo.

—No le robaré mucho tiempo, milord. Creo que podemos coincidir en que tal vez la señorita Porter, a pesar de su belleza, no sea apropiada para una vida en Santiava.

Para su sorpresa, el vizconde pareció casi aliviado.

—Podemos coincidir.

—Habló de forma algo extensa con la señorita Cupperson. ¿Debería suponer que ahí hay cierto interés?

—Al contrario. La señorita Cupperson habló de forma algo extensa mientras yo escuchaba. Al parecer, es una nueva y entusiasta estudiosa de Santiava.

Lila soltó una risita.

—No puede culpar a una dama por prepararse.

Él no dijo nada. Maldita sea, qué hombre tan difícil.

—¿Y la señorita Raney?

Él se agarró las manos por detrás de la espalda. Asintió secamente.

—Me habló sobre un libro que había leído. Uno que tenía que ver con el amor no correspondido.

—¡Amor no correspondido! —exclamó Lila—. Qué tema tan lúgubre, ¿no?

El vizconde sonrió.

—Tal vez tan lúgubre como encerrar a la esposa de uno en el desván.

—¡Oh! —dijo Hattie sonriendo—. ¡Ha leído *Jane Eyre*!

—He empezado a leerlo. Dígame, señorita Wood-church, ¿por qué las damas inglesas se ven tan atraí-das por historias de amor tan oscuras?

Ella se rio.

—Nos vemos atraídas por historias de amor en sus muchas formas, supongo. Pero, si me permite decirlo, *Honorina* trata más bien del estado de un matrimonio, no del amor no correspondido, preci-samente.

Sorprendida, Lila y el vizconde la miraron.

—¿Ha leído ese libro? —preguntó el vizconde.

—Sí. Todas lo hemos leído. Era lectura obligatoria en la escuela.

—Entonces tal vez será tan amable de explicár-melo. ¿Cómo puede ser sobre amor no correspondido y sobre matrimonio al mismo tiempo?

—Es sobre una esposa que es infeliz en su matri-monio y sobre un esposo decidido a hacer lo que pueda para demostrarle que no lo es.

—¿De verdad? ¿Y eso es porque conoce sus senti-mientos mejor que ella? —preguntó Lila arrastrando las palabras.

—Creo que es porque él deseaba con desespera-ción que fuera así —dijo Hattie—. Y un deseo de-sesperado puede hacer que la gente haga cosas desesperadas.

Tanto el vizconde como Lila volvieron a mirar a Hattie con cierta sorpresa.

Ella se encogió de hombros.

—Así lo interpreto yo, al menos. Suplico me dis-culpen, estoy hablando fuera de lugar.

—En absoluto —dijo el vizconde—. Valoro su punto de vista.

Hattie se sonrojó.

Fue en ese momento cuando Lila vio que esos dos hablaban otro idioma, y no sobre libros precisamente.

—¡Pues parece que tenemos un club de lectura! —dijo con tono pomposo—. Si me permite hacerle una invitación, milord, y después me iré.

Él le indicó con un gesto que continuara.

—Lord y lady Iddesleigh celebran un té en el jardín a finales de esta semana. Lord y lady Raney y su encantadora hija asistirán.

Lord Abbott no dijo nada. Se había retirado de nuevo tras su biombo interior. Sinceramente, Lila no lo había visto salir de detrás de ese biombo más que para hablar con Hattie. Qué interesante.

—Además, lady Mabel Stanhope, la hija del conde de Stanhope, asistirá. Recibe treinta mil libras al año de una herencia.

—Una suma digna de un rey —dijo el vizconde secamente, y miró a Hattie—. ¿Conoce usted a lady Mabel Stanhope?

—No, milord. Solo de nombre.

Él pasó a mirar a Lila.

—Asistirán más personas, aparte de mí.

—Me sorprendería que usted no asistiese, lady Aleksander.

Lila esbozó una escueta sonrisa.

—Lo interpretaré como su expreso deseo de tenerme a su disposición —dijo con tono despreocupado—. Y, señorita Woodchurch, opino que usted también debería venir.

—¿Qué? ¿Por qué?

—¿Por qué no? Lord Iddesleigh le tiene mucho aprecio y estará encantado de verla.

—No creo... Seguro que ya me ha visto bastante.

—Milord, a usted no le importaría que su escribiente asistiera, ¿verdad que no?

Él estrechó la mirada ligeramente.

—En absoluto, señora.

Vaya, qué cliente tan tan complicado. Pero lady Aleksander no perdería en ese juego.

Él miró su reloj de bolsillo.

—Discúlpeme, pero me esperan al otro lado de la ciudad.

Lila se levantó.

—Es todo lo que venía a decirle. Gracias por su tiempo, milord. Estoy deseando que se celebre el té en el jardín.

Lila salió de la habitación con aire majestuoso y dándole vueltas a la cabeza.

De pronto tenía una nueva misión, y esa misión era descubrir todo lo que pudiera sobre una tal señorita Harriet Woodchurch.

Capítulo 19

Entre el trabajo para la señora O'Malley, la agenda de compromisos cada vez más frenética de Flora y su trabajo para lord Abbott, cada día pasaba como un borroso suspiro para Hattie.

Aquella semana sus jornadas con lord Abbott estaban siendo algo más largas de lo habitual. Estaban hablando más; el hombre estoico y reticente que había conocido en un principio en ese despacho poco a poco estaba soltándose.

Una tarde, después de que él le hubiera dado el trabajo que le tenía reservado, Hattie se había dirigido a su escritorio.

—Señorita Woodchurch.

Ella se detuvo y se giró.

—¿Sí, milord?

—Su libro. Me ha parecido bastante... —Se detuvo frunciendo un poco el ceño.

—¿Romántico?

Él la miró pasmado.

—Horripilante.

—¿Horripilante?

—Ese hombre encerró a su esposa en un desván.

Hattie sonrió con ironía.

—Bueno, sí..., pero en su defensa diré que estaba loca.

—¿No creerá de verdad...?

—¡No! —exclamó ella riéndose—. Pero ¿no está de acuerdo en que en una obra de ficción se permiten ciertas licencias?

—Pues esa sí que es una buena licencia, sí.

Pasaron la tarde debatiendo sobre si *Jane Eyre* giraba en torno a un asunto inmoral o una apasionada historia de amor.

Y entonces, cuando llegó una carta de Harrington Hall, se rieron perplejos al descubrir que las ovejas por fin habían sido servidas... junto con catorce cabezas de ganado.

Al día siguiente, durante una tarde gris, él le dijo que echaba de menos ver las estrellas, que el cielo de Londres era demasiado denso. Dijo que era aficionado a la astronomía.

—Cuando era niño, mi tío me regaló un telescopio. ¿Alguna vez ha visto las estrellas por un telescopio?

Ella negó con la cabeza.

—Las luces y el humo oscurecen el cielo londinense.

—En Santiava se pueden ver con claridad. Pero el telescopio... me abrió un mundo nuevo. Empecé a interesarme mucho por las estrellas. Por desgracia, mis maestros sabían muy poco, y a mi padre le parecía una pérdida de tiempo. Cuando me convertí en duque, logré llevar a un famoso astrónomo a impartir clases en nuestra universidad de Valdonia.

Ella lo imaginó de niño, mirando por un telescopio un mundo muy lejano a este.

Algo sobre lo que no habló lord Abbott fue sobre las jóvenes que debería estar considerando. Hattie había escrito respuestas a invitaciones y sabía que había ido a cenar a casas muy elegantes. Lady Aleksander solo había ido una vez más esa semana, y cuando lord Abbott se había negado a decir mucho, ella se había marchado resoplando de exasperación. Después, él había mirado a Hattie y había sonreído.

—Creo que la señora no me aprecia mucho.

—Ah, yo creo que le odia —dijo Hattie, y él soltó una risita.

Cada día que pasaba, Hattie sentía su presencia ejerciendo presión contra ella, envolviéndola como una manta. Pensó que nunca había sido tan feliz como lo era esas tardes en su despacho. Pero al final él siempre la enviaba a tomar el té, y, cuando ella volvía con el pastel del día, él ya se había ido.

Sin embargo, esa tarde en particular estaba esperándola cuando ella volvió del té con dos *petit fours*. Él le pidió si podía ir a recoger unos documentos a la oficina del señor Callum.

—Si me permite abusar de su amabilidad —dijo él—. Suelo enviar al señor Pacheco, pero está indispuesto.

El señor Pacheco se había pasado toda la semana comiendo escaramujos.

—Lo advertí sobre esos escaramujos —murmuró ella.

—¿Disculpe?

—Encantada iré a recogerlos, milord.

Dejó los *petit fours* en la esquina de su mesa.

El vizconde no pareció percatarse. Se pasó los dedos por el pelo y la miró de tal modo que Hattie supo que quería decirle algo más. La emoción y los nervios se apoderaron de ella; no se imaginaba qué podría decirle, pero tenía la sensación de que era algo personal. Él la recorrió suavemente con la mirada, que posó en sus labios encendiendo un fuego lento en su entrepierna. Era la mirada que le había lanzado más de una vez en los últimos días, una mirada con cierto calor detrás. Y tal vez una pregunta. Fuera lo que fuera, hizo que el corazón se le acelerara, la hizo marearse un poco.

Pero él apretó los labios y bajó la mirada.

—Será todo por hoy.

La decepción la invadió. Hattie quería más. Era como si se hubieran hecho amigos en cierto modo y no fuera suficiente. Quería encontrar todo tipo de motivos para quedarse y hablar con él. Quería preguntarle cuál era su mayor miedo, cuál era su mayor amor. Quería saberlo todo de él, por muy inapropiado que resultara.

Fue hacia la puerta. «Hazme volver. ¡Hazme volver!».

Pero él no la hizo volver.

En el vestíbulo, Hattie respiró hondo varias veces para liberarse del mareo. No entendía qué estaba pasando entre los dos. ¿Se estaban haciendo amigos? Porque a ella nunca le faltaba el aire entre amigos. ¿Le faltaba el aire alguna vez a él? ¿Los consideraba amigos? Era totalmente posible que no sintiera nada por ella, nada en absoluto. Era lo que tenía más sentido, la verdad. Hattie resultaba tan inapropiada para él como Yolanda o Aurelia.

Mateo solo estaba siendo amable con ella, y ella estaba deseándolo.

No podía evitarlo.

Llovía a cántaros cuando Hattie llegó a la oficina del señor Callum. Sacudió el paraguas, se alisó la capa y recorrió el pasillo hasta una placa de bronce que decía que al señor Callum se lo podía encontrar en esa sala. Llamó a la puerta.

Al momento la puerta se abrió y el corpulento administrador la miró con recelo.

—La envía su excelencia —dijo con tono de desaprobación.

Hattie alzó la barbilla.

—Desde luego, no es una visita social.

El hombre resopló. Se giró y entró en su abarrotado despacho. No invitó a Hattie a seguirlo, pero ella lo hizo de todos modos. Él solía tener el aspecto de alguien que quería darle con la puerta en las narices. Hattie no tenía la más mínima idea de a qué se debía esa animadversión hacia ella; suponía que tenía que ver con que fuera mujer y además trabajara para ganarse la vida. Era consciente de cuánta gente miraba eso con desprecio.

El señor Callum fue a su mesa y rebuscó entre unos papeles hasta encontrar un sobre. Lo sostuvo contra su pecho.

—No debe mirar el contenido. Debe llevárselo directamente al vizconde. Si no lo hace, lo sabré, así que no se atreva a engañarme.

¿Qué querría hacer ella con el contenido de ese sobre?

—¿Qué es? ¿El rescate de un rey?

—Debería vigilar esa boca —dijo él y le ofreció el sobre.

Hattie lo agarró entre el índice y el pulgar y se lo acercó como si goteara veneno.

—No tiene motivos para preocuparse, señor Callum. Sé cuáles son mis responsabilidades y lo que me arriesgo a perder si las ignoro.

—¿Ah, sí? —dijo él con desprecio—. Nunca me han gustado las mujeres indecorosas.

¡Indecorosa!

—Imagino que a ellas tampoco les gusta usted, señor. Que tenga un buen día.

Se giró y salió del despacho enfurecida. Ese hombre la había despreciado desde el momento en que le había puesto los ojos encima. ¿Qué le importaba lo que ella hiciera con su vida? ¿Por qué había tanta gente en el mundo que creía que podía opinar sobre la vida de una mujer?

Pero, mientras abría su paraguas, Hattie se sentía orgullosa de sí misma. Había habido una época en la que se habría desmoronado si un hombre le hubiera hablado de ese modo. Se habría culpado por ello, habría pensado que era demasiado atrevida, demasiado poco femenina. Pero cuando sufrías la ruptura de un compromiso sin un buen motivo, tendías a mirar a los hombres con desconfianza.

Suponía que, al menos, debía estarle agradecida a Rupert por eso. Él había hecho que le resultase más fácil saber reaccionar ante la estupidez de hombres como el señor Callum.

Francamente, había hecho que le resultase más fácil dejar de preocuparse por lo que nadie pensara de ella.

Seguía lloviendo cuando llegó a Grosvenor Square con el sobre. Ya había pasado la hora del té y los faroleros habían salido y estaban recorriendo la calle para encender cada farola. Hattie entró por el acceso de servicio como solía hacer, soltó el paraguas y se quitó la capa. Estaba empapada. Decidió llevarla a la cocina y ponerla a secar junto al fuego antes de irse a casa. Seguro que podía convencer a Yolanda de que le diera algo de comer. A lo mejor quedaba algún *petit four*.

Entró con la capa sobre un brazo y el sobre del señor Callum en la otra mano…, pero no era Yolanda a quien encontró detrás de la tosca mesa de la cocina. Era lord Abbott. Y llevaba un delantal. Y tenía una pizca de harina en la mejilla.

Se quedó paralizada mientras intentaba encontrarle sentido a la escena que tenía ante sí. Él estaba con la señora mayor que la había mojado por accidente con el agua de fregar el primer día que había ido allí. No pudo evitar mirarlos atónita.

Lord Abbott parecía muerto de vergüenza.

—Eh…

Miró a su alrededor, agarró un paño y empezó a limpiarse las manos. La mujer, en cambio, sonrió como si hubiera estado esperando a Hattie. Le dijo algo a él en español.

El vizconde le lanzó una mirada de exasperación a la mujer.

—Señorita Woodchurch, ¿qué hace aquí a estas horas?

—Le traigo el sobre del señor Callum —dijo ella alzándolo para que lo viera.

—Sí, por supuesto. ¿Ha venido hasta aquí andando con la lluvia? —preguntó frunciendo el ceño.

—Sí, milord.

Ella dejó el sobre en el extremo de la mesa de la cocina. Y, al hacerlo, se fijó en las varias bolas de masa dispuestas sobre la mesa y separadas entre sí. ¿Estaba...? No, seguro que Hattie se equivocaba, pero ¿estaba lord Abbott haciendo repostería? Tenía que ser eso. ¡El delantal, la harina en la mejilla!

La mujer se fijó en su mirada y volvió a hablar al vizconde, que respondió con voz suave, casi con un susurro. La mujer le puso una mano en el brazo y volvió a hablar. Entre ellos había una familiaridad que hizo a Hattie pensar que debía de ser su abuela. Ahora sí que todo lo que creía saber de la aristocracia se estaba evaporando. ¿El duque de Santiava y su abuela duquesa entrarían en una cocina, y encima a preparar comida? Por Dios, sus padres solo aspiraban a semejantes nobles títulos y ellos jamás entraban en una cocina.

Lord Abbott suspiró.

—La señora de León me pide que la disculpe por no hablar inglés. Pero he de decirle que lo entiende perfectamente. No lo habla tan bien como le gustaría —dijo él, y miró a la mujer—. No obstante, desea que se la presente como es debido.

—Ah —dijo Hattie secándose un poco de lluvia de la mejilla—. Por supuesto.

—Le presento a la señora de León. Lleva toda mi vida con mi familia.

Entonces, al parecer, no era su abuela.

Añadió dirigiéndose a la señora:

—La señorita Woodchurch, mi ayudante de despacho.

Hattie hizo una reverencia.

—Un placer, señora.

La señora sonrió y le dijo a Hattie mientras le indicaba que se acercara a la mesa:

—Señorita Woodchurch, por favor.

—Oh, no, por favor... Jamás se me ocurriría interrumpir su... —señaló las bolas de masa— velada.

—Le gustaría enseñárselo —dijo lord Abbott—. Por favor —añadió.

Hattie dejó su capa sobre una silla cerca del fuego, intentó alisarse el pelo, que se le había ondulado con la humedad, y luego, con mucha timidez, se acercó como si le estuvieran pidiendo que fuera a ver una extraña criatura que unos niños habían encontrado nadando en el Támesis. Solo eran bolas de masa, pero la atmósfera resultaba íntima de un modo extraño, y ella no alcanzaba a entender qué papel estaba desempeñando ahí el vizconde.

La mujer volvió a tocarle el brazo y a hablar. El vizconde suspiró mirando hacia el techo y dijo:

—Como puede ver... estamos haciendo *empanadillas*.

—*Empanadillas* —repitió Hattie. «Estamos», pensó.

La señora de León agarró un rodillo y empezó a amasar una de las bolas. Cuando estuvo estirada, la mujer agarró un cuenco y con una cuchara echó una mezcla de carne, cebolla y champiñones sobre la mitad de la masa. Dobló la otra mitad sobre la mezcla, plegó la masa sobre sí misma para sellarla creando una especie de bollito. Pintó los dos lados con huevo.

Mientras, iba narrando lo que hacía... en español, por supuesto. Hattie no tenía ni idea de lo que estaba diciendo y el vizconde no tradujo. Estaba observándola con expresión tímida pero llena de curiosidad.

La señora de León hizo tres más como la primera antes de acercarse al horno y sacar una bandeja con varios de los bollitos cocinados. Lord Abbot los colocó en un plato y la señora de León cortó uno en pequeños triángulos. Lord Abbott y ella pincharon uno con un tenedor y lo probaron. Se miraron, asintiendo y comentándolo con unas cuantas palabras, aunque claramente estaban de acuerdo.

La señora de León levantó el plato y se lo acercó a Hattie para que probara. El vizconde le dio un tenedor.

Hattie no había comido en todo el día y ya solo el olor bastó para dejar atrás todo recato.

—Gracias —dijo, y, para deleite de la señora de León, pinchó un pedazo con el tenedor y se lo llevó a la boca.

Estaba exquisito. La explosión de sabores resultaba picante, sabrosa y con un toque de algo que no había probado en su vida.

—Ay, Dios mío. Ay, Dios mío, qué bueno está esto.

La señora de León se rio. Volvió a decirle algo al vizconde mientras señalaba varias cosas que había sobre la mesa y por la cocina, y luego se quitó el delantal. Le dijo a Hattie:

—Buenas noches.

Hattie, aún masticando, la vio marcharse y se dirigió al vizconde confusa:

—¿Adónde va?

—Se va a dormir. Me deja encargado a mí.

—¿A usted?

—¿Tan impactante es que me guste la repostería?

—¡Sí! —dijo Hattie con rotundidad.

Él esbozó una sonrisa torcida.

—No me voy a defender por mi afición.

¿Su afición? Algo hizo clic en el cerebro de Hattie.

—Discúlpeme, pero... ¿es usted el cocinero detrás de los maravillosos pasteles que se sirven con el té?

La sonrisa de él se intensificó.

—No siempre. Pero *sí* a veces.

Hattie se rio encantada.

—¡No me lo había dicho! ¿Cómo dejaba que se los llevara para probarlos?

—No le digo que no a un poco de adulación, señorita Woodchurch. Usted ha sido una entusiasta admiradora de mis intentos en la cocina y no quería arriesgarme a perder sus halagos por revelar mi secreto. Pero es cierto, me gusta mucho la repostería. La encuentro satisfactoria. ¿Me ayuda a terminar? —preguntó señalando las muchas bolas de masa que quedaban por hornear—. Queremos hacer suficientes para toda la semana.

Hattie no lo dudó.

—Claro.

Fue al grifo y se lavó las manos antes de volver a la mesa. Él agarró un delantal.

—¿Puedo?

Se situó tras ella y se lo colocó alrededor de la cintura antes de atárselo en la parte baja de la espalda. Una vez que hubo terminado, le puso las manos en los hombros y la giró hacia la mesa.

Y así, sin más, Hattie se quedó sin respiración. Fue la más suave de las caricias, pero en los hombros se le quedó un cosquilleo, ahí donde habían estado sus manos. Y ahora estaba ahí de pie, tan cerca que estaba segura de que la calidez que sentía provenía del calor del cuerpo de él. El corazón le aleteaba, tenía el pulso acelerado y, cuando levantó la mirada, descubrió que la estaba mirando y que los ojos le brillaban de placer.

Ahí estaba otra vez esa chispa. Ese lento fuego de deseo en el cuerpo de Hattie. Ese hombre tenía la capacidad de reducirla a cenizas si lo miraba demasiado.

—¿Usted hace repostería, señorita Woodchurch?

—En absoluto —confesó—. ¿Cuánto tiempo lleva haciéndolo usted?

—Unos años. Desde que era pequeño, deseé aprender a elaborar los pasteles típicos de Santiava. Pero mi padre... a él no le habría gustado. Cuando murió, Rosa, la señora de León, empezó a enseñarme.

Echó harina en un cuenco junto con mantequilla, huevos, leche y sal. Se lo pasó a Hattie y le dio una cuchara de palo.

—Por favor, ¿puede removerlo todo?

Ella empezó a mezclar los ingredientes. Él estiró algunas de las bolas de masa tal como lo había hecho la señora de León y las rellenó de la misma forma.

—Entonces, en su casa, ¿es usted Hattie?

Ella sonrió.

—Soy Hattie en todas partes, la verdad. Mis padres me llaman por mi nombre de pila, Harriet, pero todos los demás me llaman Hattie.

—Me gusta ese nombre. Hattie —dijo él como probando a ver qué tal le sentaba pronunciarlo—. Le queda bien.

Que le gustara la complació de forma increíble.

—¿Cómo le llama la señora de León?

Él vaciló un instante.

—Teo. Mi familia me llama Teo. Solo mi padre usaba mi nombre de pila, Mateo.

Teo. Hattie se imaginó susurrándole su nombre al oído.

—Me gusta ese nombre. Teo —dijo repitiendo lo que había dicho él sobre el suyo—. Le queda bien.

Ella lo miró por el rabillo del ojo.

Él sonrió.

—Entonces tiene usted mi permiso para dirigirse a mí por ese nombre. Y yo la llamaré Hattie.

—¿De verdad?

—¿Por qué no? Pasamos demasiado tiempo juntos como para ser tan formales.

—Pero... ¿el resto de los empleados le llaman Teo?

—No —contestó él con rotundidad, aunque los ojos se le arrugaron con una sonrisa—. Con usted es distinto, ¿no? Usted no es una sirvienta.

Hattie se sintió aliviada y halagada de que no la considerara una sirvienta. Pero eso la dejaba preguntándose qué pensaba de ella.

—¿Entonces yo qué soy?

—Mi escribiente.

Por supuesto. Hattie bajó la mirada, decepcionada por la respuesta. No sabía qué diría, pero desde luego se había esperado algo mejor. «Amiga», al menos.

Él siguió estirando bolas de masa.

—Le gusta. Puedo verlo. A Rosa le gusta mucho usted.

—Solo estaba siendo amable. ¿Cómo ha podido formarse una opinión sobre mí con un encuentro tan breve?

—La mayoría de la gente forma opiniones rápidamente, ¿no? Le gusta su aspecto. ¿Lo ha mezclado? —preguntó inclinándose para mirar el cuenco. Chasqueó la lengua al verlo y se lo quitó junto a la cuchara antes de empezar a remover con energía el contenido para luego devolvérselo—. Así —dijo. Esparció harina sobre la mesa—. Vuelque aquí el contenido.

—¿Sobre la mesa?

—*Sí*.

Hattie hizo lo que le indicó y observó mientras él le mostraba cómo girar y amasar la mezcla con las manos. Hattie hundió los dedos en la masa, pero no dejaba de pegársele.

—No, no —dijo él—. Debe encontrar un ritmo. ¿Me permite? —preguntó, aunque ya estaba tras ella. Y ahora la estaba rodeando con las manos.

—Ah —murmuró Hattie. El corazón se le aceleró otra vez. Se sentía demasiado acalorada y, aun así, no lo suficiente.

—¿Está incómoda? —le preguntó él al oído.

Solo si se consideraba incómodo que te ardiera la sangre. Negó con la cabeza. Se sentía de otra forma... Alerta. Susceptible. Y, desde luego, no una escribiente.

—Así —dijo él con voz suave, y le cubrió las manos con las suyas, entrelazándole los dedos para trabajar la masa.

Hattie sentía su duro torso contra su espalda. Podía captar su colonia. Lo único que quería era recostarse en él y cerrar los ojos, sentir sus brazos rodeándola.

—¿Lo siente? —preguntó él con la voz más suave todavía—. ¿Siente cómo cede la masa ante la presión de sus dedos?

Cuando le habló así, con ese encantador acento, Hattie pensó que haría lo que le pidiera. Apenas era consciente de lo que estaba haciendo él, la verdad; sentir su cuerpo tan cerca y el deseo recorriéndole la espalda le hacía imposible pensar. Las manos de Teo se movían junto a las suyas, girando, amasando, aplastando la masa con la mano extendida para luego estrujarla con los dedos.

—Lo siento... todo.

Se había quedado sin palabras. Sentía calor, como si le estuviera saliendo vapor por el cuello del vestido. El corazón le palpitaba como loco, intentando encontrar un ritmo que le permitiera seguir ahí sin implosionar.

Pero entonces él le preguntó:

—Me gustaría saber qué significa «deseo desesperado».

¿Lo había dicho en alto? ¿O acaso Teo había sentido su corazón acelerado y había oído su respiración atormentada?

—¿Disculpe?

—Lo ha dicho sobre el libro.

Ah, claro. Lo había dicho sobre *Honorina*.

—Me refería solo a desear algo tanto que removerías cielo y tierra por conseguirlo para luego descubrir que no los puedes remover. Eso desesperaría a cualquiera.

Él dejó de trabajar la masa, pero no levantó las manos de las de ella.

—¿Alguna vez ha sentido un deseo tan desesperado?

Hattie inmediatamente pensó en Rupert. Esa había sido otra clase de deseo. Había sido un deseo de respeto. De una vida fuera de su familia. Pero no había sido un deseo desesperado; no la había hecho sufrir de anhelo.

—Creo que no —dijo, y respiró hondo—. ¿Usted?

—No hasta este momento —dijo él con su cálido aliento sobre su cuello—. Nunca he deseado nada.

Hattie se quedó sin respiración. Giró la cabeza ligeramente para verlo, pero él estaba detrás y no alcanzaba a verle la cara. Aun así, podía sentirlo, fuerte contra su espalda; su amplio torso, su esbelto cuerpo, sus brazos, que eran pura fuerza. Se sonrojó de sentirlo, del deseo que la recorría y que se estaba volviendo desesperado. Del magnetismo de ese hermoso hombre que le estaba haciendo olvidar hasta su propio nombre.

Se giró más para quedar frente a él, aún atrapada entre sus brazos y la mesa. No podía apartar la mirada de sus ojos avellana; estaba hipnotizada. No podía frenar su mente, no podía evitar que el corazón la alentara a vivir la vida, a experimentarla.

Él bajó la mirada por su rostro, hasta su boca, hasta su corpiño. Ella sintió algo removiéndose en su interior, y se pareció al... amor. Se estaba enamorando del vizconde.

—Hasta este momento yo tampoco.

La mirada de él se volvió abrasadora. Levantó una mano para tocar un testarudo mechón de pelo que siempre lograba liberarse de su recogido y se lo colocó detrás de la oreja. Hattie seguía sin lograr respirar. Con un nudillo, él le dibujó la línea de la mandíbula y luego, con la punta del dedo, le tocó el labio inferior. A eso había llegado. En lo que parecía un momento fugaz, había pasado de ser su escribiente a eso, y ahora ella le estaba mirando la boca, sus aterciopelados y carnosos labios, mientras pensaba que nunca en su vida había deseado tanto que la besaran.

—Milord...

—Teo —dijo él, y agachó la cabeza hacia la suya.

La besó. Y no fue un beso casto, no fue uno que pudiera confundir a una mujer sobre sus intenciones. Fue un beso de verdad, uno lleno del deseo de un hombre, uno que transmitía que los dos querían que eso pasara. Los labios de Teo eran sabrosos, la punta de su lengua, juguetona. Sus dientes le rozaban el labio inferior, sus labios se movían contra los suyos. Él le rodeó la cara con las manos, la ladeó ligeramente, y, justo cuando ella pensaba que no podía soportarlo más..., sintió el calor de su cuerpo, sintió que necesitaba desgarrarse el vestido para poder tomar aire mientras él se inclinaba sobre ella, con su cuerpo duro, esbelto y palpitante.

La besó y ella le devolvió el beso mientras lo rodeaba por el cuello, ejerciendo presión contra él. Se sentía maleable, como si pudiera amoldarse a él ahí donde se tocaban.

Pero entonces Teo levantó la cabeza. Un bucle de pelo le había caído sobre un ojo y su mirada estaba cargada de deseo. Se apartó de la mesa.

—He hecho muy mal. No debería haberme tomado semejantes libertades.

Ella no pudo más que mirar al hombre guapísimo que acababa de besarla.

—Me disculpo.

—Por favor, no.

Él se limpió la mano en el delantal y se colocó el mechón detrás de la oreja.

—Me he dejado llevar y eso es injusto para ti.

—¿Qué? ¿Por qué?

¿Cómo podía ser injusto? Antes de que hubiera existido un Rupert, Hattie habría vacilado, le habría permitido que tuviera la última palabra. Pero ya no era esa persona.

—No estoy de acuerdo.

Teo la miraba con aflicción, y en esa mirada lo expresaba todo: ella estaba por debajo de él, jamás podría ser suya. Era una empleada con la que se había divertido, y ahora se estaba arrepintiendo. Se sentía indignada. Y dolida. No sería motivo de arrepentimiento para ningún otro hombre.

Hattie agarró un paño y se limpió las manos. Bordeó la mesa hasta el fuego y recogió su capa, consciente de que la estaba mirando. Se la puso y se echó la capucha sobre la cabeza.

—Hattie... ¿te marchas?

—Sí —respondió ella. Estaba calmada. Extrañamente calmada.

—Le diré a alguien que te lleve...

—Prefiero caminar.

No sonó enfadada, o eso esperaba. No estaba enfadada precisamente. Estaba frustrada. No por él, bueno, un poco sí, sino más bien por las normas de la sociedad. Él estaba haciendo lo que debía hacer un caballero: alejarse de una situación que no tenía fin. Disculparse por dejarse llevar por sus deseos.

Ella plantó la mano sobre la mesa de la cocina enfrente de él en un intento de mostrar su frustración, pero sintiéndose fuera de lugar. Respiró hondo.

—Un beso solo puede ser injusto si solo lo quería una parte. Pero cuando dos personas se dejan llevar por el momento y lo desean, no entiendo que pueda verse como algo que no sea justo.

—En virtud de mi posición en esta casa, en la vida —dijo él con fervor—, me he aprovechado de ti injustamente, Hattie. Debes verlo. Por favor, acepta mis disculpas.

—No —contestó ella—. No puedes aprovecharte de mí cuando soy consciente de mis propios actos. Puede que en tu casa solo sea una humilde escribiente, pero tengo muy claro quién soy y cuáles son las consecuencias de lo que hago. Te deseo una buena noche.

Se giró y salió de la cocina hacia lo que ya era la noche.

—¡Hattie! ¿Te veré el miércoles?

—¡Por supuesto! —gritó ella con algo más de firmeza de lo que le habría gustado. Como si un beso fuera a apartarla de un puesto de trabajo que necesitaba tremendamente.

Los hombres eran idiotas.

Agarró su paraguas y se adentró en la húmeda noche londinense.

Según iba chapoteando por las calles, se sentía cada vez más nerviosa. Estaba furiosa consigo misma por haberse enamorado de ese hombre. Estaba furiosa porque ella no era tonta. En el fondo, sabía que él no la veía como una posible pareja y, la verdad, ¿quién podría verla así? Incluso aunque tuviera la grandísima suerte de que el hombre más guapo de Europa se enamorara de ella, luego estarían el problema de su lugar en la sociedad, sin contactos, y lo que era peor, su familia.

Su familia, completamente inaceptable y avariciosa.

No, un matrimonio entre los dos era impensable. Pero eso no significaba que ella tuviera que meter sus sentimientos en un agujero oscuro y enterrarlos, por mucho que le gustaría poder hacerlo. El tiempo en ese mundo era preciado y, en ciertos aspectos, para ella el tiempo era aún más preciado. Todavía era joven, pero no lo sería para siempre. Le faltaba poco para convertirse en una solterona que no le importaría a nadie.

Aprovecharía al máximo esa oportunidad mientras pudiera.

No huiría de ella ni de sus sentimientos. Porque, en lo más profundo de su alma, sabía que probablemente jamás volvería a sentir algo así.

Capítulo 20

Flora estaba poniendo patas arriba su armario en busca de algo que ponerse para la fiesta en el jardín. Ya se había probado varios vestidos preciosos mientras Hattie y Queenie observaban, pero nada le servía.

—¿Son nuevos? —preguntó Queenie mientras estudiaba los vestidos que Flora había descartado sobre la cama.

—Sí —dijo Flora distraídamente mientras, frente al espejo, se sujetaba un vestido amarillo claro contra el cuerpo—. Le dije a mi madre que el amarillo me hace pálida.

Se giró del espejo.

—¿Se me ve pálida?

—Se te ve preciosa —dijo Hattie.

—A lo mejor un poco pálida —añadió Queenie.

Con un resoplido, Flora apartó el vestido y volvió al armario. Hattie le lanzó a Queenie una mirada que Queenie ignoró por completo.

—No sé por qué estás tan nerviosa —dijo Queenie—. Christiana Porter se ha retirado, ya no quiere que se la tenga en cuenta. Dice que el vizconde le pareció aburrido, que apenas habló.

—Es mucho más probable que a él le pareciera insoportable su forma de cantar —dijo Flora—.

Queenie, creía que habías dicho que era pasable. Fue lamentable.

—¿Cómo iba a saberlo? —preguntó Queenie—. Yo solo sé lo que me cuenta la gente.

Hattie tuvo que contener un resoplido. Queenie decía lo que quería que fuera verdad y, a menudo, sin ninguna evidencia en absoluto.

—Dahlia Cupperson sigue siendo considerada como posible esposa. Su familia tiene pensado celebrar un baile de gala en honor del vizconde.

—¿Un baile de gala? —dijo Flora mirándolas con gesto de impotencia.

—¿Qué? —preguntó Queenie—. ¿Por qué me miras así?

—Mi padre se niega a ejercer de anfitrión para el vizconde. Dice que no nos corresponde generar oportunidades para verlo, no a menos que conozcamos mejor sus intenciones. La verdad, ¿de qué sirve todo esto? El vizconde nunca encontrará nada que me haga recomendable, y tampoco me importa. De todos modos, no quiero vivir en Santiava.

—A lo mejor no quieres vivir en Santiava, pero sí que quieres ser rica, querida —dijo Queenie—. Una vez que te hayas casado con él y le hayas dado herederos, puedes volver a Londres y restregárnoslo por las narices a todas. ¡Ay! ¿Te lo he contado? Mabel Stanhope está invitada al té de los Iddesleigh.

—¿Stanhope?

Con un gruñido, Flora se dejó caer al suelo y se sentó sobre las rodillas.

—Pues no quiero ir.

—Bobadas. Tienes que ir para poder contármelo todo —dijo Queenie alegremente.

Una doncella apareció en la puerta.

—Señorita Rodham, un carruaje ha venido a recogerla.

—¿Ya? —se quejó Queenie. Se levantó despacio y estiró los brazos por encima de la cabeza—. No te preocupes, Flora, querida. Eres tan deseable como la que más. No tan rica, eso sí, pero deseable igualmente. ¿Te veo mañana?

Flora asintió y Queenie salió de la habitación. Como pudo, Hattie se controló para no darle una patada en el trasero cuando pasó por delante.

—¡Ay, Hattie! —se quejó Flora—. Tú me entiendes. ¿Qué estoy haciendo? Mis padres están como locos con este hombre, ¡pero a mí no se me ocurría ni una sola cosa que decirle! Y ni te atrevas a sugerirme que le hable sobre algún libro. Sé que intentabas ayudarme, pero, de verdad, Hattie. Nada de libros.

—Nada de libros. Lo entiendo —dijo Hattie pacientemente.

—¿Lo entiendes de verdad? —preguntó Flora con melancolía. Podía ponerse muy irritable cuando estaba angustiada—. No soy lo bastante buena para él. ¡Está muy claro!

—¡Nada más lejos de la realidad!

—Te juro que sí. Ese hombre es inteligente y atento, y es guapo, y es un duque y un vizconde, y no debe estar con alguien como yo. ¿Qué tengo yo para gustarle? No soy una belleza como Christiana ni una cerebrito como Dahlia, ni siquiera un espíritu bondadoso como Mabel.

Hattie se sentó al lado de su amiga, en el suelo.

—Eres mejor que todas ellas. Tú también eres bondadosa e inteligente y vales como la que más en Inglaterra. Además, creo que le gustas más tú.

—¿Por qué? —preguntó Flora atravesando a Hattie con la mirada—. ¿Lo ha dicho? ¿Te ha dicho algo?

—No, no... pero pude verlo. Por cómo te miraba. Estaba muy claro.

Flora se rascó la nariz.

—¿De verdad lo crees? —preguntó sumisamente.

—Sí.

Flora esbozó un atisbo de sonrisa y enderezó la postura.

—Pero ¿qué digo? Me quedo tan aturdida cuando estoy cerca de él que hago el ridículo.

—Bueno —dijo Hattie cruzando las piernas bajo el vestido—, a él le gusta estudiar las estrellas. Y la historia. Aunque creo que tiende más a la historia militar que a cualquier otra.

Desvió la mirada mientras pensaba en más cosas que supiera de él. Pero cuando volvió a mirar, Flora la miraba de forma extraña.

—¿Qué?

—Parece que sabes mucho de él para estar encerrada en un armario escribiendo cartas.

Hattie sintió algo de calor en las mejillas. Se sintió expuesta, casi como si aún tuviera los labios inflamados por aquel beso. De pronto pensó que Flora podría enterarse algún día, cuando estuviera casada y fuera duquesa y madre, de que Hattie en una ocasión besó a su marido. Sintió un poco de náuseas.

Flora seguía observándola, así que Hattie forzó una sonrisa.

—Trabajo en la misma habitación que él, pero... son solo cosas que me han contado los otros sirvientes.

¿Los otros sirvientes? ¿Se había reducido a sí misma a una sirviente? ¿Qué otra cosa podía ser?

De pronto Flora se rio, alargó la mano entre el espacio que las separaba y le dio un cariñoso apretón en el brazo.

—Por un momento he dejado volar la imaginación. No puedo evitar pensar que cualquiera en Londres es mejor para él que yo.

Volvió a reírse y sacudió la cabeza como asombrada de que, por un momento, hubiera sido tan ridícula de pensar que incluso Hattie Woodchurch era más apropiada que ella como pareja de lord Abbott.

Hattie se tragó el dolor que eso le produjo.

—A ver, vuelve a contarme lo que le gusta —dijo Flora con entusiasmo renovado y se puso cómoda, como preparada para que la instruyera.

Y eso hizo Hattie. Le contó los temas que podía abordar y cómo hacerlo. Le dijo que mencionara las estrellas de forma que indicara que las encontraba románticas para así mostrarle un interés en él más allá de la amistad. Y, por supuesto, que le preguntara por Santiava.

Y, mientras hablaba, el estómago se le retorció en un nudo de desesperación y rabia. ¿De verdad era tan imposible de creer que ella pudiera ser apropiada para lord Abbott? Toda su vida había sido considerada una segundona. De una clase distinta. Alguien con quien entablar amistad, pero a la que nunca tomar en serio.

Estaba hasta la coronilla de todo eso.

Capítulo 21

En la mansión Iddesleigh, en Mayfair, a Lila la llevaron al gran salón. Oía las voces saliendo de la sala mientras seguía al mayordomo por el pasillo, y, cuando entró, parecía como si todo el mundo estuviera desmantelando la habitación. Había ovillos de hilo, agujas y patrones de bordado por todas partes. Papeles y libros, capas y sombreros; parecía como si un cañón lo hubiera lanzado todo por el aire y luego todo se hubiera quedado ahí tirado, donde había caído.

Lo otro en lo que se fijó fue en que había muchas mujeres. ¡Estaban por todas partes, literalmente! La familia Hawke al completo estaba reunida en el salón aquella inhóspita tarde gris, incluyendo tres perros pequeños. Era un manicomio.

Maisie, la mediana, miró a Lila brevemente mientras estaba en plena discusión con su madre por su deseo de ir a visitar a alguien. Lady Iddesleigh, o Blythe, como Lila la conocía ahora, no quería ni oír hablar del tema. Decía que había demasiada humedad y que no se arriesgaría a que su hija acabara con una pulmonía de muerte.

—¡Somos prisioneros aquí! —exclamó Maisie con aire teatral.

Beck, sentado a un escritorio, de vez en cuando gritaba a todo el mundo diciendo «¡Silencio, aquí un hombre no puede ni oírse pensar!» mientras, al parecer, intentaba terminar de escribir algo.

Donovan estaba sentado en un sillón leyendo un periódico como si estuviera en un parque una soleada tarde, ajeno al alboroto que lo rodeaba.

Maren, la segunda mayor, a quien Lila consideraba la tranquila (eso contando con que a alguna persona de esa familia se la pudiera considerar tranquila, lo cual era discutible), estaba en un rincón de la sala con un libro. Margaret, una de las pequeñas, a quien llamaban Meg Pata de Palo a pesar de tener dos piernas que funcionaban a la perfección, estaba tocando el piano. Birdie, la más pequeña con trece años, estaba en el suelo jugando con dos revoltosos cachorros que se alejaron de ella corriendo y cayeron uno encima del otro sobre el suelo. Lila vio a Donovan elevar las piernas para dejar pasar a los cachorros sin levantar la mirada del periódico.

Y la hija mayor, Mathilda, o Tilly como la llamaban, estaba merodeando frente a los ventanales con vistas a la calle, de brazos cruzados y con la mirada clavada fuera. Parecía aburridísima.

Blythe estaba sentada en un sillón junto a Donovan con un pequeño pomerania en su regazo, que tenía la cabeza apoyada en el brazo del sillón.

—Lady Aleksander —entonó el mayordomo.

Beck, en su escritorio, se giró bruscamente.

—¡Lila! —dijo prácticamente gritando. Meg no había oído el anuncio de que tenían visita y seguía tocando el piano—. Que bien que haya venido. Por favor, pase, pase.

—Gracias por recibirme con tan poca...

—¿Qué? —gritó Beck levantándose y curvando una mano alrededor de la oreja—. ¡No puedo oírte con el piano!

—He dicho que gracias por...

—¡Meg! —gritó Tilly—. ¿Puedes parar? ¡Me pitan los oídos y nadie puede oír nada!

Meg se detuvo y levantó la mirada sorprendida.

—¿Por qué no lo habéis dicho?

—Acabo de hacerlo. Tenemos una invitada —dijo Tilly señalando a Lila con poco entusiasmo.

Meg se levantó y miró a Lila desde el piano.

—Ah.

Ahora todos estaban mirando a Lila. Incluso los perros.

—Buenas tardes —dijo.

—¿Recordáis todos a lady Aleksander? —preguntó Beck.

—¿No es la casamentera? —preguntó Maren.

—¿Qué es una casamentera? —preguntó Birdie.

—No habrá venido por mí, ¿verdad, papá? —quiso saber Tilly—. Te juro que...

—No ha venido por ti, cariño —dijo Beck—. Al menos, no lo creo —añadió, y miró a Lila para que se lo confirmara.

—No, no —dijo Lila.

Pero su rápida respuesta hizo que Tilly, ofendida, emitiera un grito ahogado.

—¿Y por qué no yo?

—¡Tilly, en otro momento! —se quejó Blythe.

—Siempre dices eso, mamá —dijo Tilly, y se giró hacia la ventana—. ¡Tengo veinte años! ¿Es que a nadie le importa?

—A mí sí, Tilly, querida —le aseguró Beck—. Me importa mucho. Y ahora, Lila, ¿qué podemos hacer por ti?

Lila miró a su alrededor. Lo cierto era que había esperado un poco de intimidad.

—Necesito un poquitín de información.

—Ah, espléndido —dijo él, y se quedó ahí expectante, esperando a que ella preguntara. Todos la miraban expectantes, de hecho.

—Vaya, entiendo. Creo que es un asunto privado —dijo Blythe.

—Sí, gracias. Sí que lo es —dijo Lila.

—¿Y con «privado» quieres decir que preferirías que mis muchas hijas no estuvieran presentes para oírlo? —preguntó Beck—. Te aseguro que no escuchan a nadie.

—Beck —dijo Blythe—. Quiere hablar contigo en privado. Parece muy seria.

Donovan, bendito fuera, comprendía los obstáculos a los que Lila se enfrentaba con su familia. Se levantó del sillón, donde había estado hecho un ovillo, y con paso tranquilo y una sonrisa se aproximó a Lila. Le agarró la mano y se la acercó a la boca; le besó los nudillos mientras le guiñaba un ojo. Lila lo vio tan guapo como el primer día que lo había visto muchos años atrás. ¿Seguiría con el ayuda de cámara o tendría un nuevo amor?

—La perspicacia no reside en esta casa, señora. Todo debe decirse en los términos más básicos. Déjemelo a mí.

Le bajó la mano y se giró.

—Señoritas, venid conmigo.

—¿Por qué? ¿Adónde vamos? —preguntó Birdie.

—Lady Marley solicita vuestra presencia —dijo Donovan.

—¿Eso ha hecho? —preguntó Blythe con incredulidad.

—Lo hará —dijo Donovan con seguridad.

—¿De verdad? —preguntó Beck—. La última vez parecía bastante enfadada.

—La última vez estaba bastante enfadada —dijo Donovan—. Pero su esposo estaba encantado.

—A Marley le encantan los niños —dijo Blythe, pensativa.

—Yo no soy una niña —les recordó Tilly.

—Sí, querida, acabas de cumplir veinte años. Nos lo recuerdas con frecuencia —dijo Beck—. Una idea fabulosa, Donovan. Vamos, queridas mías, acompañad a vuestro tío Donovan a visitar a Marley. Birdie, esta vez no te escapes para ir a ver los caballos, ¿entendido? Tuvimos a toda Londres buscándote.

—No lo haré —prometió Birdie con aire despreocupado mientras se dirigía a la puerta.

El resto la siguió, Tilly con un gran suspiro, Maren con su libro pegado al pecho, Maisie murmurando algo para sí y Meg con uno de los perros en brazos y el otro correteando tras ella.

Donovan le hizo una reverencia a Lila y después siguió a las niñas como si fuera el imponente ganso de la bandada.

Blythe y el pomerania seguían allí. Lila miró a Beck. Él miró a su esposa.

—¿Querida?

—¿Qué?

—Tenías razón. A Lila le gustaría una audiencia privada.

—Pero ¿eso me incluye a mí también? —preguntó Blythe sorprendida—. Sabe que no diré ni una palabra. Verdad que sí, ¿Lila?

Beck negó con la cabeza. Blythe chasqueó la lengua y se levantó tirando al perro de su regazo.

—No sé por qué siempre se me tiene que excluir —le dijo a su esposo mientras salía.

—No le hagas caso —dijo Beck una vez que su esposa se hubo marchado. Se tumbó en el sofá boca arriba, alzó los pies sobre el reposabrazos y cruzó los brazos por detrás de la cabeza como formando una almohada—. ¿Tienes idea de cuántas veces estoy solo? Te lo diré: nunca. Siempre hay una mujer por algún lado. Si no se está quejando, se está comiendo toda la comida que pago yo. Es agotador vivir con todas ellas.

—Me lo puedo imaginar —dijo Lila arrastrando las palabras. Se sentó en el asiento que había dejado libre Donovan.

—A ver, Lila, me tienes en ascuas. ¿Qué información buscas ahora?

—Necesito saber más sobre la señorita Wood-church.

—¿Por qué? ¿Qué ha hecho?

Lila se rio.

—No ha hecho nada. Quiero saber de dónde viene, cómo es su familia, esas cosas.

Beck frunció el ceño y se alzó sobre un codo.

—¿Por qué?

—Recuerdo que dijiste algo de ella cuando estabas recomendándosela a lord Abbott.

—¿Dije algo? —preguntó pensativo—. Dije que ella necesitaba ese trabajo.

—Sí, eso, eso. ¿Por qué una joven de una familia próspera iba a necesitar un trabajo?

Él volvió a tumbarse boca arriba en el sofá.

—Porque su padre es un bastardo tacaño y desagradable, por eso. ¿Te lo imaginas? ¿Tener una hija tan brillante, alegre y trabajadora como Hattie Woodchurch y verla solo como mero ganado?

—¿Qué?

La descripción resultó espantosa.

—Voy a hablarte de la señorita Woodchurch. Con motivo del primer cumpleaños de la hija mayor de Marley hace... ¿cuánto?... ocho o nueve años, posiblemente más, estábamos reunidos celebrándolo cuando el mayordomo de Marley anunció que la señorita Harriet Woodchurch había venido de visita. Nadie excepto yo sabía quién era, y era solo por casualidad. Yo había tenido una disputa con una empresa de transportes, con su padre, si quieres que vaya al grano, y la conocí en el transcurso de la misma, cuando el hombre la había obligado a vigilar la puerta como un perro guardián mientras nosotros hablábamos sobre mi queja. Queja que, he de decir, nunca se resolvió a mi gusto.

—¿Qué tiene eso que ver con la fiesta de cumpleaños?

—Ella no sabía que era un cumpleaños, pero había llamado a la puerta de Marley, no tendría más de catorce años, buscando trabajo. Tenía en mente un puesto como secretaria. ¿Te lo puedes creer? Naturalmente, la rechazaron. Pero yo tenía una vaga idea de por qué había ido y, a finales de esa semana, fui a visitar a su padre. Le sugerí que le permitiera a su hija asistir a la Escuela Iddesleigh para Niñas Excepcionales. Me dijo que no veía razón ni para educar a una chica más allá de cierto punto ni, desde luego, para pagar por ese privilegio. Le dije que podría ir con una beca. Podría seguir hablando, pero tuve una buena riña con el bastardo y, al final, acabé tan furioso que lady Marley y yo nos reunimos y acabé pagándole a él para que enviara a su hija a nuestra escuela.

Lila estaba impactada.

—No puede ser.

—Oh, claro que sí. ¡Cómo iba a dejarla en semejante situación! ¡Y su madre! Jamás se ha visto una casa así en Portman Square, Lila. La mujer ha llenado la casa de relojes y chismes.

—¿De qué?

—Relojes, gatos, juegos de té y no sé qué más —dijo él con un ademán de muñeca—. Hay tantas cosas que no puedes cruzar el vestíbulo sin tropezarte con una y pasar apretujado por detrás de otra. La señorita Woodchurch tiene tres hermanos que son tan poco refinados como sus padres. Te digo que es una casa horrible. Pero es la tacañería de su padre lo que ha creado el problema. Ni siquiera tiene a la chica vestida como es debido.

—¿Qué quieres decir?

—Quiero decir que como mucho le compra vestidos, y Blythe me dice que son de segunda mano.

Él se incorporó de nuevo y estrechó la mirada.

—Bueno, ¿por qué exactamente preguntas por la señorita Woodchurch?

—Curiosidad —dijo ella encogiéndose de hombros.

—Curiosidad... y un cuerno, y discúlpame por hablar así. ¿Qué pretendes? —dijo, aunque su expresión indicaba que ya lo sabía.

—De acuerdo —dijo ella dándose por vencida—. Creo que podría ser perfecta para el peor cliente que he tenido en mi vida.

—¿Qué? ¿Quién?

De pronto, él sonrió.

—¿Tienes a alguien en mente para ella? Me encantaría verla emparejada con alguien que pudiera sacarla de esa casa.

Lila vaciló.

La sonrisa de Beck también se desvaneció.

—Ay, no.

—Lord Abbott.

—¡Lila!

Beck se levantó tan rápido que sus pies golpearon el suelo con un ruido sordo.

—No puedes hablar en serio.

—Sí.

—No, no puedes. Por favor, explícate.

Y Lila se explicó. Le dijo que el vizconde no hablaba prácticamente con nadie, pero sí que hablaba con Hattie. Que parecían gustarles las mismas cosas y que él incluso le había pedido consejo a la joven sobre las parejas que le estaban proponiendo. Y había más: cómo se miraban, aunque, por supuesto, eso no se lo dijo a Beck. No contaba con que él lo entendiera.

—Estas cosas las siento, Beck. Es algo instintivo y siento que sería una unión excelente entre dos almas gemelas.

—Tal vez entre dos almas gemelas, pero no dos familias gemelas, Lila —dijo él sacudiendo la cabeza—. No sabes con quién te las vas a tener que ver, y no permitiré que le crees ilusiones a Hattie, ¿me oyes? Ya ha sufrido la anulación de un compromiso por culpa de su miserable familia, y eso que aquel caballero era un hombre sin importancia. ¡Esto sería una humillación para ella! ¡Abbot jamás la escogería! Su familia le chuparía la sangre al vizconde.

—Eso que dices es terrible —dijo Lila, alarmada por la cruda opinión de Beck.

—Pero es la verdad. Esto es un problema, Lila, y será mejor que dejes las cosas como están.

—¿Es que no confías en mis habilidades?

—En este caso, no. Siempre has emparejado a gente con familias y experiencias similares. Pero ¿esto? Su padre es un oportunista de los peores. No solo buscará el modo de quedarse con la dote de su hija, sino que pondrá todos los obstáculos que pueda con la esperanza de que le paguen por retirarlos. Carece de los escrúpulos más básicos. Es un Midas y lo quiere todo para él. Hazme caso, Lila, por el bien de Hattie.

—Lo entiendo —dijo Lila. Y, aunque lo entendía, no estaba de acuerdo con él. Beck era un buen hombre y quería salvar a esa joven de su padre. ¿Qué mejor forma de hacerlo que verla casada con un vizconde? Se levantó—. ¿Mantendrás esto entre nosotros?

—Por supuesto.

—Gracias, Beck.

Lila se dirigió a la puerta, pero se detuvo y se giró.

—Por cierto, necesitaré una invitación para Hattie y su hermano para tu fiesta del té en el jardín.

—Lila, por el amor de Dios —dijo Beck y gruñó—. ¿Es que no has oído nada de lo que he dicho?

—He oído cada palabra. Pero ¿y si tengo razón? ¿Y si puedo hacerlo?

Sonrió.

Beck suspiró y sacudió la cabeza. No le respondió, pero Lila estaba segura de que enviaría la invitación. Si había algo sobre Beckett Hawke que toda Londres sabía era que no podía decirle no a una mujer.

Capítulo 22

Mateo había estado sumido en un extraño desconcierto desde que había besado a Hattie en la cocina. No podía entender qué era exactamente lo que lo había poseído. Le estuvo dando vueltas hasta el punto de que, para cuando llegó a la fiesta del té en el jardín de los Iddesleigh, estaba adusto del todo.

A primera vista, no había misterio. Hattie era una mujer y él era un hombre. Y no era una mujer cualquiera, era Hattie la risueña y con intereses similares a los suyos. Pero era un poco como si hubiera besado a Yolanda. Ambas mujeres eran empleadas suyas.

Tenía su propio código de honor, creencias sobre lo que estaba bien y lo que estaba mal, y las había ignorado todas. No era nada habitual en él, tan sensato, tan cuidadoso de no decir o hacer algo que pudiera generar reproches. Qué extraño y angustioso que, aun siendo un hombre adulto, aún pudiera oír la voz de su padre menospreciándolo por ser tan estúpido, tan imprudente.

Y, por otro lado, no podía ni ignorar ni evitar la lucha contra la oleada de deseo que lo había invadido y no lo había abandonado aún. Hattie Woodchurch no se parecía en nada a las mujeres que lo habían rodeado toda su vida.

No quería perderla como escribiente, aunque entendía que ella estaría en todo su derecho de dejar el trabajo. Después de todas las opiniones que había expresado sobre el comportamiento del señor Rochester en *Jane Eyre*, después de quejarse de que el hombre se hubiera aprovechado de su institutriz, que hubiera tratado injustamente a su esposa loca, que le hubiera dado a otra mujer razones para creer que la amaba, ¿ahora iba él y hacía lo que había hecho en la cocina? Absurdo.

Había dejado volar la imaginación e imaginaba que Hattie lo despreciaba. O peor, que creía que su beso era una especie de promesa. No, no, ella era demasiado inteligente, demasiado perspicaz para pensar eso. Como había dicho, comprendía las normas del compromiso.

Lo que fuera que pensara de él ahora, Mateo esperaba descubrirlo en la casa Iddesleigh esa tarde. Buscaría un momento para hablar con ella. Para explicarse.

Ya, como si tuviera una explicación adecuada.

Cuando llegó, Beck estaba justo ahí para recibirlo.

—¡Bienvenido, milord, amigo mío! Estamos absolutamente rebosantes de emoción. Acompáñeme —dijo ya moviéndose, antes siquiera de que Mateo pudiera quitarse el sombrero.

Siguió a Beck por la gran casa hasta la terraza trasera. La suerte sonreía a Iddesleigh y su familia, ya que el día era de un azul magnífico, con esponjosas nubes blancas cruzando el cielo. El jardín, del tamaño de un parque pequeño, estaba adornado de forma espectacular. En la terraza había seis mesas preparadas con porcelana fina. También había dos arbustos con forma de teteras gigantescas de cuyos pitorros caía una cascada de flores frescas hasta el suelo. El césped estaba equipado con arcos de cróquet y bolos, e incluso había un pequeño zoo para que los niños acariciaran a los animales. Era el jardín más opulento que Mateo había visto nunca.

Beck estaba ansioso por pasearlo entre sus muchos invitados y fue presentándolo como su «muy buen amigo», a pesar de que solo se habían visto unas cuantas veces. Como de costumbre, Mateo era recibido con un «Bienvenido a Inglaterra», «¿Qué le parece Londres?» y «¿Cuánto tiempo estará con nosotros?». Él respondía de forma automática, como un colegial recitando la lección. Las mujeres, todas ellas agradables, no le causaron ninguna impresión especial, pero, claro, ese día su cabeza estaba en otra parte.

Lady Aleksander llegó con un vestido azul cielo y abanicándose la cara.

—¡Qué alegría verle, milord! —dijo con tono animado—. Tengo a alguien a quien me gustaría mucho presentarle.

Lo apartó del matrimonio que estaba explicándole que no solían ir a la ciudad pero que habían ido para ver al elefante del Zoo de Londres. Ella le presentó a la hija de la pareja, lady Mabel Stanhope.

Lady Mabel tenía el cabello y los ojos oscuros y una sonrisa agradable, pero apenas abultaba más que una niña. A Mateo le cayó bien de inmediato. La joven señaló a un par de cachorritos que correteaban alegremente por el césped entre los niños. Eran dos bolas gordas de pelo que se tropezaron entre sí y con los pies de los invitados, chocándose con unas cuantas piernas. Mientras lady Mabel y él los observaban, uno dejó de correr para tumbarse y echarse una siesta.

—Considero que en todo té al aire libre debería haber cachorros, ¿no cree usted? —preguntó ella.

—Debería ser una ley nacional. Y debería haber más de dos. Una docena es un buen número, ¿no cree?

Lady Mabel se rio y Mateo la acompañó mientras bajaban las escaleras hasta el césped. Él se agachó e intentó captar la atención de uno de los perritos para que se acercara.

—*Ven, cachorro, ven* —dijo en español con la mano extendida para atraerlo. El más gordito de los dos al final fue hasta ellos, tambaleándose. Lady Mabel le hizo arrumacos hasta que el perro empezó a intentar liberarse de los brazos de Mateo.

Mateo se agachó y lo soltó, y entonces oyó una risa familiar. Se irguió y miró a su alrededor en busca de Hattie, pero su mirada fue a parar a la señorita Raney. Ella le sonrió y levantó una mano a modo de saludo antes de meterse bajo un parasol. Estaba hablando con un caballero alto.

—He acaparado su tiempo —dijo lady Mabel siguiendo la dirección de su mirada.

—En absoluto —insistió él.

—Debería ir a saludar a la señora Barron —dijo ella, y se excusó.

Mateo la vio subir las escaleras e intentó pensar en algo que decir para hacerla volver, pero no se le ocurrió nada porque lo cierto era que no tenía ningún deseo de hacerla volver. Lady Mabel era encantadora, pero no era la persona indicada para él.

Se giró y se sobresaltó. Lady Raney estaba delante.

—¡Buenas tardes, milord! —dijo con gran entusiasmo y miró atrás, hacia donde lady Mabel seguía subiendo el segundo tramo de escalones hasta la terraza principal—. Mi Flora está deseando volver a verle. Disfrutó mucho de su compañía.

—Y yo de la suya.

La dama extendió la mano.

—¿Le importaría mucho? Soy muy torpe para tantos escalones.

Él contuvo un suspiro. La mujer quería agarrarlo del brazo para asegurarse de que nadie lo abordara mientras se dirigían a hablar con su hija. Mateo le ofreció el brazo y los dos subieron los escalones hasta su hija, que aún tenía que bajar el parasol o mostrar que se había percatado de su llegada.

—¡Querida, mira quién ha venido! —gorjeó su madre en voz alta.

La señorita Raney bajó el parasol y se giró con los ojos como platos.

—Milord —dijo, e hizo una reverencia—. ¡Qué gran placer volver a verle! Espero que esté teniendo un buen día.

—Así es, gracias.

El hombre con el que ella estaba hablando miró a Mateo con desdén.

—Buen día para tomar el té —añadió Mateo.

—¿Verdad que sí? Y más después de toda esa espantosa lluvia. ¿Ha tenido ya el placer de conocer al señor Daniel Woodchurch?

¿Woodchurch? Mateo miró al hombre con interés renovado. Por supuesto... Podía ver un cierto parecido alrededor de los ojos.

—Un placer, señor. Debe de ser el hermano de la señorita Woodchurch.

—Sí.

La mirada de desconfianza que Daniel le lanzó le hizo pensar a Mateo que tal vez Hattie le hubiera contado lo que había ocurrido entre ellos. Se preparó para que lo retaran en duelo de honor (había oído que los ingleses tenían afán por ellos) y se puso derecho. Pero al instante recordó lo que le había contado Hattie sobre que sus hermanos siempre estaban fastidiándola y se preguntó si ella habría compartido con Daniel algo tan personal. Eso y el hecho de que su hermano aún no hubiera exigido un duelo de honor.

—¿Le acompaña hoy su hermana? —preguntó él mirando a su alrededor.

—Está aquí, por alguna parte —dijo el señor Woodchurch—. ¿Por qué? ¿Qué quiere de ella?

La señorita Raney emitió un grito ahogado ante la brusquedad de la pregunta.

—Saludarla —dijo Mateo, que sostuvo fijamente la mirada del señor Woodchurch hasta que el hombre desvió la suya.

—Hay mucha gente aquí —dijo la señorita Raney.

Sí, Londres estaba demasiado abarrotada, convino Mateo en silencio.

—Debe de estar en alguna parte entre la multitud —dijo la señorita Raney mirando a su alrededor.

—Hace demasiado calor —se quejó el señor Woodchurch—. Tal vez le gustaría algo de beber, señorita Raney —añadió extendiendo el brazo.

—A mí desde luego que sí —interpuso lady Raney—. Gracias, señor Woodchurch.

La mujer apartó a su hija y puso la mano en el brazo del señor Woodchurch. El hombre parecía tan asombrado que no supo qué decir, y, mirando a la señorita Raney, esbozó una pequeña sonrisa y se alejó con su madre. Mateo no pudo más que admirar la maestría de esa mujer a la hora de lograr que su hija permaneciera en su compañía.

Hablando de su hija, la señorita Raney miró a Mateo y sonrió con timidez.

Mateo le devolvió la sonrisa. Sabía lo que era tener una madre que era una fuerza arrolladora. Lady Raney no permitiría que nada ni nadie se interpusiera entre el codiciado vizconde y su hija.

—Mejor me la llevo de aquí mientras tengo la oportunidad. ¿Vamos?

—Por favor —dijo ella abriendo el parasol. Juntos cruzaron el césped en dirección a una fuente.

Pasearon en silencio un momento hasta que la señorita Raney dijo:

—Es una maravilla tener un jardín tan grande en la ciudad. Se pueden ver las estrellas con mucha claridad con tanto espacio.

Mateo instintivamente miró al azul cielo.

—Sí.

—Yo prefiero la noche —dijo ella—. Tiene algo mágico. El cielo parece terciopelo negro tachonado de estrellas cristalinas. Es como si estuviéramos contemplando otro mundo.

Él la miró. Su amor por las estrellas sonaba un poco... fingido.

—Pero es complicado ver las estrellas desde Londres.

—Oh, sí. Le mostraré el mejor lugar para verlas.

Señaló al muro trasero del jardín y corrió hacia allí a la vez que miraba hacia atrás para ver si él la seguía. Cuando llegó al alto muro de piedra, preguntó señalando a un banco:

—¿Me ayuda a subir?

Se agarró a su brazo, subió y le indicó que subiera y se situara a su lado. Al otro lado del muro de piedra, los jardines bajaban en pendiente hacia un parque más grande.

—Me crie con las hijas de lord Iddesleigh. Pasábamos muchas noches mirando al otro lado del muro.

Le sonrió de forma encantadora y, por un instante, él se la imaginó sonriéndole así en Santiava.

Pero entonces, de un modo de lo más irritante, la imagen de Hattie se le coló en la mente.

—He oído un secreto sobre usted —dijo la joven con una sonrisa juguetona.

«El beso». No, no podía ser. La señorita Raney sonreía encantada y no estaría tan encantada si él hubiera besado a su escribiente. Maldita sea, ese único beso se había apoderado de él.

—¿Sobre mí? No sé qué puede ser.

Bajó del banco y la ayudó a bajar.

—He oído que es usted un jinete excelente.

¿Qué demonios? Se rio sorprendido.

—No soy un jinete excelente. ¿Quién ha dicho eso?

—Lady Aleksander.

Mateo se contuvo para no poner los ojos en blanco. Claro, cómo no iba a ser ella. Seguro que le atribuía toda clase de talentos que no poseía.

—Es generosa en sus elogios. ¿Usted monta a caballo, señorita Raney?

—Sí. Lo adoro. Tenemos docenas de caballos en el campo. A mi padre le gusta llevarlos a competir.

Un punto a favor de la dama. Mateo disfrutaba viendo una buena carrera de caballos.

—En España hay una competición, las *Carreras de Caballos de Sanlúcar* —dijo en español—. Los caballos corren junto al mar Mediterráneo.

Era un enclave espectacular, y el recuerdo de los caballos corriendo sobre la compactada arena con el mar centelleando de fondo le despertó cierta nostalgia.

—Suena maravilloso.

Ella sonrió, pero parecía una sonrisa tensa. Casi forzada. A diferencia de la de Hattie, cuya sonrisa siempre parecía relajada por naturaleza.

¿Qué demonios estaba haciendo? ¿Qué le pasaba que no podía dejar de pensar en Hattie Woodchurch?

—Tal vez deberíamos volver. Parece que se están preparando para servir el té.

Volvieron cruzando el césped y, justo cuando llegaron a las escaleras, el señor Woodchurch reapareció. Ignoró a Mateo por completo y le dijo a la señorita Raney:

—¿Qué tal se le da el cróquet, señorita Raney? Me gustaría invitarla a ser mi pareja cuando comience el juego. Si está usted libre, por supuesto —añadió mirando a Mateo.

—Yo, eh... —dijo la señorita Raney mirando nerviosa a Mateo.

—Desde luego —respondió Mateo.

El señor Woodchurch sonrió de satisfacción. Mateo se preguntó por qué despertaría tanta animadversión en el caballero.

—Maravilloso —dijo el señor Woodchurch.

La señorita Raney volvió a mirar a Mateo y él le hizo una reverencia dejándola libre. El señor Woodchurch aprovechó la oportunidad y le ofreció su brazo. Con una última mirada a Mateo, ella siguió avanzando del brazo de Daniel.

Mateo los vio marchar. Ya estaba deseando que acabara la tarde. Al parecer, después del té, se vería obligado a jugar al cróquet.

¿Y dónde estaba Hattie? Se retorció el cuello buscándola entre esa multitud de demasiada gente.

Capítulo 23

Hattie, agobiada, se encontraba en pleno meollo de la fiesta. No era nada parecido a lo que se había esperado; lo que se había esperado era un pequeño grupo de personas, una o dos mesas y una conversación educada. Pero no, esa fiesta de jardín estaba atestada y enmarcada por enormes teteras de flores y juegos de jardín. Hombres con chaqués, que enseguida se quitaban debido al calor, mujeres con elegantes sombreros, lacayos uniformados que iban corriendo de un lado para otro y niños. Pelotones de niños.

En cuanto Hattie llegó, lady Iddesleigh le dijo cuánto se alegraba de verla y entonces, al instante, la forzó a prestarle ayuda y Hattie no supo cómo negarse.

—Me ayudará, ¿verdad, querida? —le había preguntado desesperada lady Iddesleigh—. La señora Hughes ha caído enferma y no encuentro a Donovan por ninguna parte. No hay nadie que pueda ayudar con los niños. ¡Y hay demasiados! ¿Los ve? Mire, están todos ahí en una mesa bajo el arce —dijo señalando a una mesa donde varios niños se estaban persiguiendo entre sí—. ¿Le importaría vigilarlos un momento? Le estaré eternamente en deuda. Gracias —dijo y se marchó antes de que Hattie pudiera objetar.

Daniel, que por supuesto había protestado por
que los hubieran invitado a otra reunión pretencio-
sa pero luego había estado listo media hora antes
que Hattie, se rio.

—Me ayudará, ¿verdad, querida? —dijo imitan-
do a lady Iddesleigh, y se marchó dejando que Hattie
se las apañara sola.

Ella vio que no tenía más opción que acercarse a
la mesa de los niños.

Lady Margaret Hawke, la hija Iddesleigh conocida como Meg, estaba en la mesa. La última vez que
Hattie la había visto era pequeña. Su rostro juvenil
seguía siendo el mismo, pero sin duda estaba con-
trariada. Estaba sentada en una silla con la barbilla
apoyada en el puño, malhumorada. Apenas levantó
la mirada cuando Hattie se sentó a su lado.

—No sé por qué tengo que sentarme aquí —se
quejó—. Birdie es casi como yo. ¿Por qué no puede
cuidarlos ella? —dijo, y, mirando a Hattie con curiosidad, añadió—: ¡Ah! ¿Entonces eres la institutriz?

—La insti... No —dijo Hattie vacilante—. Soy una
invitada.

Imaginaba que no podía culpar a lady Margaret
por pensar que lo era; había hecho todo lo posible
por actualizar el viejo vestido que había robado del
armario de su madre.

—Soy Harriet Woodchurch. A lo mejor me recuerdas de cuando estudié en la Escuela Iddesleigh.

—Ah. No —dijo lady Margaret y, desanimada, se
hundió más en su asiento justo cuando dos niños
pasaron corriendo tan rápido que casi le arrancaron
a Hattie el sombrero de la cabeza.

Ella suspiró. Era como estar rodeada de una docena de Peter y Perry.

Intentó ignorar a los niños que corrían alrededor
de la mesa y clavó la mirada en los adultos que
deambulaban arriba por la terraza. Vio a Teo una
vez y el corazón le dio un brinco... hasta que vio que

estaba hablando con lady Mabel Stanhope. Mabel siempre había tenido el privilegio de estar encantadora fuera cual fuera la circunstancia, y ese día no era una excepción. ¿Qué pensaría Teo de ella?

Lo perdió de vista entre la multitud y no volvió a verlo hasta que llegó el momento de que todos se sentaran a tomar el té. Hattie dio por hecho que ya no tenía que seguir haciendo guardia en la mesa de los niños y se levantó, pero un sirviente la interceptó de camino a las escaleras con el mensaje de que debía sentarse con los niños. Enfureció. En la invitación que había recibido no se sugería nada sobre que fuera a trabajar como servicio. Aun así, hizo lo que se le pidió y luego escuchó los profundos suspiros de lady Margaret mientras los dos hijos pequeños del duque de Marley, Annika y Bredon, discutían por unos caramelos de dulce de leche.

Hattie estaba acalorada con ese vestido y se notaba el pelo pegajoso bajo el sombrero. Hacía demasiado calor y, la verdad, ¿por qué había ido? ¿En serio creía que esas invitaciones significaban algo aparte de que la gente la veía de utilidad? ¿Qué podía salir de ahí? Siempre se sentiría como si fuera la pariente pobre de alguien o una sirvienta.

Se sentó a la mesa con los revoltosos niños y vio a lord Iddesleigh acompañar a Teo a una mesa en la que se sentaron su esposa, lord y lady Marley y él. Las otras mesas se llenaron rápidamente, pero había tanta gente que no había sitios suficientes para todos. Vio que algunos de los invitados sin asiento miraban la mesa de los niños y se decían algo, como si estuvieran tramando un golpe para hacerse con ella.

Hattie estaba sentada con la espalda apoyada en el respaldo y los brazos cruzados sobre la cintura, aburrida, furiosa y sintiéndose inferior.

No sabía cuánto tiempo estuvo ahí bullendo por dentro, pero al rato la gente empezó a levantarse de las mesas y más personas ocuparon esos sitios. Hattie se levantó de la mesa de los niños tras decidir que estaba empeorando las cosas al obedecer. Pero, según subía las escaleras, vio a Teo hablando de nuevo con lady Mabel.

Se giró y se alejó de los escalones en dirección a la fuente, desanimada del todo. Fue ahí donde Flora la abordó, sin aliento y atolondrada.

—¡He estado buscándote por todas partes!

Se enganchó del brazo de Hattie y levantó la mirada hacia su sombrero.

—¿De dónde has sacado eso?

Hattie, avergonzada, tocó el ala.

—Mmm... era de mi madre.

—Hattie, no te lo vas a creer. ¡He hablado con él sobre las estrellas! —susurró emocionada.

—¿Ah, sí?

—Y él me ha hablado de una carrera de caballos en la playa en España. No sé, pero tengo la sensación de que está yendo muy bien.

Hattie se desanimó un poco. A ella el vizconde no le había hablado de ninguna carrera de caballos en España. Pero ¿en qué estaba pensando? Había tenido esperanzas en que él se interesara por Flora. Si iba a casarse con alguien, debía ser con ella.

—¿Qué debería decir luego? Todos vamos a jugar al cróquet.

—¿Todos...?

—Ojalá yo tuviera tu talento. Ya me conoces, golpeando las bolas de acá para allá –dijo riéndose.

—Lo harás bien, estoy segura.

—Y hay bolos. A lo mejor me pide que juegue con él. ¿Me recuerdas cómo se juega?

Qué bien por Flora. Y qué ganas tenía Hattie ahora mismo de lanzar una bola contra el muro de piedra.

—Es fácil. Solo tienes que lanzar la bola hacia la más pequeña.

—Pero ¿qué debería decir? —preguntó Flora—. Tú lo conoces muy bien.

—No —insistió Hattie. Estaba empezando a creer que no lo conocía en absoluto. Todo lo que había creído que sabía... ¿Lo sabía de verdad?

—Hattie —gimoteó Flora—. No vayas a fallarme ahora.

¿Fallarla? ¡Había hecho todo lo posible por prepararla! ¡Había reforzado su autoestima, le había dicho de qué hablar!

—Halágalo —dijo. Bien sabía Dios que su padre, por ejemplo, acogía con agrado la adulación—. Cuando lance una bola, comenta lo atlético y fuerte que es.

—Halagos —repitió Flora con solemnidad—. ¿Qué más?

¿En serio no se le ocurría «nada» que decirle a esa belleza de hombre?

—Admira su intelecto. O su destreza a la hora de determinar qué lanzamiento hacer.

Flora iba asintiendo según ella hablaba.

—Sabía que se te ocurriría algo. Ojalá tu hermano no interfiera —añadió con los ojos en blanco.

—¿Mi hermano? —preguntó Hattie frunciendo el ceño con confusión—. No lo hará. No soporta estas reuniones.

Flora parpadeó atónita.

—¿De verdad?

Era imposible que estuviera preocupada por Daniel. Hattie se encogió de hombros.

—Me aseguraré de que no interfiera.

—No creo que puedas.

—Ah, claro que puedo —le aseguró Hattie.

Aun así, Flora sonrió dudosa.

—Gracias, Hattie.

Hattie hizo lo prometido. Mientras se elegían los equipos y vio a Daniel revoloteando alrededor de Flora, se hizo con la ayuda de los gemelos Marley,

de diez años. Sabía de gemelos, sabía lo influencia-
bles y ridículos que podían ser. Y sabía que no dirían que no a un reto.

Le apostó a uno que no podía llegar al seto junto
al que estaba Daniel antes de que llegara el otro. Los
niños salieron disparados incluso antes de que ella
terminara de pronunciar las palabras. Daniel se
quedó aturdido por la repentina avalancha de niños
y sin saber hacia dónde moverse. Uno de los niños
se chocó contra él, el otro llegó al final y gritó:

—¡Gané!

Daniel intentó no soltar ningún improperio, pero
su habilidad para controlarse no daba para tanto.
Lord Iddesleigh, alarmado por el vocabulario, se llevó a Daniel a un lado para tener unas palabras con
él. Y, en medio de todo eso, Flora acabó en el equipo
del vizconde y lady Mabel en el de sir Richard Can-
ton, un rico soltero.

Se fueron eligiendo más equipos hasta que no
hubo más mazos. Nadie miró en la dirección de Hattie. Nadie preguntó si le gustaría jugar ni se ofreció
a ser su pareja. Y tampoco le sorprendió mucho. Se
apoyó en un poste con los brazos cruzados y un ta-
lante cada vez más sombrío. Según avanzaba el juego y los participantes se reían y seguían jugando,
ella se alejó hacia la sombra. Ojalá se hubiera puesto algo más fino, como una muselina. ¡Y el sombrero! Se sentía como si llevara en la cabeza una piel de
castor, estaba asada de calor. Justo estaba pensando
que nunca en su vida se había sentido tan desdicha-
da cuando una bola de cróquet llegó rodando por el
césped hasta parar en su pie.

Levantó la mirada para ver quién había hecho un
tiro tan espectacularmente malo y quién llegaría
con el mazo al hombro, y entonces vio a Teo. Se había quitado la chaqueta y el pañuelo del cuello y
parecía muy cómodo. Al verla ahí de pie, dejó de
andar y la miró sorprendido.

Al principio ninguno dijo nada.

—Señorita Woodchurch —dijo.

—Milord.

Él miró atrás y, al no ver a nadie, se le acercó más.

—Había esperado tener oportunidad de hablar hoy contigo.

—¿Sí? Pues si quiere hablar, más vale que lo haga antes de que lady Iddesleigh me encuentre. Al parecer, me han invitado para cuidar de los niños.

—¿Qué?

—No me haga caso —farfulló, pero entonces suspiró. No era propio de ella ser tan adusta.

Él se acercó más.

—No es el lugar más apropiado, pero me gustaría...

—No, gracias —dijo Hattie con rotundidad.

Teo frunció el ceño.

—¿Disculpa?

Hattie ya se había hartado de que la hicieran sentirse inferior. Los hombres, las condesas, su propia familia... Y ahora no permitiría que la hicieran sentirse como el desliz de nadie.

—Suplico me perdone, pero puedo imaginarme lo que va a decir. Y, antes de que lo diga, me gustaría decir que lo que pasó pasó. Mi opinión al respecto no ha cambiado. Y me niego a andar con pies de plomo por ello. No tengo las miras puestas en usted, milord. Soy plenamente consciente de que provenimos de extremos del todo opuestos. Pero no voy a fingir ni que no lo estimo ni que no desearía importarle. Hala, ya lo he dicho. Si quiere que abandone mi trabajo, lo entiendo. Pero no pienso disculparme por lo que he dicho ni voy a aceptar sus disculpas por haberse atrevido a tocarme.

Él se quedó mirándola como si no pudiera creer lo que oía. La miró tanto rato que ella empezó a arrepentirse un poco de lo que había soltado. Se cruzó de brazos, a la defensiva.

—Le... le suplico que me perdone si he sido desagradable o le he perturbado.

Él negó con la cabeza y se bajó el mazo del hombro. Pero no dijo nada.

Hattie gimoteó.

—¿Qué? ¿En qué está pensando? No puede quedarse callado después de eso.

–No, no puedo quedarme callado después de eso. Estoy pensando que te conozco mejor después de ese discurso.

Ella se esperaba o una reprimenda o una disculpa. Esperaba algo que tuviera sentido. Eso no tenía sentido.

—Y yo jamás te pediría que cambiaras nada de ti. ¿Pero?

—Maravilloso. Entonces... Entonces, ¿quién...?

Lady Birdie de pronto fue corriendo hacia ellos.

—¿La ha encontrado? –preguntó sin respiración.

Teo se agachó para recoger la bola de cróquet y se la dio.

—¡Gracias!

Lady Birdie miró a Hattie.

—¡Señorita Woodchurch! Jugará conmigo, ¿verdad? Nadie quiere ser mi pareja.

—Por supuesto —dijo Hattie. Miró a Teo. La pregunta que iba a hacerle (¿quiénes eran ellos dos ahora?) murió en su lengua. Siguió a lady Birdie hasta el campo de cróquet y entonces vio que habían montado un juego separado para los niños. Jugaría con los niños, no con los adultos.

Iba a ser un día interminable.

Durante el resto de la tarde intentó no buscar a Teo a la mínima oportunidad, pero fue imposible. Las pocas veces que lo hizo, lo encontraba sonriendo con Flora o acercándose para oír lo que lady Mabel le decía. Parecía tan tranquilo. Como si no pasara nada.

¿Qué pensaría de ella ahora? No le había dicho que abandonara su puesto de trabajo, pero suponía que se lo diría la siguiente semana. «Mis disculpas, pero es del todo necesario. No puedo ir besándome con el servicio».

Golpeó la bola con tanta fuerza que pasó rodando entre los matorrales. Cuando fue a recogerla, vio a Teo y a Flora alejándose del campo de cróquet, charlando como un par de enamorados. Pero ante sus ojos nublados de lágrimas de frustración, vio que alguien más los había visto: lady Mabel. La pobre chica parecía destrozada.

«¿Sí? Pues prueba a pasar tardes en su presencia y que luego te bese y tengas que actuar como si no pasara nada. Ya verás lo destrozada que te sientes entonces».

Al final, cuando la fiesta estaba acabando, Hattie encontró a su hermano con una copa de vino en la mano. Mientras se marchaban, listos para ir andando hasta Portman Square, se encontraron con Flora, que estaba esperando en el vestíbulo a que llegara su carruaje. Su madre estaba cerca, hablando con lady Iddesleigh.

—¿Has disfrutado de la tarde? —le preguntó Hattie mientras intentaba meter las manos en los guantes, que no eran de su talla.

—Hattie... —dijo Flora agarrándole el brazo. Miró a Daniel y se acercó a ella para susurrarle—: Creo que me estima.

No susurró lo bastante bajo, porque Daniel la oyó y resopló.

—Estima a toda mujer que conoce —dijo él, y con la barbilla señaló algo por detrás del hombro de Hattie. Flora y ella miraron atrás y vieron al vizconde al lado de los Stanhope. El rostro de lady Mabel irradiaba esperanza.

—Eso es porque es muy educado —dijo Flora—. Algo que usted podría aprender, señor.

Y con eso se marchó para reunirse con sus padres.

Hattie miró a su hermano mientras se dirigían a la calle.

—¿Por qué lo odias?

—¿Odiar a quién? —preguntó Daniel mirando a otro lado.

—A lord Abbott, obviamente.

—¿Odiarlo? —dijo con tono de burla—. A mí ese hombre no me importa, Hat. No pienso en él en absoluto. Una pregunta mejor sería «¿Por qué a ti te importa tanto?».

¿Acaso la había visto mirándolo hoy? Hattie se sonrojó con timidez.

—No es verdad.

—Hat —dijo Daniel—, está claro que sí. Lo veo justo aquí —dijo, y con el dedo índice trazó un círculo en el aire, justo delante de su cara.

Ella le apartó la mano.

—No tienes ni idea de lo que hablas.

—¿Ah, no? Bueno, pues aquí va un pequeño consejo fraternal: guárdate tu deseo para ti. Escóndelo, de hecho. Nuestro padre te haría la vida imposible si sospechara que podría ganar algo con esto.

—No tengo nada que esconder —dijo Hattie secamente.

Pero tenía un nudo en el estómago, porque Daniel tenía razón. Su padre lo estropearía todo si sospechara cuáles eran sus verdaderos sentimientos.

Capítulo 24

Dos días después, Mateo volvió de una reunión en el banco y Borrero lo informó de que lady Aleksander estaba esperándolo en el salón.

—*Maldición* —dijo Mateo en español y en voz baja mientras se quitaba los guantes. Detestaba las reuniones con la casamentera.

—Y Doña Vincente —añadió Borrero.

Mateo levantó la cabeza de golpe. No se esperaba a su madre.

—Ha vuelto esta mañana —dijo Borrero ante su pregunta no formulada–. Están tomando el té en el salón.

Maldita sea. Ya tenía bastante en la cabeza sin tener que lidiar con su madre. Le dio a Borrero el sombrero y los guantes y entró en el salón.

En un principio las dos mujeres no repararon en él; tenían las cabezas pegadas mientras charlaban en voz baja, como temerosas de que el sirviente que las estaba atendiendo las oyera.

—Mami —dijo él, y las dos mujeres se apartaron bruscamente.

Al parecer, estaban hablando de él. Mateo cruzó la sala para besar a su madre en la mejilla.

—Creía que seguirías fuera otros quince días —dijo él.

—No tenía pensado volver tan pronto, pero un pajarito me ha dicho que podrías necesitar una ayudita para decidirte por una candidata.

Mateo le lanzó una fría mirada a lady Aleksander, que se aseguró de evitar contacto visual examinando los pequeños sándwiches de la bandeja situada entre su madre y ella.

—El pajarito se equivoca —dijo él—. No necesito ninguna ayuda.

—Tal vez un poquito, *hijo mío* —dijo su madre—. Tengo entendido que has tenido la oportunidad de conocer a unas jóvenes encantadoras.

Teo iba a necesitar algo de fuerza para esa charla.

—*Sí.*

Fue al aparador, se sirvió un whisky y se lo bebió de un trago. Luego se sirvió otro.

—He hablado con todas las mujeres que lady Aleksander ha puesto en mi camino.

Se giró hacia ellas.

—Y ha sido un encanto —dijo lady Aleksander, lo que hizo que tanto Mateo como su madre la miraran con incredulidad. No había nadie en esa sala que pensara que él era un encanto en ningún sentido de la palabra.

—¿Qué? —preguntó lady Aleksander con inocencia. Se sirvió un bizcochito en el plato y levantó el tenedor.

Mateo se sentó frente a su madre.

—Imagino que habrás disfrutado de París.

—¡Inmensamente, querido! Es una maravilla en esta época del año. Mandé a buscar a tu hermana, pero ¡está encinta! ¿No es emocionante?

—Maravilloso —dijo Mateo—. Deberías ir con ella. Aquí las cosas están marchando bien.

—¿Sí? —preguntó dudosa y se sirvió un par de *petit fours*.

Inesperadamente, la puerta se abrió y Hattie asomó la cabeza.

—Disculpen —dijo, e intentó retroceder, pero al instante Mateo estaba de pie—. Pase, señorita Woodchurch. Me gustaría presentarle a mi madre.

A él no se le pasó por alto la mirada que intercambiaron lady Aleksander y su madre, y las detestó por ello.

Bajó el vaso, fue hacia la puerta y la abrió. Hattie le lanzó una mirada de aprensión, pero él le sonrió.

—Pase. No le morderá.

—¡Mateo! —dijo su madre tras él.

Hattie, vacilante, cruzó el umbral e hizo una marcada reverencia a las dos mujeres.

—Mi madre, la duquesa de Santiava. Mami, permíteme presentarte a la señorita Woodchurch, que ha demostrado serme de gran valor aquí en Londres. Es mi escribiente.

—¿Tu escribiente? —dijo su madre ignorando a Hattie—. Pensé que tendrías a algún caballero mayor como el señor Callum. De verdad, ¿por qué no es el señor Callum?

—Creo que lo que quieres hacer en realidad es saludar a la señorita Woodchurch.

Su madre miró a Hattie, pero por encima.

—Un placer, señorita Woodchurch —dijo, y se giró hacia su plato.

—El placer es mío, señora —contestó Hattie.

Su madre no respondió. Mateo estaba tremendamente molesto por su comportamiento; en ocasiones podía ser demasiado soberbia y altanera. Él quiso recordarle que todos eran criaturas de Dios y que ella, por tener un condenado título, no era mejor que nadie de esa habitación. Podía sentir la tensión en Hattie, podía sentir que desearía estar en cualquier otra parte. Él le tocó el codo.

—En breve me reuniré con usted en el despacho. Mi madre acaba de llegar de París.

Ella asintió y desapareció de inmediato.

Muy a su pesar, Mateo retomó el té. Sentía los ojos de lady Aleksander clavados en él, pero eso no era ninguna novedad. Sentía la indiferencia de su madre ante cualquier cosa que no fuera de su interés, y eso tampoco era ninguna novedad. Intentó sacar algo de conversación, preguntó si había noticias de Roberto y para cuándo esperaba Sofía el nacimiento de su hijo. Escuchó a su madre mientras le contaba todo lo que había comprado en París y se preguntó si semejante lista sería una forma de alardear delante de lady Aleksander. Sinceramente, su perorata lo puso un poco enfermo; su madre tenía la costumbre de tratar al ducado como si fuera un pozo de fondos inagotable.

Lady Aleksander también debía de haberse cansado de la retahíla de compras, porque en el breve momento que su madre paró a tomar aire, la mujer dijo:

—No he tenido oportunidad de hablar con usted desde la fiesta del té, milord. ¿Qué le pareció lady Mabel Stanhope?

«*Dios mío*». Odiaba esas entrevistas, odiaba toda esa idea de que le buscaran pareja. Lo odiaba todo de esa habitación, del té, de Londres.

—Un poco demasiado joven.

—¿Ah? —exclamó lady Aleksander aparentemente sorprendida, tal vez porque él había respondido de forma directa a su pregunta—. ¿Y la señorita Raney? Habló con ella con cierto detenimiento.

—La señorita Raney sigue siendo igual que la última vez que usted me lo preguntó, señora. Estupenda.

Lady Aleksander soltó la taza y el platillo con un golpe seco.

—¿Cree que la señorita Raney podría ser la pareja perfecta para usted? Solo lo pregunto porque no parece estar disfrutando del proceso y ha tenido oportunidad de valorar si hay compatibilidad con ella.

Su madre aguzó la mirada como un halcón y la clavó en él. Mateo tardó en responder. En teoría, la señorita Raney era una buena pareja para él. Y, sin embargo..., él no podía aceptarlo.

—Es posible.

Mateo se habría esperado que lady Aleksander diera unas volteretas o aplaudiera encantada, pero ella asintió sin más y preguntó:

—¿Me permite hablarle a su madre un poco de ella?

Mateo asintió y después escuchó impasible mientras lady Aleksander repasaba la lista de virtudes de la señorita Raney. Era hermosa. Su familia era rica. Su padre estaba bien relacionado.

Su madre seguía mirándolos mientras lady Aleksander ensalzaba a la señorita Raney.

Cuando lady Aleksander hubo terminado, su madre ladeó la cabeza con fingido recato.

—¿Y bien, querido? ¿Qué sientes por la señorita Raney?

—Es imposible saber lo que siento por alguien tras unas conversaciones tan breves y superficiales.

—En ese caso, tras una o dos conversaciones con ella, ¿has encontrado algo que no te convenza?

Mateo se rio amargamente. Estaba empezando a sentirse un poco como un animal enjaulado.

—No he encontrado nada que objetar de nadie. Todas me han parecido unas mujeres hermosas y agradables.

Ella estrechó la mirada y se inclinó hacia él como hacía cuando era un niño pequeño y lo reprendía.

—¿Por qué tengo la sensación de que no estás compartiendo tus verdaderos sentimientos?

Bueno, a lo mejor era porque toda su vida lo habían regañado por compartir sus opiniones. Pero de nada servía negarlo. Él no era persona de disimular. Ni tampoco de utilizar su encanto para zafarse de esa conversación.

—No tengo nada que objetar de la señorita Raney. Y tampoco siento ninguna estima por ella. No la conozco lo suficiente para saber si quiero pasar el resto de mi vida con ella.

—Teo —dijo su madre suspirando.

Mateo se levantó.

—Mami, ¿querrías que me casara solo porque tengo que hacerlo?

—Bueno... sí. De ahí vienen todos estos esfuerzos.

—¡No soy *propiedad de nadie*! —gritó furioso perdiendo algo de su inglés.

—No eres propiedad del ducado, si es eso a lo que te refieres.

Su madre se levantó y dio un paso adelante obligándolo a mirarla.

—Pero eres el duque de un ducado que no tiene heredero. No tienes tiempo para un cortejo largo ni para desarrollar sentimientos, *mi amor*. Tu Parlamento está ansioso por asegurar un sucesor, porque todos sabemos lo que puede pasar cuando no hay heredero. El tiempo corre.

Mateo cerró un puño para controlarse y no estallar y decir algo de lo que luego se arrepintiera profundamente.

—Tengo una idea —continuó ella—. Celebraremos un baile aquí e invitaremos a todas las damas de la lista de Lila.

—No —dijo él con firmeza.

—Y Lila puede invitar a alguna otra dama que quiera que conozcas —añadió la mujer como si él no hubiera dicho nada—. Puedes estar toda la noche hablando con ellas, Teo, pero tendrás que hablar tú. Debemos cerrar este asunto.

—¿Estás loca? No puedes organizar un baile en cuestión de días.

—Ah, claro que puedo —dijo con voz de acero—. Solo necesito diez días.

Él podía imaginárselo: llamaría a todos los comerciantes de la ciudad y tendría lo que quisiera a final de semana. Mateo quería contestar, quería explicarle que ya había estado en bastantes bailes, que había conocido a bastantes damas. Pero no dijo nada porque temía el estallido que se produciría si abría la boca.

Se giró y salió de la habitación. Oyó a su madre llamar a Borrero en cuanto él salió al pasillo. No había ni un momento que perder, ¿verdad?

El problema era que no sabía cómo detenerla. Por supuesto, podía dar la orden de que ahí no se celebrara ningún baile, pero su madre era tenaz; lo acosaría, lo seguiría como un gato, quejándose sin parar. Asumiría el papel de su padre y lo reprendería por ser testarudo o indeciso.

Además, y eso lo enfurecía, su madre tenía razón. El tiempo corría. El reloj hacía tictac. Pero su corazón también estaba haciendo tictac por la única mujer en Londres que no estaba en la maldita lista de lady Aleksander.

Hablando de esa mujer... Hattie estaba en la ventana cuando él entró en el despacho. Al principio no lo oyó. Estaba riéndose.

—¿Hattie?

Ella emitió un grito ahogado y se giró.

—¡Ah! No te he oído.

—¿Qué te divierte tanto?

Ella señaló a la ventana.

—Él.

Mateo se situó a su lado y miró abajo. Hattie se inclinó sobre el alféizar y sonrió mientras señalaba a un caballero y a su perro, en la calle.

A él se le llenó la cabeza del aroma de su perfume. Ella tenía una mano plantada sobre el cristal mientras se inclinaba hacia delante y él quiso agarrársela y llevársela contra el pecho.

—¿Lo ves?

Él sacudió la cabeza mentalmente y miró abajo.

—Está intentando enseñar al perro a dar volteretas.

—¿A qué?

—A dar volteretas —dijo ella, y se lo mostró haciendo el gesto con las manos.

Mateo veía al anciano imitar la acción de dar
volteretas, pero el perro marrón giraba en círculos
mientras sacudía el rabo, emocionado. El hombre
volvió a intentarlo, esa vez poniendo la mano en el
suelo y volteándola. El perro se estiró y le olfateó la
mano.

Hattie soltó una risita. Se cubrió la boca con la
mano intentando no reírse demasiado fuerte, pero
sus ojos rebosaban diversión.

—Lo ha probado absolutamente todo.

Mateo quería besarla. Quería tomarla en sus brazos, tenderla en el sofá y hacerla suya. Pero, como
con todo en la vida, no lo hizo. Se quedó sumido en
las costumbres de un niño pequeño. Y se odió por
ello.

Entonces el hombre y el perro siguieron caminando; el perro agitando la cola entusiasmado y el
hombre, desanimado.

Al instante, Hattie se apartó de la ventana y fue
a su escritorio.

—Disculpa. He abierto la ventana para tomar un
poco el aire y...

—No son necesarias.

La vio colocar unas cosas en el escritorio. El momento distendido se había esfumado y, curiosamente, ahora podía sentir algo de tensión en ella.
¿Sería él la causa? De ser así, se odiaba por ello.

—¿Estás bien?

—*Estoy bien* —dijo ella.

Él enarcó una ceja; alguien le había estado ense-
ñando español. Decía que estaba bien, pero él no lo

creía. Aun así, no iba a empeorar la situación interrogándola.

—La verdad es que no estoy bien. Estoy... Bueno, imagino que estoy bien, aunque creo que es demasiado pronto para decirlo.

Lo estaba confundiendo.

—¿Qué?

—He pensado que...

Se levantó del escritorio y juntó las manos sobre la cintura.

—He pensado que tal vez debería haberte dicho lo que te dije... en la fiesta del jardín, quiero decir, donde, seguro que recuerdas, estuve horrible. He pensado que debería haberte dicho lo mismo, pero de forma menos agitada.

Él había considerado que su agitación era razonable.

—Dejaste muy claro lo que pensabas. Dijiste que no querías andar con pies de plomo delante de mí, pero parece... parece que tal vez sí lo estés haciendo.

Ella lo miró.

—Sí, ¿verdad? —dijo, y hundió los hombros—. No quiero hacerlo, pero tampoco quiero ser un fastidio para ti.

—Al contrario. Creo que soy yo el que está siendo un fastidio para ti. Tú jamás podrías serlo, Hattie.

Ella sonrió con sarcasmo.

—Sí, sí que podría.

Se apartó un mechón de pelo de la cara mientras lo miraba.

—¿Crees que... es posible que... seamos amigos?

Amigos. Era lo último que Mateo quería, o mejor dicho lo primero. Pero quería mucho más. Pensó en su madre, en su Consejo Parlamentario. Pensó en todos los aspectos imaginables y, al no ver otra opción, decidió conformarse con eso.

—Amigos —convino muy a su pesar.

Ella sonrió. Alargó la mano. Él la estrechó. El acuerdo estaba cerrado.

Hattie volvió a su escritorio, pero Mateo se quedó ahí, inmóvil, un rato largo. La idea de ser amigos le dejó un amargor en la boca del estómago. Todo estaba mal, estaba mal. Era duque, tenía responsabilidades, pero también era un hombre.

La imagen del rostro serio de su padre de pronto se alzó ante él amenazadoramente.

—¿Milord?

La voz de Borrero atravesó el silencio de la habitación. Mateo se giró hacia la puerta, por donde había entrado el mayordomo con el correo del día. Cruzó la habitación para recibirlo y Borrero salió dejando la puerta abierta.

Mateo miró a Hattie. No podía quedarse ahí así, nervioso por unos sentimientos demasiado complicados como para calificarlos. Decidió que pondría a prueba su amistad.

—¿Puedo preguntarte algo? ¿Como amigo?

—Por supuesto.

Hattie soltó la pluma y se giró en su asiento.

—¿Qué te parece la señorita Raney? ¿Como pareja?

Hattie abrió y cerró sus ojos perfectamente azules.

—Pues... eh...

—Disculpa. No debería haberlo preguntado.

Qué ridículo lo que había hecho. Estaba intentando aplacar sus sentimientos con preguntas estúpidas. Se giró hacia su mesa.

—Es una buena persona, Teo —dijo Hattie—. Siempre tiene buenas intenciones y siempre intenta hacer lo mejor posible.

Él echó la cabeza atrás para mirar a Hattie.

—Entiendo.

—No puedes entenderlo, no de verdad.

Mateo se giró hacia ella.

—¿No puedo?

Ella negó con la cabeza.

—Es el problema que tiene nuestra sociedad, ¿no crees? Apenas podemos conocer a nadie antes de comprometernos —dijo Hattie. Miró a otro lado y él dio por hecho que estaba pensando en su compromiso anulado—. Flora es mi amiga. Fuimos juntas a la escuela. Es amable y sabe hacerme reír. Y creo que es una buena amiga. Nunca le he contado esto a nadie —añadió en voz baja—, pero fue Flora quien me dijo lo que nadie más me habría dicho: que los sentimientos de mi prometido habían cambiado.

Él se sentó en el brazo del sofá.

—Debió de ser algo difícil de oír.

—Lo fue, sí. Pero... lo que quiero decir con esto es que ella sería una buena pareja. Tiene muchas cualidades admirables.

¿Pero podría él llegar a amarla?

Hattie bajó la mirada a su regazo.

—¿Tienes visos de hacer una oferta?

Mateo suspiró. ¿Los tenía?

—No creo que tenga opción de marcharme de Inglaterra sin esposa. No si quiero tener paz con mi familia. O con mi ducado. O con mi Parlamento.

Ella asintió.

—En ese caso, opino que sería una esposa excelente. No podrías encontrar ninguna mejor.

Oh, claro que podría. Si por él fuera, encontraría a alguien mucho mejor. Nunca había tenido que elegir entre su corazón y su ducado. Siempre había dado por hecho que ambos se alinearían.

En una ocasión su padre lo había llamado ingenuo. Tal vez lo fuera.

Pero lo que Mateo sabía era que la mejor esposa para él, ahí, en Santiava y en todo el mundo, era esa mujer. Hattie era sincera y honrada de un modo que resultaba agradable. Y fascinante. Era atractiva y cautivadora y tenía un carácter casi perfecto. Él jamás se había visto tan fascinado por una mujer. Pensaba en el beso a menudo. Pensaba en que quería mucho más de ella.

Miró el correo, obligándose a centrar su atención en otro lado. Porque su mente estaba ocupada enumerando todas las razones por las que no podía ser ella, y él no quería oírlas.

Lila no se privaba de escuchar a escondidas, y menos cuando la oportunidad le caía del cielo. ¿Qué iba a hacer si no? La puerta estaba abierta. Los había oído hablar y los había oído reír. Reír. Jamás había oído reír a ese hombre triste y adusto. Le había resultado una persona completamente distinta y, por supuesto, le había picado la curiosidad.

Por eso se había detenido, se había apoyado contra la pared y había escuchado. Su esposo, Valentin, le diría que estaba siendo una maleducada. Y, desde luego, lo estaba siendo. Pero además estaba intentando encontrar una solución al terrible problema que tenía. Cada vez estaba más claro que lord Abbott estaba enamorado de la señorita Woodchurch. Quería a la mujer que solo podía ofrecerle amor y afecto. Lila estaba encantada con esa clase de uniones, pero Elizabeth... Bueno, a ella no le haría gracia.

Era un problema terriblemente complicado y uno que se debía resolver con delicadeza y astucia. Pero eso era lo que a Lila le encantaba de su trabajo. Se deleitaba pensando en el desafío que suponía darle la vuelta a la situación del vizconde. Él necesitaba amor y necesitaba reír. La señorita Woodchurch necesitaba un refugio seguro en ese mundo. Eran perfectos el uno para el otro y ella estaba aturdida de emoción ante la idea de hacerlo posible.

Capítulo 25

La invitación al baile de los Abbott llegó mientras los Woodchurch almorzaban: los gemelos, Daniel, Hattie, sus padres y una colección de gatos, todos reunidos en el comedor.

Su padre, tras haberse terminado la comida antes de que todos los demás estuvieran siquiera servidos, estaba mondándose los dientes con un cuchillo mientras ojeaba todas las cartas que había recibido. Hattie estaba intentando bajar un bocado de cordero. Esa semana habían perdido a otra cocinera, la tercera ese año. Increíble, una mujer que se negaba a preparar comilonas rodeada de maniquíes de costura, gatos y estruendosos relojes.

Su padre dejó de escarbarse los dientes y miró uno de los sobres. Luego soltó el cuchillo y levantó el sobre.

—Mirad qué tenemos aquí, muchachos —dijo en voz alta ganándose la atención de todos.

—¿Qué es? —preguntó Peter.

—Una invitación para la señorita Harriet Woodchurch, eso es lo que es.

Hattie esperaba que no fuera para otra fiesta de jardín.

—¿Para qué es? —le preguntó su padre agitando el sobre desde el otro lado de la mesa.

—No lo sé, papá. No he visto la invitación.

—No lo sabes —dijo él como imitándola. Bajó el sobre, agarró el cuchillo que había usado para mondarse los dientes y lo abrió.

—¡Papá! ¡Va dirigida a mí! —protestó Hattie.

Él la ignoró y leyó la tarjeta.

—Qué elegante —dijo con desdén antes de lanzarle la invitación, que se deslizó por la mesa y acabó con un borde en la salsa de carne. Perry la agarró antes de que nadie pudiera actuar y lamió la salsa del sobre.

—¡Qué asco! —gritó Peter antes de soltar una carcajada.

—Dámela, Perry —insistió Hattie.

—Es un baile —dijo su padre recostándose en la silla—. Tu elegante vizconde va a celebrar un maldito baile.

Ella había oído algunos rumores sobre un baile, pero no tenía ni idea de cuándo era ni quién estaba invitado. Desde luego, ella no se había esperado estarlo. Le agarró la muñeca a Perry y se la apretó. Él gritó como si le estuviera haciendo daño y le tiró la invitación en el plato, encima del cordero sin comer.

—¡Mamá! —exclamó Hattie—. ¿No puedes hacer algo?

—Son niños, Harriet —dijo la mujer, y se agachó para agarrar a un gato.

«¡Dios bendito, qué familia!». ¿Cuánto más podría aguantar?

—Es indecente que toda Londres esté tan ansiosa por conocer a ese hombre —dijo Daniel—. Demonios, ¿qué tiene de especial?

—¡Por favor! —dijo la madre de Hattie y, por un momento, ella pensó que su madre pretendía ayudarla. Pero no—. Su dinero, es bastante obvio.

—Nosotros tenemos dinero y no están haciendo cola para conocernos —señaló Daniel.

—¿Qué quieres decir? —le preguntó su padre a su hermano mayor—. Tú no tienes ningún dinero.

Daniel lo ignoró y miró a Hattie.

—He oído que es insoportablemente grosero.

Interesante crítica viniendo de alguien que sí que era insoportablemente grosero. Su primer impulso fue defender a Teo, pero sabía lo que estaba haciendo su hermano. Quería sacarla de quicio, provocarla.

—¿No es así, Hat? —insistió Daniel—. Distante, altanero y desdeñoso hacia nosotros, los pobrecitos y simples ingleses.

Hattie se encogió de hombros.

—No sé cómo será con los pobrecitos y simples ingleses.

No iba a hablar de Teo delante de su familia. No iba a darles la satisfacción de encontrar motivos para menospreciarlo delante de ella. Hattie tenía una bendita cosa que no habían destruido aún, y eso eran los días que estaba pasando a su lado.

Estaba deseando marcharse de esa casa para siempre, fuera como fuera.

—Son absurdas estas invitaciones que estás recibiendo —se quejó su madre—. ¿Por qué las mandan? ¿Qué les estás prometiendo?

—¿Disculpa? —exclamó Hattie tremendamente ofendida—. ¡Nada!

—Déjala tranquila, mujer —le dijo su padre a su madre—. Puede que todo esto nos lleve a algo.

Eso despertó miedo en Hattie, que despacio giró la mirada hacia su padre.

—¿Qué quieres decir?

—Quiero decir que abras los oídos y los ojos por si surge cualquier oportunidad, Harriet —dijo él señalándose su propia oreja.

—No tienes nada que ponerte para un baile elegante —señaló su madre.

—Lo sé. Papá..., ¿puedo comprarme un vestido de gala? Necesito uno.

—No lo necesitas —dijo él con desdén—. ¿Un vestido caro para ponerte solo una noche? No.

Siguió mirando el correo.

Hattie se frotó las sienes. Estaba dándole un quince por ciento de su sueldo. ¿No podía permitirse un vestido?

—Puede que yo tenga uno o dos —dijo su madre con retintín—. De joven destaqué por mi ropa.

«En un baile de gala hace veinte años», pensó Hattie apesadumbrada. Todos hablarían de ella. Y no precisamente para alabarla.

Aquella tarde Hattie acompañó a Flora y Queenie a la prueba de sus muchos vestidos de gala. Qué paradójico que justo ese día tuviera que verse obligada a mirar todas las preciosas prendas que las dos habían comprado.

Cuando Flora se situó tras un biombo para probarse el primero, Queenie se sentó al lado de Hattie en el pequeño sofá y sonrió de un modo que la hizo desconfiar de inmediato.

—Dime, Hattie —dijo Queenie en voz baja—. Flora cree que tiene asegurada la proposición del vizconde. ¿Es verdad?

—Queenie, yo nunca he dicho eso —protestó Flora desde el biombo.

—Puede que no, querida, pero lo estás pensando —contestó Queenie.

Flora salió de detrás del biombo y le dio la espalda a la ayudante de la tienda para que se lo abrochara.

—¿Qué opinas, Hattie?

—Es precioso —dijo Hattie admirando el vestido de seda amarillo y blanco.

—No me refiero a la ropa, boba. A él. La verdad es que no sé qué piensa de mí. Y yo me siento como si no hiciera más que hablar hasta el punto de resultarle insoportable e insufrible.

—A los hombres no les gustan las mujeres que hablan demasiado —señaló Queenie.

Hattie la fulminó con la mirada.

—Lo hiciste de maravilla, Flora.

—¿En serio?

—Reflejabas elegancia y seguridad en ti misma.

Flora sonrió. Queenie puso los ojos en blanco.

—Pero... ¿ha dicho algo de mí? —preguntó Flora.

Hattie sintió un pellizco en el corazón. Tragó saliva.

—A mí no —mintió.

Queenie sonrió como complacida con la respuesta.

—¿Ha dicho algo de alguna?

—No.

Queenie resopló.

—De verdad, Flora, ¿por qué te molestas? Ella nunca sabe nada.

Parecía como si Queenie estuviera juzgando su amistad en función de los cotilleos que Hattie pudiera proporcionar. Se quedó indignada y dijo:

—Aunque sí que lo he oído hablar con su madre.

Flora dejó escapar un grito ahogado y se giró con brusquedad haciendo que la ayudante de la tienda se tambaleara.

—¿Y? —preguntó con los ojos como platos.

—Y... te estima.

—¿Qué? —dijo Queenie mirando a Flora—. ¿La estima? ¿Y a ninguna más? ¿Estás segura de que no mencionó a ninguna más?

—¡Queenie! —protestó Flora.

Hattie miró a Queenie directamente a los ojos y dijo:

—No, Queenie, a nadie más. Lo he oído hablar solo de Flora.

Queenie se hundió en el sofá con mirada de decepción. Apareció otra ayudante.

—Señorita Rodham, estamos listas para ayudarla a probarse uno de sus vestidos.

—Bien —dijo Queenie, que se levantó y desapareció detrás de otro biombo.

Hattie se levantó y se puso al lado de Flora.

—Flora —susurró—, el vizconde te estima de verdad.

Flora la miró extrañada.

—Has dicho que no lo sabías.

—Y no lo sé —dijo estremeciéndose y furiosa por haberse enmarañado en su propia mentira—. Pero... pero sé la clase de persona que le gusta.

—¿Cómo? ¿Habla de eso contigo?

—No... así no —dijo. ¿Por qué había abierto la boca?—. La verdad, es más una sensación que tengo basándome en algunas cosas que le he oído decir sobre gente que conoce.

Flora parecía dudosa. Volvió a dirigir la mirada a su reflejo en el espejo.

Hattie gruñó por dentro.

—Él... Creo que te admira de verdad, pero no puedo decir más que eso. Quiero decir, no sé más que eso. Pero... lo conozco un poco mejor que Queenie. Al fin y al cabo, lo veo varias veces a la semana.

–Sí, ¿verdad? —dijo Flora, que miró a Hattie y luego se giró hacia la ayudante—. Este me parece bien. ¿Pasamos al siguiente?

Mientras la mujer pasaba detrás del biombo para preparar el siguiente vestido, Flora sonreía a Hattie. Pero no parecía una sonrisa sincera.

—Gracias, Hattie. Qué buena eres conmigo —dijo, y se metió detrás del biombo.

Una hora después, cuando Flora y Queenie se habían probado sus vestidos y les habían tomado las medidas para arreglárselos (cinco para Flora y siete para Queenie), las tres salieron de la tienda. Se quedaron un momento en la esquina de Bond Street. Queenie tenía un carruaje y se tomó su tiempo con las despedidas.

—Hattie, queridísima mía —dijo justo antes de subir al coche de caballos—, deberías ayudar más a Flora. Creo que podrías hacerlo si te lo propusieras.

Hattie esbozó una pequeña sonrisa.

—Haré lo que pueda.

Estaba empezando a despreciar a Queenie.

Flora y ella se giraron en la dirección contraria. Flora no estuvo muy habladora mientras caminaban; parecía perdida en sus pensamientos. Y como Hattie no hacía más que preguntarse con desesperación si la habría ofendido de algún modo, no vio a Daniel. Las dos casi se chocaron con él. ¿De dónde había salido? Fue como si hubiera aparecido ahí de pronto.

—Vaya, vaya —dijo él mirando a Flora—. Qué día tan afortunado para mí —añadió inclinando el sombrero.

—Señor Woodchurch —dijo Flora, tensa—. Qué curioso encontrarlo en Bond Street.

—¿Qué pasa, querida? ¿Es que le parece que no es mi sitio?

Hattie soltó un grito ahogado al oír la arrogancia con la que su hermano habló a Flora.

—Yo no he dicho eso, ¿no? —contestó Flora, y Daniel soltó una risita maliciosa.

—¿Qué haces aquí, Daniel? —preguntó Hattie.

—Eso no es asunto tuyo, hermana. Pero yo no voy a gastarme el dinero de mi padre —dijo mirando a Flora.

Flora alzó la barbilla.

—Resulta que mi padre es muy generoso con su dinero.

—¡Ay, Dios...! —empezó a decir Hattie, pero Daniel se había acercado a Flora.

—Me da igual.

—¡Daniel! —gritó Hattie—. Por favor, ni una palabra más. ¡Vete! ¡Déjanos en paz, por favor!

Daniel se rio. Sonrió y le guiñó un ojo a Flora antes de volver a inclinar el sombrero.

—Buen día, señoritas.

Y con las manos entrelazadas en la espalda, siguió caminando.

Flora lo vio marcharse con una expresión cada vez más sombría.

—Lo lamento mucho, Hattie.

—¿Qué? ¿Por qué? Debería pedirte disculpas yo a ti.

—Sí, deberías. Pero eso no evita que lamente que sea tu hermano. Tiene una reputación espantosa, ¿sabes?

Hattie frunció el ceño.

—No es la mejor, lo sé... pero ¿espantosa?

Flora se giró hacia ella y le puso una mano en el brazo.

—Me refiero, querida, al apellido Woodchurch en general.

Hattie retrocedió con una sorpresa que resultó terrible.

—Lo siento mucho, pero es la verdad. Tu familia... Todo el mundo sabe que tu hermano es un libertino, tu padre famoso por su tacañería y tú, trabajando para un soltero.

Hattie se quedó tan atónita que no podía hablar. Todo era verdad, pero seguía siendo su familia esa a la que Flora estaba menospreciando tan tranquila. No sabía si debía defenderlos, o si podría siquiera.

—A ver, nadie piensa mal de ti, por supuesto. Todo el mundo sabe que te has visto obligada a trabajar.

—No... no hace falta que digas más —dijo Hattie temblorosa—. Soy consciente de...

—El señor Masterson no anuló el compromiso por ti, recuérdalo. Fue por tu hermano y por el resto.

Hattie se sentía rara, como si estuviera flotando y abandonando su cuerpo. Y no sabía qué hacer con las manos. Porque sus manos se morían por engancharle el cuello a Flora.

—Lo siento mucho, estoy siendo una insensible —dijo Flora estremeciéndose.

—Pues sí —convino Hattie. «Y cruel».

—Te suplico que me perdones, pero ver a tu hermano me recuerda que eres mucho mejor que todos ellos —dijo Flora. Agarró a Hattie del brazo y echó a andar—. Ojalá pudiéramos tenerte para nosotros solos.

Y siguió caminando como si no hubiera dicho nada malo.

Hattie no podía ignorar lo confusa que se sentía por el hecho de que Flora le hablara de ese modo. Y tampoco podía ignorar lo desleal que se sintió por no defender a su familia, por mucho que no tuviera deseo de hacerlo, ya que todos eran horribles. Se sentía en una encrucijada, sin saber qué camino seguir.

Pero había algo más que la hacía sentirse terriblemente incómoda. No era la primera vez que Flora había mencionado a su familia y a Daniel, en particular.

Capítulo 26

La señora O'Malley prácticamente estaba levitando de la emoción. Le habían encargado bombones y dos tartas de mazapán de cuatro pisos para el baile de los Abbott.

—¡Qué maravilla! —exclamó Hattie.

—Tiene que contarme lo que opina todo el mundo. Incluso las opiniones que no sean aduladoras debe decírmelas.

Hattie dejó sus cosas en el pequeño escritorio.

—Lo haré, pero no voy a asistir.

—¿Qué? ¿Por qué? —gritó la señora O'Malley—. ¡Debe ir! ¿Es que no la han invitado?

—Sí, pero...

—¡Entonces debe ir! No puede declinar semejante invitación.

Hattie se estremeció.

–No tengo nada que ponerme, señora O'Malley. Ya ha visto mis vestidos.

La señora O'Malley la miró atónita.

—¿Es solo por eso?

Hattie se rio.

—Para mí es un obstáculo insuperable.

Pero la señora O'Malley estaba sacudiendo la cabeza.

—Déjemelo a mí, señorita Woodchurch.

Hattie sonrió agradecida.

—Es usted muy amable, pero...

—Confíe en mí —dijo la mujer, poniéndole a Hattie las manos en los hombros. Volvió a su trabajo—. Venga mañana y ya verá.

Hattie pensó que, cuando fuera, vería prácticamente lo que había en el armario de su madre. Aun así, prometió que volvería al día siguiente.

Cuando hubo terminado su tarea para la señora O'Malley, fue directa a Grosvenor Square. Teo no estaba en su despacho, pero le había dejado unas cosas para descifrar y escribir. Estaba escribiendo la respuesta a una carta cuando oyó la puerta abrirse. Se giró sonriendo, esperando que fuera Teo.

No era Teo. Era su madre. La mujer entró en el despacho y miró a su alrededor antes de mirar a Hattie.

—Mi hijo ha ido a Harrington Hall. ¿No estaba informada?

Hattie se levantó e hizo una reverencia.

—Buenas tardes, excelencia. No, no estaba informada.

—Mmm –exclamó la mujer, que recorrió a Hattie con la mirada como si sospechara de ella por algo. Después se adentró un poco más en el despacho—. Pensaba que sus servicios no eran requeridos si el vizconde no está presente.

—Ah... Me ha dejado tres cartas para responder.

La duquesa dio otro paso adelante y estrechó la mirada.

—¿Quién es su gente, si no es indiscreción?

Hattie parpadeó.

—¿Mi gente?

—Sus padres —dijo la duquesa con impaciencia.

¿Por qué quería saberlo? La pregunta puso nerviosa a Hattie.

—Hugh y Theodora Woodchurch.

La duquesa frunció el ceño.

—No los conozco.

—No imaginaba que los conociera —dijo Hattie.

La duquesa volvió a mirarla. Hattie no llegaba a entender por qué la miraba así, como si pensara que ella estaba tramando algo malo.

Después se giró y fue hacia la puerta sin decir más. Ya en la puerta abierta, se detuvo y volvió a mirarla.

—Ya puede ir buscándose a otra persona a quien escribirle cartas, señorita Woodchurch. Mi hijo se marchará de Londres muy pronto y no necesitará de sus servicios.

El tono en que dijo «servicios» hizo que a Hattie le ardiera la piel. Sonó inapropiado. Pero Hattie no pudo contenerse y preguntó:

—¿Se marcha?

—Por supuesto. Espero que poco después del baile. ¿Le sorprende, señorita Woodchurch? ¿Creía que estaría aquí siempre, necesitando que le escriban cartas?

—No, yo...

—Porque es el duque de Santiava. Un duque soberano, no un hombre sentado a una mesa y dictando cartas.

Y con eso, la duquesa salió del despacho.

Hattie esperó a estar segura de que se había marchado antes de girarse y hundirse en la silla. Se llevó una mano al corazón, que le palpitaba a rabiar. Y no porque la duquesa hubiera sido tan terriblemente grosera, sino porque él se marcharía pronto.

Tal como había prometido, Hattie volvió a la tienda de la señora O'Malley al día siguiente. Cuando entró, la mujer le sonrió y se limpió las manos en el delantal.

—Sabía que vendría.

—Le dije que lo haría —respondió Hattie, y sonrió. No tenía ninguna intención de asistir al baile de los Abbott. No era su lugar y no le apetecía ver a Teo cortejando a Flora, pero cuando su madre había dicho que él se marcharía... Bueno, ahí había cambiado de opinión.

—Acompáñeme —dijo la señora O'Malley—. Molly, querida, puedes echar un ojo a todo por aquí, ¿verdad? —le dijo a una de sus hijas antes de agarrar a Hattie de la mano y llevarla a la pequeña oficina de la trastienda, donde Hattie solía trabajar. Y ahí, colgado de una rejilla para enfriar pasteles, había un vestido verde oscuro sobre una enagua dorada clara con lo que parecía un atrevido escote. La enagua tenía volantes y una cinta de terciopelo alrededor de la cintura. Hattie se quedó maravillada.

—¡Ay, Dios mío! Es precioso.

—¿Verdad que sí?

La señora O'Malley se acercó al vestido y lo descolgó. Detrás había otro, negro y blanco.

—¡Señora O'Malley! ¿De dónde los ha sacado? —exclamó Hattie mientras pasaba la mano por el terciopelo verde.

—De mi hermana. Se casó con el señor Colin Pearce, miembro del Tribunal del Rey, y hubo un tiempo en el que los invitaban a todos los eventos. Pero ha tenido dos hijos muy seguidos y se ha puesto gorda —dijo riéndose—. El señor Pearce y ella ya no asisten a tantos bailes como antes. En realidad me ha enviado tres vestidos, dos de noche y uno de día.

Descolgó el negro y blanco, y tras él había un vestido azul mar intenso con unas enaguas azules claras que asomaban por debajo. Hattie los miró impactada.

—Se los ha regalado.

—¡No! —exclamó Hattie—. No puedo aceptar un obsequio tan generoso.

—Claro que puede, señorita Woodchurch. Mi hermana le está igual de agradecida que yo por haberme generado esta oportunidad. Y está emocionada por que sus vestidos puedan lucirse en algo tan elegante como el baile de los Abbott. Venga, pruébeselos. ¡Estella! —gritó para llamar a otra de sus hijas—. Estella es rápida con aguja e hilo.

Las lágrimas apenas dejaban ver a Hattie. ¿Cómo podía tener tanta suerte?

—Y ahora, querida, envíe una respuesta favorable a la invitación —dijo la señora O'Malley—. Y escuche con atención lo que se diga de mis bombones.

Hattie se rio.

—Jamás podré devolverle tanta amabilidad.

—Querida, ya lo ha hecho.

Capítulo 27

El viaje a Essex y Harrington Hall había dejado a Mateo algo turbado. Por un lado, la finca era tan grande que no imaginaba qué podría hacer con ella. Por otro, y eso lo dejó impactado, ya que no se consideraba un hombre sentimental, no había podido ver a Hattie en todo el día.

Sentía las emociones cambiar en su interior. La sensación de que se le escapaba el tiempo lo había empezado a atormentar. No tardaría mucho en despedirse de su amiga y abandonar Inglaterra.

Su amiga. La palabra, tanto en inglés como en español, le parecía inadecuada para describir lo que sentía por Hattie Woodchurch.

Vio el tiempo pasar lentamente en el reloj sobre la chimenea del despacho, contando los minutos hasta que ella apareciera con su bolsa y su pluma, preparada para escribir. Y cuando por fin llegó, ella llevaba un vestido azul intenso que le resaltaba los ojos. Parecía como si fueran a salírsele de la cara.

Él se levantó.

—Buenas tardes. Estás preciosa.

Ella sonrió encantada.

—Gracias.

—Ayer estuve en Harrington Hall, Essex —dijo Mateo. Sentía la apremiante necesidad de contarle por qué se había ausentado.

A ella se le iluminó la cara.

—¿Qué te pareció? ¿Inmensamente grande? He oído que es tan grande como el Palacio de Buckingham.

—Es desmesuradamente grande. No pude evitar preguntarme por qué a mi abuelo le pareció apropiada para un solo hombre.

—Para sus herederos —dijo Hattie—. Siempre es para los herederos, ¿no?

Hattie cruzó el despacho y alargó la mano. Ahí él cayó en la cuenta de que había estado acumulando algo de trabajo para ella. A regañadientes, se lo dio. La vio irse a su escritorio, sentarse, preparar papel y pluma y colocar el pequeño jarrón de flores que alguien le había dejado en el escritorio. Él se sentó en su mesa también e intentó concentrarse, pero vio que lo único que podía hacer era observarla. Había demasiadas emociones removiéndosele por el pecho y la cabeza. Tenía unos sentimientos terriblemente encontrados. Estaba preparado para dejar Inglaterra, porque echaba de menos Santiava, pero era obvio que no estaba preparado para dejar atrás algunas cosas.

No fue consciente de lo agitado que estaba hasta que su madre entró airosa con la lista de respuestas a las invitaciones. La mujer se había atrevido a subrayar los nombres de las damas solteras y apropiadas para un casamiento. Él las ignoró. Estaba buscando otro nombre. Y ese nombre no estaba ahí.

Levantó la mirada hacia Hattie, que seguía volcada en su trabajo. Ella no había respondido.

—Gracias —le dijo a su madre, y le devolvió la lista—. Si me disculpas, tengo un asunto que atender.

—¿Adónde vas? —preguntó su madre, que lo siguió afuera, lista en mano.

—Fuera —dijo él con brusquedad. En el vestíbulo, agarró su sombrero y se marchó sin desvelar su destino.

Mateo salió a caminar para pensar. Llegó a Hyde Park y lo cruzó. Luego a Green Park. Recorrió Piccadilly de arriba abajo intentando encontrarle sentido a su vida.

Cuando vio que había andado suficiente, volvió a Grosvenor Square. Su madre se había marchado precipitadamente y Hattie estaba terminando su jornada. Se había echado su largo chal sobre los hombros y estaba rebuscando algo en su bolsa cuando él entró.

—Hattie, ¿te marchas a casa?

—Sí —respondió ella echándose la bolsa al hombro.

—Yo... eh... No es mi intención abusar, pero...

Él se pasó las manos por el pelo. Estaba nerviosísimo.

—Tengo trabajo que hacer con las cuentas de Harrington Hall y he pensado que tal vez... podrías quedarte hasta después del té y ayudarme. Te... te compensaría, por supuesto.

Ella se quedó mirándolo un largo rato y él pensó que iba a decirle que no y que, de ser así, entonces él se excusaría, saldría al jardín y gritaría a los setos.

—Estaría encantada de ayudar, por supuesto. Pero no quiero ninguna compensación.

Sonrió.

Él se sintió ridículo por habérsela ofrecido.

—Gracias. Si... si no te importa, le pediré a Yolanda que nos prepare una cena ligera. Pero solo si... quieres.

Mateo sabía que estaba diciendo tonterías.

Ella sonrió aún más. Bajó el bolso.

—Sí quiero. Espero que sea alguna deliciosa receta santiavana. ¿Necesitaré pluma?

—¿Pluma?

—Para el trabajo.

—Ah, por supuesto. Pero no lo creo.

Porque no tenía ningún trabajo para ella. Todo era un pretexto inventado y absurdo, porque lo único que deseaba era estar con ella y no sabía cómo pedírselo. Llamó a Borrero y le dijo, en español, que la señorita Woodchurch y él esa noche trabajarían y que le gustaría que Yolanda les sirviera la paella que había preparado.

Cuando Borrero salió, Mateo llevó a Hattie al sofá y ocupó un sillón frente a ella.

—¿Puedo hacerte una pregunta?

—Por supuesto.

—¿Por qué no has respondido a la invitación?

Ella pareció algo desconcertada.

—Ah, bueno, es que acabo de decidirlo. Mañana traeré mi respuesta, si es posible.

—Por supuesto.

¿Por qué se había decidido tan tarde?

—¿Algo te ha hecho dudar?

Ella se encogió de hombros ligeramente.

—La verdad, es sencillo. Este no es mi lugar. Tu baile es para la alta sociedad.

Él se quedó sorprendido con la respuesta. No le parecía alguien preocupada por esa clase de cosas. Al menos, no hasta el momento.

—Eso no es cierto. Y no indiqué que se te enviara una invitación para que cuidaras de los niños.

Ella sonrió.

—Vaya, pues gracias por eso, al menos. ¿Por qué me has invitado?

¿Acaso hacía falta preguntarlo?

—Hattie... este es tu sitio. Eres mi amiga y deseo tenerte ahí. Imagino que me acosarán madres ansiosas y sus hijas. ¿Y si me arrastran a la pista de baile y me obligan a elegir ante Dios y todo el mundo? ¿Quién vengará mi muerte?

—Ay, Teo —dijo ella con dulzura—. Creo con todo mi corazón que tu madre te vengaría. Creo que disfrutaría mucho haciéndolo.

Él no pudo evitar reírse.

—Veo que ya has calado a mi madre. Sin embargo, te equivocas; será ella la que me lleve a la muerte. No pretendo abusar de nuestra amistad, pero seguro que a estas alturas habrás notado que no soy particularmente afable ni me muestro relajado rodeado de gente. Y no porque no quiera.

—No me he fijado en nada semejante.

Él le lanzó una sonrisa de complicidad.

—Hattie.

—¡No me he fijado! —insistió ella—. Lo que sí he visto es que eres reservado. Mucha gente es reservada. En la escuela había una chica, Mary Collins, que apenas podía decir su nombre en voz alta. Pensábamos que le pasaba algo malo, que padecía una timidez tan profunda que la hacía enmudecer, pero cuando Jenny le dio una patada a Sarah, Mary intervino y tiró a Jenny al suelo.

—*Dios mío* —dijo Mateo en español, sorprendido y divirtiéndose por el giro de la historia.

—Fue un poco violento, pero la cuestión es que Mary era reservada... hasta que necesitó dejar de serlo. Igual que tú.

—No, yo soy... —Él intentó buscar la palabra adecuada en inglés—. Tímido. Mi padre fue muy duro conmigo al tratarme como su heredero y futuro gobernante del ducado. Quería adiestrarme, enseñarme y moldearme a su imagen y semejanza. Intentó hacerlo buscando faltas a casi todo lo que yo hacía o decía y, como resultado, aprendí a decir muy poco y a pensar que todo el mundo que me miraba lo hacía de forma crítica.

—Tuvo que ser terrible para ti. ¿Y tu madre?

—Mi madre mantenía a mi padre feliz y no quería las cargas de sus hijos. Rosa ha sido más madre para mí que la duquesa.

—Teo, por Dios —dijo ella en voz baja—. Tuvo que ser muy difícil.

Él sonrió con pesar. Su infancia no había sido un cuento y, para bien o para mal, había dado forma a lo que era hoy en día.

—Fui un privilegiado en muchos otros aspectos.

—La mía también fue un poco complicada... hasta que lord Iddesleigh me salvó.

Mateo frunció el ceño.

—¿Te salvó?

—Sí, del todo. Logró convencer a mis padres de que debía ir a su escuela. No sé cómo lo hizo, ya que es raro convencerlos de algo que no sirva a sus propios intereses, y a mi padre... A mi padre no le gusta desprenderse de su dinero. Pero, de no haber sido por lord Iddesleigh y la escuela, no creo que hubiera tenido la seguridad en mí misma de buscar empleo y buscarme mi propio camino. Tengo una deuda de gratitud con él.

—En ese caso, yo tengo otra —dijo Mateo.

Hattie sonrió y la calidez de ese gesto lo caló hasta la médula. Pensó en lo rejuvenecedor que sería ver semejante sonrisa cada día.

Alguien llamó a la puerta y uno de los lacayos entró empujando un carrito con dos fuentes cubiertas por unas campanas. Mateo le indicó que dejara la comida en la mesita de al lado y luego invitó a Hattie a sentarse allí.

El sirviente descubrió las fuentes y sirvió la paella en unos cuencos. Ella lo miraba con interés mientras preguntaba por los ingredientes. Cuando el sirviente hubo terminado, Mateo la invitó a dar un bocado.

Ella cerró los ojos.

—Está divina —anunció—. Podría comerme una sartén entera.

Abrió los ojos.

—Pero la compartiré contigo.

Él se rio.

Mientras cenaban, Hattie le preguntó cómo había sido su vida creciendo entre las estrellas. Mateo se lo contó lo mejor que pudo; le costaba describir en inglés el esplendor de aquellas montañas. De algún modo, acabó hablando de sus perros de caza. Ella dijo que siempre le habían gustado los perros, pero que su madre prefería a los gatos y no le habían dejado tener ninguno.

De ahí pasaron a temas que no guardaban relación con nada en concreto: los juegos a los que jugaban de pequeños y gente que habían conocido de adultos y que los había desconcertado por varias razones, como una mujer que, según le habían contado a Mateo, había dejado a su marido rico por un granjero, o el caballero que Hattie sabía que le había cedido toda su riqueza a un barrio pobre y luego se había ido a vivir ahí.

Conversaron como viejos amigos. O, mejor dicho, como viejos amantes. Mateo no quería que ni la conversación ni la noche acabaran; no podía recordar la última vez que había estado cenando tan relajado, que se había sentido tan compatible con otra persona sentada a su mesa.

Ella le preguntó por Harrington Hall y él le contó que era más que un palacio. Tenía muchas habitaciones, todas ellas amuebladas y decoradas con cuadros, porcelana, oro y elegantes alfombras. Le parecía excesivo, como si la riqueza de su abuelo se hubiera usado no por el bien mayor del estado o para mejorar sueldos o ayudar a los pobres..., sino para alimentar su propio ego.

Le dijo que desde un extremo del salón de baile había unas vistas impresionantes del mar. Que por las mañanas abrían unas puertas de cristal dobles que daban a una terraza bajo la cual había un jardín de poda artística que se extendía tres kilómetros.

—Tiene que ser impresionantemente hermoso —dijo ella con tono melancólico—. Sería una bendición vivir en un lugar así.

Y Mateo quería más que nada que ella viviera en un lugar así.

Cuando la cena terminó y el sirviente la retiró, Hattie se acomodó en la silla, entrelazó las manos sobre el regazo y sonrió con ironía.

—Nos hemos pasado toda la noche hablando. Aún no me has pedido que haga nada.

Él se había olvidado. Sonrió un poco.

—Quiero que mires una cosa.

—Claro.

—No aquí.

Ella frunció el ceño.

—¿Dónde?

—Ven conmigo —dijo Mateo levantándose y extendiendo la mano. Hattie no corrió a levantarse. Se quedó mirando su mano con desconfianza—. ¿Ir adónde?

—No te fías. Por favor, tú ven.

La miró fijamente a los ojos y en ellos vio esa luz de calidez, de afecto. De... amistad o camaradería o afinidad. O, más bien, lo que él suponía que deberían ser esas cosas. Pero las sentía en su interior, y, cuando ella sonrió y puso la mano en la suya y le permitió levantarla, él se sintió como si hubiera ganado una carrera muy larga. Hattie estaba de pie justo ante él y un océano de estima y respeto empezaba a alzarse entre los dos.

Ella estrechó la mirada con actitud juguetona.

—¿Estás seguro? Porque pareces un poquito inseguro, Teo.

—Lo único de lo que no estoy seguro es de si puedes ver en la oscuridad. Vamos —dijo, y la sacó de la habitación.

En el pasillo, él miró a su alrededor para asegurarse de que nadie miraba, le puso la mano en la parte baja de la espalda y la llevó corriendo hacia la escalera de servicio. La subieron. Él se llevó un dedo a los labios y ella soltó una risita. En lo alto de las escaleras había una escotilla que salía al tejado. Teo la abrió, subió y la ayudó a subir.

Estaban en lo alto de la casa. Londres estaba a sus pies, con las chimeneas a la altura de sus ojos y el cielo de la noche extendiéndose sobre ellos.

—¡Oooh! —exclamó ella alzando la mirada—. Tenemos la noche sobre nosotros.

Era una noche fresca y clara y sobre sus cabezas resplandecían las estrellas, a veces oscurecidas por la estela de humo de alguna chimenea. Mateo se situó tras ella y señaló.

—¿Ves una forma ovalada? Debería estar un poco borrosa.

—¿Dónde?

Él se acercó más, pegándose a su espalda, la rodeó por la cintura con los brazos y la llevó contra su pecho. Hattie no se resistió y él sintió un ligero temblor recorriéndola que se equiparó al escalofrío de deseo que le recorrió la espalda a él. Mateo se apoyó en su hombro.

—Parece como si alguien hubiera plantado el pulgar sobre la noche.

Ella apoyó la cabeza en su hombro y miró arriba. Él le levantó el brazo y apuntó sus dedos directamente hacia la estrella.

—¿Lo ves ahora?

—Creo... que sí.

—Es Andrómeda. ¿Conoces su historia?

Hattie negó con la cabeza.

Él le bajó el brazo y la rodeó con los suyos.

—Era la hija de un rey que la encadenó a una roca para aplacar a un monstruo marino.

—¡Un monstruo marino! Qué espanto. ¿La obligaron a pasar su vida encadenada?

—Hasta que la salvó Perseo.

—¡Bien por Perseo! Espero que no la hiciera esperar demasiado a ser rescatada.

Él agachó la cabeza y besó la curva de su cuello. Hattie contuvo el aliento y se estremeció contra su cuerpo.

—Tú necesitas un Perseo, creo —murmuró antes de volver a besarle el cuello.

Hattie echó la cabeza a un lado para darle mejor acceso. Él deslizó una mano por su cuello y su pecho mientras sentía la inevitable ráfaga de deseo y lujuria...

Hattie le bajó la mano y se apartó.

Él se quedó aturdido en un principio, como si lo hubieran expulsado bruscamente de esa sensación de absoluta dicha.

—Somos amigos —dijo ella—, porque para nosotros no hay otra opción.

—Tiene que haberla —dijo él pasándose los dedos por el pelo—. Tiene que haber un modo.

—Pero no lo hay.

La luz de la luna brillaba en los ojos de Hattie como la luz reflejada en un mar oscuro. No estaba seguro, pero le pareció que tenía los ojos llenos de lágrimas.

—Debo irme —dijo Hattie—. Ahora. Ya es hora de que me vaya.

—No. Aún no. Tenemos...

—Ahora. Por favor, Mateo.

Muy a su pesar, él asintió y la ayudó a bajar por los angostos escalones. Cuando volvieron al despacho, Hattie recogió sus cosas. Se detuvo para mirarlo antes de salir; su rostro estaba lleno del mismo deseo que él sentía en el pecho. Mateo mandó a Carlos que fuera tras ella y la acompañara a casa.

—Dirá que no —le dijo en español—. Si no puedes convencerla, síguela a una distancia prudencial. Pero acompáñala hasta que haya entrado a su casa.

El sirviente asintió y salió corriendo para alcanzar a Hattie.

Mateo se quedó en la puerta mirando a la plaza y al cielo. Hattie era Andrómeda, reluciendo sobre él. O tal vez él era Andrómeda, ya que sentía las cadenas invisibles que lo estaban atrapando. Pero estaba decidido a ser Perseo y salvarlos a los dos.

Ojalá supiera cómo.

Capítulo 28

Si Hattie tenía alguna duda sobre si asistir o no al baile, y en los siguientes días tuvo muchas, fue Daniel quien al final la convenció al apelar a su vanidad.

—Ya que tienes esto para ponerte, sí que podrías asistir —dijo su hermano llevándose contra el cuerpo el vestido y mirándose al espejo en la habitación de Hattie—. No tendrás muchas oportunidades de vestir algo tan elegante como esto, ¿no crees?

Él no era persona de suavizar sus opiniones. Hattie lo miró con recelo.

—Nunca te han importado ni los vestidos que tengo ni dónde podría ponérmelos.

Daniel se encogió de hombros.

—Me parece un desperdicio no aprovechar este.

Y tenía razón. Ella quería que Teo la viera con ese vestido. Se sentía atraída por él tanto como la primera vez que lo había visto. Estaba enamorada de él. Pero también era exasperadamente realista y, a pesar de lo que hubieran podido decir Teo o Daniel, sabía que su lugar no estaba entre esa multitud.

Aun así, Teo se marcharía pronto. ¿Cuántas veces más lo vería?

No las suficientes. Ni por asomo.

De modo que la noche del baile de los Abbott se vio en el gran salón, una sala que no había visto en todo el tiempo que había pasado en Grosvenor Square. La madre de Teo se había superado. En el jardín había actuaciones; en una de ellas, un hombre tragaba fuego mientras otro caminaba sobre un cable alto colgado entre los muros. Había antorchas por todas partes y hacían que el jardín reluciera.

Dentro, una orquesta de cuerda con doce músicos tocaba desde una plataforma elevada, y arreglos florales colgaban del techo para crear la ilusión de estar bailando en un jardín.

Como de costumbre, Daniel la había dejado sola en cuanto habían entrado, así que Hattie se encontraba de pie al fondo, admirándolo todo además de su precioso vestido y dando sorbitos a una copa de ponche, cuando Mateo entró en el salón de baile.

Fue una entrada grandiosa; estaba espléndido, guapo e imponente, alto y sereno. Llevaba un traje negro y una cinta cruzándole el pecho con muchas medallas de Santiava. Tenía el pelo peinado hacia atrás y la barba perfectamente recortada. Apenas dio un paso dentro del salón cuando los invitados lo abordaron.

Solo verlo le produjo un pequeño escalofrío. Sus labios habían estado en los de ella. Habían estado en su cuello. Y en sus sueños, habían estado por todas partes.

Había algo que podía decir de sí misma: no le avergonzaba en absoluto torturarse.

Había tenido la esperanza de llamar su atención, de que viera que había ido, pero lady Aleksander rápidamente lo interceptó y empezó a presentárselo a las damas. Fue como si Mateo no tuviera un momento para respirar, y mucho menos para mirar a su alrededor.

Se preguntó cómo sería para él ser el blanco de todas las miradas, teniendo en cuenta lo que le había contado sobre su infancia. Hattie se imaginó a sí misma en otra vida, a su lado, calmándolo con su presencia. Sería ella la que se encargara de hablar, y eso él lo agradecería. Pensarlo le arrancó una sonrisa.

—¿Por qué sonríes?

Hattie se sobresaltó al oír la voz de Queenie.

—Ah, bueno, por... todo.

—Mmm —dijo Queenie, y miró al otro extremo de la sala, donde estaba Teo hablando con una dama.

—¿Has visto a Flora?

—Está en el aseo, dominada por los nervios —dijo Queenie—. Mira, el baile está a punto de empezar. He oído a dos damas hacer una pequeña apuesta sobre con quién abrirá el baile. ¿Y quién crees que han dicho?

—¿Flora?

—Flora, sí... y Christiana Porter —dijo Queenie poniendo los ojos en blanco—. Para los hombres, el físico siempre está lo primero de todo. No me sorprenderé lo más mínimo cuando él le haga una oferta de matrimonio. Es biología, sencillamente.

La pequeña orquesta empezó a tocar un vals.

—Ahí está Flora —dijo Queenie apartándose de Hattie, sin duda para estar ahí cuando Teo le pidiera bailar a Flora. Luego diría que lo había organizado ella o que ya lo sabía de antemano.

Teo se adentró aún más en el salón oteando la multitud. Todo el mundo lo miraba para ver cómo abriría el baile. Su madre estaba hablándole, apoyándose en él ladeando el cuerpo con actitud posesiva. Pero Teo la ignoró y empezó a cruzar la pista.

La multitud murmuró mirando a su alrededor para intentar ver quién era la afortunada dama. Y entonces todos se apartaron y, como si Hattie estuviera soñando, Teo se acercó a ella y le hizo una reverencia.

Hattie se quedó boquiabierta. Corriendo, miró a su alrededor, casi segura de que alguien saltaría de detrás de las cortinas o de las flores para sacarla de ahí.

—Señorita Woodchurch, buenas noches.

—¿Qué...? Buenas noches —dijo ella recordando dónde estaban y haciendo una reverencia.

—Si me permite decirlo, está usted... bellísima. Espero que me conceda el honor de abrir el baile.

¡Estaba loco!

—¿Yo?

—Sería todo un placer para mí.

—Yo no... Yo...

Él le quitó la copa de la mano con delicadeza y alargó el brazo sin dejar de mirarla. Un sirviente apareció de la nada y se llevó la copa. Teo alzó el brazo. Ella lo miró.

—Pon la mano encima —le susurró.

Ella, aturdida, puso la mano en su brazo.

Mateo la llevó a la pista y le sonrió.

—*Dios mío*, espero que sepas bailar —susurró de nuevo. Le agarró la mano, la extendió y le puso la mano en la espalda baja.

Ella lo miró, aún impactada por lo que estaba pasando. Sentía que no podía moverse bien, pero, como pudo, logró ponerle la mano en el hombro.

Él ajustó el paso al ritmo del vals.

Ella lo siguió sin tropezarse y con la mirada clavada en un punto sobre su hombro.

—¿Ocurre algo? —preguntó Mateo mientras la movía por la pista, acercándola más.

—¿Estás loco? —susurró ella con vehemencia—. No debería ser yo con quien abra el baile. El primer baile lanza un mensaje al mundo sobre tus intenciones.

—¿Ah, sí?

Sonó casi despreocupado. Más gente se unió a ellos y Hattie se arriesgó a mirarlo, medio temerosa de derretirse de deseo, medio temerosa de reprenderlo.

—Me has elegido a mí, y la gente hará un problema de eso.

—Que lo hagan —dijo él, y la acercó más—. Eres mi amiga, ¿no? Te necesito ahora. Necesito un Perseo y me has librado de tener que elegir a otra.

—Pero a mí no me has librado de nada. Van a odiarme.

Él sonrió.

—Deja de sonreírme así.

—No puedo evitarlo. Nunca te he visto asustada.

—No estoy asustada, estoy...

—Es un baile, Hattie. Un único baile —dijo intentando calmarla—. Al final de la noche nadie lo recordará, pero ahora mismo todo el mundo está mirando, así que ayúdame a dar una imagen imponente y de alguien seguro de sí mismo y sofisticado.

—No me necesitas para eso. Das una imagen imponente hagas lo que hagas. Jamás olvidaré la primera vez que te vi.

—¿De verdad? —preguntó él interesado—. ¿Y eso cuándo fue?

Ella sonrió también.

—Si quieres saberlo, te diré que fue a través de un escaparate. Y ahí estabas, imponente y distante y con un claro aire de superioridad.

Él se rio y la giró.

—Yo también recuerdo la primera vez que te vi. Fue en mi despacho y me pareciste del montón en físico y porte y con la terquedad de una dichosa mula.

Hattie resopló.

—Qué cumplido tan maravilloso.

—Pero, según fueron pasando los días, te convertiste en lo más destacable de ese despacho y te volviste más y más encantadora cada vez que te miraba.

—Ahora me estás sonrojando.

—Para eso están los amigos —dijo él, y la giró de nuevo.

Hattie sonrió.

—¿Para eso están? Y pensar que he estado equivocada con eso todo este tiempo.

Él sonrió aún más y Hattie sintió algo poderoso entre los dos. Algo familiar y nuevo a la vez. Algo mucho más grande que ella.

El baile estaba llegando a su fin. Él la soltó y ella se sintió perdida al instante. La sacó de la pista. Ella le hizo una reverencia. Él hizo otra.

—Gracias. Espero que tengamos la oportunidad de volver a hablar esta noche.

Mateo se marchó.

Ella vio a su madre lanzarse sobre él, claramente descontenta. Y al momento lady Sarah Grandview estaba agarrada de su brazo.

Hattie se giró y caminó en la otra dirección, consciente de las miradas puestas en ella, consciente de las preguntas en los labios de todo el mundo: ¿Quién era? ¿Y por qué se había ganado el primer baile?

Ella tuvo la mirada agachada hasta que se alejó de la multitud que rodeaba la pista de baile, y solo entonces la levantó...

Y se topó con los ojos de Queenie Rodham.

—Vaya, vaya —dijo Queenie. Estaba mirando a Hattie como si fuera la primera vez que la veía de verdad—. Me pregunto por qué el vizconde te ha pedido bailar antes que a nadie.

Hattie intentó reírse como si fuera algo sin importancia, pero sonó un poco como un caballo.

—Porque me conoce, nada más.

—No de esa forma —dijo Queenie, y Hattie supo a qué se refería. La conocía como parte del servicio. No como pareja de baile.

—¿De dónde has sacado este vestido? —exigió saber Queenie.

Hattie estaba a punto de decirle lo que podía hacer con su pregunta cuando apareció Flora. Sonrió.

—Estás preciosa, Hattie.

—Gracias.

Queenie miró a Flora extrañada.

—¿Dónde estabas? Te he buscado por todas partes.

—Tomando algo de aire, Queenie. Hattie... ¿Por qué ha bailado contigo?

Parecía ser la pregunta candente entre todo el mundo.

—Creo que porque... no... te ha visto —soltó.

La expresión de Flora se llenó de alivio.

—¿De verdad lo crees?

—Sí. Me ha dicho que estaba buscando un rostro familiar.

Y ese rostro podría haber sido el de cualquier otra, pero eso Flora no lo sabía. Sonrió triunfante a Queenie.

Pero a Queenie no se la podía engañar.

—¿Entonces por qué no la está buscando ahora?

—¿Por qué? Pues... eh...

—¿Señorita Raney?

Las tres se giraron a la vez seguras de que era él. Pero no era él; era otro caballero pidiendo que Flora le concediera un baile. Ella aceptó y se marchó dejando a Queenie y Hattie solas una vez más.

Queenie la observaba.

Hattie suspiró.

—¿Qué, Queenie?

—No tiene sentido, nada más. Tú no... Tú sencillamente no...

—No tienes que decirme cuál es mi lugar en el mundo —la interrumpió Hattie.

—Bueno, no quería decir eso —insistió Queenie.

—Seguro que no —dijo Hattie, y se apartó de ella desapareciendo entre la multitud.

No dejaban de recordarle que no estaba en su «sitio». Pero ¿dónde estaba su sitio? ¿En qué habitación, en qué casa, en qué ciudad? Le encantaría saber dónde le parecería bien a todo el mundo que estuviera.

La noche transcurrió tal como sabía que lo haría. Nadie le pidió bailar. Nadie la presentó, aunque sí que vio presentaciones por todas partes a su alrededor. Vio a Daniel unas cuantas veces bailando con distintas mujeres. No sabía que su hermano supiera bailar o que le gustara siquiera. Qué injusto. Como era un hombre guapo, se le permitía entrar en el reino privado de la élite.

Intentó desesperadamente no buscar a Teo cada vez que se giraba, pero su corazón desobedeció a su cabeza y no dejó de verlo en compañía de mujeres atractivas y ricas; rubias, castañas, pelirrojas, daba igual. Todas eran mujeres privilegiadas y de rango en edad de procrear, y Hattie no tenía ninguna duda de que cualquiera de ellas sería una buena duquesa. ¿Y Teo? Él jugaba su papel maravillosamente. Asentía ante las cosas que le decían y les sostenía la mirada cuando le hablaban. Y bailaba.

Costaba imaginar que ese hombre regio fuera el mismo que había estado mezclando masas en la cocina una noche.

Al final un caballero se presentó a Hattie. Era capitán de la marina, dijo, y llevaba una chaqueta desgastada. Era, como poco, tres décadas mayor que ella. Bailaron y ella escuchó educadamente mientras él se quejaba de la mala ventilación de la sala y teorizaba sobre por qué lord Abbott no había alquilado un salón. Escapó de él y, con una copa de champán, se retiró a la zona donde estaban las macetas de helechos.

Fue ahí cuando vio a Flora y a Teo bailar. Se estaban sonriendo.

Se le cayó el alma a los pies, como si le hubieran puesto piedras. No le sorprendió y, por extraño e imposible que pareciera, se alegró por ellos. Formarían una pareja encantadora.

Pero, al mismo tiempo, se sintió mal. Vaya suerte la suya la de enamorarse de un hombre que estaba tan fuera de su alcance que bien podía estar subido a una nube.

—Señorita Woodchurch, está demasiado lejos para poder admirar el baile.

Hattie se giró. Un hombre muy guapo le sonrió. Lo reconoció de inmediato. Era el señor Donovan, de la Casa Iddesleigh. Solía pasarse por la escuela y llevar pasteles.

—¡Señor Donovan! —gritó, emocionada de que hubiera alguien a quien conociera.

—Está usted exquisita, señorita, si me permite decirlo. Aunque un poco solitaria. Dígame, ¿por qué se esconde en una esquina? ¿Sus pretendientes la tienen exhausta?

Hattie se rio.

—Yo no tengo pretendientes, señor Donovan.

—¿Qué? —dijo él llevándose una mano al pecho como si estuviera impactado—. Entonces soy un hombre muy afortunado. ¿Me concedería el honor de este baile?

—Desde luego —respondió ella, y soltó la copa.

El señor Donovan la llevó a la pista de baile y comenzaron a moverse al ritmo de la música. Él era un bailarín experimentado y excelente. Le preguntó por su vida y su trabajo. Ella respondió a todas sus preguntas y a sus cumplidos, pero, al mismo tiempo, buscaba a Teo disimuladamente.

—Lo estima —dijo el señor Donovan—. Tal vez incluso más que estimarlo.

Impactada por que fuera tan obvio, Hattie lo miró.

—¿Disculpe?

Él esbozó media sonrisa.

—Lord Abbott, querida. Lo estima.

—Bueno, por supuesto. En cierto modo, supongo. Somos amigos.

—Ah, amigos —dijo él con una sonrisa de complicidad—. Su secreto está a salvo conmigo. De hecho, me jactaré de que todos los secretos están a salvo conmigo.

Hattie se sonrojó.

—No hay ningún secreto —dijo ella, e intentó reírse—. Soy su escribiente. ¡Ni siquiera debería estar aquí! Solo me ha invitado porque se ha sentido obligado.

El señor Donovan chasqueó la lengua.

—¡Obligado! ¿En serio cree que lord Abbott hace algo por alguien porque se sienta obligado? Le aseguro que no.

Hattie frunció el ceño. Probablemente fuera verdad hasta cierto punto.

—¿Sabe qué es lo maravilloso de bailar? —preguntó Donovan.

Ella negó con la cabeza.

—Cuando estamos en la pista, todo el mundo es igual. Somos o buenos o malos, pero nadie está por encima del otro. No importa lo que las grandes damas de la sociedad le hayan hecho creer, todos somos iguales. Todos tenemos corazón, todos tenemos anhelos y el deseo de ser amados. Lo único que importa es que seamos fieles a nosotros mismos.

La estaba confundiendo.

—No entiendo qué intenta decirme.

—¿No? Mi consejo es que persiga lo que quiere en la vida y no deje que nadie la convenza de que no debería lograrlo.

Hattie parpadeó. Qué observación tan acertada.

—¿Cómo hemos pasado de bailar a hablar de esto?

Él se rio.

—Tenía la apremiante necesidad de compartirlo con usted. Una vez fui como usted, en el sentido de que intenté encajar dentro de la caja en la que la sociedad decía que debía estar. Y entonces un día entendí que no podía hacerlo y sentirme bien conmigo mismo, así que me creé mi propia caja.

La música estaba llegando a su fin.

—No estoy segura de entenderlo.

—Lo sé —dijo él, y sonrió—. Lo único que debe saber es que es posible trazar su propio rumbo. Si yo lo hice, usted también puede.

La música finalizó y él dio un paso atrás e hizo una reverencia.

—El placer ha sido mío.

Alargó el brazo y la sacó de la pista de baile.

Perpleja, Hattie lo vio marcharse, pero lo que le había dicho empezó a calar en ella poco a poco. Se giró y casi se chocó con Teo y Flora.

Flora estaba resplandeciente.

—Haaaaattie —gritó rodeándola por los hombros—. Su excelencia y yo queremos tomar un poco el aire. Hace mucho calor, ¿verdad? O a lo mejor no, pero llevo bailando toda la noche —dijo abanicándose con la mano—. Estoy muy acalorada —añadió antes de girarse hacia Teo y sonreír.

—Hace una noche preciosa —dijo Hattie, que podía sentir la mirada de Teo, pero mantuvo los ojos fijamente en Flora. No le permitiría ver lo mucho que le importaba. No le permitiría saber cómo se le estaba rompiendo el corazón. ¿De qué serviría?

—Si me disculpan.

Y se alejó para no romper a llorar.

Ya estaba harta de la velada y fue a buscar a su hermano. Había llevado un vestido elegante y había bailado exactamente tres veces. Dijera lo que dijera el señor Donovan, ella nunca, jamás, tendría a ese duque santiavano.

Capítulo 29

A la mañana siguiente, Lila se levantó a rastras de la cama para ir a visitar a lord Abbott. Lo había pasado de maravilla en el baile, sobre todo después de que él se hubiera marchado. Cuando ya no se requería que hiciera presentaciones ni escuchara las quejas de Elizabeth, había podido bailar. Y beber. Y comer. Y aprovechar todas las cosas maravillosas que se podían hacer en el baile de los Abbott.

Y ahora tenía la cabeza como si fuera de plomo y el estómago revuelto.

Cuando llegó a Grosvenor Square, y justo se encontró con que llevaba desabrochados la mitad de los corchetes del vestido, el señor Borrero la llevó a la cocina.

—¿La cocina? —preguntó ella segura de que su cabeza atolondrada había oído mal.

—*Sí*, la cocina. Sígame.

Y a la cocina que fueron mientras Lila caminaba con brío para no perderse por el laberinto de pasillos. Cuando llegaron, se quedó asombrada al ver a lord Abbott en la mesa central mezclando algo en un cuenco.

Parecía descansado y estaba guapo. Levantó la mirada.

—Ah, lady Aleksander. Estaba esperándola.

—Milord.

Ella miró a su alrededor, segura de que en cualquier momento aparecería alguna mujer y le quitaría el cuenco de las manos, pero, cuando nadie lo hizo, se quedó mirándolo asombrada. Es más, había una joven sentada a una mesa en una esquina pelando patatas como si fuera lo más normal del mundo que el vizconde llevara delantal y estuviera mezclando algo en un cuenco.

—Nunca ha visto a un hombre hacer repostería —dijo él.

—¡No! En... en ocasiones mi esposo y yo lo hemos intentado, pero... no, milord. Es usted el primero, desde luego.

¿Por qué no se lo había dicho antes? Era algo que ella podría haber usado, algo que la habría ayudado a encontrarle la mujer perfecta. Era un dato interesante, al menos.

Entró en la cocina y se agachó al pasar por debajo de unas hierbas colgadas boca abajo y un pollo, también colgado boca abajo.

—Habíamos acordado reunirnos hoy —le recordó ella.

Él no levantó la mirada del cuenco.

—Estamos reunidos.

Entonces, eso era más interesante aún.

—¿Y su escribiente?

Él la miró.

—Hoy no viene.

—De acuerdo. Su madre me dijo que le gustaría...

—Está visitando a una amiga enferma. ¿Empezamos?

Ahí Lila se percató de algo: él no estaba tan áspero como de costumbre. Estaba distinto. Parecía desanimado.

Ella, inquieta, miró a la cocinera.

—Yolanda no habla inglés. Puede usted hablar con libertad.

Ante la mención de su nombre, Yolanda alzó la mirada. Lord Abbott le habló en español y ella siguió pelando patatas mientras tarareaba algo en voz baja. Con la barbilla, el vizconde señaló un taburete.

—Mis disculpas por no tener algo más cómodo para usted.

—No me importa sentarme en un taburete robusto —dijo Lila, y se sentó frente a él—. En primer lugar, he de felicitarle por un baile extraordinario. ¡Su madre es una maravilla! No me puedo creer que fuera capaz de organizarlo todo tan rápido.

—*Sí* —dijo él.

Tan hablador como siempre.

—Anoche conoció nuevas caras. ¿Qué le parecieron?

Él la miraba mientras esparcía harina sobre la mesa.

—Todas ellas encantadoras —dijo, y le acercó un plato de galletas de jengibre—. Debe probar una.

—No podría —contestó ella, pero entonces se sirvió una—. ¿Le gustó alguien en particular?

Él negó con la cabeza.

—¿No? Pensé que tal vez le gustó la señorita Woodchurch. Le pidió el primer baile.

Él levantó la cabeza con brusquedad y aguzó la mirada.

—¿Y?

Lila se encogió de hombros y mordisqueó la galleta.

—Fue una elección interesante.

—¿En qué sentido?

—Bueno, en general reservamos el primer baile para la primera de la lista.

Mateo empezó a estirar la masa.

—Eso he oído. ¿Es una norma mencionada en la legislación inglesa? ¿O escrita en pergaminos?

Lila se rio, sobre todo sorprendida por haber tocado una fibra sensible.

—No, que yo sepa. Pero tiene sentido.

—Para mí no.

—¡Qué maravilla! —dijo Lila mientras se servía otra galleta—. ¿En ese caso he de suponer que la señorita Raney es la primera de su lista?

Él apretó la mandíbula y siguió con la mirada fija en la masa que estaba estirando. Lila estaba fascinada con la escena. Ese hombre, ese hombre viril y guapo, con un delantal y estirando masa con un rodillo.

—De las damas que me ha presentado, supongo que sí. En teoría.

—¿En teoría? ¿Qué significa eso? —preguntó Lila.

—Significa, señora, que no la conozco lo suficiente. Me es imposible valorar nuestra compatibilidad en medio de una multitud.

Ella quiso sugerirle que aceptara a la señorita Raney como su escribiente y que así podría valorar su compatibilidad. Pero él no era el único que necesitaba tiempo. Lila también lo necesitaba. Necesitaba saber todavía más de Hattie Woodchurch, porque tenía la sensación de que el dilema interior que tenía el vizconde no iba a solucionarse solo.

Agarró otra galleta.

—Según mi experiencia, «en teoría» funciona igual de bien que cualquier otra cosa en estos casos —dijo la mujer animadamente—. Creo que lo único que falta, antes de una declaración de sentimientos y una proposición, es conocer a la familia de la señorita Raney.

El vizconde no dijo nada.

—Se puede organizar.

Él seguía sin decir nada.

—Se me ocurre un paseo, que podría darles oportunidad de hablar con menos multitud a su alrededor, si gusta.

Él levantó la mirada.

—Lo que necesite, lady Aleksander.

Suponiendo que era la mejor respuesta que podía obtener del hombre, Lila se levantó del taburete.

—¡Maravilloso! Le enviaré los detalles.

Se sirvió otra galleta.

—¿Ha dicho que hoy no viene la señorita Woodchurch? Quería preguntarle qué le pareció el baile.

—Hoy no viene —respondió él con tirantez.

Lila sonrió.

—Buen día, milord.

Salió de la cocina, pero, antes de cruzar la puerta, miró atrás. El vizconde había dejado de estirar la masa. Tenía las manos apoyadas en la mesa y estaba mirando al infinito con la mandíbula más tensa que la piel de un tambor.

Lila necesitaba conocer la opinión de Hattie Woodchurch. Y necesitaba conocerla cuanto antes.

Capítulo 30

Lila tuvo la gran suerte de encontrar a Beck en casa acompañado solo de Donovan. Su esposa e hijas habían salido.

—De compras —dijo Beck con un gruñido—. Pronto iremos a la casa de Devonshire y, al parecer, allí no se pueden comprar ni vestidos ni guantes ni sombreros. Justo ahora íbamos a tomarnos un oporto, Lila. ¿Te apetece?

—¡Por favor! —dijo ella, y se sentó en el sofá.

Donovan sirvió los oportos y los repartió. Beck se sentó en un sillón con una pierna cruzada sobre la otra.

—Y bien, ¿qué puedo hacer por ti?

Lila dio un sorbo.

—Tengo un problema.

—¿Otro? Querida, ¿te has dado cuenta de que últimamente pareces tener muchos problemas?

—Desde luego que sí. Pero, en esta ocasión, mi problema es que creo que lord Abbott está enamorado de la señorita Woodchurch.

Beck esperó un instante a que le dijera que era broma, y, cuando eso no pasó, se rio. Donovan no. Beck miró a Donovan y luego a Lila.

—¿Qué?

—Hablo en serio, Beck.

Él descruzó las piernas y se incorporó.

—Lila, ya te he dicho que es imposible. ¡Imposible!

—Lo sé, pero la ama, y mi conciencia no me permite ignorarlo y concertar un matrimonio con Flora Raney.

—Eres demasiado tierna y, si me lo permites, a más mayor, más tierna. Siempre te he apoyado, pero en esto no puedo hacerlo. Va a ser imposible que acepten a la familia de la señorita Woodchurch. ¿Te imaginas lo que diría el Parlamento Santiavano? Enfurecerían en cuanto conocieran al señor Hugh Woodchurch —dijo estremeciéndose antes de soltar el oporto.

—Pero tiene que haber un modo —insistió Lila—. Por más que pienso, no lo encuentro, pero tiene que haberlo.

—Siempre lo hay —dijo Donovan—. Incluso en esta situación.

Beck y Lila lo miraron.

—¿Cómo? —preguntó Lila.

—Debemos legitimar a su familia de otra forma.

—¿Cómo? —preguntaron a la vez Lila y Beck.

—A través de su hermano, el señor Woodchurch.

—Dios bendito, el peor del lote —dijo Beck con un ademán de la muñeca.

—Puede. Pero es el único hombre, además del vizconde, que ha llamado la atención de las damas. De una en particular.

—¿De quién? —preguntó Beck abriendo los brazos—. ¿Qué mujer en su sano juicio querría tener algo con él?

Donovan soltó una risita.

—La señorita Flora Raney.

Lila soltó un grito ahogado.

—¡Ya sabía yo que me resultaba familiar! ¡Los he visto juntos más de una vez!

—Ahí hay atracción —dijo Donovan—. Y diría que al señor Hugh Woodchurch le gustaría ver a su hijo mayor casado con una familia adinerada. Podría estar más dispuesto a llegar a un entendimiento con la familia Raney que a uno para casar a una hija a la que ve únicamente como una responsabilidad.

—Eso es horrible —exclamó Lila.

—Sí, pero no por ello menos cierto —dijo Beck con pesar.

—¿Y cómo lo hacemos? —preguntó Lila.

—¿Hacemos? Yo no puedo formar parte de esto —dijo Beck con desdén.

—Tiene que resultar evidente para todo el mundo —dijo Donovan.

Los tres se miraron y de pronto Lila dijo:

—¡Ajá!

—¿Ajá? —repitió Beck.

—El elefante Jumbo.

—¿Perdona? —dijo Beck.

Lila se levantó.

—El elefante. Habrá una exhibición el miércoles y se me había ocurrido que sería una oportunidad perfecta para que el vizconde y la señorita Raney pasaran algo de tiempo juntos. En el palco de honor, por supuesto.

—Excelente —dijo Donovan sonriendo.

—¡Excelente! ¿Por qué es excelente? ¿Puede alguien explicármelo, por favor? —exigió Beck.

—Lo haré yo, te lo prometo —dijo Lila, aunque ya estaba en la puerta—. Pero primero tengo que comprar unas entradas y hacerle una visita a la señorita Woodchurch.

Oyó a Beck gritarle que no debía ir a visitar a la señorita Woodchurch, pero Lila se quedaba sin tiempo. Había que actuar de inmediato.

Capítulo 31

En una caja escondida en su armario, Hattie guardaba su sueldo. Era una tarde de domingo húmeda y oscura y ella había sacado la caja y estaba contando cuánto dinero tenía. De momento había ahorrado veinte libras, después de pagar a su padre y comprar unas cosas que necesitaba. Calculaba que necesitaría al menos cuarenta para alquilar una casita de campo durante unos meses. La señora O'Malley le había dicho que los telegrafistas ganaban seis libras a la semana, y se estaba planteando pedirle a su padre que la ayudara a encontrar un puesto así.

Pero pedirle ayuda con algo le saldría caro.

¿Y adónde iba a ir? Tenía en mente marcharse al campo, pero no tenía claro qué clase de trabajo podría encontrar allí.

La puerta de su habitación se abrió de pronto y Peter la cruzó aterrizando en el suelo sobre una mano y una rodilla. Se levantó de un salto.

—¡Peter! ¿Es que a nadie de esta familia se le ocurre llamar a la puerta?

—Tienes visita.

A ella se le aceleró el corazón.

—¿Sí?

Se levantó y al instante se arrepintió de haberse puesto el corriente vestido gris. ¿Quién podría ser?

Nadie había ido a visitarla desde Rupert. No sería Teo, ¿verdad? No. Él jamás iría ahí. De hecho, rezaba por que jamás lo hiciera.

—Es una dama.

Una dama. Se relajó al instante.

—¿Joven o mayor?

—¿Qué quieres decir? Todas son mayores.

Su hermano se dirigió al pequeño escritorio donde guardaba su diario. Hattie corrió a agarrarlo antes de que pudiera hacerlo Peter.

—Fuera —dijo apartando el diario.

—¿Qué? ¿Por qué es secreto?

—¡Fuera, Peter!

Con un resoplido, su hermano salió. Hattie esperó hasta estar segura de que se había marchado y luego escondió el diario para protegerlo de miradas indiscretas. Y también escondió el dinero. No se fiaba de nadie en esa casa. Ni siquiera de los gatos.

Bajó las escaleras y, mientras avanzaba por el pasillo, oyó voces provenientes del salón. Según se acercaba, oyó a su padre reírse con ese tono malicioso suyo. Sus padres estaban atendiendo a quien fuera que hubiera ido de visita. Esquivó un maniquí y pasó por encima de un juego de té antes de entrar en la sala. Lady Aleksander, Lila, estaba sentada en el sofá. Tenía un gato en el regazo y otro al lado. Al ver a Hattie, pareció aliviada.

—¡Buenos días, señorita Woodchurch! Espero que no le importe esta visita inesperada.

A Hattie le importó mucho. Prefería morirse a que alguien viera el caos en el que vivía. Por no hablar de que Peter y Perry estaban ahí, jugando a un juego de cartas que consistía en lanzarlas contra la pared. Podría perecer ahí mismo de la vergüenza.

—Por supuesto que no. Bienvenida.

—Justo estábamos preguntándole a la señora a qué se debe su visita —dijo su padre.

—¡Papá!

«Por favor, Jesús, llévame ya».

—¿Por qué no? Nadie viene nunca a visitarte a ti, muchacha. ¿A qué viene todo esto?

Lila se quitó al gato del regazo y lo dejó en el suelo.

—He venido porque Hattie y yo nos hemos hecho amigas y, ya que hace un día delicioso, esperaba que pudiera salir a pasear conmigo.

—¡Pero si está lloviendo! —gritó su madre—. ¿Por dónde van a pasear con esta lluvia? ¿Por qué todo el mundo está siempre paseando?

Hattie abrió la boca para responder, pero en ese momento los relojes dieron la hora y empezaron a repicar por toda la casa con una horrenda cacofonía. Lila, espantada, abrió los ojos como platos. Y justo cuando el repiqueteo paró, oyeron una puerta abrirse y cerrase de golpe y unas zancadas por el pasillo.

Daniel entró en la sala, apartó a un gato con la bota y soltó el sombrero sobre una mesita auxiliar antes de mirarlos a todos. Se asombró al ver a Lila.

—Hola. ¿Quién es?

—Daniel, te presento a lady Aleksander. Señora, le presento a mi hermano, el señor Daniel Woodchurch.

Lila lo miraba estrechando los ojos como si intentara verlo con mayor claridad.

—Señor Woodchurch.

Daniel al menos le hizo una reverencia.

—Lady Aleksander. ¿Nos conocemos? Me resulta familiar.

Lila sonrió.

—No, no lo creo.

—Estoy seguro de que la he visto —dijo Daniel.

—Sea como sea, nosotras vamos a salir —dijo Hattie haciéndole una señal a Lila. No hizo falta que se lo repitiera dos veces. La mujer pasó por encima de un gato mientras insistía en que había sido un placer conocer a sus padres y hermanos y les deseaba lo mejor.

Hattie se puso una capa a toda prisa y sacó un paraguas. Lila ya tenía el suyo en las manos y salieron juntas precipitadamente.

Una vez que estaban en la calle bajo sus respectivos paraguas, Hattie miró atrás, hacia su triste casa.

—Lo siento muchísimo.

—¿Por qué? —preguntó Lila sonriendo.

—Está siendo amable, pero no hace falta que finja. Soy consciente de la imagen que mi familia y nuestra casa dan al mundo. Es deplorable.

—Usted no es deplorable. Vamos, conozco una galería de arte no muy lejos de aquí. Podemos hablar allí.

La galería era demasiado pequeña y en un día así estaba abarrotada. Aun así, y aunque apretujadas, Lila y Hattie lograron entrar.

—¿Disfrutó del baile? —preguntó Lila mientras contemplaban una escena pastoral.

Hattie puso los ojos en blanco.

—¿Acaso importa? Vamos, Lila, sé lo que quiere usted. Pregúntemelo. Pregúnteme qué le parecieron a él las damas.

—De acuerdo. ¿Qué le parecieron a él las damas?

—No puedo decirlo.

—Porque es su amiga.

—Sí —dijo Hattie con rotundidad, y miró a Lila con enfado—. Soy su amiga.

Lila sonrió.

—Es curioso, no dejo de oír esa palabra.

Hattie frunció el ceño.

—¿Qué palabra?

—¡«Amiga», querida! Pero es maravilloso. Significa que él también será amigo de la señorita Raney. Mi esposo, Valentin, y yo fuimos amigos antes de estar enamorados. Creo que eso contribuye a que el matrimonio sea estupendo. Lo hablamos todo.

—No sé qué quiere que diga —dijo Hattie mientras pasaban al siguiente cuadro—. ¿Enhorabuena?

—Gracias —contestó Lila despreocupadamente—. ¿Cree que el vizconde ve a la señorita Raney como posible esposa?

Hattie se cruzó de brazos y apretó con fuerza. Era increíble cuánto le dolía siquiera oír esas palabras en alto.

—Sí.

—Fabuloso. Entonces creo que es hora de que él conozca a su familia en un entorno más íntimo, ¿no cree? Algo para que vayan aclimatándose. Una cena privada. ¿Qué le parece?

Hattie sintió cómo se le tensó el cuerpo.

—¿Qué podría saber yo? No soy la casamentera.

—No, no lo es —dijo Lila con tono enigmático. Pasaron al siguiente cuadro, el de una niña con un vestido de volantes y rodeada de ovejas.

—¿Ha oído hablar de Jumbo? —preguntó Lila.

—¿De quién?

—Jumbo, el elefante. Habita en el Zoo de Londres. Hará una exhibición el miércoles. La gente que asista tendrá la oportunidad de tocarlo y los niños podrán subirse a él. ¿No le parece una salida estupenda para unos potenciales esposos?

—Por favor, deje de preguntarme mi opinión. Me da igual.

—Ya lo he organizado todo —dijo Lila, y miró a Hattie—. También he invitado a su familia.

Hattie emitió un grito ahogado.

—¿Que ha hecho qué? ¿Por qué?

Lila se encogió de hombros.

—Sus hermanos pequeños parecían tener mucho interés por ver a Jumbo, y lo cierto es que a sus padres también les ha hecho ilusión, sobre todo cuando les he dicho que les daría entradas gratis.

—¿Qué está haciendo? ¿Por qué iba a invitarlos a ninguna parte?

—No se enfade, Hattie. He tenido la suerte de recibir varias entradas. ¡Me alegra ser de ayuda! No se ponga así, seguro que lo disfruta mucho. Ah, y lo he arreglado todo para que su hermano y usted estén en el palco de los patrocinadores.

—¿El qué?

—Es como una tribuna para los que se lo pueden permitir y no quieren estar en medio de una multitud. Véalo como un palco de un teatro.

Hattie miró a Lila y dejó escapar un grito ahogado.

—Me está utilizando. Me negué a su oferta de pago y por eso ha buscado otra forma de utilizarme.

Lila se giró dándole la espalda al cuadro de la niña rodeada de ovejas.

—Entiendo que esté disgustada, Hattie, pero no estoy utilizándola. Tendrá que confiar en mí cuando le digo que estoy ayudándola.

—Por Dios santo —murmuró Hattie—. No veo cómo. Y, aunque pudiera verlo, le suplico, Lila, que por favor no me ayude.

Se giró y, furiosa, pasó al siguiente cuadro.

Furiosa y también un poco desconsolada, la verdad. Se había permitido que la convencieran para ir al baile, pero no creía que pudiera soportar ver a Teo con Flora una vez más sin que el corazón se le rompiera por completo.

Mientras Hattie sufría recorriendo una galería de arte con lady Aleksander, Mateo estaba sufriendo a su madre. La mujer estaba resentida, enfadada con él por estar tardando demasiado en elegir esposa. Él estaba perplejo por que a ella no le pareciera una tarea más complicada que elegir un nuevo perro de caza. Les echas un vistazo a todas, estudias su linaje y, *voilà*, ahí tienes a la mujer con la que te despertarás durante el resto de tu vida.

Su madre caminaba de un lado a otro frente a la chimenea, con la tela de sus enaguas crujiendo suavemente bajo la falda.

—Lila dice que no dices prácticamente nada, Teo.

—¿Qué podría decir?

—¡Todo! ¡Podrías empezar diciéndole con qué mujer te gustaría iniciar las negociaciones!

Hacía que pareciera todo tan... comercial, como si estuviera comprando una yegua de cría.

—¿Es Raney?

Mateo miró a su madre. No podía manejar la situación con la destreza y sutileza con la que lo haría Sofía, ni tampoco podía complacerla como Roberto. Pero sí que podía ser sincero.

—Es la señorita Woodchurch.

—¿Quién? —preguntó su madre antes de caer en la cuenta de a quién se refería.

—Mi escribiente —dijo él para despejar cualquier duda.

Ella se quedó mirándolo y entonces intentó reírse con la vana esperanza de que fuera una broma.

Mateo no se rio con ella.

—Dios bendito. No seas ridículo, Teo.

—¿Es ridículo escuchar a tu corazón? ¿No quieres que sea feliz, mami?

Su madre estaba palideciendo.

—No es nadie.

—Para mí sí que lo es. Y es una persona completa, igual que tú.

—No, no, no vas a avergonzarme. Por supuesto que es una persona, y seguro que es encantadora. Pero para Santiava no es nadie. Estamos hablando del futuro del ducado, *hijo mío*. Debemos pensar en una esposa con un cierto nivel de riqueza y contactos. Ya conoces los motivos. En el ducado hay a quienes les gustaría que España nos absorbiera. Si te consideran débil, harán presión para conseguirlo. Este matrimonio debe ser fuerte.

Él conocía los motivos, pero estaba viendo que ya no le importaba. Incluso ahora, después de tanto tiempo, podía oír a su padre reprendiéndolo por plantearse algo tan mediocre como un matrimonio por amor. Se levantó y se acercó a la ventana. Estaba oscuro. No podía ver mucho.

—Mateo —dijo su madre, y fue a la ventana. Lo rodeó por la cintura con un brazo y apoyó la cabeza en su hombro—, entiendo que quieras casarte por amor, pero nuestra realidad es algo distinto por completo. ¿No crees que podrías llegar a amar a la señorita Raney?

—No lo sé. Supongo que todo es posible. Pero amo a Hattie.

Su madre le frotó la espalda como solía hacer cuando era pequeño y se ponía enfermo.

—Sé que tu posición en el mundo no es fácil. Tienes unas responsabilidades enormes.

—Y he cumplido con todas ellas.

—Sí, mi amor. Pero ¿y esta? En esta en concreto tienes que elegir con cuidado. El padre de la señorita Raney es influyente en el Parlamento Inglés. Ella sería una elección excelente para nuestro rincón del mundo.

Mateo no dijo nada. Sabía qué pensaba su madre, pero no le veía lógica a por qué debería importar. Él era el duque. Él sabía que era necesario tener un heredero, y era otra responsabilidad más que cumpliría. Pero ¿qué más daba a quién eligiera para cumplir con esa obligación?

—Será mejor así, *hijo mío*. Tendrás una boda y tendrás a tu esposa. Le mostrarás Santiava y disfrutarás haciéndolo, y luego, cuando lleguen los hijos, podrás hacer lo que te plazca.

Mateo giró la cabeza para mirarla.

—¿Fue eso lo que hizo papá?

Su madre se encogió de hombros con indiferencia.

—No me importaba mucho. No pude dar cuenta del paradero de tu padre durante cada momento de nuestro matrimonio y, sinceramente, dudo que él pudiera dar cuenta del mío. Pero nos casamos y tuvimos tres hijos preciosos y me dio una vida extraordinaria. No creo que ninguno de los dos tuviéramos ninguna queja, y creo que tú tampoco la tendrás.

Mateo no quería discutir con ella, pero su vida era distinta por completo de la de su padre, que, por lo que él había podido ver, nunca se había preocupado de nada ni de nadie, solo de sí mismo. Él no quería esa clase de vida. Si iba a llevar a una esposa a Santiava y a tener una familia con ella, no podía imaginarse buscando compañía en cualquier otro lugar.

Quería una familia. Quería amar a una esposa y a sus hijos. No quería casarse con el ducado. Quería casarse con quien amaba.

Todo estaba mal. Estar en Londres estaba mal. Sus sentimientos por Hattie estaban mal, se mirara por donde se mirara. Maldita sea, eran unos sentimientos demasiado amistosos. Y eso no estaba bien.

Lo que él estaba haciendo no estaba bien.

Capítulo 32

La autoestima de Flora había crecido a pasos agigantados durante el curso de la semana, principalmente porque Queenie le había dicho que todo el mundo hablaba de ella como la dama que había conseguido el corazón del santiavano.

—Si no su corazón, al menos sí un acuerdo —añadió Queenie pícaramente.

Hattie estaba paseando con Flora y Queenie hacia la exhibición del elefante en el zoo. Hattie no mencionó cómo había conseguido su entrada, y tampoco se lo preguntaron. Para dos mujeres que podían tener todo lo que quisieran, cómo había conseguido ella una entrada era algo sin ninguna trascendencia.

Por supuesto, Hattie no había querido ir, pero, tras unos cuantos días lluviosos, hoy el día era tan precioso y luminoso que estaba encantada de tener una excusa para estar al sol.

En el zoo se había colocado una pista, y una gran tribuna vallada, el palco de los patrocinadores, como decía Lila, se había instalado por encima de las masas de gente para aquellos dispuestos a pagar por tener mejores vistas. Parecía poder albergar a unas cincuenta personas en total y ya había mucha gente sentada. A Hattie le recordó a los paseos matutinos por Hyde Park; todo el que era alguien quería ser visto.

Flora anunció que sus padres también habían ido y que habían invitado a lord Abbott y su madre a acompañarlos.

—Qué valiente has sido, querida, al hacerle una invitación —dijo Queenie—. ¿Ha respondido?

—¡Por supuesto! Bueno, ha respondido alguien. Pero él vendrá.

Se dirigieron hacia el palco, donde un encargado las condujo hacia los asientos. Flora fue a la primera fila para reunirse con sus padres. Llevaba un vestido de muselina blanco y a Hattie le parecía etérea. No podía negar que Flora sería una duquesa encantadora.

Queenie vio a alguien a quien conocía y se alejó dejándola sola en el pasillo. Alguien se chocó con ella y Hattie entendió que debía tomar asiento porque estaba bloqueando el paso. Ocupó el más cercano que encontró, en la última fila.

Vio cómo la gente iba entrando para sentarse. Oyó a alguien gritar su nombre y miró hacia un lateral. Era Daniel, cómo no. Su familia entera y él estaban abajo, entre la multitud. Incluso su madre, que juraba que su mala circulación le inutilizaba los tobillos y por lo tanto apenas salía de casa.

Hattie ignoró a Daniel y se levantó. Lady Aleksander le había dado la única entrada para el palco que le quedaba. Las de su familia eran de acceso general. Estaba emocionada por poder ver a ese elefante sin su familia alrededor. Queenie decía que el animal hacía acrobacias.

La mayoría de los asientos estaban ocupados cuando lord Abbott entró en el palco con su madre. No vio a Hattie y condujo a su madre a la primera fila, donde lord Raney les había guardado un par de asientos. Él les presentó a su madre y después se sentó al lado de Flora.

Bueno, parecía que todo el asunto ya estaba cerrado, pensó Hattie intentando ignorar el dolor que le produjo el corazón cuando se le encogió.

Por fin apareció Jumbo, avanzando con paso pesado por un pasillo. Sobre el lomo llevaba seis hombres apretujados dentro de una caja. Habían instalado una especie de cercado y la multitud se arremolinaba alrededor para ver a Jumbo caminar en círculos. Los hombres que llevaba encima, acróbatas, saltaron y se dirigieron hacia la valla dando volteretas y haciendo piruetas. Un hombre colocó una caja en el centro del cercado y agitó una batuta. Parecía imposible que el elefante pudiera entender lo que quería decir, y mucho menos que se subiera a la caja, pero lo hizo, equilibrando su enorme tamaño sobre una superficie que apenas tenía las medidas del escritorio de Hattie.

Después, cuando el elefante se había bajado de la caja, un perro apareció en la pista con una cuerda entre los dientes. Sacudiendo el rabo, soltó un extremo de la cuerda y lo dejó caer delante de Jumbo. El elefante lo recogió con la trompa. El perro corrió hacia el hombre de la batuta y le dio el otro extremo. El hombre y el elefante empezaron a hacerla girar y el perro saltó. La multitud clamó encantada.

Hattie no pudo evitar observar a Teo mientras él miraba al elefante. Ella estaba sentada en ángulo y le pareció que su expresión era impasible. De vez en cuando Flora se le acercaba para decirle algo y él asentía con la cabeza o respondía brevemente. Pero no parecía estar disfrutando del espectáculo.

Jumbo pasó a emitir trompeteos cuando se lo indicaban, a caminar hacia atrás y a dar vueltas. El perro subió corriendo por la trompa y alrededor del aro que el elefante tenía en el lomo. Cada truco arrancaba más y más clamores de aprobación entre la multitud. Se anunció un breve descanso y alguien le llevó a Jumbo un poco de heno. Hattie permaneció en su asiento y vio un flujo constante de gente que se acercaba a saludar a Flora y a Teo. Flora estaba orgullosísima; Hattie lo veía por cómo sonreía y cómo saludaba a todo el mundo asegurándose después de presentarles a Teo.

El hombre de la batuta se estaba preparando para el segundo acto cuando Teo se levantó a estirar la espalda. Fue ahí cuando vio a Hattie. Sonrió. Ella también. Él le dijo algo a Flora y se dirigió hacia lo alto del palco justo cuando Jumbo volvió, ahora cargando con niños sobre el lomo. La multitud estaba encantada. Varias personas corrieron hacia la valla para hacer turno.

Teo llegó a la última fila y ocupó el asiento contiguo al de Hattie. Un caballero se detuvo para saludarlo, pero, cuando se marchó, Teo se giró hacia ella y sonrió.

—Has venido a ver a Jumbo.

—Es enorme. Nunca he visto nada tan grande.

Teo asintió.

—Es el elefante más grande que he visto en mi vida.

Hattie se rio.

—¿Has visto más de uno?

—Sí. En África, con mi hermano. Allí también vi a los elefantes voladores.

—Los elefantes voladores —repitió ella vacilante.

Él asintió aunque siguió mirando al frente.

—Son más pequeños, pero sus orejas tienen mucha más envergadura. Son bastante impresionantes, la verdad.

Hattie esbozó una lenta sonrisa.

—Puede que con eso engañe a sus esposas potenciales, milord, pero yo no voy a picar.

Él se giró sonriendo y bajó la mirada a sus labios.

—¿Estás segura?

—Completamente —dijo ella riéndose—. ¿Qué más viste?

—Tigres y ñus.

Hattie vio que Flora se había girado y estaba mirando a su alrededor. Los vio en la última fila y los miró de arriba abajo antes de volver a mirar al frente. Abajo se estaba formando una cola para ver al elefante de cerca.

—¿Qué te parece el elefante bailarín? —preguntó Hattie.

—Me ha recordado a mi infancia.

—¿En qué sentido?

Él se encogió de hombros.

—En el sentido de que, cuando yo estaba en público, siempre me hacían sentirme como un mono adiestrado. Jumbo tiene una mirada que entiendo.

Hattie miró al elefante. Unas personas subieron por una pequeña escalera y el elefante les dio una vuelta.

—No parece del todo feliz, ¿verdad?

Teo sonrió con pesar.

—¿Alguien lo es?

—A veces la mayoría lo somos. Otras veces no.

—Yo hoy estoy feliz de verte aquí. Siempre que te veo, estoy feliz.

De pronto se oyó un grito de alarma. Dos personas habían saltado a la pista para tocarle la trompa a Jumbo, y Hattie, en un instante de horror, vio que eran Peter y Perry. Flora la miró con los ojos como platos. Se sentía avergonzada por Hattie, pero... pero ¿Flora conocía a los gemelos? ¿Cómo? ¿Cuándo los había visto?

Oyó a alguien gritar el nombre de Flora y vio, con más horror todavía, que era Daniel. Su hermano estaba llamándola a gritos como si Flora fuera parte de la chusma. Estaba subido a la valla del cercado haciendo que dirigía a la plataforma de los ricos como un director de orquesta. Algunas personas se rieron con sus payasadas. Otras lo fulminaron con la mirada. Un hombre le gritó que se bajara y los dejara tranquilos.

Y justo cuando Hattie creía que su familia no podría avergonzarla más, encontraron el modo de hacerlo. Eran como unos primos pueblerinos con modales terribles y ajenos al malestar que generaban.

Ahora Daniel estaba haciendo como si él también tuviera trompa. Y... Hattie no podía entenderlo, pero... Flora se estaba riendo. Se estaba riendo con lo que hacía Daniel.

Teo se levantó.

—Debo volver con mi madre antes de que la multitud se descontrole demasiado. ¿Nos vemos pronto?

Ella asintió. Sentía la cara ardiendo por el calor de la vergüenza. No sabía cómo podría disculparse ante Flora.

Como parecía que el espectáculo había terminado y que lo único que había ya eran paseos en elefante para niños, la gente empezó a abandonar el palco. Hattie vio a Teo hablar con los padres de Flora y entonces, cómo no, Lila apareció de la nada y la conversación se animó. Finalmente, Teo hizo una reverencia y alargó un brazo. Su madre lo agarró y empezaron a subir las escaleras hacia la salida. Flora se había reunido con Queenie.

Hattie se abrió paso como pudo entre el gentío para llegar a ellas antes de que desaparecieran. Tuvo que apresurarse para alcanzarlas y le puso una mano a Flora en el brazo para detenerla.

Flora se giró con brusquedad.

—Flora —dijo Hattie con la respiración entrecortada—. Debo disculparme por mis hermanos.

—¿Qué?

—Mis hermanos. Y por Daniel en particular. Lamento mucho su comportamiento. Espero que no te hayas sentido terriblemente ofendida.

—Claro que me he sentido ofendida —dijo Flora con las mejillas encendidas—. Ya te he dicho que es insufrible. Debería saber cuál es su lugar.

—¡Estoy de acuerdo! —dijo Hattie—. Por la razón que sea, está loco por impresionarte.

—Ay, Hattie —dijo Flora inclinándose hacia delante y atravesándola con su oscura mirada—. La verdad, me da igual.

—¡Mira, ahí está lady Mabel! —exclamó Queenie—. Al final ha venido. ¿Vamos a verla?

—Sí —dijo Flora agarrándola del brazo. Hattie se movió para acompañarlas, pero Flora se giró de pronto y detuvo en seco a Queenie—. Hattie, puedes irte a casa. Tu familia está aquí. Seguro que querrás volver andando con ellos.

Hattie se quedó estupefacta. Flora nunca la había despachado de esa forma. Ella debió de haber asentido o dicho algo en respuesta, porque Flora y Queenie se estaban alejando, agarradas del brazo. Miró a su alrededor y vio a la gente saliendo del zoo. No sabía dónde estaba su familia. No quería saber dónde estaba.

Ojalá la tierra se abriera y se la tragara.

Capítulo 33

En el espectáculo del elefante, lady Aleksander había concertado la invitación para cenar en casa de los Raney delante de él y de su madre, y después había entregado una invitación formal de lord Raney para que Mateo no pudiera zafarse. Era una mujer lista.

Le había dicho a su madre que lord Raney estaba loco de contento ante la idea de un compromiso con su hija y que estaba dispuesto a procurar una generosa dote. Su madre se moría de ganas de anunciar el compromiso antes de que él se marchara de Londres. Mateo se preguntaba si pretendía pedir la mano de la señorita Raney ella misma. Su plan, según le había informado, era zarpar en quince días y volver al cabo de unos meses para la boda. Qué práctico, su madre había planificado por él la decisión más importante de su vida.

Y lo había hecho mientras fingía no haberle oído decir nunca que estaba enamorado de Hattie.

Cuando Hattie llegó al trabajo, él estaba esperándola. Junto a Rosa había hecho otro intento de la tarta esponja. Hattie estuvo encantada de catarla para él. Se sentaron en el sofá para probarla.

Él la observaba mientras masticaba.

—Teo..., esta está mucho mejor.

—Eso mismo he pensado yo.

Ella dio otro bocado.

—Qué buena.

Dejó el plato a un lado y sonrió.

—¿Qué tenemos hoy?

—Solo unas pocas cosas —respondió Teo entregándole la invitación formal a la cena en casa de los Raney—. Por favor, da una respuesta afirmativa en nombre de la duquesa y en el mío propio.

Ella seguía sonriendo cuando miró la invitación, pero se puso seria al instante.

—Vaya —dijo con tono suave—, debe de ser importante.

Mateo quería decir cuánto odiaba lo que estaba sucediendo, pero en su cabeza las palabras sonaron vacías y ridículas. ¿Es que no era un hombre adulto? ¿En serio estaba dirigido por su madre?

Hattie forzó una sonrisa.

—Me alegro por ti a pesar de todo.

Se levantó para ir a su escritorio, pero él le agarró la mano.

—Hattie, yo...

Ella se soltó la mano y siguió avanzando al escritorio.

—¿Cuándo crees que será el feliz día?

Qué agonía.

—No lo sé. Vuelvo a Santiava.

Eso la hizo detenerse. Se giró.

—¿Cuándo? Si... si puedo preguntarlo.

—Pregúntame lo que quieras. Tengo planeado partir en doce días. En casa hay asuntos que requieren de mi atención.

—Ah —exclamó ella. Se llevó una mano al abdomen y se dobló un poco.

Ah.

—¿Hattie?

Él se levantó de un salto y la alcanzó en un par de zancadas. La rodeó por la espalda.

Ella lo apartó con fuerza.

—No hagas eso, por favor, no lo hagas. Lo entiendo, Teo. ¿Crees que no lo entiendo? Eres un duque y un vizconde, y yo no soy nadie...

Su madre había dicho lo mismo y eso a él le producía una furia irracional.

—Eso no es verdad.

—¡Sí que lo es! —dijo Hattie dejando caer al suelo la invitación de los Raney—. Siempre he tenido muy claro quién soy y de dónde vengo, Teo. He disfrutado con nuestra amistad. He disfrutado con el trabajo. Te... te echaré de menos terriblemente y jamás te olvidaré, pero...

Con un beso, él evitó que dijera nada más. Le agarró los brazos y la llevó hacia sí mientras con sus labios borraba esas palabras.

Hattie no se resistió. Se puso de puntillas y le devolvió el beso, con unos labios suaves como la mantequilla y unos dedos suaves como la seda posados en su rostro. Fue un beso dulce; en realidad, apenas fue un beso, y aun así se sintió como si una bomba hubiera estallado dentro de su cuerpo. Iba tambaleándose por un sendero de deseo y, alarmado, levantó la cabeza y la miró fijamente.

—Te quiero. *Te quiero mucho* —añadió en español.

Ella emitió un grito ahogado.

—Nunca vuelvas a decir eso —dijo Hattie.

Le rodeó la nuca con las manos mientras lo besaba con tanta intensidad que él tropezó con el escritorio de ella y tiró varias cosas al suelo.

Hattie acercó su cuerpo al suyo y Teo sintió cada suave y maleable curva. Con actitud posesiva, la rodeó con un brazo y le acarició la cara con la otra mano. No podía soltarla. Estaban en su despacho, con la puerta abierta de par en par, y la mente le gritaba que la soltara, que se controlara. Pero su cuerpo se negó y la pegó a él, ejerciendo presión. Ella respondió mordisqueándole los labios, con premura, deslizando la lengua en el interior de su boca y hundiendo los dedos en su pelo.

Mateo estaba excitado hasta tal punto que resultaba peligroso; su cuerpo estaba endureciéndose de deseo. Posó una mano sobre un pecho y llenó su mano con él. Ella gimió.

Ese pequeño gemido atravesó la neblina de deseo y Mateo despertó. Retrocedió dando un tropiezo y no dejó de mirarla a los ojos.

Hattie parpadeó sorprendida ante el abrupto fin del beso. Lo miró con los ojos cargados de deseo. Despacio, se pasó el pulgar por el labio inferior.

—Tenemos que dejar de hacer esto —susurró—. Te pido perdón por la parte que me corresponde.

Sin embargo, no parecía que Hattie quisiera su perdón. Parecía que quisiera echarlo sobre la alfombra y hacerlo suyo. Teo estuvo a punto de hacérselo a ella. Era la mujer más excepcional que había conocido nunca. Lo tenía hechizado. Y él sabía algo: no podía ofrecerle matrimonio a la señorita Raney cuando sentía algo tan fuerte por Hattie Woodchurch.

—Yo no quiero dejar de hacer esto. No pienso disculparme.

—¡Teo! Vas a casarte con mi amiga. No puedo... No puedes...

Hattie se agachó para recoger la invitación.

—Esto es una locura. Debería irme.

—No tienes por qué irte —dijo él, ahora frustrado—. Quédate. Vamos a hablar...

—¿Sobre qué? —preguntó ella mirándolo. Ahora el deseo había quedado reemplazado por unas lágrimas contenidas—. ¿Qué hay que decir? No te imaginas lo difícil que es todo esto para mí.

—Me lo imagino muy bien. También es difícil para mí.

—Tengo que irme.

Hattie lo rodeó y corrió hacia la puerta antes de que él pudiera detenerla.

Mateo la dejó marchar. Por esa vez. Pero no volvería a hacerlo.

Capítulo 34

Pues eso, estaba enamorada perdidamente. Pero el tiempo corría. Mateo se marcharía y ella solo tenías unas cuantas oportunidades más de estar con él.

Pasó el resto del día sumida en una terrible neblina de inseguridad y de un deseo y una desesperanza difíciles de ocultar. Daniel dijo que parecía una muerta viviente.

Al día siguiente, la señora O'Malley comentó lo triste que la veía. No estaba triste, estaba agotada. No había dormido nada la noche anterior.

—Estoy un poco destemplada, nada más —dijo sonriendo como pudo.

—Vaya. Bueno, tenga un poco de chocolate.

La señora O'Malley le dio unos trozos.

El chocolate no ayudó.

Cuando hubo terminado su trabajo en la tienda de la señora O'Malley, fue a casa de Flora. Los viernes a Flora le gustaba ir a visitar a su primo Moses.

Pero Flora no estaba ahí.

—Ay, Hattie —dijo su madre—. Flora ha salido. ¿No te lo ha hecho saber?

—No. Pensaba... pensaba que iríamos a visitar a Moses.

—¿Moses? —preguntó la madre de Flora, confusa—. Queenie y ella han ido a tomar un helado.

¿Helado? Hattie se frotó una sien.

—¿Espero? —preguntó también confusa.

—¿Un cuarto de hora, tal vez? No estoy segura de cuándo volverá. Siéntate aquí —dijo lady Raney, que llevó a Hattie al salón.

Ella se sentó en el borde de un sillón, esperando. Eso no era propio de Flora. Normalmente tenía tantas ganas de ver a Hattie que bajaba las escaleras saltando y se la llevaba corriendo a sus dependencias.

Tenía un presentimiento terrible.

Llevaba esperando media hora cuando oyó a Flora llegar. Estaba riéndose y le dijo al mayordomo que había empezado a llover. Hattie se levantó y se dirigió a la puerta del salón.

—Ah, Hattie —dijo Flora con tono indiferente y distante.

—Buenas tardes. Creía que hoy iríamos a visitar a Moses.

—Sí, bueno... He decidido que no.

Estaba muy fría. Entró en el salón obligando a Hattie a dar un paso atrás.

—Lo cierto, Hattie, es que he decidido unas cuantas cosas.

Flora miró atrás y cerró la puerta con suavidad.

—¿Estás bien? —preguntó Hattie—. ¿Sucede algo?

Flora puso los ojos en blanco.

—Creo que lo sabes.

Hattie sacudió la cabeza, confusa.

—Te juro que no lo sé. ¿He olvidado algo?

—La verdad, Hattie, te estás haciendo la inocente, pero sé que no lo eres. Ya no te necesito.

Hattie se quedó boquiabierta. La noticia fue como un puñetazo en el estómago. ¿Ya no la necesitaba?

—No lo entiendo, Flora. Creía que éramos amigas...

—¿Amigas? —dijo Flora riéndose con desprecio.

—¡Flora!

—Crees que no me he dado cuenta, ¿verdad? —dijo Flora con desdén—. ¿Crees que no puedo ver que estás enamorada de lord Abbott?

Hattie se quedó atónita. ¿Lo había dejado ver de algún modo? Pero... ¿cómo?

—¡No lo estoy!

Flora se rio y sonó un poco exaltada.

—¡Sí que lo estás, Hattie! Lo he visto. ¡Queenie lo ha visto! ¡Y las dos pensamos que estás loca! ¿En serio crees que él podrá pasar por alto a tu familia? ¿A tus horribles hermanos, a tu madre loca y a tu ruin padre?

Hattie retrocedió como si la hubieran abofeteado.

—¿Cómo te atreves? —dijo en voz baja.

—¿Cómo me atrevo? Todo este tiempo has fingido ser mi amiga y ayudarme cuando en realidad solo era una excusa para estar cerca de él. Pero eso es lo más triste de todo, porque él jamás te tendrá en cuenta, Harriet Woodchurch. Y si te ha dado algún motivo para creerlo, solo ha sido para poder aprovecharse de ti.

Hattie se quedó tan horrorizada que empezó a temblar. Se quedó espantada por el modo en que Flora le estaba hablando y estaba cuestionándola. Resultaba especialmente demoledor porque Hattie había creído que eran amigas.

Como pudo, logró hurgar en su interior lo suficiente para encontrar algo de calma. Alzó la barbilla.

—Si tu intención es hacerme daño, no puedes. Siempre he sabido quién soy. En Iddesleigh todas os asegurasteis de recordármelo de todas las formas posibles... y seguís haciéndolo. Soy bien consciente de la opinión que se tiene de mi familia. Pero tú me conoces, Flora. Y yo creía que te conocía. Creía que tenías compasión, pero está claro que me equivocaba.

La rozó al rodearla para ir hacia la puerta.

—Siempre he intentado ayudarte porque siempre he pensado que éramos amigas. Gracias por abrirme los ojos. Te deseo lo mejor. Que tengas un buen día.

Flora resopló. Y no la hizo volver.

Hattie fue al vestíbulo. Llovía a cántaros. El mayordomo se apiadó de ella y le dio un paraguas. Pero llovía con tanta fuerza que, aun así, cuando llegó a casa prácticamente a rastras, estaba calada hasta los huesos.

Daniel salió al vestíbulo mientras ella se quitaba la capa y asomó la cabeza entre los relojes.

—¿Dónde has estado? —le preguntó mirándola con curiosidad.

—Fuera, obviamente.

—Tienes visita.

Ella alzó la cabeza con brusquedad.

—¿Sí? ¿Es lady Aleksander?

—No. ¿Por qué? ¿Sigues albergando alguna esperanza de que incluya tu nombre en la lista?

Hattie cerró los ojos suplicando fuerza.

—¿Quién ha venido, Daniel?

—Un conde —dijo con desdén.

¿Un conde? Hattie pasó por delante de él empujándolo y corrió al salón. Lord Iddesleigh estaba dentro y parecía abrumado por su padre.

—Mira a quién ha arrastrado la lluvia hasta nuestra humilde puerta —dijo su padre señalando a lord Iddesleigh con la barbilla.

—No me ha arrastrado la lluvia, señor, he venido en un carruaje. Señorita Woodchurch, ¿podemos hablar?

—Yo...

Hattie se miró. Estaba empapada de rodillas para abajo y notaba que se le estaba encrespando el pelo.

—Será solo un momento —dijo él.

—Lo que sea que tenga que decirle a mi hija puede decirlo delante de mí —dijo su padre.

—Papá —dijo Hattie con voz cansina. ¿Es que ese hombre no tenía fin?—. Por favor, milord —dijo ella señalando al pasillo.

—¡Harriet! —gritó su padre—. ¡No puedes recibirlo sola!

Hattie lo ignoró y llevó al conde a un salón más pequeño. Estaba lleno de maniquíes y montones de telas.

Iddesleigh parecía tenso mientras miraba a su alrededor.

—¿Milord?

—Sí —dijo él sacudiendo la cabeza como intentando sacarse la imagen de esa habitación—. Tengo un puesto que podría interesarle.

Hattie estaba demasiado agotada emocionalmente como para siquiera pensar.

—Abbott se marcha pronto según tengo entendido, y usted dejará de trabajar allí. La viuda lady Bradenton podría necesitar su ayuda en casa. No como doncella, claro, sino como secretaria. Es un puesto interno y el sueldo es bastante bueno.

Hattie apenas podía procesar la noticia.

—¿Qué?

—Viviría allí, señorita Woodchurch. No puedo dar fe de cómo es el alojamiento, pero tiene una buena casa en Belgravia. Creo que será de su gusto.

—¿Viviría allí? —volvió a preguntar ella, porque le era imposible asimilar que pudiera escapar de esa casa. No tendría que compartir su sueldo con su padre. Ni siquiera tendría que ver a su padre.

—Viviría allí. Libre de todo esto —dijo él señalando un maniquí—. ¿Le interesa el puesto?

—Sí. ¿Cuándo?

—A lady Bradenton le gustaría tener a alguien lo antes posible. Al parecer, la última persona que tuvo en el puesto fue un caballero que se fugó con una de las doncellas, así que le advierto que tendrá que oír la historia con cierto detalle. No obstante, le he preguntado si podría esperar a que usted complete su trabajo con Abbott.

Si aceptaba el puesto ahora, tendría una salida digna del mundo de Grosvenor Square, que tanto dolor le estaba produciendo. Y resultaba particularmente insoportable ahora, sabiendo que Mateo le haría una oferta de matrimonio a Flora. Era como si todo su mundo se hubiera desplomado en el espacio de una tarde. Pero ahí estaba lord Iddesleigh, su salvador una vez más, ofreciéndole una salida.

—Si le parece bien —dijo lord Abbott—, podríamos ir a que conozca a lady Bradenton.

—¿Ahora? —dijo ella mirándose.

—Puedo venir a recogerla en una hora, si no tiene otro compromiso.

Ese día debería haber ido con Flora, pero ahora, ya sin ese compromiso, su día de pronto tenía posibilidades infinitas.

—Una hora.

—Maravilloso.

El hombre sonrió y fue hacia la puerta. Uno de los gatos se le adelantó y salió disparado por la puerta, sobresaltándolo. El conde, alarmado, soltó un gritito seguido de un resoplido de exasperación.

—No sé qué es peor, señorita Woodchurch, si demasiados gatos o demasiadas hijas.

—¿Milord? —dijo Hattie antes de que él saliera.

Lord Iddesleigh se giró.

—¿Sí?

—¿Por... por qué me está ayudando?

Él parecía confuso de verdad con la pregunta.

—¿Por qué no iba a ayudarla? La aprecio. Me recuerda a mis hijas. Francamente, todas las jóvenes me recuerdan a mis hijas —dijo, y sonrió con afecto al mencionarlas—. Se merece una vida feliz tanto como cualquiera. Supongo que esa es la razón.

Y se marchó.

Hattie se dejó caer en un sillón para ordenar sus pensamientos. Un gato soltó un maullido. Ella se levantó, echó al gato de la silla y volvió a sentarse.

Qué bueno era lord Iddesleigh. Ella quería una vida feliz. Solo esperaba poder tener una vida en la que no estuviera pensando en Teo y Flora cada día.

Lady Bradenton era una anciana que vivía vestida de luto porque, según decía, «la reina lo hace». Vivía bastante sola en una casa grande y preciosa llena de muebles caros. Pero era un lugar tan tranquilo que podías oír a una doncella ir de un extremo a otro de la casa.

Lady Bradenton miraba a Hattie fijamente y sin reparos.

—Es muy joven. Esperaba alguien mucho mayor. Viuda. ¿Por qué trabaja por dinero? —preguntó como si la idea le repugnara.

—No tengo a nadie con quien contar —respondió Hattie.

—¿Dónde está su familia?

—En la ciudad, pero... No son de mucha ayuda.

—Mmm...

Lady Bradenton estrechó la mirada hasta que sus ojos se convirtieron en unas finas líneas.

—¿Está metida en algún tipo de problema, muchacha?

Le estaba preguntando si estaba embarazada.

—No —dijo Hattie con rotundidad—. Soy una mujer honrada y esa es la verdad, trabajo para mantenerme. No veo nada sospechoso en ello.

—Ay, Dios —murmuró lord Iddesleigh.

—Yo no he dicho que lo haya —dijo lady Bradenton—. Pero me resulta curioso.

—Sí, sí, muy curioso —señaló lord Iddesleigh—. Pero es muy buena chica, señora. Y usted, tal como me explicó, necesita a una buena mujer cristiana que trabaje como su secretaria. Pues bien, aquí tiene una. ¿La contratará?

—No me importa si es o no cristiana —dijo lady Bradenton algo alterada—. Lo que me importa es que no me robe.

Suficiente. Hattie se levantó.

—Gracias por su tiempo, milady.

—Señorita Woodchurch —dijo Iddesleigh antes de dirigirse a lady Bradenton—: Lady Bradenton, he de insistir en que muestre un poco de respeto. No le ha dado ningún motivo para sospechar de ella y yo jamás le presentaría a una ladrona.

Lady Bradenton gruñó y agitó una mano señalando a Hattie.

—Siéntese, siéntese.

Cuando Hattie no se movió, la anciana suspiró y dijo:

—Me disculpo. No tengo compañía y mi cabeza se ha reducido a polvo. Por supuesto que no creo que fuera a robarme.

Eso estaba mejor, pero, aun así, Hattie vaciló. Lady Bradenton no parecía una mujer fácil. Pero ¿qué opción tenía? Ninguna. Ninguna opción en absoluto. De todos modos, no toleraría el desdén de esa mujer.

Se sentó despacio.

—¿Empezamos de nuevo?

La mujer sonrió un poquito.

—Sí, hagámoslo.

Capítulo 35

La cena con los Raney fue tal como Mateo había imaginado. Hicieron todo un despliegue en su honor: sirvientes uniformados, vino bueno, sopa, ganso asado relleno, coles de Bruselas, tarta Battenberg y una selección de quesos. El vino era francés, dijo lord Raney.

—He intentado conseguir una botella de vino de Santiava, pero no es fácil de adquirir. Tal vez en el futuro podamos cambiar eso —añadió guiñándole uno ojo a Mateo, como si ya estuvieran conspirando juntos en busca de beneficios.

Esa noche, la madre de Mateo parecía revivida, sin duda oliéndose la victoria. Dominó la conversación relatando sus muchos viajes y animando a la señorita Raney a hablar de todos los lugares que le gustaría visitar algún día.

La señorita Raney estaba encantadora. Llevaba un vestido verde claro y el pelo recogido con perlas. Decía que se sentiría muy honrada de viajar allá donde quisiera su futuro esposo, pero que París le parecía una idea fabulosa. Era recatada y elegante, refinada y culta. Una candidata perfecta para convertirse en duquesa.

Pero Mateo prefería una duquesa que no temiera expresar sus verdaderos sentimientos.

La observaba con todo el disimulo que podía, era una pareja perfecta. Pero la señorita Raney no le llamaba la atención. No le despertaba la más mínima curiosidad. Y estaba seguro de que no podía forzarse a amar a una mujer por la que no sentía nada.

Cuando su madre y él se marchaban por fin, y es que ella tendía a abusar de la hospitalidad de la gente, lord Raney le preguntó a Mateo cuándo podría volver a verlo.

Estaba preguntándole cuándo iría a pedir la mano de su hija.

—Vendré esta semana —le aseguró Mateo.

—Eso espero, joven —dijo el hombre pomposamente, y le dio una palmada en el hombro—. Me da usted muy buena sensación.

Su esposa y él estaban sonriendo. Flora también sonreía, aunque su sonrisa era distinta a la de sus padres. Ella no parecía tan entusiasmada, y Mateo supuso que era porque la joven no llegaba a entenderlo. Estaba acostumbrado a que a la gente le pasara eso con él.

En el carruaje de vuelta a casa, su madre actuó como si ya se hubiera hecho la oferta y le dijo que se alegraba mucho por él.

—Y qué orgullosa estoy de ti, *hijo mío*.

—¿Orgullosa? —preguntó él con curiosidad—. ¿Porque voy a pedirle matrimonio a una mujer con la que no tengo ningún vínculo y a la que apenas conozco?

Ella chasqueó la lengua.

—No sé por qué complicas tanto las cosas. ¡Siempre lo has complicado todo! —se quejó mientras se detenían frente a la casa Abbott en Grosvenor Square.

—¿No es curioso que dos personas puedan ver lo mismo y ver algo tan tremendamente distinto? Yo lo veo de otra manera por completo.

Su madre emitió un grito ahogado.

—Por el amor de Dios, ¿se supone que debería esperar a que bajes de la montaña, abras la boca y le hables a una mujer? Tu padre siempre decía que había algo peculiar en ti, y estoy empezando a pensar que tenía razón.

—¿Disculpa?

—Bueno, ¿qué querías que pensara tu padre, Mateo? Nunca mostraste ningún interés por el bello sexo.

Mateo debería haberse quedado estupefacto, pero no le extrañó teniendo en cuenta la baja estima en la que lo tenía su padre.

—Al contrario, mami. Siempre he tenido un interés muy sano por el bello sexo, pero no tenía ningún interés por el modo en que mis padres se entrometían. Por eso no compartía mis pensamientos.

Ella soltó un grito ahogado.

—¡Mateo, querido! —dijo al ver que lo había ofendido.

—Buenas noches.

Mateo bajó del carruaje de un salto y entró dejando que Borrero acompañara a su madre adentro.

Aquella noche la pasó dando vueltas en la cama. Él no quería eso. No tenía ningún deseo por la señorita Raney. Detestaba que le costara tanto decir lo que quería. ¿Cuánto tiempo se vería controlado por ese difuso miedo a la censura y la crítica? Era un hombre adulto y su padre había muerto hacía tiempo. Era el dichoso duque, ¡por Dios santo!, y aun así no era capaz de encontrar su voz. ¿Se conformaba con pasar su vida en las montañas, lejos de las presiones de su título y del miedo a las críticas? ¿Se conformaba con casarse con una mujer a la que no amaba?

Pero ahora que había tenido a su futuro sentado enfrente al otro lado de la mesa durante la cena, sentía la presión de ser él mismo, de ser quien era.

Resumiendo, de ser como Hattie. Había una mujer que era quien era, abiertamente y sin reparos. Había una mujer que despertaba su interés, su entusiasmo y su deseo. Un deseo desesperado, como ella le había explicado. Hattie era muy superior a cualquier otra persona que hubiera conocido nunca y, aun así, él no entendía cómo, no estaba a la altura del ducado. Era absurdo.

Se pasó toda la noche dándole vueltas al asunto.

A la mañana siguiente, Rosa y él se enfrentaron de nuevo a la tarta esponja. Aún tenían que encontrar el secreto de la jugosidad. Se llevó dos porciones al despacho. Últimamente Hattie y él tenían esa costumbre: él llevaba lo que hubiera horneado y ella llevaba la última elaboración de la señora O'Malley. Probaban y comparaban.

Pero cuando Hattie llegó aquel día, parecía un poco pálida. Y no llevaba pasteles ni caramelos.

Mateo notó el cambio en ella y se levantó de inmediato.

—¿Qué ha pasado?

—¿Qué? ¡No ha pasado nada! —dijo Hattie apartándose el pelo de la cara—. Solo que sí que ha pasado algo. No es malo. Creo que podría ser bueno. Para mí, al menos —añadió mirándolo con gesto de impotencia.

—¿Qué pasa? —preguntó él saliendo de detrás de la mesa—. Pareces afligida.

Ella le respondió acercándole un sobre con brusquedad. El correo no había llegado y eso lo dejó confuso. Pero cuando vio su nombre escrito por ella, se le revolvió el estómago.

—¿Qué es?

—Léela. Por favor, Teo.

Él no quería tocar el sobre. Lo que fuera que hubiera dentro lo destrozaría, podía sentirlo. Pero se obligó a agarrarlo. Desdobló la nota y leyó.

Por favor, acepte mi renuncia al puesto de escribiente. He aceptado un puesto en otro lugar.
Atentamente,
Harriet Woodchurch

Tan formal. Tan frío. Él levantó la mirada.

—¿Qué es esto?

—Lo que he dicho. Dejo mi trabajo aquí.

—No —dijo él con una voz que pareció salirle de muy adentro—. No puedes. No lo permitiré.

Volvió a leer la nota.

—Hattie... no puedes.

—Claro que puedo —dijo ella con tono suave.

El mundo se estaba derrumbando alrededor de Mateo. No sabía qué hacer, no podía permitir que eso pasara. Pero ¿cómo iba a impedirlo? Alargó la mano.

—*Ven aquí.* Ven —añadió en inglés.

—¿Adónde?

Mateo le agarró la mano. Ella le permitió llevarla hacia sí y, juntos, recorrieron el pasillo corriendo, pasaron por delante de la mujer del peinado alto, cruzaron una salita de estar y de ahí salieron al jardín. Hattie no dijo nada, no preguntó mientras él la instaba a correr por el césped hasta el arco que conducía al jardín privado. Una vez ahí, la sentó en un banco y empezó a caminar de un lado para otro. Un batiburrillo de pensamientos le corrían por la cabeza, en español, en inglés, amontonados, incoherentes.

Hattie lo observaba con cautela y con las manos entrelazadas sobre el regazo.

Mateo logró controlar sus emociones y pensó lo que quería decir. Y cómo decirlo.

—Perdona mi inglés —empezó diciendo.

—Tu inglés es perfecto.

—No en esto. Hattie, yo... Yo jamás me esperé...

Se detuvo, se puso las manos en las caderas y miró al cielo. Respiró hondo para calmarse.

—Yo nunca quise...

No, por ahí tampoco iba bien.

—Estoy... enamorado de ti. *Te amo*. ¿Lo entiendes?

—Te pedí que no volvieras a decir eso.

—¿Por qué? Quiero expresarte mi devoción...

—¡Teo! No quiero oírlo porque yo también te amo. ¡Y eso lo hace todo demasiado insoportable!

—¿*Qué*? Eso no tiene sentido. ¿Cómo puede resultar insoportable que dos personas reconozcan que se aman?

Hattie, angustiada, agachó la cabeza.

Mateo plantó una rodilla en el suelo y le agarró la mano.

—Hattie, escúchame. Eres mi amiga, mi... *confidente*. Me aceptas tal como soy. Eres la única con la que me siento libre para ser quien soy. Te quiero por encima de todo el mundo.

—¿Estás loco?

Él le tomó la cara entre las manos y la besó.

—No estoy loco, aunque sí desesperado de deseo.

Hattie le agarró las muñecas y lo apartó.

—Nos pueden ver por la ventana.

—Me da igual.

Volvió a besarla colando la lengua entre sus labios mientras deslizaba las manos sobre sus brazos, memorizando su cuerpo, grabándola en su piel.

—Para mí solo existes tú —añadió.

Hattie se arqueó hacia él a la vez que lo abrazaba por el cuello. Él llevó una mano a su pecho, pero no era suficiente. La levantó del banco y se tendió en el césped boca arriba con ella encima. Le devoró los labios, la piel, el interior de la boca y la curva donde el cuello se unía con el hombro.

Ella movía las manos sobre él, excitándolo hasta un punto de máxima desesperación cuando acarició su dureza. Él giró de nuevo para estar encima de ella.

—Solo te deseo a ti, *mi amor*. A nadie más que a ti.

—Yo también te deseo, pero...

Mateo la besó para evitar que esas palabras flotaran entre los dos y arruinaran ese momento. Pero, pero, pero... No había ningún pero, solo había dos personas destinadas a estar juntas, enamoradas, hechas la una para la otra.

Él presionó su dura largura contra su muslo y deslizó la mano sobre su pierna. Agarró la muselina del vestido, la levantó y la apartó para encontrar su piel.

—Teo —susurró ella.

Mateo se detuvo a la espera de que ella le dijera que parara. Pero Hattie no le dijo que parara. Le besó el cuello y hundió los dedos en su pelo. Le mordisqueó la oreja, se pegó más a él y suspiró de deseo.

Él subió la mano por su muslo y la coló bajo su ropa interior. Se adentró y salió de sus hendiduras, girando a su alrededor, siguiendo con los dedos el ritmo de su lengua. Ella se aferró a él con una fuerza sorprendente y la respiración acelerada. Aquello era un excitante y embriagador revoltijo de piel, labios y deseo, todos mezclándose en un momento del todo explosivo que emocionó a Mateo. Lo emocionó.

La acarició, despacio pero con movimientos fluidos, mientras le daba un beso largo y sorprendentemente seductor. El cuerpo de ella se tensó contra el de él y el aliento de Hattie cayó ardiendo sobre su piel. Y entonces ella empezó a retorcerse y, cuando el placer prendió, le mordió el hombro para amortiguar un gemido con la tela de su chaqueta. Él entrelazó los dedos con los suyos y los apretó mientras el cuerpo de Hattie se estremecía al llegar al clímax.

Entonces Hattie se quedó quieta. Él apartó la mano de su falda. Ella se quedó tendida en el césped con un brazo sobre los ojos.

—¿Qué me has hecho?

—Te he amado —dijo él levantándola—. He tenido a mi corazón en silencio demasiado tiempo. Siempre supe que encontraría una esposa del modo en que la encuentra cualquiera que esté en mi posición, pero jamás pensé que te encontraría a ti primero.

—Teo —dijo ella agarrándole la mano con las dos suyas—, para nosotros no hay esperanza.

—Te equivocas, Hattie. Puedo ofrecerte...

—No quiero nada —lo interrumpió—. Lo único que quiero es a ti, y eso es imposible.

—No es imposible. Quiero que seas mi duquesa, Hattie...

—¡Teo! No lo digas. Te lo suplico, no hagas esto más duro de lo que ya es —le imploró con los ojos llenos de lágrimas—. Lo siento. Lo siento mucho. No puedo estar contigo. Te he entregado mi renuncia y ahora tengo que irme.

Una lágrima le cayó por la mejilla mientras se levantaba.

Mateo se quedó sin habla. ¿Qué podía hacer aparte de suplicar? Tenía que haber algo, unas palabras mágicas, un toque, una promesa... algo que se le estaba escapando y que podría convencerla de que se quedara. Pero Hattie siguió andando y él se quedó sentado en el césped como un tonto, viendo cómo huía de su jardín privado atravesando el arco y desaparecía de su vista.

Capítulo 36

Lila no tenía la completa seguridad de que lord Abbott fuera a seguir su corazón. A pesar de todo lo que ella había maquinado, se temía que él siguiera adelante con la más conveniente oferta de matrimonio a la señorita Raney. No dudó ni por un momento de la influencia que Elizabeth ejercía sobre él.

Ese día había ido a casa de los Raney para hablar con la señorita Raney. Antes de que se hiciera ninguna oferta, tenía que saber qué aceptarían lord y lady Raney como parte de las negociaciones de la dote. Y resultó que tenían intención de ser bastante generosos.

Pero mientras Lila se preparaba para marcharse, volvió a mirar a la señorita Raney, que parecía algo fría.

—¿Está usted ilusionada?

La señorita Raney la miró sin ninguna emoción.

—Como no he recibido oferta, no.

Fue una respuesta extraña; la joven sabía que la oferta llegaría.

Toda esa situación entristecía a Lila. Lo que más disfrutaba de su profesión era la posibilidad de unir a personas que se amaran. Las otras uniones podía hacerlas a diario; uniones para darles continuidad a la riqueza y a la influencia y que incluían el deber de engendrar un heredero. Pero no era muy satisfactorio. Recordó que muchos años atrás nadie la había considerado lo bastante buena para Valentin y, en cambio, ¡qué felices habían sido todo ese tiempo! Echaba mucho de menos a su esposo. Él volvería a Londres la semana siguiente y a ella le gustaría cerrar ese asunto para poder dedicarle todo su tiempo y atención.

Pero concertar ese casamiento estaba angustiándola. No podía evitar pensar que lord Abbott no tendría una vida feliz si se casaba con Flora Raney.

Cuando llegó a Grosvenor Square y Borrero la invitó a pasar al vestíbulo, se quedó sorprendida al oír gritos por el pasillo. Miró al mayordomo con gesto de curiosidad.

Borrero hizo como si no hubiera oído nada.

—¿Le importaría darme su sombrero, *señora*?

Lila se lo dio.

—¿Va todo bien?

Borrero no dijo nada mientras guardaba el sombrero.

—Si me acompaña, *por favor*.

La condujo por el pasillo y se detuvo frente al despacho. Dio tres golpes fuertes a la puerta antes de abrirla y pasar a anunciarla. Las voces se silenciaron. Lila entró tras él. Elizabeth y su hijo estaban ahí. Él estaba apoyado en su mesa. Ella andaba de un lado para otro.

—Entra por tu cuenta y riesgo —dijo Elizabeth—. Puede que aquí se derrame sangre antes de que acabe el día.

—Por Dios —dijo Lila—. ¿Puedo ayudar en algo?

—¡No atiende a razones! Pretende destruir el ducado.

—Eso es una terrible exageración, señora —dijo el vizconde con tono calmado. Miró a Lila—. Mi madre y yo estamos en desacuerdo y, para disgusto de ella, por una vez no haré lo educado y no me quedaré callado.

—¡Lo educado! —chilló Elizabeth—. ¡Tu silencio es insultante! ¿Por qué has esperado hasta ahora, cuando se ha organizado el matrimonio, para decirme lo que sientes de verdad?

A Lila se le empezó a acelerar el pulso de la emoción.

—¿Qué está pasando?

—¡Díselo! —gritó Elizabeth señalando a Lila.

—Tal vez te gustaría sentarte, mami —dijo él apartándose de la mesa—. Lady Aleksander, por favor, discúlpenos. Mi madre está bastante enfadada conmigo.

—¡Furiosa! —gritó Elizabeth.

—Furiosa —convino él—. Porque le he dicho que no le pediré matrimonio a la señorita Raney. Ni tampoco a ninguna de las elegantes damas que me ha presentado.

A Lila le latía el corazón con fuerza. Mateo estaba diciendo lo que pensaba en el momento más crucial.

—¿Qué quiere decir? —preguntó con cuidado de no mostrar demasiada emoción—. He trabajado mucho por su bien.

Por supuesto, Lila tenía que fingir indignación.

—¿Lo ves? —vociferó Elizabeth—. ¡Te he preguntado si habías sido claro con ella desde el principio!

—Estoy de acuerdo. Me ha llevado algo de tiempo aprender a hacerlo. Le suplico que me perdone, lady Aleksander, pero mis afectos residen en otra parte y mi conciencia no me permite pedirle matrimonio a una mujer a la que nunca amaré, aunque sea por el bien del ducado.

Lila estaba tan feliz que temía desmayarse. ¿Qué era eso que decía siempre Valentin? Cuando menos te lo esperas, sucede un milagro. Pero necesitaba que lord Abbott se lo dijera.

—¿Quién? ¿La señorita Porter?

—La señorita Porter no. Hattie Woodchurch.

Con un grito de angustia, Elizabeth se dejó caer en un sillón.

—¡Tu padre se retorcería en la tumba! ¿Cómo puedes conformarte con la mujer menos aceptable de todas?

—La quiero —dijo él sin más.

—Yo también la quiero —dijo Lila.

Elizabeth soltó un gritito de asombro y se quedó mirando a Lila con cara de espanto.

—¿Qué estás haciendo?

—Pero da igual —dijo lord Abbott—. La señorita Woodchurch me ha rechazado.

—¿Qué? —exclamó Lila mientras Elizabeth volvía a chillar.

—¿Quién podría rechazarte? ¿Es que está loca? ¿No te has planteado que es posible que esté loca?

—Creo —dijo Lila— que le ha rechazado por su familia, milord.

Él la miró extrañado.

—¿Qué pasa con ellos?

—Hablando sin rodeos, no son la clase de gente con la que familias como la suya querrían relacionarse.

—Eso no me importa —dijo él sin más.

—¡Claro que te importa! —dijo su madre con desesperación—. ¡Eres el duque de Santiava! ¡Eres el vizconde Abbott!

—Eso son solo títulos, mami. Soy una persona.

—Estás diciendo bobadas, Mateo. ¿Por qué me haces esto?

Ahí él sonrió con ironía.

—No te lo estoy haciendo a ti, lo estoy haciendo por mí. Porque hay que aprovechar el presente. *Camarón que se duerme se lo lleva la corriente* —dijo en español.

—¿Y eso qué significa? Nadie sabe lo que significa —contestó Elizabeth con brusquedad.

—Significa que ya no quiero dormir. He estado dormido demasiado tiempo.

Miró a Lila y añadió:

—Hábleme de ellos.

—No... no es fácil de explicar —dijo la mujer, y levantó una mano—, pero puede que tenga un plan.

—¿Qué plan? —preguntó él.

—¡Lila! No necesitamos un plan, necesitamos que lo hagas entrar en razón —dijo Elizabeth entre lamentos.

Lila sacudió la cabeza.

—Elizabeth, querida, entiendo tu preocupación, pero por experiencia sé que el corazón no puede dejar de amar porque se lo ordenen. Estás nadando a contracorriente.

Se giró hacia el vizconde.

—Necesito pensar unas cosas, pero lo resolveré. Siempre lo hago.

Lo cierto era que no tenía ningún plan. Lo que se le había ocurrido no solo era improbable, sino que podía resultar especialmente desastroso para la señorita Raney. Pero ese no era su problema. Era un hecho que, en ocasiones, la ejecución de sus servicios podía no ser agradable, pero el resultado podía ser precioso. Antes de hacer nada, sin embargo, necesitaba estar segura de que, si iba a arriesgarlo todo, Hattie Woodchurch se casaría con ese hombre.

Ahora que Beck le había ofrecido a Hattie una forma de salir de la casa de su familia, podría haber una solución.

Capítulo 37

Hattie no podía quejarse de su situación en la casa de lady Bradenton. Tenía su propio dormitorio en la tercera planta. Por las tardes hacía calor, pero no había gatos. Apenas había espacio para todos los vestidos con los que se había hecho durante esa primavera en la que había intentado ser alguien, así que había tenido que doblar y guardar algunos. Lady Bradenton la había informado de que toleraría el azul y el gris en un vestido, pero nada demasiado alegre o colorido.

—El color no es apropiado para la clase de trabajo que estás desempeñando.

Por favor, Dios la librara de ir de amarillo mientras le leía la Biblia a la anciana.

Eso era lo primero que le habían dicho: tenía que leerle las Escrituras a lady Bradenton todos los días durante el té.

Era su segundo día de lectura, pero no estaba oyendo nada de lo que decía. Solo podía pensar en Teo. Solo podía ver a Teo. Era como si su mente estuviera dividida entre Teo y funcionar.

Estaba a punto de terminar con la lectura del día cuando Darwin, el anciano mayordomo de lady Bradenton, entró en el salón.

—Una visita, señora —dijo con una reverencia, y cruzó la sala con una bandeja de plata que contenía una tarjeta de visita.

—¡Una visita! Pero si no espero a nadie. ¿Por qué la gente viene de visita sin avisar? —se quejó la mujer.

—La visita es para la señorita Woodchurch —dijo Darwin acercando la bandeja a Hattie.

—¿Qué? —exclamó lady Bradenton.

—¿Qué? —dijo Hattie a la vez. Agarró la tarjeta y contuvo un gruñido.

—Bueno, Darwin, hágalos pasar, por el amor de Dios —dijo lady Bradenton.

Al momento, Lila entró en la sala con aire majestuoso.

—Le ruego me diga quién es usted —exigió lady Bradenton.

—¿No me recuerda? Usted fue una gran amiga de mi madre.

Lady Bradenton la miró.

—¿Lila?

—La misma. Me alegro mucho de verla.

—¿Qué hace aquí? —preguntó lady Bradenton.

—Nada, solo necesitaba hablar con la señorita Woodchurch. No le importa, ¿verdad?

—A mí sí —dijo Hattie, pero Lila ya la había agarrado del brazo y se lo apretaba con fuerza.

—Solo será un momento —añadió dándole un pellizco.

—¡Ay!

—Por favor —dijo Lila, y volvió a sonreír a lady Bradenton.

A regañadientes, Hattie la siguió al pasillo.

—Ya no soy empleada del vizconde, Lila. No tengo nada que decirle.

—¿Sabe que lord Abbott y usted son las dos personas más intratables y testarudas que he conocido en mi vida? Hattie, ¿lo ama?

Hattie se quedó boquiabierta. Sintió una náusea recorriéndola.

—¿Qué?

—Ya me ha oído. ¿Lo ama?

No podía responder. Por supuesto que lo amaba, más que a nada, pero ni el amor podía dominar a su familia. Eran ingobernables. No tendría una dote y ni siquiera tenía claro que sus padres fueran a darle la bendición.

—Solo dígame la verdad, por favor. Estoy intentando ayudarles por todos los medios.

Hattie quería disimular, inventarse alguna excusa para decir que no. Pero recordó que ya no sería prudente, que no diría lo que la gente consideraba que debía decir en lugar de lo que ella sentía de verdad. Se puso recta.

—Sí, Lila. Lo amo. Con todo mi corazón. Más de lo que creía posible. ¡Y por eso me he marchado! No puedo soportar verlo casarse con la persona que creía que era mi amiga. Ya está, ¿contenta?

Lila chasqueó la lengua.

—Ella nunca fue su amiga. Flora está enamorada de alguien que no es lord Abbott.

Hattie la miró atónita.

—Eso no es verdad. Quiere casarse con Teo.

—Teo —dijo Lila sonriendo—. Me gusta. Y, sí, puede que Flora quiera casarse con él por todos los beneficios que eso conllevaría, pero, hágame caso, ama a otro.

Hattie estaba estupefacta. Recordó todos los momentos que Flora y ella habían pasado juntas. No se le ocurría ni un solo caballero que Flora hubiera podido mencionar o en quien se hubiera podido fijar.

—¿Quién?

—Eso luego. Ahora necesito saber si usted ama al vizconde. Si quiere estar con él siempre. Si está dispuesta a vivir en Santiava lejos de su familia.

Hattie se rio amargamente.

—Claro que sí. Pero es imposible. Ya ha visto mi casa. Ha conocido a mis padres. Mi padre encontraría el modo de sacarle dinero. Y, si Teo conociera a mi familia, saldría corriendo, como lo haría cualquiera con dos dedos de frente.

—No se preocupe por eso —dijo Lila con aire despreocupado.

—Para usted es fácil decirlo.

Lila le rodeó la cara con las manos.

—Querida, se merece amor. Se merece felicidad. Créalo y vendrá a usted.

De pronto a Hattie se le saltaron las lágrimas, avergonzándola.

—No confío en nadie. Ya no.

Lila sonrió con tristeza y le acarició la mejilla.

—Es usted un verdadero encanto. De acuerdo, al menos confíe en que asistirá a un último evento.

Hattie negó con la cabeza.

—Lo hará, porque espero que allí todo quede claro para todas las partes implicadas.

Metió la mano en su bolsito y sacó una invitación.

—Es una velada. ¿Alguna vez ha oído el nombre de Emma Clark?

Hattie negó con la cabeza.

—Lady Dearborn no suele venir a Londres, pero, cuando lo hace, celebra las fiestas más fabulosas —dijo, y le guiñó un ojo—. La veré allí. Y ahora, he de marcharme. Tengo que reunirme con el señor Donovan. Tenemos trabajo que hacer.

Se giró y avanzó por el pasillo apresuradamente.

Hattie la vio marcharse mientras agarraba con fuerza esa última invitación. No quería hacerse ilusiones para luego verlas esfumarse. ¿De verdad merecía felicidad?

—¡Señorita Woodchurch! —gritó lady Bradenton—. ¿Dónde está?

Con un suspiro, Hattie se guardó la invitación en un bolsillo y, con paso pesado, volvió a la sala para continuar con las Escrituras.

Capítulo 38

Mateo no quería asistir a la velada con otra sala llena de gente que no conocía y que no quería conocer. Ya había recibido una nota de lord Raney pidiéndole que fuera a visitarlo tan pronto como le fuera posible, pero había logrado posponerlo.

Había tomado una decisión. El patrimonio había quedado arreglado y estaba preparado para dejarlo en manos del pesado señor Callum. Se marcharía de Londres sin esposa. Iría a visitar a lord Raney, porque no era un cobarde, pero lo estaba posponiendo todo lo posible. Al hombre no le haría ninguna gracia saber que no haría una oferta de matrimonio.

Aun así, lady Aleksander había insistido en que asistiera a un último evento porque creía que las tornas cambiarían a su favor. Cuando él le preguntó a qué se refería, ella respondió con evasivas, aunque sí le dijo:

—Creo que Hattie asistirá.

Así que él fue.

Solo eran las nueve en punto, pero la velada ya estaba en lo más alto: la música llegaba a la calle desde las ventanas abiertas de la casa adosada y se oían muchas voces, todas ellas alegres, además de risas y vítores.

La puerta la abrió un mayordomo que parecía agobiado. Mateo le entregó la invitación, pero, como había tanto ruido, el mayordomo le indicó por gestos que lo siguiera. Mateo lo perdió de vista enseguida entre la multitud. Aun así, logró encontrar el camino al salón, donde había decenas de personas hacinadas.

Una mujer con un impresionante cabello rojizo se giró cuando él entró. Tenía unos ojos verdes preciosos, una sonrisa amable y las mejillas sonrojadas.

—¡Bienvenido! —gritó de alegría—. ¡Bienvenido a Inglaterra, a mi hogar!

Mateo hizo una reverencia.

—Lady Dearborn, supongo.

—¡Sí! Pero llámeme Emma. Todo el mundo me llama Emma. ¡Y usted debe de ser lord Abbott! Está claro. Tiene ese aire de sofisticación. ¿Le gusta el vino, lord Abbott? Tenemos mucho. Y hay baile en el comedor. Aquí no tenemos salón de baile, pero hemos movido las mesas y las sillas. Feeney, ¡muéstrale el comedor! ¿Le gusta bailar? Espero que sí, porque me gustaría bailar con usted. Iré en un momento.

El mayordomo había vuelto a su lado. Lady Dearborn se giró y retomó su conversación con otros dos caballeros. Ahí todo el mundo parecía estar borracho.

Mateo siguió obedientemente al mayordomo hasta el comedor pasando por delante de toda la gente borracha y riéndose. Mientras buscaba a Hattie por esa abarrotada sala, lord Iddesleigh lo abordó.

—¡Milord! ¡Qué maravilla verle! —dijo Beck jovialmente y con el aliento cargado de whisky—. Le dije a Lila que usted no vendría, ya que está preparándose para marcharse pronto. ¿Cuándo se marcha?

—La próxima semana —respondió Mateo.

—¿Tan pronto? ¿Antes de que se haga una oferta de matrimonio? Hace un par de días me encontré con Raney. Entre usted y yo, espera ansioso su visita.

—Lo entiendo —dijo Mateo.

—Bueno, bueno —dijo Beck dándole una palmada demasiado fuerte en la espalda—. ¿Vino? Emma tiene los mejores vinos. Se rumorea que llegan de Francia en mitad de la noche, no sé si me entiende.

Bordeó a Mateo para agarrar una copa de la bandeja que cargaba un sirviente y se la dio.

—Gracias.

Mateo dio un sorbo y miró a su alrededor... y encontró a Hattie.

Estaba sola en mitad de la multitud, mirándolo. Sonrió. Él también. De pronto le devolvió el vino a Beck.

—Si es tan amable —masculló, y Beck hizo malabares con su copa para agarrar la de Mateo.

Se abrió paso entre el gentío con la mirada puesta en ella a la vez que saludaba secamente a la gente que intentaba interceptarlo. Los ojos de Hattie lo seguían y ella sonreía con diversión. La gente lo observaba con curiosidad al verlo abrirse paso a empujones. Algunos le ofrecían bebida. Los ignoró a todos.

Cuando por fin llegó a ella, tras haber escapado de las garras de una mujer a la que se le estaba soltando el pelo del recogido, se le trabó un poco la lengua.

—Estás preciosa.

Ella se rio.

—Y tú eres demasiado amable.

—¿Có... cómo estás? ¿Qué te parece tu nuevo trabajo?

—Tedioso —dijo ella, y miró tras él—. Me obligan a leer la Biblia en alto. Y, como no tengo que escribir, mi excelente caligrafía se va a echar a perder.

—Una tragedia —murmuró él mientras la recorría con la mirada. Solo mirarla le llenaba el corazón. Era un hombre distinto. Un hombre mejor.

—Y no hay pasteles.

—Entonces he de preguntarte, ¿cómo has hecho para no tirarte desde el tejado?

Hattie sonrió aún más, encantada.

—Me ha costado una barbaridad no hacerlo.

Él sentía un vínculo entre ellos, era como si la conociera de toda la vida y no desde hacía unas breves semanas.

—Te he echado de menos —dijo Mateo.

—Te he echado de menos —susurró ella—. Todo el mundo nos está mirando. ¿Has hecho ya tu oferta de matrimonio?

—Que miren, no me importa. Y no, no la he hecho.

—¿Cuándo la harás?

Él, con actitud despreocupada, sin importarle quién pudiera verlo, le colocó detrás de la oreja el mechón de pelo que siempre se le soltaba.

—¿Bailamos?

Ella negó con la cabeza.

—¿Paseamos por el jardín?

Ella sonrió con tristeza.

—¿Entonces al menos te fugarás conmigo? Pero primero subiremos arriba corriendo para que pueda hacerte el amor.

Hattie se rio y siguió mirando detrás de él.

—Entonces iremos a la calle. Correremos hasta que encontremos un establo donde podamos descansar y decidir qué hacer. Tal vez podríamos robar un caballo.

—No monto.

—Montarás conmigo.

Ella enarcó una ceja.

—La gente hablaría. Ya está hablando. Si te giraras ahora mismo, verías docenas de ojos puestos en nosotros.

—Hablarán de todos modos, Hattie. Serán amables o crueles hagamos lo que hagamos, así que vamos a hacer lo que queramos.

—¿Entonces podemos quedarnos aquí?

Él bajó la mano y entrelazó los dedos con los de ella.

—No es lo que prefiero, pero, por ti, lo que sea.

—¿Sigue en pie lo de marcharte en unos días?

Mateo asintió.

—Echaré muchísimo de menos tus pasteles. Y justo ahora que habías descubierto el secreto de una tarta esponja jugosa. La señora O'Malley se moría por conocerte. Se va a llevar una decepción.

—Yo echaré de menos tus interminables historias.

Ella se rio y le apretó los dedos.

—No, seguro que no.

—Sí. Me acordaré de ti cada vez que las hojas de los árboles susurren incesantemente fuera de mi ventana.

—Yo echaré de menos que me mires como si no hablaras ni una palabra de inglés.

Mateo se rio.

—Y yo echaré de menos... todo de ti. Hattie —dijo sobrepasado por la emoción—, necesito que seas mi duquesa. ¿Quieres casarte conmigo? ¿Venir conmigo? ¿Estar conmigo?

—Teo —dijo ella sonriendo—. ¿Por eso ha insistido lady Aleksander en que venga? ¿Para que vuelvas a romperme el corazón otra vez?

El hechizo se rompió un momento. Él frunció el ceño.

—¿Te ha pedido que vinieras esta noche?

Estaba confuso. Lady Aleksander le había dicho que Hattie iría, pero no que se lo hubiera pedido ella.

Hattie asintió.

—¿Por qué?

—No lo sé. Me dijo que era importante y que todo quedaría claro.

Él no lo entendía.

—¿Qué va a quedar claro?

No llegó a oír la respuesta de Hattie. Su no tan privada conversación quedó interrumpida por un grito.

Capítulo 39

Ni Lila ni Beck habían imaginado que fuera a salir así. El plan, diseñado por Donovan, era sorprender juntos a la señorita Raney y al señor Woodchurch y después hacerles una oferta que esperaban que ninguno rechazara por el bien de su reputación. Pero no contaron con que, cuando lo hicieran, lord Raney estaría allí.

Eso descontroló su plan por completo.

¡Todo pasó muy deprisa! Lila había estado vigilando al señor Woodchurch, viéndolo deambular por la abarrotada casa, whisky en mano, flirteando con las damas, metiéndose en conversaciones y lanzando sonrisitas arrogantes a todo el mundo a su alrededor. Fue asombroso que nadie en ningún momento lo tratara con desdén.

Pero entonces vio a un lacayo salir por una puerta de servicio pintada para parecer la pared y vio al señor Woodchurch cruzarla en cuanto se percató de ella.

—Beck —siseó, y le dio un golpecito en el hombro. Beck había estado bebiendo whisky y parecía estar discutiendo con lady Maisie.

—¡Ay! —exclamó Beck frotándose el hombro.

—Acaba de cruzar la puerta de servicio.

—¿Qué puerta de servicio?

Lila tuvo que señalarla para que la viera, y en ese momento la puerta se abrió y la señorita Raney se coló. Beck gritó impactado como una jovencita.

—Vamos, vamos —dijo.

—¿Adónde vamos? —preguntó lady Maisie.

—Tú te quedas aquí mismo, querida.

—No —dijo ella, que empecinada los siguió mientras recorrían el perímetro de la sala hasta la puerta de servicio. Pero justo cuando Lila estaba llegando a la puerta, oyó su nombre. Lord Raney se acercaba, todo sonrisas.

Al instante Beck vio el dilema que tenían.

—Maisie, con brío, asegúrate de que lord Raney no nos sigue —dijo, y le dio un empujoncito a su hija.

—¿Y cómo lo hago?

Lila no estaba dispuesta a perder esa oportunidad. Mientras Beck y su hija se ocupaban de eso, ella abrió la puerta de servicio y se coló en un pasillo corto y poco iluminado. Al fondo había otra puerta. Era un pasadizo para sirvientes.

—¿Lady Aleksander?

Lila se giró, no se lo podía creer. Lord Raney la había seguido. ¿Dónde estaba Beck?

—¡Ay, Dios mío! —dijo ella sonriendo—. Debe perdonarme. Estaba buscando el aseo de mujeres.

—Pues creo que ha ido por donde no es. Estoy seguro de que está al otro lado del comedor. Esto es un pasadizo de servicio.

—¿Está seguro? Estaba segura de que era por aquí. Voy a...

Lord Raney era un caballero.

—¿Usted cree? —dijo mientras se adelantaba para abrir la puerta.

—¿Qué está pasando? —dijo Beck detrás de Lila haciendo que ella diera un brinco.

Lila lo fulminó con la mirada.

—¿Es que no has podido evitar que viniera?

—¿Has visto lo decidida que estaba mi hija? —espetó él—. Y, la verdad...

—¡Qué demonios...! —resonó la voz de lord Raney por el pequeño pasillo.

Lily y Beck se miraron y salieron corriendo tras él.

Irrumpieron en la habitación y se encontraron a Flora Raney y a Daniel Woodchurch juntos y con cara de culpabilidad. Ella estaba colorada y él tenía la barba y el pelo alborotados. Ella tenía la falda arrugada ahí donde se la había recogido alrededor de la cintura. Era tremendamente obvio lo que había estado pasando en esa habitación. Lila exclamó espantada:

—¡Por Dios bendito! ¡Señorita Raney! ¡Señor Woodchurch!

—¡Le mataré! —gritó lord Raney abalanzándose sobre el señor Woodchurch. La señorita Raney chilló e intentó colocarse delante de Daniel. Beck se lanzó a por lord Raney y lo detuvo antes de que pudiera hacerle daño a nadie.

Pero el daño ya estaba hecho.

Lila, Donovan y Beck no habían pretendido dar un escándalo. Solo habían querido sorprender a los amantes y amenazarlos a cambio de su cooperación. Hubo muchos gritos y llantos hasta que Lila convenció a lord Raney y al señor Woodchurch de que esa conversación se tendría que llevar a cabo en la casa Woodchurch en Portman Square. Salió a buscar a lady Raney y se reunieron con los demás por una puerta trasera que daba a las caballerizas.

Pero sus intentos de mantenerlo todo en secreto no sirvieron de nada. Ya había murmullos entre la multitud. Al parecer, no eran los únicos que se habían fijado en el cada vez más grande encaprichamiento y las ausencias que habían rodeado a la señorita Raney y al señor Woodchurch durante toda la temporada social. Si algo le encantaba a la alta sociedad era un buen escándalo.

En esa ocasión fue Queenie la que le dijo a Hattie lo que nadie más le diría.

—Te has enterado de lo de la señorita Raney, ¿verdad? —le preguntó en la mesa del bufé.

—¿La señorita Raney? Querrás decir «Flora» —dijo Hattie riéndose—. No, ¿qué ocurre?

Queenie tenía una peculiar sonrisa.

—La han sorprendido en una situación comprometida con alguien que no le conviene en absoluto.

A Hattie le dio un vuelco el estómago.

—¿Qué quieres decir con «sorprendido»?

—¿Qué crees que quiero decir, Hattie? Y además ha sido su padre.

Hattie se quedó atónita. ¿Flora?

—¿Con quién?

Queenie se rio.

—En serio, mira que eres torpe, Harriet Woodchurch. ¿De verdad esperas que me crea que no sabes con quién?

—Por Dios, Queenie, dímelo...

—Tu hermano —dijo con una sonrisita de satisfacción.

Aun así, Hattie seguía sin entenderlo.

—Mi hermano... ¿qué?

Queenie puso los ojos en blanco.

—Deberías plantearte trabajar en el teatro. Se te da muy bien fingir. Tu hermano estaba besando a Flora y no sé qué más en una habitación oscura, y el padre de ella ha entrado. Se acabó. Se acabó todo eso de ser la duquesa de Santiava. Ya sabía yo que jamás sucedería. Sabía que ella lo sabotearía.

Nada de eso tenía sentido. ¿A Flora la habían sorprendido con Daniel?

—Tienes que estar equivocada.

—No lo estoy. Lleva un tiempo jugueteando con él. Si no me crees, vete a casa. Todos han ido allí para arreglar el asunto.

—No puede ser verdad —insistió Hattie—. Flora odia a mi hermano y él jamás ha dicho una palabra amable sobre ella.

—Ay, Hattie. A veces la atracción se parece al odio.

Hattie tenía el estómago revuelto. Qué estúpida podía ser a veces. ¿Y ahora iban todos a casa de su familia? ¿Lord Raney pretendía retar a su padre en duelo de honor?

Se giró y empezó a abrirse paso a empujones para salir de la sala. Salió corriendo a la calle y, desesperada, buscó un transporte. ¿Por qué nunca había?

—¡Hattie!

Miró atrás y vio a Teo corriendo hacia ella.

—¿Qué haces? ¿Adónde vas?

—Teo —dijo con voz temblorosa—. Tengo que irme.

—¿Qué pasa? —preguntó él agarrándole el brazo—. Estás temblando.

—Ha pasado algo. Es mi hermano y tengo que irme a casa.

—Te llevo.

—¡No! —dijo empujándolo—. ¡No puedes venir!

Él volvió a agarrarla del brazo.

—No seas ridícula. Mi carruaje está justo aquí —dijo él señalando.

Ella miró el carruaje y lo imaginó llevándola a casa. Imaginó lo horroroso que sería ver a Teo descubrir cómo vivía su familia.

Preferiría morir a que pasara eso. Pero, aunque le costara creerlo, eligió a su terrible y espantosa familia por encima de su orgullo. Tragó saliva y dijo:

—Vamos.

Capítulo 40

Hattie estaba desesperada. Mateo solo consiguió estos datos sobre la crisis: una situación comprometida entre su hermano y una mujer, y el miedo a un duelo o algo peor. Cuando llegaron a la modesta casa cerca de Portman Square, ella intentó evitar que entrara. Pero él se negó.

—Estás malgastando aliento. No voy a permitir que te enfrentes sola a lo que sea que está pasando ahí dentro.

Ella parecía abatida.

—No vas a volver a hablarme nunca —dijo Hattie entre lágrimas, y entró corriendo.

Mateo fue tras ella.

Al principio no tenía claro dónde estaban. Pensó que era una especie de almacén. No entendía por qué había tantos relojes de pie, tantos juegos de té... en cada superficie. Había maniquíes de costura, sombreros y pilas de libros que tuvo que esquivar mientras seguía a Hattie. Y gatos. Muchos gatos. Si no había una docena, no había ninguno.

Siguió a Hattie y al sonido de unas voces cargadas de furia al fondo del pasillo, mientras esquivaba cosas y se tropezaba con ellas, hasta que entraron en una habitación donde la chimenea estaba encendida. Pero en cada mueble había un gato, una pila de periódicos o una colección de bordados y libros. Se fijó en que en un rincón había una colección de escupideras.

La reunión de personas incluía a lady Aleksander y Beck, lord y lady Raney, la hija de ambos, el hermano de Hattie y dos chicos adolescentes que se reían como si estuvieran en un bar.

En un sillón había una mujer con ropa de dormir. Un caballero menudo y con pinta de retorcido estaba sentado al borde de su asiento y fulminando a lord Raney con la mirada.

Lord Raney gritaba al hermano de Hattie. Estaba soltando tal retahíla y a tanta velocidad que a Mateo le costó seguir el inglés. Pero entonces el hombre menudo se levantó bramando:

—¡Deje en paz a mi hijo!

Mateo, sin pensarlo, se situó entre los dos estirando los brazos para separarlos antes de que llegaran a las manos.

—¡Caballeros!

—¡Por favor, todos! ¡Si pudiéramos simplemente pararnos a respirar hondo, todo esto se podría solucionar! —suplicó lady Aleksander.

Todos dejaron de hablar. Lady Raney estaba llorando. La mujer que Mateo suponía que era la señora Woodchurch estaba que echaba humo.

—¿Cómo se atreve a venir aquí y exigir nada?

—Calla, Theodora —dijo el señor Woodchurch antes de mirar furioso a lady Aleksander—. ¿Cómo? ¿Cómo solucionamos esto?

—Está bastante claro que aquí hay afectos —dijo lady Aleksander con serenidad y señalando al hermano de Hattie y a la señorita Raney.

—¿Los hay? —preguntó Mateo sorprendido.

—¿Quién es usted? —le preguntó el señor Woodchurch.

—Permítame que le presente a lord Abbott —dijo Beck—. O su excelencia el duque de Santiava. Depende de dónde esté. ¿Decías, Lila?

Ella se estiró el vestido.

—Decía que está claro que la señorita Raney tiene afecto por el señor Woodchurch. ¿No es así, Raney?

La señorita Raney parecía asustada. Miró a Hattie.

—Flora... Si es cierto, ahora es el momento de decirlo —dijo Hattie con cautela.

La señorita Raney miró a Mateo.

—Le suplico que me disculpe, milord, pero... es cierto.

—¡Dios bendito! —gritó lord Raney—. ¿Él?

—Y ahora que toda la alta sociedad está al tanto de... eh... la situación —dijo lady Aleksander con delicadeza—, entonces tal vez deberíamos hacer que todo esto resulte menos detestable de lo que es. ¿Y si...? ¿Y si hiciéramos saber que la señorita Raney nunca ha tenido intención de aceptar la oferta del vizconde?

Mateo palideció.

—No se ha hecho ninguna oferta —le recordó.

—Sí, sí, todos lo sabemos, pero se ha especulado con locura sobre el tema. ¿Y si hiciéramos correr el rumor de que ella nunca pretendió aceptarla porque ya había aceptado una oferta del señor Woodchurch?

—¿Así, sin más? —dijo el padre de Hattie—. No sé. Considero que cierta compensación...

—¡Papá! —dijo Hattie con dureza—. No es el momento.

—Señor Woodchurch —dijo lady Aleksander—, un matrimonio con la señorita Raney ensalzaría al apellido Woodchurch a ojos de la sociedad.

El padre de Hattie resopló.

—Me importa un carajo lo que la sociedad opine de mí —dijo con desdén. Y se detuvo antes de añadir—: ¿Cuánto lo ensalzaría... en términos prácticos?

—¡Maldita sea, Flora! —gritó lord Raney—. Mira lo que has hecho —añadió señalando al padre de Hattie.

—Y entonces, para que todo el mundo salga con su reputación intacta y sin que nadie se entere de esto —continuó lady Aleksander dirigiéndose al señor Woodchurch—, aceptará una oferta por la mano de su hija y, naturalmente, le otorgará una excelente dote. Si no fuera por ella, nada de esto habría pasado.

—¿Entonces es a ella a quien tengo que darle las gracias? —dijo lord Raney mirando a Hattie.

—¿Qué? —exclamó Hattie—. Pero si yo no tengo ninguna oferta...

—Sí la tienes, Hattie —dijo Mateo invadido por gratitud hacia lady Aleksander—. Has tenido la oferta más de una vez. Señor Woodchurch, quisiera pedirle la mano de su hija en matrimonio. Si ella así lo desea, claro.

—¿Quiere casarse con ella? —espetó sorprendida la señora Woodchurch.

—Sí —confirmó Mateo.

—Rotundamente no —dijo el señor Woodchurch.

—¡Rotundamente sí! —gritó la señora Woodchurch. Apartó a un gato de su regazo y se levantó—. ¡Ya basta, Hugh! ¡No permitiré que te interpongas en la buena fortuna de nuestra hija! Por una vez en tu vida, ¡no mires tanto el dinero!

—¿Que no mire tanto el dinero? —gritó él—. Mujer, ¡mira la cantidad de relojes y juegos de té que tienes a tu alrededor!

Ella lo ignoró.

—Tiene usted nuestra bendición, lord... o su excelencia.

El señor Woodchurch no la contradijo, pero fulminó a Mateo con la mirada.

Lady Raney empezó a sollozar.

—¿Cómo puede estar pasando esto? ¡No va a funcionar nunca! ¡Nadie va a creer que he permitido que mi hija se case con esta familia!

—Mamá —dijo Flora intentando sonreír—. ¡Amo a Daniel!

—¿Sí? —preguntó el joven señor Woodchurch con incredulidad.

La señorita Raney pareció impactada al verlo tan dudoso.

—Claro que te amo. ¿Es que tú a mí no?

—A ver... —dijo el hermano de Hattie rascándose la nuca—. No sé si diría...

—La ama —interpuso Beck enganchando al joven del hombro—. La ama. De lo contrario, llevará el apellido de su familia a la ruina y entonces no le quedará nada, así que creo que se asegurará de amarla mucho.

La señorita Raney miró espantada a su amado. El joven señor Woodchurch miró nervioso a su alrededor. Los dos chicos se estaban riendo.

—Cerrad la boca —les dijo él—. Muy bien. Flora, te amo. Quiero casarme contigo —añadió. Se giró y, rígido, le dijo a lord Raney sin entusiasmo—: Milord, quisiera pedir la mano de Flora.

—Sí —respondió lord Raney, y lady Raney y la señorita Raney empezaron a llorar a la vez—. Pero no se espere una gran dote. Usted nos ha arrastrado a este desastre.

—¿Cuánto? —preguntó el señor Woodchurch padre con increíble y verdadera curiosidad.

Justo en ese momento, los relojes empezaron a marcar las once y su sonido fue tan ensordecedor como el de los gritos de la gente en la habitación.

Mateo miró a Hattie. Ella lo miró con ojos resplandecientes de amor, de alivio, de todo lo que él también sentía por dentro. Empezó a reírse, y Mateo también. Él apartó a dos gatos de en medio y la abrazó.

—Voy a casarme contigo. Voy a llevarte a Santia- va y alejarte de todo esto.

—Teo... ¿Cuándo podemos irnos? —preguntó ella riéndose otra vez.

Lila estaba exhausta. Miró a su alrededor, asombrada por haber podido conseguirlo. Lo habían conseguido Beck, Donovan y ella. Aún quedaba el problema de Elizabeth, que se lamentaría tanto como lady Raney. Pero Lila estaba feliz. Estaba deseando contarle a Valentin la extrañísima historia.

Fue la primera en abandonar la casa Woodchurch. Volvió a la fiesta de Emma Clark para despedirse de ella. Qué mujer tan alegre. No se explicaba que su marido llevara años abandonándola para irse a deambular por África y el Sáhara. Era la clase de mujer que sería perfecta para su sobrino. Qué pena que estuviera casada.

En fin. Tanta gente. Tantas historias de amor. Ya estaba ansiosa por la siguiente.

Epílogo

Estaban en el Castillo Estrella, en la azotea. Estaban tendidos sobre una manta y tenían cojines y una selección de pastelitos. Al lado de Hattie había un moisés. Su recién nacida, Luisa, dormía bajo las estrellas.

Los padres de Luisa acababan de hacer el amor y contemplaban felices las estrellas. Teo se había quejado diciendo que los sorprenderían, ahí desnudos como Dios los trajo al mundo, pero Hattie se había reído mientras se sentaba a horcajadas sobre él.

—¿Quién en su sano juicio subiría a la azotea para ver qué estamos haciendo?

—Rosa. Cree que Luisa es suya.

—No se atrevería a subir esas escaleras —había dicho Hattie antes de desabrocharle la camisa.

Todo había empezado ahí, y después ella había acabado gritando tan fuerte que Mateo le había advertido que haría que la casa entera subiera a ver qué pasaba.

Tendidos ahí, bajo el cielo de la cálida noche de verano, Mateo empezó a hablarle de la vez que había ido a cazar zorros con su hermano. Fue un relato largo y detallado. El duque habló. Y habló. Y habló.

No se dejó ni un solo detalle; incluso quiso compartir con ella el color de las hojas.

Hattie jamás había pensado que pudiera ser tan feliz. No sabía siquiera que esa clase de felicidad pudiera existir. Pero era indeleble e indestructiblemente feliz cada día.

Escribía a su madre de cuando en cuando, pero básicamente sabía de su familia a través de Flora, que no era su amiga, sino su cuñada, y solía escribirle para quejarse de los malos hábitos de su esposo. Si Flora le hubiera preguntado aquella primavera en la que el duque de Santiava llegó a Londres, Hattie le habría dicho lo que nadie más le habría dicho: Daniel sería un esposo terrible.

A los gemelos los habían enviado a un internado. Al parecer, se habían vuelto tan odiosos que hasta a su madre le costaba quererlos. Hablando de sus padres, habían recibido invitaciones para un par de fiestas y siempre se habían marchado pronto para volver a casa con los gatos. Queenie, según Flora, se había pegado a la señorita Porter y esperaba casarse con el hermano de esta, que era tan guapo como bella era Christiana.

La señora O'Malley había sentido profundamente verla marchar, pero había visto cumplido su sueño antes de que Hattie abandonara Londres: había conocido al vizconde repostero. Y Teo y Rosa seguían intentando perfeccionar la tarta esponja.

La madre de Mateo no había llegado a aceptar que su hijo se hubiera casado con una don nadie, pero se había mostrado un poco más indulgente al llegar Luisa al mundo. Al igual que el Consejo Parlamentario. Cuando Mateo y Hattie habían llegado a Santiava, ya casados tras considerar que debían hacerlo de inmediato dado lo sucedido en Londres, había habido quejas entre los partidarios de España. ¿Qué mejor momento, habían preguntado, para unirse a España? Viendo la actitud del duque.

¡Viendo con quién se había casado! ¡Esa mujer no era nadie!

Pero los santiavanos leales no la habían rechazado. La habían acogido bien. Y cuando se quedó embarazada, de pronto todo el mundo quiso que se aprobara una ley para que la primogénita del duque lo sucediera y el ducado se perpetuara. Algún día Luisa sería la duquesa soberana de Santiava.

Hattie estaba aprendiendo español. Mateo la ayudaba y le escribía cosas en español para que ella aprendiera a escribirlo correctamente.

Él seguía hablando. Por Dios, cómo hablaba su marido. Una vez abiertas las puertas de la confianza, las palabras habían brotado de él. Historia tras historia, observaciones, ocurrencias. No obstante, era básicamente solo con ella. Seguía siendo bastante tímido en público. Pero sus hermanos solían ir a menudo y él estaba empezando a hablar con ellos también. Podía hacer reír a Roberto como nadie.

Hattie se sirvió un pastelillo santiavano. Estaba subiendo de peso, pero no le importaba. Eso era lo que te hacía la felicidad; te dejaba llena y saciada.

Mateo sacó a Louisa del moisés y la tendió sobre su torso desnudo.

—Quería llamarte «Estrella» —le dijo a la bebé mientras le acariciaba la cabeza—, pero tu madre dijo que resultaría confuso: Estrella del Castillo Estrella.

—Y Luisa es un nombre precioso —dijo Hattie.

—¿Ves el cielo, Luisa? —preguntó Mateo—. Te lo doy todo. Haré que este cielo sea tu cielo. Nunca te faltará de nada.

Le besó la cabeza sobre un mechón de cabello oscuro, como el de su padre. Tenía los ojos azules de su madre. Hattie se acercó, se aseguró de que la bebé estuviera bien tapada y se acurrucó junto a su marido.

—¿Sabes lo que quiero? —preguntó Mateo—. Quiero que estemos así siempre. Los tres solos.

Ella miró al cielo y sonrió.

—Yo no quiero que estemos así siempre.

—¿Qué? ¿Por qué dices eso?

—Porque quiero que seamos más. Quiero hijos y perros. Y con el tiempo, nietos.

—Estoy de acuerdo —dijo Mateo, y la besó en la sien.

Luisa se revolvió y empezó a llorar.

—Tu bebé tiene hambre, mi amor —dijo él pasándole a su hija.

Hattie le dio el pecho a la niña mientras Mateo le iba dando a ella trozos de pastelillo y le contaba su viaje al desierto del Sáhara. Hattie no tuvo el valor de decirle que ya le había contado esa historia. Pero no importaba. Podía escucharle contar la misma historia miles de veces y seguir estando así de feliz.

No, Hattie nunca había imaginado que la felicidad pudiera ser tan inmensa y maravillosa.